中国古典文学读本丛书典藏

乐府诗选

曹道衡 选注
余冠英 审定

人民文学出版社

图书在版编目（CIP）数据

乐府诗选/曹道衡选注．—北京：人民文学出版社，2016
（中国古典文学读本丛书典藏）
ISBN 978-7-02-011718-5

Ⅰ.①乐… Ⅱ.①曹… Ⅲ.①乐府诗—诗集—中国—古代 Ⅳ.①I222.6

中国版本图书馆 CIP 数据核字（2016）第 121703 号

责任编辑　杨　华　吴柯静
装帧设计　陶　雷
责任印制　王重艺

出版发行　人民文学出版社
社　　址　北京市朝内大街 166 号
邮政编码　100705
网　　址　http://www.rw-cn.com

印　　刷　三河市鑫金马印装有限公司
经　　销　全国新华书店等

字　　数　412 千字
开　　本　880 毫米×1230 毫米　1/32
印　　张　17.875　插页 3
印　　数　5001—8000
版　　次　2000 年 12 月北京第 1 版
印　　次　2019 年 3 月第 2 次印刷

书　　号　978-7-02-011718-5
定　　价　56.00 元

如有印装质量问题，请与本社图书销售中心调换。电话：010-65233595

目 录

(一)汉魏西晋郊庙乐曲及民歌

郊庙歌辞·汉郊祀歌

天地 3

青阳 5

日出入 6

天马 7

天门 9

景星 11

华晔晔 14

鼓吹曲辞·汉铙歌

朱鹭 16

战城南 17

巫山高 18

有所思 19

上陵 20

雉子班 21

上邪 22

相和歌辞

公无渡河 23

江南 23

东光 24

薤露 25

蒿里 25

鸡鸣 26

乌生 27

平陵东 29

陌上桑 30

长歌行(三首) 33

猛虎行 35

君子行 36

相逢行 37

〔附〕长安有狭斜行 38

塘上行 39

善哉行 40

陇西行 41

步出夏门行 43

西门行(本辞) 44

〔附〕西门行(晋乐所奏) 45

〔附〕生年不满百(古诗) 46

东门行(本辞) 46

〔附〕东门行(晋乐所奏) 47

折杨柳行 48

饮马长城窟行 50

上留田行 51

妇病行 51

孤儿行 53

雁门太守行 55

艳歌何尝行 57

艳歌行(二首)　58

白头吟(本辞)　60

　〔附〕白头吟(晋乐所奏)　61

梁甫吟　62

怨诗行　63

满歌行(本辞)　64

　〔附〕满歌行(晋乐所奏)　66

怨歌行　66

杂曲歌辞

蜨蝶行　68

驱车上东门行　69

伤歌行　70

悲歌　70

古咄唶歌　71

枯鱼过河泣　71

冉冉孤生竹　72

青青陵上柏　72

迢迢牵牛星　73

上山采蘼芜　74

古艳歌　74

古歌　75

焦仲卿妻并序　76

杂歌谣辞

鸡鸣歌　86

淮南王歌　86

卫皇后歌　87

匈奴歌　87

牢石歌　88

五侯歌　88

通博南歌　89

郑白渠歌　89

范史云歌　90

颍川歌　91

城中谣　91

后汉桓灵时谣　91

更始时长安中语　92

三府为朱震谚　92

箜篌谣　93

三秦民谚（太白山俗语）　93

逐弹语　94

长安谣　94

燕燕谣　95

汉成帝时歌谣　96

京都谣　96

小麦谣　97

城上乌谣　97

贡禹引俗语　98

古绝句（四首）　99

古八变歌　100

高田种小麦　100

吴孙皓初童谣　101

蜀人为罗尚言　101

南风谣 102

续貂谚 102

并州歌 103

陇上歌 103

行者歌 104

豫州歌 104

襄阳童儿歌 105

三峡谣 105

滟滪歌(二首) 106

巴东三峡歌(二首) 106

丁令威歌 107

(二)汉魏西晋文人乐府诗

力拔山操 (汉)项籍 111

大风歌 (汉)刘邦 111

鸿鹄歌 (汉)刘邦 112

安世房中歌(十七章) (汉)唐山夫人 113

戚夫人歌 (汉)戚夫人 117

耕田歌 (汉)刘章 118

瓠子歌(二首) (汉)刘彻 118

李夫人歌 (汉)刘彻 120

秋风辞 (汉)刘彻 121

李延年歌 (汉)李延年 121

李陵歌 (汉)李陵 122

乌孙公主歌 (汉)刘细君 122

武溪深行 (汉)马援 123

五噫歌　（汉）梁鸿　123

同声歌　（汉）张衡　124

羽林郎　（汉）辛延年　126

董娇娆　（汉）宋子侯　127

怨诗　（汉）阮瑀　128

驾出北郭门行　（汉）阮瑀　129

从军行(五首选二)　（汉）王粲　130

饮马长城窟行　（汉）陈琳　132

定情诗　（汉）繁钦　134

薤露　（魏）曹操　137

蒿里　（魏）曹操　139

苦寒行　（魏）曹操　140

善哉行　（魏）曹操　141

步出夏门行　（魏）曹操　143

却东西门行　（魏）曹操　145

陌上桑　（魏）曹操　146

短歌行　（魏）曹操　148

临高台　（魏）曹丕　150

善哉行(四首选三)　（魏）曹丕　151

短歌行　（魏）曹丕　154

饮马长城窟行　（魏）曹丕　155

丹霞蔽日行　（魏）曹丕　156

折杨柳行　（魏）曹丕　156

燕歌行(二首)　（魏）曹丕　158

秋胡行(三首选一)　（魏）曹丕　160

见挽船士兄弟辞别诗　（魏）曹丕　161

上留田行　（魏）曹丕　162

钓竿　（魏）曹丕　163

十五　（魏）曹丕　163

陌上桑　（魏）曹丕　164

薤露　（魏）曹植　165

鰕䱇篇　（魏）曹植　167

吁嗟篇　（魏）曹植　168

野田黄雀行(二首)　（魏）曹植　169

门有万里客　（魏）曹植　172

泰山梁甫吟　（魏）曹植　172

怨诗行(本辞)　（魏）曹植　173

　〔附〕怨诗行(晋乐所奏)　174

怨歌行(晋乐所奏)　（魏）曹植　175

孟冬篇　（魏）曹植　176

名都篇　（魏）曹植　178

美女篇　（魏）曹植　179

白马篇　（魏）曹植　180

当墙欲高行　（魏）曹植　182

当欲游南山行　（魏）曹植　182

妾薄命(二首)　（魏）曹植　183

五游　（魏）曹植　185

远游篇　（魏）曹植　187

斗鸡篇　（魏）曹植　188

盘石篇　（魏）曹植　189

种葛篇　（魏）曹植　190

仙人篇　（魏）曹植　191

步出夏门行 （魏）曹睿 193

乐府 （魏）曹睿 195

猛虎行 （魏）曹睿 196

魏鼓吹曲(十二首选二) （魏）缪袭 197

   战荥阳 197

   旧邦 198

挽歌 （魏）缪袭 199

从军行 （魏）左延年 200

秦女休行 （魏）左延年 201

吴鼓吹曲(十二首选二) （吴）韦昭 202

   汉之季 202

   秋风 203

豫章行苦相篇 （西晋）傅玄 204

董逃行历九秋篇 （西晋）傅玄 206

秋胡行(二首选一) （西晋）傅玄 209

饮马长城窟行 （西晋）傅玄 211

放歌行 （西晋）傅玄 212

白杨行 （西晋）傅玄 213

怨歌行朝时篇 （西晋）傅玄 214

秦女休行 （西晋）傅玄 215

吴楚歌 （西晋）傅玄 217

明月篇 （西晋）傅玄 217

轻薄篇 （西晋）张华 218

游侠篇 （西晋）张华 220

壮士篇 （西晋）张华 221

王明君 （西晋）石崇 222

思归引 （西晋）石崇 224
挽歌(三首) （西晋）陆机 225
长歌行 （西晋）陆机 230
短歌行 （西晋）陆机 231
苦寒行 （西晋）陆机 232
折杨柳行 （西晋）陆机 233
猛虎行 （西晋）陆机 235
从军行 （西晋）陆机 236
豫章行 （西晋）陆机 237
董逃行 （西晋）陆机 238
长安有狭斜行 （西晋）陆机 240
塘上行 （西晋）陆机 241
饮马长城窟行 （西晋）陆机 243
门有车马客行 （西晋）陆机 244
梁甫吟 （西晋）陆机 245
驾言出北阙行 （西晋）陆机 247
君子有所思行 （西晋）陆机 248
悲哉行 （西晋）陆机 249
齐讴行 （西晋）陆机 250
吴趋行 （西晋）陆机 251
前缓声歌 （西晋）陆机 253
扶风歌 （西晋）刘琨 254

(三)东晋南朝乐府民歌
清商曲辞·吴声歌曲
子夜歌(四十二首选二十六) 259

子夜四时歌　267
　　春歌(二十首选九)　267
　　夏歌(二十首选七)　269
　　秋歌(十八首选六)　271
　　冬歌(十七首选八)　273
子夜四时歌　275
　　春歌　275
　　秋歌(二首选一)　275
大子夜歌(二首)　276
子夜警歌(二首选一)　276
子夜变歌(三首)　277
上声歌(八首选六)　277
欢闻变歌(六首选四)　279
前溪歌(七首选四)　281
阿子歌(三首选一)　282
丁督护歌(五首)　283
桃叶歌(二首)　285
团扇郎(八首选三)　286
七日夜女歌(九首)　287
长史变歌(三首)　290
黄生曲(三首选一)　291
黄鹄曲(四首选三)　291
碧玉歌(三首)　292
长乐佳(八首选一)　293
欢好曲(三首选一)　294
懊侬歌(十四首选六)　294

华山畿(二十五首选八) 296

读曲歌(八十九首选二十五) 298

神弦歌(十八首选九) 306

 圣郎曲 306

 娇女诗(二首) 307

 白石郎曲(二首) 308

 青溪小姑曲 308

 采莲童曲(二首) 309

 明下童曲(二首选一) 309

清商曲辞·西曲歌

石城乐(五首选三) 310

乌夜啼(八首选三) 311

莫愁乐(二首) 312

襄阳乐(九首选三) 313

雍州曲(三首选一) 314

三洲歌(三首) 314

江陵乐(四首选二) 315

青阳度(三首选一) 316

采桑度(七首选四) 316

青骢白马(八首选四) 317

安东平(五首) 318

女儿子(二首选一) 320

来罗(四首选一) 320

那呵滩(六首选三) 321

孟珠(十首选四) 322

翳乐(三首选一) 323

夜黄 323

夜度娘 324

长松标 324

黄督 324

白附鸠 325

拔蒲(二首) 325

作蚕丝(四首选二) 326

杨叛儿(八首选二) 327

西乌夜飞(四首选二) 327

月节折杨柳歌(十三首选二) 328

 八月歌 328

 十一月歌 328

舞曲歌辞

晋拂舞歌诗(五首选一) 329

 独漉篇 329

晋白纻舞歌诗(三首选二) 330

西洲曲 332

长干曲 333

东飞伯劳歌 334

河中之水歌 334

苏小小歌 335

(四)东晋南朝文人乐府诗

合欢诗(五首) (东晋)杨方 339

大道曲 (东晋)谢尚 342

拟挽歌辞(三首) (东晋)陶潜 343

怨诗　（东晋）陶潜　345

琴歌(二首)　（前秦）赵整　347

劳歌(二首)　（宋）伍缉之　348

折杨柳行　（宋）谢灵运　349

泰山吟　（宋）谢灵运　351

会吟行　（宋）谢灵运　352

白马篇　（宋）袁淑　353

自君之出矣　（宋）刘骏　355

宋鼓吹铙歌(十五首选一)　（宋）何承天　355

　雉子游原泽篇　355

秋胡行　（宋）颜延之　357

梅花落　（宋）鲍照　362

采桑　（宋）鲍照　363

煌煌京洛行　（宋）鲍照　364

东门行　（宋）鲍照　366

门有车马客行　（宋）鲍照　367

棹歌行　（宋）鲍照　368

白头吟　（宋）鲍照　369

东武吟行　（宋）鲍照　370

采菱歌(七首选二)　（宋）鲍照　372

放歌行　（宋）鲍照　373

代白纻曲(二首)　（宋）鲍照　374

代别鹤操　（宋）鲍照　376

出自蓟北门行　（宋）鲍照　377

君子有所思行　（宋）鲍照　378

白马篇　（宋）鲍照　379

13

升天行　（宋）鲍照　380

北风行　（宋）鲍照　382

苦热行　（宋）鲍照　382

春日行　（宋）鲍照　384

结客少年场行　（宋）鲍照　384

代贫贱苦愁行　（宋）鲍照　385

空城雀　（宋）鲍照　386

拟行路难(十八首)　（宋）鲍照　387

自君之出矣　（宋）鲍令晖　396

怨诗行　（宋）汤惠休　397

江南思　（宋）汤惠休　398

秋风　（宋）汤惠休　398

飞来双白鹄　（宋）吴迈远　399

櫂歌行　（宋）吴迈远　400

长相思　（宋）吴迈远　400

巫山高　（南齐）王融　402

思公子　（南齐）王融　403

有所思　（南齐）谢朓　403

齐随王鼓吹曲(十首选三)　（南齐）谢朓　404

　　入朝曲　404

　　校猎曲　405

　　送远曲　406

玉阶怨　（南齐）谢朓　406

邯郸故才人嫁为厮养卒妇　（南齐）谢朓　407

王孙游　（南齐）谢朓　408

估客乐(二首)　（南齐）释宝月　408

行路难　（南齐）释宝月　409

中山王孺子妾歌(二首选一)　（南齐）陆厥　410

临江王节士歌　（南齐）陆厥　411

玉阶怨　（南齐）虞羲　412

出塞　无名氏　412

从军行(二首)　（梁）江淹　413

怨歌行　（梁）江淹　415

古离别　（梁）江淹　415

明君词　（梁）沈约　416

有所思　（梁）沈约　418

怨歌行　（梁）沈约　418

江蓠生幽渚　（梁）沈约　419

梁甫吟　（梁）沈约　420

四时白纻歌(五首选二)　（梁）沈约　422

　　春白纻　422

　　秋白纻　422

襄阳蹋铜蹄(三首选一)　（梁）沈约　423

六忆诗(四首)　（梁）沈约　423

采菱曲(二首选一)　（梁）江洪　425

江南曲　（梁）柳恽　425

长安少年行　（梁）何逊　426

战城南　（梁）吴均　427

入关　（梁）吴均　428

胡无人行　（梁）吴均　428

行路难(四首)　（梁）吴均　429

白纻歌(九首选五)　（梁）张率　433

出塞　（梁）刘孝标　435

白马篇　（梁）徐悱　436

乌夜啼　（梁）刘孝绰　437

行路难(二首)　（梁）费昶　438

燕歌行　（梁）萧子显　440

采荷调　（梁）江从简　442

晨风行　（梁）沈满愿　442

有所思　（梁）萧衍　443

青青河畔草　（梁）萧衍　444

拟明月照高楼　（梁）萧衍　445

江南弄(七首选二)　（梁）萧衍　446

　采莲曲　446

　朝云曲　446

襄阳蹋铜蹄(三首选二)　（梁）萧衍　447

欢闻歌　（梁）王金珠　448

子夜四时歌(八首选五)　（梁）王金珠　448

　春歌(三首选二)　448

　夏歌(二首)　449

　秋歌(二首选一)　450

子夜变歌　（梁）王金珠　450

临高台　（梁）萧纲　451

江南弄(三首选一)　（梁）萧纲　452

长安道　（梁）萧纲　452

杂句从军行(二首选一)　（梁）萧纲　453

泛舟横大江　（梁）萧纲　455

艳歌行(二首选一)　（梁）萧纲　455

蜀道难(二首) (梁)萧纲 457

采莲曲(二首选一) (梁)萧纲 458

乌栖曲(四首选一) (梁)萧纲 459

赋得横吹曲长安道 (梁)庾肩吾 459

行路难 (梁)王筠 460

陇头水 (梁)萧绎 461

燕歌行 (梁)萧绎 462

刘生 (梁)萧绎 464

陇头水 (梁)车欸 465

车遥遥 (梁)车欸 465

和班婕妤怨诗 (梁)刘令娴 466

塘上行苦辛篇 (梁)刘孝威 467

怨诗 (梁)刘孝威 468

新城安乐宫 (陈)阴铿 469

关山月 (陈)张正见 470

钓竿篇 (陈)张正见 471

关山月 (陈)徐陵 472

出自蓟北门行 (陈)徐陵 473

从军五更转 (陈)伏知道 473

玉树后庭花 (陈)陈叔宝 475

宛转歌 (陈)江总 475

闺怨篇 (陈)江总 478

(五)北朝乐府民歌
横吹曲辞·梁鼓角横吹曲

企喻歌辞(四首) 483

17

琅琊王歌辞(八首选五) 485

紫骝马歌辞(三首) 486

紫骝马歌 488

黄淡思歌辞(四首选二) 488

地驱歌乐辞(四首) 489

地驱乐歌 490

雀劳利歌辞 491

慕容垂歌辞(三首) 491

陇头流水歌辞(三首选二) 492

隔谷歌(二首) 493

淳于王歌(二首选一) 494

捉搦歌(四首) 494

折杨柳歌辞(五首选四) 496

幽州马客吟歌辞(五首选四) 497

折杨柳枝歌(四首) 499

慕容家自鲁企由谷歌 500

陇头歌辞(三首) 500

高阳王乐人歌(二首) 501

木兰诗 502

李波小妹歌 505

咸阳王歌 505

敕勒歌 506

隋炀帝时挽舟者歌 506

大业长白山谣 507

(六)北朝文人乐府诗

赠王肃诗 (北魏)王肃妻谢氏 511

答谢氏诗 (北魏)陈留长公主 511

听钟鸣 (北魏)萧综 512

〔附〕《梁书》所载《听钟鸣》 513

杨白花 (北魏)胡太后 514

临终诗 (北魏)元子攸 514

思公子 (北齐)邢劭 515

挟瑟歌 (北齐)魏收 516

明君词 (北周)王褒 516

燕歌行 (北周)王褒 517

明君词 (北周)庾信 520

燕歌行 (北周)庾信 521

从军行 (北周)庾信 524

怨歌行 (北周)庾信 525

杨柳歌 (北周)庾信 526

从军行 (隋)卢思道 528

出塞 (隋)杨素 530

出塞(二首) (隋)薛道衡 531

昔昔盐 (隋)薛道衡 534

出塞(二首选一) (隋)虞世基 535

饮马长城窟行 (隋)杨广 536

春江花月夜(二首选一) (隋)杨广 538

白马篇 (隋)杨广 538

江都宫乐歌 (隋)杨广 540

从军行 （隋）明馀庆 541
十索(四首) （隋）丁六娘 542

前　言

一

在我国诗歌史上,"乐府诗"占有十分重要的地位。在梁代刘勰的《文心雕龙》中,就专有《乐府》一篇,和《明诗》等篇并列。许多作家的诗文集,也往往将"乐府"单列一类,和一般诗歌相区别。这是为什么呢？原来这部分诗,本是歌辞,是可以配乐演唱的,因此名之曰"乐府"。所谓"乐府"本是一个官署的名称。正如清初学者顾炎武在《日知录》中所说,是有了这个官署,"后人乃以乐府所采之诗名之曰乐府"。

关于"乐府"这个官署的设置时间,根据过去的说法,都认为始于汉武帝时代,此说创自东汉班固的《汉书》。他在《礼乐志》中说：

> 至武帝定郊祀之礼,乃立乐府,采诗夜诵。有赵、代、秦、楚之讴。

同书《艺文志》也说：

> 自孝武立乐府而采歌诗,于是有赵代之讴,秦楚之风,皆感于哀乐,缘事而发。亦可以观风俗,知薄厚云。

但近年来的考古发现,却使这种说法产生了疑问。因为据1982年陕西《考古与文物》所载袁仲一的《秦代金文·陶文杂考》说,秦始皇陵出土编钟,其一纽上有秦篆"乐府"二字,那么乐府官署的设立,至少可以上推至秦代,证以《史记·乐书》及《汉书·礼乐志》中都曾谈到汉惠帝时已有"乐府"的记载,这结论大致是可以肯定的。根据上述的情况,我

1

们似乎可以认为:"所谓乐府诗,就是古代乐府官署中所演奏的乐歌。"然而这样的结论并不完全准确,至少是很不全面。这一点我们将在下面详谈。

根据《汉书·百官公卿表》的记载,秦汉以来掌管音乐的官署共有两个:一个叫"太乐",是"奉常"(后改名"太常")的属官,掌管"雅乐";一个叫"乐府",是"少府"的属官,掌管"俗乐"。前者所掌为宗庙祭祀、朝廷典礼所用的乐曲;后者所掌则为采自民间的歌曲,专供帝王贵族娱乐享受之用。据《汉书·艺文志》说:帝王们所以要演奏这些民间乐曲,是为了"观风俗,知薄厚"。这种说法虽多少有点美化的用意,也未必尽属杜撰。因为根据一些古籍的记载,采诗之制起源甚早,至少可以上溯到周代。汉何休《公羊传解诂·宣公十五年》:"男女有所怨恨,相从而歌,饥者歌其食,劳者歌其事。男年六十,女年五十无子者,官衣食之,使之民间求诗,乡移于邑,邑移于国,国以闻于天子。故王者不出牖户,尽知天下所苦,不下堂而知四方。"何休是东汉后期人,他的说法可能有根据儒家思想而加以理想化的成分。但关于采诗的事,在先秦典籍中确有记载,如《国语·周语上》:"故天子听政,使公卿至于列士献诗,瞽献曲,史献书,师箴,瞍赋,矇诵。"吴韦昭注:"无眸子曰瞍,赋公卿列士所献诗也。"这里所说的"献诗",应该包括他们自己所作的诗和从民间搜集到的歌谣。现在我们所常读的《诗经》,尤其是"十五国风",有一部分可以断定是民歌,大约就是经过这些采诗者的采集,然后由周代乐官加以润饰、整理后的产物。后来汉以后的各类乐府民歌,其形成情况,大约也与此相类似。现今我们所能见到的古代乐府民歌,大抵是这样被保存下来的。

但是,现今我们所说的"乐府诗",其内容并不限于民歌,其中有一部分却出于文人手笔,有些还是专供帝王的宗庙和朝廷所用,例如今存《乐府诗集》中的《郊庙歌辞》、《燕射歌辞》以及一部分《鼓吹曲辞》就是这样。这些乐曲似乎在当时,应当归"太乐"之官所职掌,而非"乐府"官署所司。只是由于它们也是乐曲,所以后人就笼统地把它们归入"乐府"一类。例如刘勰在《文心雕龙·乐府》中所谈的"乐府",就包括着这些内容。

二

在古代,"诗"和"乐"本来是不分的,凡是诗都能歌唱。一般来说,都是先有了歌辞,然后才被人谱曲歌唱。《尚书·舜典》云:"诗言志,歌永言,声依永,律和声。"刘勰在《文心雕龙·声律》中对此作了进一步的说明,他说:"夫音律所始,本于人声者也。声含宫商,肇自血气,先王因之,以制乐歌。故知器写人声,声非学器者也。"所以最早的乐曲,都是依辞配曲的。从汉代以来的乐府诗也是这样。《宋书·乐志一》说到汉代的《相和歌辞》及东晋南朝的"吴歌"时说:"凡此诸曲,始皆徒歌,既而被之弦管。"但这些乐曲一旦在人们中流行,并受到欢迎以后,就有人反过来,依照这种声调,另造新辞。这就是同书所说:"又有因弦管金石,造哥以被之,魏世三调哥词之类是也。"这里所说的"魏世三调哥词",也就是《宋书·乐志》中的"清商三调歌诗",它们大抵是曹操、曹丕等人根据《相和歌》的曲调,另撰新辞,并经魏晋乐官谱曲歌唱的。但还有一些诗歌大约只是某些文人模仿当时的乐曲创作诗歌,实际上并未演唱过。如《文心雕龙·乐府》:"子建(曹植)、士衡(陆机),咸有佳篇,并无诏伶人,故事谢丝管。"后来不少文人拟作的乐府诗,大抵都是这种情况。所以我们说乐府诗本是乐曲,却并不是所有的乐府诗都曾被人歌唱。这些没有被谱曲歌唱的诗,既然不曾入乐,有时也不免和乐律有所不合,所以在梁代就有人称这些诗为"乖调",但它们为什么不合乐律,现在已无从知道。也许,那些已经入乐的文人诗,

3

在配曲以前是否全部合律，有没有经乐官们加工，也很难确知。但隋唐以后的文人有些诗仍袭用汉魏旧题，而据《隋书·音乐志》，这些曲调在隋时已不复歌唱，可见其写作已不复顾及音律，据此来推论南北朝文人的某些拟乐府，是否也有这种情况，也很难说。然而不管怎样说，这些诗被归入乐府之列，已是约定俗成，不必另立新说了。

三

关于"乐府诗"的分类，我们一般根据宋代郭茂倩《乐府诗集》的办法，把它们分成《郊庙歌辞》、《燕射歌辞》、《鼓吹曲辞》、《横吹曲辞》、《相和歌辞》、《清商曲辞》、《舞曲歌辞》、《琴曲歌辞》、《杂曲歌辞》和《杂歌谣辞》等类。此外，在《乐府诗集》中还设有《近代曲辞》和《新乐府辞》两类。但郭氏所谓"近代"，实指隋唐五代，所以其中绝大部分歌辞，已和《新乐府辞》一样，不属于本书的入选范围，所以只选录了薛道衡《昔昔盐》、丁六娘《十索》等少数隋人之作。

至于前面所提到的几个部类，情况也各各不同，历来传诵的乐府诗名篇，大抵属于《相和歌辞》、《清商曲辞》、《杂曲歌辞》和《鼓吹曲辞》及《横吹曲辞》的某些部分，历来文人的拟作，也大多属于这些部类。我们不妨说，这几个部类实为乐府诗中的精华所在。

关于《杂歌谣辞》，情况就有所不同。无可否认的是在这一部类中，同样存在许多传诵的名篇，郭茂倩在《乐府诗集》中，把"歌"和"谣"是区别开来的。这样处理确有其理由。因为像《并州歌》、《陇上歌》这样的歌辞，如果有乐官加以采集、配曲，未尝不能像《相和歌辞》等乐曲那样演奏（其实《陇上歌》恐怕在北朝曾被配乐歌唱，如《洛阳伽蓝记》卷四所载田僧超吹笛所奏的《壮士歌》可能即《陇上歌》）。至于谣谚，恐怕是无法谱曲歌唱的，其产生时代有的很难判定，如《三峡谣》、《滟浉歌》、《丁令威歌》等,虽出于南北朝人著作,但其产生年代,则很难确定。因此余冠英先生在《乐府诗选》中专门设了"汉至隋歌谣"这一类,和"汉魏乐府古辞"、"南朝乐府民歌"及"北朝乐府民歌"这些类目并列。这样做是比较妥当的。但在现在这个选本中,既然要按时代顺序来分,那么这些歌谣的安排,确实有一定的困难。我现在考虑这些歌谣虽出于南北朝典籍所载,其产生时代当在此前。像《三峡谣》之类,既见于《水经注》,而该书作者郦道元又不可能亲自到过三峡,很可能转引自东晋前后人的著作,那么这类歌谣的产生时间,当不致晚于东晋,所以把它们放在西晋最后一部分,也许是可以的。当然,这样做也未必完全妥善,还望广大读者和专家们赐教。

本书中选录《琴曲歌辞》和《舞曲歌辞》相对地较少,这是因为《乐府诗集》中这两部分作品本来数量不多,而艺术上比较好的数量更为寥寥。至于那些被视为庙堂乐章的《郊庙歌辞》和《燕射歌辞》,近代以来的学者一般是不加选录的,如黄节先生的《汉魏乐府风笺》、余冠英先生的《乐府诗选》都是这样。我在这里则选录了一些《郊庙歌辞》,因为这些歌辞在艺术上多少有它们的某些特色;同时在体裁上也多少显示了后来七言诗形成的雏型,对读者了解诗歌形式的发展有一定的帮助。至于《燕射歌辞》,则现存的作品都产生于晋以后,而诗体则基本模仿《诗经》,很少特色,因此一概从略。

本书对入选的作品,为了帮助读者阅读,对一些难解的字辞和典故,都作了注释。这些注释一般要求比较简明,但在有些问题上,由于典故比较生僻或文字比较艰深,我不得不引证一些典籍或举出某些例证。特别是对有些作品的理解,我和前人有不同看法时,也作了一些考订和解说。这些看法是否妥当,还希望大家指正。

四

　　这部《乐府诗选》是在人民文学出版社的几位先生提议下编选的。本来，在"乐府诗"的选本方面，早在五十年代，就有了余冠英先生的《乐府诗选》。但这部选本初版是以民歌为止，只采录了少量文人作品作为附录，而再版时，又把附录删去。这部选本出版后得到广大读者欢迎，是一部学术价值很高的好书。但根据历来对"乐府诗"的理解，那些文人的拟作，似也不宜摒弃不录，因此出版社的几位先生就倡议再编一个选本。这个工作，照理说自然应该请余先生来做最为合适。但这时余先生已经九十高龄，身体条件已不适宜再从事这一工作。因此经陈建根、刘文忠、张福海三先生专门去征求了余先生的意见，命我来担此重任。我自惟学识浅陋，很难胜任，虽属师命难违，实在深感惶恐。

　　在本书的编选过程中，我在很多地方都曾参考过余先生的《乐府诗选》，并且始终受到余先生的亲切关怀。最使我痛心的是在本书初稿完成后不久，余先生就永归道山。"泰山其颓，我将安仰？"言念至此，不禁泪下。更使我难过是亡友沈玉成兄，原来准备和我一起来承担这一工作，后来他有其他工作，没有参加，但当本书的部分选目列出后，他曾提出一些意见，对有些篇的解释还发表过他的见解。不幸的是他在最近亦已逝世。谨以此书作为对师友的纪念。

　　当然，本书的出版，更是和人民文学出版社几位先生的大力支持分不开的。特别是刘文忠先生不但慷慨地把他的藏书长期借我使用，在书稿完成后，他和张福海先生又进行了细致的审阅，提出了许多宝贵而中肯的意见，使我获益匪浅。在这里谨向他们表示衷心的感谢！

曹道衡

一九九五年十二月于北京车公庄寓所

(一) 汉魏西晋郊庙乐曲及民歌

郊庙歌辞·汉郊祀歌[1]

天地[2]

天地并况,惟予有慕[3],爰熙紫坛,思求厥路[4]。恭承禋祀,缊豫为纷[5]。黼绣周张,承神至尊[6]。千童罗舞成八溢,合好效欢虞泰一[7]。九歌毕奏斐然殊,鸣琴竽瑟会轩朱[8]。璆磬金鼓[9],灵其有喜,百官济济,各敬厥事。盛牲实俎进闻膏[10],神奄留,临须摇[11]。长丽前掞光耀明[12],寒暑不忒况皇章[13]。展诗应律鋗玉鸣[14],函宫吐角激徵清,发梁扬羽申以商[15],造兹新音永久长。声气远条凤鸟,神夕奄虞盖孔享[16]。

〔1〕《郊庙歌辞》：古代帝王用以祭祀天地神明及祖先所用的乐曲。自汉武帝诏制《郊祀歌》始,晋以后历代都有改作。《汉郊祀歌》：《汉书·礼乐志》载,汉武帝以李延年为协律都尉,举司马相如等几十人"造为诗赋,略论律吕,以合八音之调,作十九章之歌"。据说是在甘泉地方祭天所用。这些乐歌并非一时所作,其中有些称"邹子乐",有人怀疑为邹阳作。由于其在"郊庙歌辞"中产生时代最早,有些亦颇有文采,对后世影响亦大,故选录一部分,以备一体。

〔2〕《天地》：这是祭天地的诗。现在选录的是汉武帝时的歌辞。后来到成帝建始元年(前32),匡衡为丞相,删去了诗中"黼绣周张"句,

3

改为"肃若旧典"(恭敬地依照旧的典制)。

〔3〕况:同"贶",赏赐。予:皇帝自称。这二句是说天地的神灵都赐福,因为我(皇帝)敬慕他们。

〔4〕爰:发语辞。熙:兴建。紫坛:紫色坛宇,祭神的场所。"思求"句:想找寻与神相通的办法。

〔5〕禋(yīn 因):专心一意祭祀天地。缊(yùn 韵):阴阳和同互相辅助的样子。豫:快乐。纷:昌盛的样子。这二句说皇帝恭敬地继承前代祭天地的重任,使神灵和乐,祭典隆盛。

〔6〕黼(fǔ 府)绣:黑白相间,画成斧形的刺绣品。周张:遍挂于祭坛上。这两句是说用隆盛的仪式承奉至尊的神灵。

〔7〕八溢:同"八佾(yì 逸)",古代天子祭神和祖先,用八八六十四人排成八列舞蹈队,称为"八佾"。虞:娱乐。泰一:也作太一,天神中的至尊者。

〔8〕九歌:指古时的音乐。屈原《离骚》:"启九辩与九歌兮。"斐然:有文采的样子。轩朱:"轩"指黄帝轩辕氏;"朱"指《吕氏春秋·古乐》所说的朱襄氏。黄帝命伶伦作十二律,朱襄氏命臣士达造五弦瑟。

〔9〕璆(qiú 球):美玉。璆磬:以美玉作的磬。

〔10〕"盛牲"句:指献上丰盛的牺牲和供品,又焚烧香草和动物脂油以请神下降受享。

〔11〕奄:同"淹",停留。须摇:同"须臾",片刻。这两句是说神留下受享,虽历时很久,从天上来看,还只是片刻。又据王先谦说,这两句本应是一句,"留"字下应有"兮"字。

〔12〕长丽:传说中的一种神鸟。掞(yàn 艳):同"炎",火光。这句说神鸟在前发出光芒。

〔13〕忒(tè 特):差错。这句说神赏赐君主以寒暑准时不失,阴阳和顺,以显明君主的德行。

〔14〕镶(xuān宣):鸣玉声。这句说诵诗合于音律玉器发出鸣声。

〔15〕函:同"含"。发梁:歌声绕梁。这两句说音乐中具备"宫"、"商"、"角"、"徵"、"羽"五声(古乐中的五个音阶)。

〔16〕条:达。虞:乐。盖:语辞。这二句说音声达到远处,使凤鸟飞翔,神灵久留足以享用。

青阳[1]

邹子乐[2]

青阳开动,根荄以遂[3]。膏润并爱,跂行毕逮[4]。霆声发荣,垭处顷听[5]。枯槁复产,乃成厥命[6]。众庶熙熙,施及夭胎[7]。群生啿啿,惟春之祺[8]。

〔1〕青阳:指春天。汉代举行祭天大典时,兼祭四时之神。这首《青阳》是专为祭春天之神而作,歌中写出了大地回春的一片欣欣向荣景象,也表达了向神祈福的心愿。

〔2〕邹子乐:三字原在篇末,《郊祀歌》中祭四时之神的四首诗,都有此三字,所以一说这四首是邹阳所作。

〔3〕荄(gāi该):草根。遂:生出。

〔4〕膏润:指雨露滋润。爱:同"薆"(ài爱),覆蔽。跂(qí齐)行:用脚走路。此处泛指动物。逮:及,到达。这两句是说春天的雨露,广被一切动植物。

〔5〕荣:指草木开花。垭:同"岩"。顷:同"倾"。这两句说春雷发

声后,蛰伏在岩洞中的动物无不倾听而起。

〔6〕产:生。这两句说冬天枯萎了的草木又生出萌芽,生命得以成长。

〔7〕众庶:众多的生命。熙熙:和乐的样子。施(yí椅):延伸。夭:未成长的生物。胎:尚处于母胎中的生物。这两句说春天万物和乐,恩泽广及尚未出生和成长的生命。

〔8〕噉(dǎn胆):丰厚的样子。祺(qí棋):福。这两句说万物繁殖众多,都蒙受了春天的福祐。

日出入〔1〕

日出入安穷〔2〕,时世不与人同〔3〕。故春非我春,夏非我夏,秋非我秋,冬非我冬〔4〕。泊如四海之池,遍观是邪谓何〔5〕?吾知所乐,独乐六龙,六龙之调,使我心若〔6〕。訾黄其何不徕下〔7〕。

〔1〕日出入:这是祭日神的诗。诗中由太阳的每天早上升起,晚上落山,感到时间的迅速流失,人生的短促。因此汉武帝就产生了要求成仙,乘龙上天的思想。

〔2〕安穷:指每天循环往复没有穷尽。

〔3〕时世:指时间。这句是说世间事物在不断发展,而人的生命却很短促,与此不同。

〔4〕这四句是说四季的更迭不依人的意志为转移。

〔5〕泊(bó薄):大的样子。如:同"与"。邪:同"耶"。谓何:应该

怎么办。这两句说宇宙之大好比四海之水,人生之促,好比一个小池。看遍了这些事实,将怎么办?

〔6〕独乐(yào 要):只爱好。六龙:传说中日神所乘的车,驾以六龙。调:驾御。若:顺,合意。这几句说我了解怎样才能快乐,只有爱好六龙,驾御六龙上天,使我合于心意。

〔7〕訾黄:一名"乘黄",龙翼而马身。一说"訾"乃嗟叹的词语,"黄"即乘黄。徕:同"来"。这句是说乘黄何不从天而降。

天马〔1〕

太一况〔2〕,天马下。沾赤汗,沫流赭〔3〕。志俶傥,精权奇〔4〕。籋浮云,晻上驰〔5〕。体容与,迣万里〔6〕。今安匹,龙为友。

(元狩三年马生渥洼水中作)〔7〕

天马徕,从西极,涉流沙,九夷服〔8〕。天马徕,出泉水〔9〕,虎脊两,化若鬼〔10〕。天马徕,历无草,径千里,循东道〔11〕。天马徕,执徐时〔12〕,将摇举,谁与期〔13〕?天马徕,开远门,竦予身,逝昆仑〔14〕。天马徕,龙之媒,游阊阖,观玉台〔15〕。

(太初四年诛宛王获宛马作)〔16〕

〔1〕《天马》:共两首,都是为汉武帝前后两次获得良马而作。这两首诗据《汉书·礼乐志》所载,都是三言诗。但《史记·乐书》中有"太一贡兮天马下,沾赤汗兮沫流赭。骋容与兮跇万里,今安匹兮龙为友"等句,显然同于第一首。又有"天马来兮从西极,经万里兮归有德。承灵威

7

兮降外国,涉流沙兮四夷服"等句,又同于第二首。《水经注·河水二》也载有"汉武帝天马之歌"曰:"天马来兮历无草,径千里兮循东道",也是第二首中文字。因此不少研究者认为这种三言诗,实即张衡《四愁诗》式的七言诗之祖。《水经注》中还记载了关于天马的传说。这些都对后来的咏马诗、赋产生过较大影响。

〔2〕太一:天神中的至尊者。况:同"贶",赏赐。

〔3〕沫(huì 诲):通"颒"、"靧",洗脸。赭:红褐色。这两句是说天马奔驰时,流出红色的汗,犹若满脸红血。这就是后来人所常说的"汗血马"。

〔4〕俶傥(tì tǎng 替淌):同"倜傥",洒脱不受拘束。精:通作"情"。权奇:奇特不凡。这两句是形容天马的状态不同凡响。

〔5〕蹑(niè 聂):同"蹑"。晻(ǎn 俺):朦胧不清的样子。这两句写天马踏着浮云,一晃就上了天。

〔6〕容与:放任无忌。迣(zhì 治):超越。

〔7〕"元狩":此语是《汉书·礼乐志》原文。据《汉书·武帝纪》,元狩三年(前120)是马生余吾水中,无作诗事,当是元鼎四年(前113)马生渥洼水时作。检《史记·封禅书》说到此事发生在汉武帝即位的二十八年,实即元鼎四年。所以此语有误。

〔8〕徕:同"来"。这几句说天马从西方极远处来到,经过了沙漠。众多的少数民族和外国都降伏了。

〔9〕出泉水:汉人以为千里马是龙种,所以几次获得骏马,都说是出自水中。

〔10〕虎脊两:指马有双脊,皮毛颜色如同老虎。化若鬼:指天马能变化,如同鬼神。

〔11〕循:顺着。这句是说天马迅速越过无草的区域来到东方。

〔12〕执徐:据《尔雅·释天》:"太岁""在辰曰执徐"。这句是说天

马在辰年(太初四年为庚辰)来到。

〔13〕将摇举:将奋发高飞。这两句说,将驾着天马,高飞到遥远之处,无可限期。

〔14〕竦(sǒng悚):同"耸",高高地飞跃。这四句说天马既来,开通了上远方之门,可以使我(汉武帝)上昆仑去会神仙了。

〔15〕龙之媒:这句说天马是神龙的同类,现在天马已来,龙就一定会来了。后人因此把骏马称作"龙媒"。阊阖:天门。玉台:上帝所住的地方。这句说可以驾龙上天去拜谒上帝了。

〔16〕"太初"句:太初四年(前101),汉武帝派贰师将军李广利率兵攻破大宛,杀了宛王,得到大宛名马而回,作《西极天马之歌》。

天门[1]

天门开,诀荡荡[2],穆并骋,以临飨[3]。光夜烛,德信著[4]。灵浸(平而)鸿,长生豫[5]。太朱涂广,夷石为堂[6]。饰玉梢以舞歌[7],体招摇若永望[8]。星留俞,塞陨光[9],照紫幄,珠烦黄[10]。幡比翄回集[11],贰双飞常羊[12]。月穆穆以金波[13],日华耀以宣明[14]。假清风轧忽[15]。激长至重觞[16]。神裴回若留放[17],殣冀亲以肆章[18]。函蒙祉福常若期,寂谬上天知厌时[19]。泛泛滇滇从高斿[20],殷勤此路胪所求[21]。佻正嘉吉弘以昌[22],休嘉砰隐溢四方[23]。专精厉意逝九阂,纷云六幕浮大海[24]。

〔1〕《天门》:此首写诸神大开天门,降临祭坛,并想象神灵已经允

许了汉武帝的请求,让他得以上升天空,成为神仙。从内容上说,较少可取。但在形式上,此诗和《景星》都有较多的七言句,这很可注意。另外,此诗中有些辞句,对后来作家有较大影响。如杜甫《乐游园歌》中"阊阖晴开诀荡荡"句,谢朓《暂使下都夜发新林至京邑赠西府同僚》中"金波丽鳷鹊"句,都用此诗中典故。

〔2〕诀(dié迭):忘记。荡荡:广远的样子。这两句是说天门开后,望见天体广远,言象俱忘。

〔3〕穆:和乐。飨:祭祀。这句说众神都和乐地驰骋而来享祭。

〔4〕烛:照耀。据《史记·封禅书》,汉武帝郊祭太一时,"是夜有美光"。汉武帝信以为真,认为是恩德信义感动上天的明征。

〔5〕灵浸(平而)鸿:灵:神灵。浸:指德泽所沾盖。鸿:大。"平而"二字是衍文。豫:安乐。这句是说神灵的德祐,广大无私,使皇帝能得到长生之道而安乐。

〔6〕太朱涂广:用红漆涂刷殿的大屋。夷:平。夷石为堂:用平整的石块砌成殿堂。这两句形容祭神的场所。

〔7〕梢:舞者手执的竿。这句说舞者拿着一端用玉装饰的竿子起舞唱歌。

〔8〕体:象征。招摇:北斗七星中斗柄内端的那颗星。永:长。这句说旗帜上画有人们长久仰望的北斗星。

〔9〕俞:答应。塞(sài赛):同"赛"。这二句说众星留意到人们的祭赛,用发出光芒来表示许诺。

〔10〕紫幄:祭殿中所挂紫色的帷帐。烟(yún云):发出黄色的样子。这二句说众星如珠子一样发出黄色光芒,照亮殿中紫色的帷帐。

〔11〕幡:同"翻"。比翍:同"比翅",即比翼。回集:回旋的样子。

〔12〕贰:不止一个。常羊:逍遥的样子。这两句是形容舞者动作来回飞旋如同禽鸟比翼飞翔。一说据《史记·封禅书》及《汉书·郊祀

志》,汉武帝来封禅时纵放"远方奇兽飞禽及白雉诸物",因此是写被放的禽鸟。

〔13〕穆穆:美好。金波:形容月光之状。

〔14〕华耀:光华照耀。宣:普遍。

〔15〕假:借着。轧(yà 亚)忽:长远的样子。此句说凭借清风之力使神灵长久留下。

〔16〕激:迅速。这句说祭者迅速地多次献祭。

〔17〕裴回:同"徘徊"。放:寄托。此句说神灵在那里徘徊不去。

〔18〕殣(jìn 尽):同"觐"。这句说希望神能留下,使祭者能亲自献上乐章。

〔19〕寂漻:同"寂寥",虚静的样子。这二句说祭者蒙神的包含降福常能满足他的要求,虚静的老天爷知道祭祀的时间。

〔20〕泛泛:形容向上飘浮。滇滇(tiān 天):众多丰盛的样子。斿(yóu 由):旗上的飘带,即《楚辞·离骚》"载云旗之委蛇"的意思。此句假想已得到神的允许,带着盛大的随从上游天空。

〔21〕殷勤:同"慇懃",衷心地希望。胪:陈述。此句写汉武帝热切希望上天陈述求长生之意。

〔22〕佻:读作"肇",开始。这句说选择了吉日得以广大昌盛。

〔23〕休:美好。嘉:吉庆。砰(pēng 烹)隐:盛大的意思。这句说美好和吉祥盛大到充满四方。

〔24〕九阂(gāi 该):亦作"九垓",古人认为天有九重。九阂即九重,指天。纷云:同"纷纭"。六幕:六合。这二句说一心上天,俯视六合好比浮游于大海中。

景 星[1]

景星显见,信星彪列[2],象载昭庭,日亲以察[3]。参侔开阖[4],爰推本纪[5],汾脽出鼎,皇祐元始[6]。五音六律,依韦飨昭[7],杂变并会,雅声远姚[8]。空桑琴瑟结信成,四兴递代八风生[9]。殷殷钟石羽龠鸣[10]。河龙供鲤醇牺牲[11]。百末旨酒布兰生[12]。泰尊柘浆析朝酲[13]。微感心攸通修名[14],周流常羊思所并[15]。穰穰复正直往宁[16],冯蠵切和疏写平[17]。上天布施后土成。穰穰丰年四时荣[18]。

〔1〕《景星》:"景星"据说是一种吉祥之星,不经常出现,只是在国家政治清明时出现。汉武帝元封元年(前110)秋天,据云曾出现此星。这首诗据古今一些学者考证,当作于元封二年。《汉书·礼乐志》原说作于元鼎五年(前112),误。

〔2〕信星:即填星,亦即镇星。《汉书·天文志》:"填星曰中央季夏土,信也。"彪列:有文彩地排成行列。

〔3〕象:悬象,指日月星辰。载:事,指天象所显示的人事。昭庭:明显地呈现于庭前。这两句是说天象显示上天对汉朝日以亲近已很明显。

〔4〕参:三,指星和日、月合而为三。侔:相等。开:指乾(天)。阖:指坤(地)。这句说景星之出现等同于天地。

〔5〕爰推本纪:指推原于祥瑞的出现以定纪元(年号)。

〔6〕汾脽(shuí谁):汾水旁隆起的土堆。元鼎四年(前113)曾在这里出土一口古鼎。这两句是说,在汾脽出现古鼎是上天下降大福祐的开始。

〔7〕韦:同"违"。飨:同"响"。这两句说祭神的音乐依违于五音六律,声响明朗。

〔8〕姚:同"遥",远。这两句写祭神的乐声繁复多变,雅正的声音

12

远扬。

〔9〕空桑:地名,出良好的木材,可以造琴瑟等乐器。四兴:指四季。八风:指八方来的风。这两句是说优美的乐舞可以调节四季的风向,使之风调雨顺。

〔10〕殷殷(yǐn隐):声音盛大的样子。石:指磬。羽龠(yuè粤):古代舞蹈者手中所拿的器具。

〔11〕河龙供鲤:指河伯提供鲤鱼。醇:毛色纯一不杂。这句写供品的精美。

〔12〕百末:各种芳草做成的粉末香料。旨酒:美酒。布:陈列。这句说各种香料配制的美酒陈上后香气如同兰花盛开。

〔13〕泰尊:上古的瓦尊(酒器)。柘:同"蔗",甘蔗。析:解。酲(chéng呈):喝醉了酒神志不清之状。这句写瓦罐中的甘蔗汁能够醒酒。

〔14〕"微感"句:这是说皇帝内心精微处所通能远达神灵,以保祐他得成久远的美名。

〔15〕周流:通行周遍。常羊:同逍遥。思所并:想寻求与神的道理相合。

〔16〕穰穰:多的样子。复:归。直:当。宁:愿。这句说既已获得众多的福祐,归于正道,能符合往日的心愿。

〔17〕冯:指冯夷,即河伯。蠵(xī希):龟类。疏写平:同"疏泻平"。指元封二年(前109),汉武帝亲自到瓠子黄河决口处,命令群臣背柴薪,堵塞决口。使河水疏导流泻得以平和不泛滥。

〔18〕"上天"二句:指上天降福,后土成就其功,使年成好,收获繁盛。

13

华晔晔[1]

华晔晔,固灵根[2]。神之斿,过天门[3],车千乘,敦昆仑[4]。神之出,排玉房[5],周流杂,拔兰堂[6]。神之行,旌容容,骑沓沓,般纵纵[7]。神之徕,泛翊翊[8],甘露降,庆云集[9]。神之揄,临坛宇,九疑宾,夔龙舞[10]。神安坐,翔吉时,共翊翊,合所思[11]。神嘉虞,申貳觞,福滂洋,迈延长[12]。沛施祐,汾之阿[13],扬金光,横泰河[14],莽若云,增阳波[15]。遍胪欢,腾天歌[16]。

〔1〕《华晔晔》:"华晔晔",光芒盛大的样子。据史载,汉武于元鼎四年(前113)到汾阴(今山西万荣西北)祭后土(大地之神),礼毕,到荥阳,经洛阳而还。这首诗作于他渡过黄河南行途中。诗写了神的出游、来临、受享及赐福等等幻想的情节。

〔2〕固灵根:指神所乘车辆。据《后汉书·舆服志》,皇帝的车辆,有金根车,以金为装饰。这二句是形容神的车辆放着金光。祭者从远处望见,知道神灵降临。

〔3〕斿:见《天门》注〔20〕。这两句写祭者远见神的旗子已越过天门。

〔4〕敦:同"屯"(tún豚),聚集。

〔5〕排玉房:列队于华丽的房屋前。

〔6〕周流:同周游。杂:聚集。拔:同"茇"(bá跋),停止。这二句说神周游太空,聚集于用兰花熏香的祭殿。

〔7〕容容(yǒng勇):飞扬的样子。骑(jì技):骑马的人和他的坐骑。沓沓:行进迅速。般:相连。纵纵(zǒng总):众多。这几句写神出行时人马众多,行动迅速。

〔8〕泛:浮游。翊翊:飞翔的样子。

〔9〕"甘露"二句:讲神灵飞来时降下吉祥的甘露,出现象征太平的庆云。

〔10〕揄(yú逾):相互牵引。坛宇:指祭殿宫室。九疑:九疑山之神,指舜。夔:舜的乐官。龙:舜的纳言。这几句说神的到达引着虞舜也来作客,舜的臣下夔和龙也来舞蹈娱神。

〔11〕共:同"恭"。翊翊:恭敬的样子。这几句写神飞翔着赶吉时来到安坐。祭者恭敬地感到合意。

〔12〕虞:娱乐。申:再次。贰觞:重次敬酒。这几句写神对祭享感到满意。致祭者再次敬酒。神降下丰厚的福泽,延伸长久。

〔13〕沛:广泛。阿:水流曲折之处。这两句说神普施福祐于汾河曲折处,即汾阴。

〔14〕横:充满。泰河:大河。

〔15〕莽:云的样子。阳波:阳侯(河神)之波,这里指黄河的波浪。这二句说神的金光像云一样升起,激起黄河的波浪。

〔16〕胪:陈列。这两句说参加祭典的人见了神光,普遍地感到高兴,歌声上彻天空。

鼓吹曲辞·汉铙歌[1]

朱鹭[2]

朱鹭,鱼以乌[3]。(路訾邪)[4]鹭何食?食茄下[5]。不之食,不以吐,将以问谏者[6]。

〔1〕《鼓吹曲辞》:古代乐曲的一种。历来以为它本为军乐,后有所转化。所用乐器主要有鼓、钲、箫、笳等。《汉铙歌》:汉代鼓吹曲名。本为军乐。后来也使用于朝会宴享、大驾出巡卤簿及赏赐有功官员时作为威仪之用。本有二十二曲,仅存十八曲,今选录七首。从现存歌辞看来,内容比较复杂,有的似不适用于军乐和出行卤簿;有的似亦不适于赏赐功臣。疑为朝廷鼓吹署的乐官,根据原有的曲调,搜集民歌或自作歌辞配曲演唱以供帝王及其臣下娱乐的。这些歌辞在抄写时往往把歌辞本文和表声字辞相混杂,所以有不少首很费解。历来研究者们虽曾提出过不少看法,大抵出于推想,并未得到公认。

〔2〕《朱鹭》:古代朝廷上树立一面大鼓,上面装饰有一只红色的鹭鸟。这面鼓,一说即谏鼓。朝臣向皇帝进谏时,就要先击鼓。此诗假借咏鼓,以勉励进谏者敢尽情吐露忠言。

〔3〕鱼以乌:同"鱼已歍(wū 呜)",指鹭鸟吃鱼已吃又想吐。

〔4〕路訾邪:三字是记声音,无义。一说"鱼以乌,路訾邪"六字俱为表声之字。

〔5〕茄:荷茎。这句说鹭鸟在荷茎下进食。

〔6〕谏者:一作"诛者",误。这句问进谏者究竟要吐出真情还是咽下去不说尽自己的意见。

战 城 南〔1〕

战城南,死郭北,野死不葬乌可食〔2〕。为我谓乌,且为客豪〔3〕,野死谅不葬,腐肉安能去子逃〔4〕。水深激激,蒲苇冥冥〔5〕,枭骑战斗死,驽马徘徊鸣〔6〕。梁筑室,何以南梁何北〔7〕,禾黍而获君何食〔8〕。愿为忠臣安可得。思子良臣〔9〕,良臣诚可思,朝行出攻,暮不夜归。

〔1〕《战城南》:这是一首久戍士兵思归和悼念阵亡者的诗。汉代和匈奴族曾长期发生冲突,朝廷派兵戍守,不免使士兵发生怨恨之情。

〔2〕郭:外城。这三句说城南和外城以北都有战事,阵亡的人死在野外,尸体被乌鸦啄食。

〔3〕我:作诗者自称。客:战死的士兵都来自他乡,所以称"客"。豪:同"号",号哭吊唁。这两句是诗人见阵亡者弃尸原野,只能由乌鸦啼叫来代替亲人的号哭招魂。

〔4〕谅:当然。子:指乌鸦。这两句是说阵亡者死于野外,自然无人收葬,他们的尸体逃不开乌鸦啄食。

〔5〕激激:清澈的样子。冥冥:茂盛繁密,显得晦暗。

〔6〕枭:同"骁"。指勇敢的人。驽马:暗喻怯懦者。

〔7〕梁:有二说,一说认为前后二"梁"字皆表声字,无义。又一说以前一"梁"字为桥梁。后一"梁"为字误,应作"何以南,何以北"。

"梁筑室"是指在桥上盖屋,表示社会秩序不正常,也有说是在桥上筑营。

〔8〕"禾黍"句:"而"一作"不",皆可通。前者是吊唁死者,说禾黍收下来,战死者已不及吃了;后者是说人去作战了,无人收获作物,你们统治者吃什么。

〔9〕良臣:忠心为国的战士。

巫山高〔1〕

巫山高,高以大〔2〕。淮水深,难以逝〔3〕。我欲东归,害梁不为〔4〕。我集无高曳〔5〕,水何梁汤汤回回〔6〕。临水远望,泣下沾衣〔7〕。远道之人心思归,谓之何〔8〕。

〔1〕《巫山高》:这是一首远在他乡的人思归之诗。诗中提到的"巫山"在今四川东部;"淮水"则发源于今河南,经安徽、江苏入海,地点不同。此诗作者大约是身在巫山,想象淮水边上情景。一说认为此诗只是远客思归,山高水深并非现实之辞,"巫山"和"淮水"都不一定是实指其地。

〔2〕以:这里作"且"字解。

〔3〕难:一作"深"。逝:原指水流,此处指渡过。

〔4〕害:读如"曷",即为什么。梁:表声字,无义。下"水何梁"同。"害不为"即为什么不这样做。

〔5〕集:停止。高曳:同"篙枻"(gāo yè 高业),"篙"即竹篙;"枻"即楫,划船用的桨。

〔6〕汤汤(shāng 商):水流大而急。回回:水流回旋的样子。

〔7〕泣:泪水。

〔8〕谓之何:即有什么办法呢。

有所思[1]

有所思,乃在大海南。何用问遗君,双珠玳瑁簪[2],用玉绍缭之[3]。闻君有他心,拉杂摧烧之[4]。摧烧之,当风扬其灰。从今以往,勿复相思。相思与君绝。鸡鸣狗吠,兄嫂当知之[5]。(妃呼豨)秋风肃肃晨风飔[6],东方须臾高知之[7]。

〔1〕《有所思》:这是一首情诗。一个女子爱上了一个远处的人。后来听说对方变了心,就下决心与之断绝。但回想当年偷情时光景,又难下决心,最后只好等待天明后再作决定了。

〔2〕用:以。问遗(wèi 味):赠送。玳瑁(dài mào 代冒):爬行动物,形状像龟,壳黄褐色,可作装饰品。双珠玳瑁簪:用玳瑁做成的发簪,两端用双珠装饰。

〔3〕"用玉"句:用玉环把簪缠绕起来。一说在挂珠的链上用玉装饰。

〔4〕拉:折断。杂:碎。

〔5〕"鸡鸣"二句:这是女子在回忆当时和男子初次见面时情况。

〔6〕妃呼豨(xī 希):这三字为表声字。肃肃:风的声音。晨风:鸟名,即雉。飔:当作"思",指雉为求偶而发出的悲鸣。

〔7〕高:同"皜"、"皓",即东方发白。这句是说等天亮以后我就可作出决定了。

上陵[1]

上陵何美美[2],下津风以寒[3]。问客从何来,言从水中央。桂树为君船,青丝为君笮[4]。木兰为君棹,黄金错其间[5]。沧海之雀赤翅鸿,白雁随,山林乍开乍合,曾不知日月明[6]。醴泉之水,光泽何蔚蔚[7]。芝为车,龙为马。览遨游,四海外[8]。甘露初二年,芝生铜池中[9],仙人下来饮,延寿千万岁。

〔1〕《上陵》:这是汉宣帝时歌颂所谓"祥瑞"的诗。"上陵"即登上汉朝诸帝陵墓。据《汉书·宣帝纪》载,他即位前曾多次遨游诸陵间。此诗写到了神仙的出现及各种祥瑞之物的到来。明人胡应麟说:"《铙歌·上陵》一篇尤奇丽,微觉断续。后半类《郊祀歌》,前半类东京乐府。盖《羽林郎》、《陌上桑》之祖也。"

〔2〕"上陵"句:登上诸陵但见景色何其美好。

〔3〕下津:指从陵上下来到达水边。

〔4〕客:指仙人。笮(zuó昨):竹子做的绳索,西南少数民族用以渡河。这里似指维系船的绳索。这两句是形容仙人出现时所乘船的豪华。

〔5〕木兰:树木名。棹(zhào兆):划船的工具。错:涂饰。

〔6〕"沧海"四句:据《汉书·宣帝纪》载,汉宣帝时,凤凰出现,众鸟随从,出现于各郡的山林中,望去只见山林忽开忽合,实即众鸟飞舞之状,连日月的光芒也被众鸟所遮蔽,更见鸟类之多。

〔7〕醴泉:甘甜的泉水,古人以为是祥瑞。蔚蔚:茂盛的样子。

〔8〕"芝为车"四句:假想神的车盖形似灵芝(芝盖),驾着龙,在天地间遨游。

〔9〕甘露:汉宣帝年号(前53—前50)。芝生铜池中:古人以生出芝草为吉祥之兆。

雉子班〔1〕

雉子,班如此〔2〕,之于雉梁〔3〕,无以吾翁孺,雉子〔4〕。知得雉子高蜚止〔5〕,黄鹄蜚之以千里,王可思〔6〕。雄来蜚从雌,视子趋一雉〔7〕。雉子,车大驾马滕〔8〕,被王送行所中〔9〕,尧羊蜚从王孙行〔10〕。

〔1〕《雉子班》:这是一首寓言诗,写老雉目睹幼雉被捕的生离死别之情。但各家对此诗的断句有多种不同。

〔2〕雉子:幼雉。班:同"斑"。这是说幼雉毛羽色彩斑斓。这里称"雉子",含有赞叹、爱抚之意。

〔3〕之:同"至"。梁:同"粱"。这句说幼雉飞到了可以觅食稻粱之处。

〔4〕无:同"毋",不要。吾:同"俉"(wù悟),迎;接近。翁孺:指人类。这里再次称"雉子",是叮嘱它要小心。

〔5〕得:这里指被抓住。一说,"知得"是要知足。不能贪食忘了危险。蜚:同"飞"。下同。这句说老雉知道幼雉被捉,就飞来了。

〔6〕王:同"旺",强壮有力。这句是老雉羡慕黄鹄能够高飞,筋力强劲。

21

〔7〕"雉来"二句:写公雉和母雉都飞来,见猎者赶向幼雉。一说:公雉和母雉见到幼雉接近一只雉媒(人类用以诱捕雉的驯雉)。

〔8〕滕:同"腾"。这句说猎者把幼雉捉住驾上车,马已迅跑起来。因此老雉第三次称"雉子",是哀号。

〔9〕王:当作"生"。这句说幼雉被活捉到捕猎者的住地去。

〔10〕尧羊:同"翱翔",这句说老雉依依不舍地跟着王孙(捕猎者)的车飞行。

上邪[1]

上邪,我欲与君相知,长命无绝衰[2]。山无陵[3],江水为竭,冬雷震震夏雨雪,天地合,乃敢与君绝。

〔1〕《上邪》:这是一首女子向情人发誓永久相爱的诗,感情真挚炽烈。一说此诗与《有所思》文义相连,上篇表示想决绝而未定,此篇则表示决心不断绝。

〔2〕上:指老天。邪:同"耶"。相知:相亲近。"长命"句:即爱情永不衰绝。

〔3〕陵:山峰。

相和歌辞[1]

公无渡河[2]

公无渡河,公竟渡河。堕河而死,将奈公何?

〔1〕《相和歌辞》:乐府歌曲名。《宋书·乐志》说:"《相和》,汉旧歌也。丝竹更相和,执节者歌。"《相和》的名词,大约由此而起。这些歌,正如《宋书·乐志》所说,"今之存者,并汉世街陌谣讴"。这些歌本是"徒歌"(即无乐器伴唱),后来被采入乐府,以弦管配奏。后来曹操父子及一些文人都曾加以拟作。根据《相和歌》旧曲,另作新辞。今《乐府诗集》所收"相和歌辞",其中既有许多汉代民歌,也有不少是汉魏以来文人的拟作。

〔2〕《公无渡河》:《相和歌辞》之一,即《箜篌引》。据说是朝鲜津卒(管理河流渡口的小吏)霍里子高之妻丽玉所作。霍里子高早上起来划船,见一老翁披发提壶,横渡河流。老翁的妻子在后面制止他,他不听,终于被河水淹死。妻子就用箜篌弹奏此歌,曲终也投河而死。霍里子高把此事告诉了丽玉,丽玉乃用箜篌仿其声而作此曲。

江南[1]

江南可采莲,莲叶何田田[2],鱼戏莲叶间。鱼戏莲叶东,鱼戏莲叶西,鱼戏莲叶南,鱼戏莲叶北。

〔1〕《江南》:这是《相和歌辞·相和曲》之一。主要写良辰美景,行乐得时。清人张玉谷认为此诗不写花,只写叶,意为叶尚且可爱,花就不待说了。"鱼戏莲叶间",有以鱼自比之意。余冠英先生认为"鱼戏莲叶东"以下四句,可能是"和声",由领唱者唱前三句,后四句则众人和唱。

〔2〕田田:茂盛的样子。

东光〔1〕

东光乎,仓梧何不乎〔2〕?仓梧多腐粟,无益诸军粮〔3〕。诸军游荡子,早行多悲伤〔4〕。

〔1〕《东光》:《相和歌辞》之一。汉武帝元鼎五年(前112),据有今广东一带的南越国相吕嘉作乱,杀害国王、太后及汉朝使者。汉武帝派路博德、杨仆等人率兵从今湖南、江西等地出兵讨伐,又派南越降人甲为下濑将军,带领罪犯组成的军队进攻苍梧(今广西梧州)。梧州地方潮湿,多瘴气,出征士兵颇有不满。这诗写的就是这种怨愤之情。

〔2〕东光:东方发亮,即天明。不:同"否"。这二句是说"天亮了吗?苍梧为什么不亮。"余冠英先生认为因苍梧卑湿,多雾气,所以天亮得晚。

〔3〕腐粟:陈年积贮已经败坏的五谷粮食。

〔4〕游荡子:离乡远行的人。这二句说远征者早起行军,情绪很悲伤。

薤露[1]

薤上露,何易晞[2]。露晞明朝更复落,人死一去何时归。

〔1〕《薤露》:《相和歌辞·相和曲》之一。《薤露》本是送葬的哀歌。旧说出于楚汉之际的田横的门客,田横被汉高祖所召,半途自杀,他的门客哀悼他作此歌。但晋杜预已说到《薤露》不始于田横。《文选》宋玉《对楚王问》,也有"《阳阿》、《薤露》"之名。

〔2〕薤(xiè 卸):植物名,地下有圆锥形鳞茎,叶丛生,细长中空,断面为三角形,伞形花序,花紫色。晞:晒干。

蒿里[1]

蒿里谁家地,聚敛魂魄无贤愚[2]。鬼伯一何相催促[3],人命不得稍踟蹰[4]。

〔1〕《蒿里》:《相和歌辞·相和曲》之一。这也是一首送葬的哀歌。"蒿里"是魂魄聚居之地。因此哀悼人命不得久留,无论贤愚都不免一死。

〔2〕"聚敛"句:指无论贤愚最后都不免要死去。

〔3〕鬼伯:主管死亡之神。一何:何其,多么。

〔4〕踟蹰:逗留。

鸡 鸣[1]

鸡鸣高树巅,狗吠深宫中[2]。荡子何所之,天下方太平[3]。刑法非有贷,柔协正乱名[4]。黄金为君门,璧玉为轩阑[5]。堂上有双樽酒,作使邯郸倡[6]。刘王碧青甓,后出郭门王[7]。舍后有方池,池中双鸳鸯。鸳鸯七十二,罗列自成行。鸣声何啾啾,闻我殿东厢。兄弟四五人,皆为侍中郎。五日一时来,观者满路傍[8]。黄金络马头,颖颖何煌煌[9]。桃生露井上,李树生桃傍。虫来啮桃根,李树代桃僵[10]。树木身相代,兄弟还相忘[11]。

[1]《鸡鸣》:《相和歌辞·相和曲》之一。《乐府诗集》卷二十八引《乐府解题》历叙此诗各段内容,并指出其中一部分字句"与《相逢狭路间行》同"。清人张玉谷《古诗赏析》则认为是规劝"荡子"的诗。他以为第一段是写"天下方太平",不应放纵不法;其次六句说其家富盛;再次六句写其家贵显更不宜为非作歹;末六句说为非作歹会祸及兄弟。因此批评《乐府解题》"不知连属之理,固是粗心"。明人唐汝谔《古诗解》,认为是刺汉代成帝、哀帝间"王氏五侯"的诗,现代学者也有采用此说的。但此说恐太穿凿。张说则可备一说,从诗中一些句子看来,恐怕有出于乐官拼凑的可能。

[2]"鸡鸣"二句:这两句是写太平景象,万物各安其所,为陶渊明诗"狗吠深巷中,鸡鸣桑树颠"所本。

[3]荡子:放纵不法的人。这两句是说正当太平之时,荡子们的行

径想干什么?

〔4〕贷:宽恕。柔协:安抚和顺的人。正乱名:纠正败乱名教的人。这两句以刑法告诫"荡子"守法。

〔5〕轩阑:廊子和栏杆。这两句写富家房屋的奢华。

〔6〕作使:役使。邯郸倡:古代邯郸(今属河北)地方多伶人,善歌舞。

〔7〕甓(pì 僻):砖。"碧青甓"是碧青色的砖,大约近于现代的琉璃瓦。这两句不甚可解。张玉谷认为"刘王"、"郭门王""大约是当时制甓之家",疑是。一说以"刘王"为汉代同姓王;"郭门王"为郭门之外的异姓王。但西汉自高祖末年后至东汉后期,皆无异姓封王事,此说恐非。

〔8〕"五日"二句:汉朝制度规定,官员每五日休息(古称"休沐")一次。这里说每五天兄弟们一起回家,路人聚观他们的气势。

〔9〕颎(jiǒng 迥)颎:发光的样子。何:此处与"啊"同意。煌煌:与"颎"义近,都是形容"黄金络马头"的金光铿亮。

〔10〕啮(niè 聂):虫蛀咬。这两句是借桃李被虫咬比喻亲属间受牵连代人受过。

〔11〕"树木"二句:喻兄弟相忘,各图自安。

乌生〔1〕

乌生八九子,端坐秦氏桂树间〔2〕。唶我〔3〕,秦氏家有游遨荡子〔4〕,工用睢阳强,苏合弹〔5〕。左手持强弹两丸,出入乌东西〔6〕。唶我,一丸即发中乌身,乌死魂魄飞扬上天。阿母生乌子时,乃在南山岩石间。唶我,人民安知乌子处,蹊径窈窈安从通[7]？白鹿乃在上林西苑中，射工尚复得白鹿脯[8]。唶我，黄鹄摩天极高飞，后宫尚复得烹煮之[9]。鲤鱼乃在洛水深渊中，钓钩尚得鲤鱼口。唶我，人民生各各有寿命，死生何须复道前后[10]？

〔1〕《乌生》：一作《乌生八九子》，《相和歌辞·相和曲》之一。这首诗写乌鸦被人用弹射死，自叹藏身不密；接着又以白鹿、黄鹄和鲤鱼之死自慰，认为死生各有定命，不必叹息长短。现代学者认为有隐喻世路险恶的用意，可备一说。

〔2〕"端坐"句：是说乌鸦止息在秦氏的桂树上。

〔3〕唶（jiè 戒）：叹息声。唶我：即"唉，我啊"。

〔4〕游遨荡子：游手好闲的人。

〔5〕工：善于。睢（suī 虽）阳：地名，今河南商丘，古时属宋国。强：硬弓。据《艺文类聚》卷六十引《阙子》载，春秋时宋景公曾命工人制作射程很远的弓，所以这里称"睢阳强"。苏合：即苏合香，一种香料。古人曾用它和泥做弹丸。

〔6〕"出入"句：指弹丸擦过乌鸦的左右侧。

〔7〕窈窕（yǎo tiǎo 咬挑）：幽深的样子。"人民"二句：是说乌鸦在南山岩石间时，道路幽险不通，人们不知它藏身之处。

〔8〕上林：汉代皇帝的苑囿，在长安西南。这二句是说白鹿栖息上林苑中，也被人射死作肉脯吃。

〔9〕"黄鹄"二句：是说黄鹄虽能高飞，也被人射死煮食。

〔10〕"各各"句：是谓各人寿命早已决定。"死生"句：是说死生不必计较先后和长短。

平陵东[1]

平陵东,松柏桐[2],不知何人劫义公[3]。劫义公在高堂下[4],交钱百万两走马[5]。两走马,亦诚难,顾见追吏心中恻[6]。心中恻,血出漉[7],归告我家卖黄犊[8]。

〔1〕《平陵东》:《相和歌辞·相和曲》之一。这首诗据《乐府诗集》卷二十八引《古今注》及《乐府解题》都说是西汉末起兵反对王莽不成而死的翟义的门客哀悼翟义而作,显系附会。现代学者多认为诗中是写官府劫掠人,勒索钱财的事,似较合乎诗的内容。

〔2〕平陵:汉昭帝陵墓,在长安西北。松柏桐:这三种树木是坟墓经常种植的。这里是写劫人的事,发生于平陵东侧的树林中。

〔3〕不知何人:实际是指官府。义公:即我公。《春秋繁露·仁义法》:"义之为言我也。"前人以为指翟义,误。

〔4〕高堂下:当指官府。这句应指劫掠者把"义公"押到官府的高堂之下进行勒索。

〔5〕"交钱"句:这句是说要交出钱百万和快马两匹才肯放人。

〔6〕恻(cè测):悲痛。这三句是说劫人者勒索两匹快马,自己财力实难办到,因此回顾追索的官吏心中感到痛苦。

〔7〕漉(lù鹿):渗出;一说枯竭,都是以心中出血来极言其痛苦。

〔8〕"归告"句:当指被劫者家人出于无奈,只有回家出卖小牛以充赎款。

陌上桑[1]

日出东南隅,照我秦氏楼[2]。秦氏有好女[3],自名为罗敷[4]。罗敷喜蚕桑,采桑城南隅。青丝为笼系[5],桂枝为笼钩[6]。头上倭堕髻[7],耳中明月珠[8]。缃绮为下裙[9],紫绮为上襦[10]。行者见罗敷,下担捋髭须[11]。少年见罗敷,脱帽着帩头[12]。耕者忘其犁,锄者忘其锄。来归相怨怒,但坐观罗敷[13]。使君从南来,五马立踟蹰[14]。使君遣吏往,问是谁家姝[15]。秦氏有好女,自名为罗敷[16]。罗敷年几何[17]?二十尚不足,十五颇有馀[18]。使君谢罗敷,宁可共载否[19]?罗敷前置辞:使君一何愚。使君自有妇,罗敷自有夫[20]。东方千馀骑,夫婿居上头[21]。何用识夫婿,白马从骊驹[22]。青丝系马尾,黄金络马头。腰中鹿卢剑[23],可直千万馀。十五府小史[24],二十朝大夫[25]。三十侍中郎[26],四十专城居[27]。为人洁白皙[28],鬑鬑颇有须[29]。盈盈公府步[30],冉冉府中趋[31]。坐中数千人,皆言夫婿殊[32]。

[1]《陌上桑》:《相和歌辞·相和曲》名。《乐府诗集》卷二十八云:"一作《艳歌罗敷行》。《古今乐录》曰:'《陌上桑》,歌瑟调古辞《艳歌罗敷行·日出东南隅篇》。'"《玉台新咏》则作《日出东南隅行》。《宋书·乐志》所录《陌上桑》三首则为曹丕《弃故乡》、抄自《楚辞》的《今有

人》和曹操《驾虹霓》三首,却将此首编入"大曲"一类,称"《罗敷》、《艳歌罗敷行》"。但从诗的内容看,《陌上桑》一曲古辞,当为这一首。《宋书·乐志》恐是根据魏晋时乐官所奏情况,因此诗"前有艳(前奏),后有趋(收尾乐声)"而另编入一类。关于此诗的本事,《乐府诗集》引崔豹《古今注》说罗敷是"邯郸人","为邑人王仁妻",曾拒绝赵王引诱等事,当出附会,不足信。宋代朱熹曾认为此诗情节与"秋胡戏妻"故事相似,疑"夫婿"和"使君"就是一人。此诗恐从秋胡故事演变而来,余冠英先生和现代一些研究者对此都很重视。似较合事实。

〔2〕秦氏楼:这里的"秦氏"不必实有其人,正如《乌生》中"端坐秦氏桂树间"为随便举一人家姓氏,不必实指。

〔3〕好女:美女。

〔4〕自名:自称其名。一说本名。按:《玉台新咏》及《初学记》卷十九所引皆作"自言名罗敷",当从前说。

〔5〕笼:篮子。系:系结篮子的绳。

〔6〕笼钩:篮柄。

〔7〕倭堕:一说同"婀娜"(ē tuǒ 阿妥),美好的样子。倭堕髻:指美好的发髻。又一说谓是一种发髻之形,由东汉梁冀妻所创"堕马髻"(梳成偏侧之状)变化而来。

〔8〕"耳中"句:指以珍贵的明月珠作珰,挂在耳旁。

〔9〕缃(xiāng 乡):浅黄色。绮:一种丝织品。

〔10〕上襦(rú 儒):短上衣。

〔11〕髭(zī 兹)须:胡须。这句说行道者见了罗敷,放下担子摸弄胡子,自叹已老。

〔12〕帩(qiào 俏)头:一作"幧(qiào)头",古代男子先用头巾裹束头发,然后戴上冠帽(有官爵者戴冠,平民戴帽)。脱帽是自炫他年少的举动。

〔13〕坐:由于。这两句说看了罗敷的人,归家就嫌其妻丑而生气。

〔14〕使君:古人对郡太守的称呼。五马:汉代制度规定,郡太守的车驾马五匹。踟蹰:徘徊不进。

〔15〕姝(shū枢):美好的女子。

〔16〕"秦氏"二句:这是罗敷答使君所遣吏的话。

〔17〕"罗敷"句:这是吏员问语。

〔18〕"二十"二句:这又是罗敷答语。

〔19〕谢:致意。"宁可"句:是说可否上车随使君同归。

〔20〕"使君"三句:这是罗敷坚拒使君的话。

〔21〕骑(jì季):骑马的人。居上头:指处于尊贵者的位上。

〔22〕"何用"句:是说怎样辨认夫婿。骊(lí厘):深黑色。"白马"句:是说夫婿独自骑着白马,而随从者都骑黑马。

〔23〕鹿卢剑:剑柄以辘轳形的玉作装饰的宝剑。

〔24〕府小史:官府中掌文书的小官。

〔25〕朝大夫:朝廷中一般中等官员。

〔26〕侍中郎:皇帝左右的近臣。

〔27〕专城居:掌管一郡之事,即郡太守。

〔28〕皙(xī息):人的皮肤白。

〔29〕鬑鬑(lián廉):鬓发疏而长的意思。颇:稍稍。

〔30〕盈盈:从容缓步的样子。

〔31〕冉冉:缓慢的样子。

〔32〕殊:出众。

长歌行[1]（三首）

其一

青青园中葵，朝露待日晞[2]。阳春布德泽，万物生光辉[3]。常恐秋节至，焜黄华叶衰[4]。百川东到海，何时复西归。少壮不努力，老大徒伤悲。

〔1〕《长歌行》：《相和歌辞·清商三调歌诗·平调曲》之一。《乐府诗集》卷三十所载"古辞"凡二首。明冯惟讷《古诗纪》将其中第二首（"仙人骑白鹿"）中"苕苕山上亭"以下十二句分为另一首。按：《艺文类聚》卷四十一所载《长歌行》中，没有"苕苕"以下几句；而"苕苕"以下十二句中的前六句，《艺文类聚》卷二十七以为是曹丕《于明津作诗》，但无"凯风吹长棘"以下六句。逯钦立《先秦汉魏晋南北朝诗》以为这一部分就是曹丕的诗。余冠英先生《乐府诗选》则从《古诗纪》作为古辞。从这三首诗的内容来看，第一首正如张玉谷所说，"此警废学之诗"；第二首是游仙；第三首写游子思乡，篇义各各不同。至于第三首的风格，的确更像建安文人之作。逯钦立据《艺文类聚》卷二十七，以为是曹丕《于明津作诗》。疑是。因为晋代乐官所奏，多有拼凑的情况。今姑从《乐府诗集》作"古辞"。

〔2〕晞（xī 希）：干燥。这两句是说人生如园葵上的露水，太阳出来就干了，喻其短促。

〔3〕"阳春"二句：是说春天的阳光雨露使万物得以茁壮成长。

〔4〕焜（kūn 昆）黄：一般认为是枯黄的意思。余冠英先生以为

"煇"是"煴"(yūn 云)的假借字,"煴"就是黄的意思。吴小如先生认为"煇黄"当即"煇煌",指光灿夺目。意为常怕秋天一到,本来光灿夺目的花叶都衰落了。

其二

仙人骑白鹿,发短耳何长。导我上太华,揽芝获赤幢[1]。来到主人门,奉药一玉箱。主人服此药,身体(一)日康强。发白〔复〕更黑,延年寿命长[2]。

〔1〕太华:即华山,在今陕西华阴南。古人认为是仙人常游之地。揽:采。赤幢(zhuàng 壮):芝草的一种,红色状如车盖。
〔2〕"主人"二句:据《诗纪》,(一)当删去,〔复〕字补入。

其三

苕苕山上亭,皎皎云间星[1]。远望使心思,游子恋所生。驱车出北门,遥观洛阳城[2]。凯风吹长棘,夭夭枝叶倾[3]。黄鸟飞相追,咬咬弄音声[4]。伫立望西河,泣下沾罗缨[5]。

〔1〕苕苕(tiáo 迢):高的样子。皎皎:明亮。
〔2〕所生:指父母及祖先。《诗经·小雅·小宛》:"夙兴夜寐,母忝尔所生。"洛阳城:《艺文类聚》所引曹丕《于明津作诗》作"河阳城"。按:河阳正在洛阳之北,出洛阳北门遥见河阳,较近情理。但河阳亦非曹丕故乡,疑此首是曹丕在洛阳时想念身居邺城的母亲卞氏之作。

〔3〕凯风:南风。长棘:酸枣树。夭夭:茂盛的样子。这两句用《诗经·邶风·凯风》"凯风自南,吹彼棘心,棘心夭夭,母氏劬劳"诸句意,抒发思母之情,与上文"游子恋所生"相呼应。

〔4〕咬咬(jiāo 交):《玉篇》:鸟声也。嵇康《赠秀才入军诗》:"咬咬黄鸟。"《诗经·秦风·黄鸟》有"交交黄鸟"句,有些注家亦以鸣声释之。此处似用《诗经·小雅·黄鸟》以"黄鸟黄鸟"起兴而归结为"此邦之人,不我肯谷;言旋言归,复我邦族"诸句的意思。

〔5〕西河:指战国时魏国的"西河",在今陕西东部一带。罗缨:丝织帽带。这两句用战国时吴起典故:吴起出仕时和母亲分别,自称不得卿相之位不回故乡卫国。他为魏国守西河,后受人谗害,只得逃亡楚国。临去时哭泣说:西河必为秦所夺。西河后来果为秦所占领。(见《吕氏春秋·长见》)这里似着重用前一个典故,表示后悔别母出仕。

猛虎行〔1〕

饥不从猛虎食〔2〕,暮不从野雀栖〔3〕。野雀安无巢,游子为谁骄〔4〕。

〔1〕《猛虎行》:《相和歌辞·清商三调歌诗·平调曲》之一。这首"古辞"见于李善《文选》陆机《猛虎行》注及《乐府诗集》卷三十一曹丕《猛虎行》说明引。《乐府诗集》引《乐府解题》认为是陆机之作,"言从远役犹耿介不以艰险改节也"。此诗似亦有此意。余冠英先生《乐府诗选》认为是要"自重自爱",也是这意思。

〔2〕"饥不从"句:指不能做非法的事,因为猛虎是残害生灵的。

〔3〕"暮不从"句:指不能和行为不正的人在一起。

〔4〕"野雀"二句：意思说野雀岂没有它的巢，但游子不能从它栖宿。这并非为别人，而是为了自珍。"骄"在这里作矜重解。

君子行[1]

君子防未然，不处嫌疑间[2]。瓜田不纳履，李下不正冠[3]。嫂叔不亲授，长幼不比肩[4]。劳谦得其柄[5]，和光甚独难[6]。周公下白屋，吐哺不及餐。一沐三握发，后世称圣贤[7]。

〔1〕《君子行》：《相和歌辞·清商三调歌诗·平调曲》之一。这首诗除《乐府诗集》外，也见于六臣注本《文选》，但宋尤袤刊本和清胡克家刊本李善注《文选》未收，疑属误脱。这首诗是强调君子应该谦虚谨慎，远避嫌疑。后来陆机、沈约等人均有拟作，大致都不外这个意思。又此首前四句，亦见于《西曲歌·来罗》第二首。疑是乐官改编，配以《西曲歌》声调。

〔2〕"君子"二句：是说君子应该自重，应该避开易涉嫌疑的事。

〔3〕"瓜田"二句：意思说在瓜田中不能俯身穿鞋，以免使人误以为偷瓜；在李树下不能去整顿帽子，以免误会成偷摘李子。

〔4〕亲授：指亲手交接物品。古代人认为男女之间不能相互接触，所以叔嫂间也不能互相传递东西。比肩：指并肩走路。因为古人习俗认为年幼的人应让年长者先行，否则就是不恭敬。

〔5〕劳谦：语出《周易·谦·九三爻辞》："劳谦君子，有终，吉。"意思是说勤劳而谦逊的君子，终能得到好的结果。柄，根本。

〔6〕和光:语出《老子》:"和其光,同其尘。"这句说与世俗的人和睦共处颇为不易。

〔7〕白屋:平民的房子,这里代指平民。"周公"四句:用《史记·鲁周公世家》中记周公为了求贤,只要有士人求见,吃饭时就把含在口中的饭吐出,洗头时不等擦干,用手握着头发就去接见宾客的典故。正因为如此,所以后代人都称周公为圣贤。

相逢行〔1〕

相逢狭路间,道隘不容车。不知何年少,夹毂问君家〔2〕。君家诚易知,易知复难忘。黄金为君门,白玉为君堂。堂上置樽酒,作使邯郸倡〔3〕。中庭生桂树,华灯何煌煌。兄弟两三人,中子为侍郎〔4〕。五日一来归,道上自生光〔5〕。黄金络马头〔6〕,观者盈道旁。入门时左顾,但见双鸳鸯。鸳鸯七十二,罗列自成行。音声何噰噰〔7〕,鹤鸣东西厢。大妇织绮罗,中妇织流黄〔8〕。小妇无所为,挟瑟上高堂〔9〕。丈人且安坐〔10〕,调丝方未央〔11〕。

〔1〕《相逢行》:《相和歌辞·清调曲》之一。《乐府诗集》卷三十四云:"一曰《相逢狭路间行》,亦曰《长安有狭斜行》。"余冠英先生认为本篇和《长安有狭斜行》是"同一母题","似是一曲之异辞,而《相逢行》以这篇(《长安有狭斜行》)为蓝本"(《乐府诗选》第20页)。今附录《长安有狭斜行》于后,以资参照。

〔2〕毂(gǔ 谷):车轮中心有孔插轴的地方。这里代指车子。

〔3〕邯郸:今河北邯郸市,战国时属赵,从战国至秦汉间,赵地女子以善歌舞著名。倡:歌女。这句是说有赵地歌女在此演奏。

〔4〕中子:即仲子,亦即第二个儿子。侍郎:汉代官名,皇帝的侍从官。汉东方朔《答客难》:"官不过侍郎,位不过执戟。"《汉书·百官公卿表》载,郎中令属官有侍郎,秩比四百石。《续汉书·百官志》载,尚书令属官有"侍郎三十六人,四百石"。"主作文书起草"。

〔5〕"五日"二句:古代官吏五日一休沐(休假)。这两句是说当他休假回家时,一路光彩照人。

〔6〕"黄金"句:指驾马所用马勒用黄金作装饰。

〔7〕雍雍(yōng 雍):声音和谐的样子。

〔8〕流黄:黄紫相间的绢。

〔9〕高堂:指家中长辈所居的堂屋。

〔10〕丈人:老人,家长。

〔11〕调丝:指弹瑟时调弦。方未央:一作"未遽央"。央是尽的意思。"未央"和"未遽央"都是说没有完。

附:

长安有狭斜行

长安有狭斜,狭斜不容车。适逢两少年,挟毂问君家。君家新市旁,易知复难忘。大子二千石〔1〕,中子孝廉郎〔2〕。小子无官职,衣冠仕洛阳〔3〕。三子俱入室,室中自生光。大妇织绮纻,中妇织流黄。小妇无所为,挟琴上高堂。丈夫且徐徐,调弦讵未央〔4〕。

〔1〕二千石:据《续汉书·百官志》:"二千石奉,月百二十斛。"梁刘

昭注引荀绰《晋百官表注》:"真二千石月钱六千五百,米三十六斛。"

〔2〕孝廉郎:汉代实行乡举里选的制度,由郡太守推荐当地人举为"孝廉",由朝廷选用。"郎"是秦汉时代职位较低的官职,属郎中令,是皇帝的侍卫。孝廉郎,指以孝廉身份被任用为郎。

〔3〕"衣冠"句:这句是说"小子"虽尚无官职,但已整顿衣冠,准备去洛阳求官。

〔4〕讵未央:同上首"未遽央"。

塘上行〔1〕

蒲生我池中,其叶何离离〔2〕。旁能行仁义,莫若妾自知〔3〕。众口铄黄金,使君生别离〔4〕。念君去我时,独愁常苦悲。想见君颜色,感结伤心脾。念君常苦悲,夜夜不能寐。莫以豪贤故〔5〕,弃捐素所爱。莫以鱼肉贱,弃捐葱与薤。莫以麻枲贱,弃捐菅与蒯〔6〕。出亦复苦怨,入亦复苦愁。边地多悲风,树木何修修〔7〕。从君致独乐,延年寿千秋。

〔1〕《塘上行》:汉《相和歌辞·清调曲》之一。此诗据《宋书·乐志》以为曹操所作;《玉台新咏》题魏甄后(即曹丕前妻甄氏)作。《乐府诗集》卷三十五虽题"魏武帝"(曹操)作,而说明中引《邺都故事》说亦以为甄后作。但《文选》陆机《塘上行》李善注引《歌录》以为"古辞"。余冠英先生《乐府诗选》作为"古辞"处理。按:《邺都故事》所记甄后作诗经过,恐系后人据诗的内容,牵合甄后生平加以附会。此诗当为古辞或曹操所作。(详见曹道衡《关于乐府诗的几个问题》,《齐鲁学刊》一九

九四年三期第八页。)

〔2〕离离:茂盛的样子。

〔3〕旁:旁人,别人。这两句是说别人如能实行仁义之道,那我是再清楚不过了。

〔4〕"众口"句:化用《汉书·邹阳传》"众口铄金"语。颜师古注:"美金见毁,众共疑之,数被烧炼,以至销铄。"以此比喻被众人谗毁,终于被祸。铄(shuò 硕):熔化。"使君"句:致使你起了别离之心,把我抛弃。

〔5〕豪贤:地位更高而且更贤能的人。

〔6〕枲(xǐ 喜):麻。菅(jiān 兼):多年生草本植物,叶子细长,根很坚硬,可做炊帚、刷子等。蒯(kuǎi 侩上声):生在水边的草本植物,可织席。

〔7〕修修:一作"翛翛"(xiāo 萧):鸟尾残破的样子,这里借以形容树木在边风中枯槁的状况。

善哉行[1]

来日大难,口燥唇干。今日相乐,皆当喜欢。经历名山,芝草翻翻[2]。仙人王乔[3],奉药一丸。自惜袖短,内手知寒[4]。惭无灵辄,以报赵宣[5]。月没参横,北斗阑干[6]。亲交在门,饥不及餐。欢日尚少,戚日苦多。以何忘忧,弹筝酒歌。淮南八公,要道不烦[7]。参驾六龙,游戏云端。

〔1〕《善哉行》:《相和歌辞·瑟调曲》之一。这首古辞是讲游仙的。

《乐府诗集》卷三十六引《乐府解题》认为此诗是说人命不能久长,应当与亲友聚晤,讲求长生的方术,和仙人同游。后来曹操等人的拟作,则仅取其曲调,内容与此各各不同。

〔2〕翻翻:形容芝草在风中摆动。

〔3〕王乔:古代仙人,又作王子乔,《列仙传》以为即春秋时的王子晋。

〔4〕内:同"纳"。

〔5〕灵辄、赵宣:据《左传·宣公二年》记载,晋国卿赵盾曾在路上见一饿人,赵盾给他饭吃,并救济了他母亲。后来这人当了晋灵公的武士,灵公想在宴会时伏兵杀害赵盾,那饿人倒戈救护赵盾,使得免于难。灵辄是饿人之名。"赵宣"是赵盾的谥号赵宣子。

〔6〕参:星名。阑干:纵横。

〔7〕"淮南"八公:据说汉淮南王刘安养士,有苏非、李上、左吴、陈由、伍被、雷被、毛被、晋昌等八人去见他,后来他们带着刘安一起成仙上天。"要道"句:意为成仙的大道并不繁琐。

陇西行[1]

天上何所有,历历种白榆[2]。桂树夹道生[3],青龙对道隅[4]。凤凰鸣啾啾,一母将九雏[5]。顾视世间人,为乐甚独殊。好妇出迎客,颜色正敷愉[6]。伸腰再拜跪[7],问客平安否。请客北堂上,坐客毡氍毹[8]。清白各异樽,酒上正华疏[9]。酌酒持与客,客言主人持[10]。却略再拜跪[11],然后持一杯。谈笑未及竟,左顾敕中厨[12]。促令办粗饭,慎莫使稽留[13]。废礼送客出,盈盈府中趋[14]。送客亦不远,足不过门枢[15]。取妇得如此,齐姜亦不如[16]。健妇持门户,胜一大丈夫。

〔1〕《陇西行》:《相和歌辞·瑟调曲》之一。《乐府诗集》卷三十七云:"一曰《步出夏门行》。"按:同书同卷又有另一首古辞《步出夏门行》,个别字句虽与本首相同,内容则讲神仙之事,与此首不同。此首正如《乐府解题》所说:"始言妇有容色能应门承宾,次言善于主馈,终言送迎有礼。"又据《乐府诗集》引南朝宋齐间人王僧虔《技录》说:"《陇西行》,歌(魏)武帝《碣石》、(魏)文帝(实为明帝)《夏门》二篇。"可见南朝时这首古辞已不复歌唱,所以仅见《玉台新咏》等书,而不见于《宋书·乐志》。

〔2〕历历:分明可数。白榆:星名。这里是因星名而夸饰为可以望见天上也种着白榆树。

〔3〕"桂树"句:黄节先生据纬书《春秋运斗枢》云:"椒、桂合刚阳,椒、桂阳星之精所生也。""桂树"亦星名。

〔4〕青龙:指天上的龙星,亦即角亢,春天时出现在东方。道教经典《太平经》云:"故东方为道,道者主生……故东方为文,龙见负之也。"(《太平经合校》第69卷)古人以五色配五方,东方属青,故称"青龙"。

〔5〕凤凰:星名,即鹑火星。啾啾:凤凰鸣声。鸰:小鸟。古曲有《凤将鸰》。屈原《天问》:"女歧无合,夫焉取九子?"

〔6〕敷愉:本为草木繁荣的意思。这里形容态度和悦。

〔7〕"伸腰"句:据宋罗大经《鹤林玉露·甲编》卷四:"古者妇女以肃拜为正,谓两膝齐跪,手至地,而头不下也,拜手亦然。南北朝有乐府诗说人曰:'伸腰再拜跪,问客今安否。'伸腰亦是头不下也。"按:罗氏误以汉古辞为南北朝乐府,然所说拜仪可从。

〔8〕氍毹(qú shū 渠疏):毛织的地毯。古人席地而坐,地上铺毡毯作座位。

〔9〕清白:古代的酒有白酒、清酒之分。这是说两种酒分开盛在樽中,随客选饮。华疏:形容酒注入杯中激起浪花的样子。

〔10〕主人持:指请主人先饮酒。

〔11〕却略:稍稍向后退一下,以示谦让。

〔12〕敕(chì 赤):告诫。

〔13〕稽留:延迟。

〔14〕废礼:礼终,指招待客人礼毕。盈盈:端庄的样子。

〔15〕"足不过"句:古代妇女不能随便出家门,现在因丈夫不在家,不能不亲自送客,但脚不出大门,以示守礼。

〔16〕齐姜:春秋时齐国国君姓姜,当时周朝及其同姓诸侯多娶齐国之女。后来借"齐姜"来代指高门妇女。

步出夏门行[1]

邪径过空庐,好人常独居[2]。卒得神仙道,上与天相扶[3]。过谒王父母,乃在太山隅[4]。离天四五里,道逢赤松俱[5]。揽辔为我御,将吾上天游。天上何所有,历历种白榆。桂树夹道生,青龙对伏趺[6]。

〔1〕《步出夏门行》:《相和歌辞·瑟调曲》之一。《乐府诗集》以为和《陇西行》是一个曲调,但所录"古辞"及文人拟作都有不同。从内容看,此首除末四句与《陇西行》基本相同外,主题各异,疑为乐官从一首

中截取"天上何所有"四句拼入另一首,但究竟哪首在前,已难确考。

〔2〕邪径:凡方向不是正南北或东西的路均叫"邪径",实即斜路。好人:品行端正的人。《诗经·魏风·葛屦》:"好人服之。"

〔3〕卒:终于。扶:余冠英先生释为"沿",这句意即挨着天。

〔4〕王父母:即相传为东方朔撰的《十洲记》中所说仙人东王公和西王母。太山:即泰山。

〔5〕赤松:赤松子,古代仙人名。《史记·留侯世家》载,张良曾称要弃人间与赤松子游。

〔6〕跗(fū肤):脚背。伏跗,伏在脚背上,即蹲卧。

西门行(本辞)〔1〕

出西门,步念之〔2〕。今日不作乐,当待何时。逮为乐〔3〕,逮为乐,当及时。何能愁怫郁〔4〕,当复待来兹〔5〕。酿美酒,炙肥牛。请呼心所欢〔6〕,可用解忧愁。人生不满百,常怀千岁忧。昼短苦夜长,何不秉烛游。游行去去如云除,弊车羸马为自储〔7〕。

〔1〕《西门行》:《相和歌辞·瑟调曲》之一。《乐府诗集》卷三十七引《古今乐录》:"王僧虔《技录》:《西门行》歌古《西门》一篇,今不传。"在《乐府诗集》中录有歌辞二首,一为"本辞";一为"晋乐所奏"。其"晋乐所奏"的歌辞,较"本辞"为长,显系配乐时所增。至于"本辞",亦与《古诗十九首·生年不满百》颇多类似之句。有的学者认为"本辞"产生年代最早,《古诗·生年不满百》由此辞演变而来,至于"晋乐所奏"曲辞

则为把"本辞"与《古诗》拼凑而成。但从"本辞"看来,似亦有为配乐需要而加的字句。如"今日不作乐,当待何时。逮为乐,逮为乐,当及何时"几句,重复一句"逮为乐";又如"酿美酒,炙肥牛"二句,似取曹丕《艳歌何尝行》中"但当饮美酒,炙肥牛"句意,恐亦非原作。因此这首"本辞"倒可能是某些乐官将《古诗·生平不满百》改编而成。至于"晋乐所奏"曲辞,则又是在"本辞"基础上重加改编之作。

〔2〕步念之:边走边想到。

〔3〕逮为乐:赶快寻乐。

〔4〕怫(fú弗)郁:愁闷的样子。

〔5〕来兹:将来。

〔6〕心所欢:指相投机的友人。

〔7〕去去:越离越远。如云除:像云散去一样不留行踪。羸:瘦的。这两句说为了能出去游玩,哪怕是破车、瘦马还是得备有。

附:

西门行(晋乐所奏)

出西门,步念之。今日不作乐,当待何时。夫为乐,为乐当及时。何能坐愁怫郁,当复待来兹。饮醇酒,炙肥牛。请呼心所欢,可用解愁忧。人生不满百,常怀千岁忧。昼短苦夜长,何不秉烛游。自非仙人王子乔,计会寿命难与期[1]。自非仙人王子乔,计会寿命难与期。人寿非金石,年命安可期。贪财爱惜费,但为后世嗤[2]。

附:

生年不满百(古诗)[3]

生年不满百,常怀千岁忧。昼短苦夜长,何不秉烛游。为乐当及时,何能待来兹。愚者爱惜费,但为后世嗤。仙人王子乔,难可与等期。

〔1〕计会:估计、度量。期:等同。这句说估计自己的寿命难和仙人王子乔相等。

〔2〕嗤:讥笑。

〔3〕《生年不满百》:此诗为《文选》中《古诗十九首》之一,一般学者均认为是东汉后期的无名氏所作。

东门行(本辞)[1]

出东门,不顾归。来入门,怅欲悲[2]。盎中[3]无斗米储,还视架上无悬衣。拔剑东门去,舍中儿母牵衣啼:"他家但愿富贵,贱妾与君共铺糜[4]。上用仓浪天故,下当用此黄口儿[5]。""今非,咄!吾去为迟,白发时下难久居[6]。"

〔1〕《东门行》:《相和歌辞·瑟调曲》之一。《乐府诗集》所载歌辞有"本辞"及"晋乐所奏"两种。《宋书·乐志》则仅有"晋乐所奏"的歌辞。这种情况,在《乐府诗集》中虽不为罕见,但其中多数诗歌的"本辞"

大抵见于其他唐以前典籍,如古辞《白头吟》及曹氏父子诸诗,本辞见于《文选》、《玉台新咏》。只有这《东门行》及《西门行》,"本辞"仅见《乐府诗集》,唐吴兢《乐府解题》所论,亦指"晋乐所奏"歌辞,而《文选注》所引"本辞"断句,与《乐府诗集》文字亦有出入,颇疑这两首"本辞",或为当时乐官配乐时所作的另一种歌辞,并非"本辞"。郭茂倩只是因为文字与"晋乐所奏"不同,遂误认为即诗的"本辞"。(参见《西门行》注〔1〕。)

〔2〕不顾归:一作"不愿归"。这四句是说因入门所见穷困境况,悲愤而出东门,不再反顾。

〔3〕盎(àng 昂去声):古代一种口小腹大的瓦罐。

〔4〕餔(bū 逋):吃。糜(mí 迷):粥。

〔5〕用:因为、由于。仓浪:青色。这二句是说上看青天,下顾幼子,不能作犯法的事。从"他家"起到"黄口儿"止,是妻子劝夫的话。

〔6〕今非:现在不是这样。咄(duō 多):喝斥声。这几句是丈夫斥妻子的话,表示难于生存,不得不拔剑出门,铤而走险。

附:

东门行(晋乐所奏)

出东门,不顾归。来入门,怅欲悲。盎中无斗储,还视桁上无悬衣[1]。(一解)拔剑出门去,儿女牵衣啼[2]:"他家但愿富贵,贱妾与君共餔糜。"(二解)"共餔糜。上用仓浪天故,下为黄口小儿。今时清廉,难犯教言,君复自爱莫为非。(三解)"今时清廉,难犯教言,君复自爱莫为非。""行,吾去为迟。""平慎行,望君归[3]。"(四解)

〔1〕桁(hàng沆):衣架。

〔2〕儿女:陈祚明说:"'儿女'不如'儿母',方切'贱妾'事。"

〔3〕"平慎行"二句:这两句是妻子的话,还是希望丈夫自爱,不要为非作歹。

折杨柳行[1]

默默施行违,厥罚随事来[2]。末喜杀龙逢,桀放于鸣条[3]。
祖伊言不用,纣头悬白旄[4]。指鹿用为马,胡亥以丧躯[5]。
夫差临命绝,乃云负子胥[6]。戎王纳女乐,以亡其由余[7]。
璧马祸及虢,二国俱为墟[8]。
三夫成市虎[9],慈母投杼趋[10]。卞和之刖足[11],接舆归草庐[12]。

〔1〕《折杨柳行》:《相和歌辞·瑟调曲》之一。《折杨柳》这曲名,由来很久。《庄子·天地篇》中已有《折杨》的名称,后来《汉横吹曲》、《梁鼓角横吹曲》都有《折杨柳》,而《清商曲辞·西曲歌》中也有《月节折杨柳歌》十三首。这首《折杨柳行》,号为"古辞",历来认为汉代人作。清陈祚明说:"乐府惟二意,非祝颂则规戒。此应是贤者谏不得行,而作诗以讽,其言危切。"从诗中用典极多看来,当非出于民间,有可能是魏晋乐官所作。因为曹操、曹丕和曹植的乐府诗中都有一些咏古人事迹的诗。当时乐官也可能模仿他们的作法,作此以为"规戒"。这首诗虽多说教气息,艺术性不算高,但在乐府诗中可备一例,所以选录以供参考。

〔2〕默默:昏乱黑暗的样子。施行违:指君主措施失当。这两句是

说君主施政失当,就要遭天罚。

〔3〕末喜:夏桀的宠妃。龙逄:夏桀时以直谏被杀的贤臣,即关龙逄。鸣条:地名。据郑玄说在当时南方少数民族地区。这两句是说夏桀宠信末喜而杀关龙逄,最后被商汤所灭,流放到鸣条。

〔4〕祖伊:殷末贤臣,曾谏劝纣王,纣王不听。事见《尚书·西伯戡黎》。白旐:白色的旗子。据说纣王战败后自焚死,周武王砍下他的头,悬挂于大白旗上。

〔5〕胡亥:秦二世的名字。据《史记·秦始皇本纪》载,秦末赵高曾向二世献鹿,却说是马。群臣中有人说是鹿的,赵高都加杀害。最后,二世也被赵高所杀。

〔6〕夫差:春秋时吴国君主,不听伍子胥的忠言,终为越王勾践所灭。

〔7〕戎王:春秋时西方少数民族君主。由余:春秋时秦穆公的贤臣。据《史记·秦本纪》载,秦穆公因由余在戎,就向戎王赠送歌女。戎王因喜爱歌女,耽于逸乐,由余因此离戎降秦。

〔8〕"璧马"句:指春秋时晋献公用荀息之计,用璧玉、骏马贿赂虞君,求借道伐虢国。虞君中计允许,晋兵灭虢后乘机也灭了虞国。"二国"即指虞和虢。

〔9〕"三夫"句:据《战国策·魏策》载,庞葱对魏王说:"有三个人说市集上有老虎,您信不信?"魏王说:"我就信了。"

〔10〕"慈母"句:据《史记·甘茂列传》载,甘茂曾讲过,春秋时鲁国贤人曾参的母亲在织布,有人告诉她说"曾参杀了人",她不信。后来又有人来这样说,她就丢下织机逃跑。市上本不会有虎,曾参是贤人也不可能杀人,但三人以上都这样说,有人就会上当。这是比喻谗言和造谣所起的作用。

〔11〕卞和:据《韩非子·和氏篇》载:楚人卞和得到了一块璞玉,献

49

给楚武王,楚王叫人鉴别,人说是石,楚王割了他的左脚。后来他又献给楚成王,又被割右脚。但他所献的实为宝玉和氏璧。刖(yuè 月):割脚的酷刑。

〔12〕接舆:春秋时楚国的隐士。见《论语·微子》。归草庐:指归隐。

饮马长城窟行[1]

青青河畔草,绵绵思远道[2]。远道不可思,宿昔梦见之[3]。梦见在我旁,忽觉在他乡。他乡各异县,展转不相见。枯桑知天风,海水知天寒。入门各自媚,谁肯相为言[4]。客从远方来,遗我双鲤鱼[5]。呼儿烹鲤鱼,中有尺素书[6]。长跪读素书,书中竟何如。上言加餐饭,下言长相忆。

〔1〕《饮马长城窟行》:《相和歌辞·瑟调曲》之一。这首当是无名氏古诗。《文选》李善注云:"此辞不知作者姓名。"《玉台新咏》则以为是汉蔡邕所作,不可信。《乐府诗集》卷三十八云:"一曰《饮马行》。长城,秦所筑以备胡者,其下有泉窟,可以饮马。古辞云:'青青河畔草,绵绵思远道。'言征戍之客,至于长城而饮其马,妇人思念其勤劳而作是曲也。"按:《水经注·河水》中,确有关于长城边土窟的记载,但从《水经注》文字看,与陈琳之作相近,而与此诗不甚相干。疑此诗是东汉时无名氏古诗,乐官配以《饮马长城窟》曲调歌唱,其本意与长城无关,只是征夫思妇之辞。

〔2〕绵绵:长久不绝。

〔3〕夙昔:昨夜。

〔4〕"枯桑"句:枯桑虽然无枝,也当知道起风。"海水"句:海虽然广大,亦当感知天气变冷。这四句是说出门行役,哪能不受风寒之苦。但别人并非不知道而人人只求取媚当权者,都不肯为征夫进言。

〔5〕遗(wèi 魏):赠送。

〔6〕尺素:古人写文章或书信用长一尺左右的绢帛,称为"尺素"。素:生绢。书:书信。

上留田行[1]

里中有啼儿,似类亲父子。回车问啼儿,慷慨不可止[2]。

〔1〕《上留田行》:《相和歌辞·瑟调曲》之一。此曲据《乐府诗集》引《古今注》:"上留田,地名也。人有父母死,不字其孤弟者,邻人为其弟作悲歌以风(讽)。"这首诗,《乐府诗集》中没有入选,只是在曹丕《上留田行》的说明中引《乐府广题》所录。据《乐府广题》,说是"盖汉世人也。"可见为汉代民歌。《古今注》一书本为五代人作,不一定可信,但从李白、僧贯休的拟作看来,其说或有所本。

〔2〕慷慨:即慷慨悲歌的意思。

妇病行[1]

妇病连年累岁,传呼丈人前一言[2]。当言未及得言,不知泪

51

下一何翩翩[3]。"属累君两三孤子,莫我儿饥且寒[4]。有过慎莫笞答[5],行当折摇[6],思复念之[7]。"乱曰[8]:抱时无衣,襦复无里[9]。闭门塞牖,舍孤儿到市[10]。道逢亲交,泣坐不能起。从乞求与孤买饵[11]。对交啼泣,泪不可止。"我欲不伤悲不能已[12]。"探怀中钱持授。交入门,见孤儿啼索其母抱,徘徊空舍中[13]。"行复尔耳。弃置勿复道[14]。"

〔1〕《妇病行》:《相和歌辞·瑟调曲》之一。此首当为汉时民歌,写妇女病死以后,孩子不免于饥寒之苦。前人对此诗内容有多种解释。清人朱乾《乐府正义》、张玉谷《古诗赏析》都认为是讽刺丈夫在妻子死后不爱恤孤儿。但我们从诗中似体会不出这意思。朱嘉征《乐府广序》认为是写"妇没,子不免饥寒而乞诸亲交也。"他还认为此诗是写人民疾苦而在上位者无从知道,因此说"汉世当采诗入乐,以备听览之遗"。可见他认为此诗本属民歌。此说很有见地,余冠英先生《乐府诗选》亦采此说。

〔2〕丈人:丈夫。这句说妇女病重把丈夫叫到床前。

〔3〕翩翩:连绵不断。

〔4〕属:托付。累:拖累。这两句是说:"我要死了,把两三个孩子托付给你,不要让他们饿着冻着。"

〔5〕笞(dá 答):打。答(chī 痴):用鞭杖或竹板子打。

〔6〕摇:同"夭"。"折摇"即夭折,指短命而死。

〔7〕思:语助词。这句是叮嘱丈夫记住。

〔8〕乱:音乐的末章叫"乱"。"乱曰"以后是写妇女死后之事。

〔9〕襦(rú 如):短衣。这两句写家中贫困,小孩没有完整的衣服。

〔10〕牖(yǒu友):窗户。这两句有不同的读法:黄节先生和萧涤非先生读作"闭门塞牖舍,孤儿到市";余冠英先生读作"闭门塞牖,舍孤儿到市"。清人陈祚明认为:"'闭门塞牖舍',似言逐儿在外。两三孤儿,入市其大者,索母其小者。"此说与黄、萧二先生相同,"舍"作房舍解释,"入市"的是孤儿中较大的。余先生的读法是把"舍"释作放下,以"入市"者为丈夫本人。现在采用余说,因为下文"从乞求与孤买饵",似应是丈夫本人。

〔11〕饵(ěr耳):糕饼。

〔12〕"我欲"句:此句黄节先生认为是"亲交"所说。下文"探怀中钱持授"似是"亲交"把怀中钱掏给丧妻者。

〔13〕"见孤儿"二句:这两句黄节先生和余冠英先生的读法不同。黄先生将"抱"字属上句,余先生把它属下句,皆可通。今从黄先生。

〔14〕"行复"二句:这两句似是"亲交"劝慰丧妻者语,意为"事已至此,只能放开些不要想了"。

孤儿行[1]

孤儿生,孤子遇生[2],命独当苦。父母在时,乘坚车,驾驷马。父母已去,兄嫂令我行贾[3]。南到九江[4],东到齐与鲁。腊月来归,不敢自言苦。头多虮虱,面目多尘。大兄言办饭,大嫂言视马[5]。上高堂,行取殿下堂[6]。孤儿泪下如雨。使我朝行汲,暮得水来归[7]。手为错[8],足下无菲[9]。怆怆履霜,中多蒺藜[10]。拔断蒺藜,肠肉中怆欲悲[11]。泪下渫渫[12],清涕累累[13]。冬无複襦[14],夏无单衣。居生不乐,不如早去下从地下黄泉。春气动,草萌芽。三月蚕桑,六月收瓜。将是瓜车[15],来到还家。瓜车反覆[16],助我者少,啗瓜者多[17]。愿还我蒂[18],兄与嫂严,独且急归,当兴校计[19]。乱曰:里中一何譊譊,愿欲寄尺书,将与地下父母,兄嫂难与久居[20]。

〔1〕《孤儿行》:《相和歌辞·瑟调曲》之一,又名《孤子生行》。据《乐府诗集》卷三十八引《歌录》说,亦名《放歌行》。这首诗是写孤儿受兄嫂虐待的种种苦况。这和《妇病行》一样,真实地反映了当时社会现实的一个重要方面,风格也较质朴,当属民歌。清陈祚明论到此诗时认为"下从地下黄泉"句以下另写时令,文情曲折奇特,大约"瓜车反覆"是实事,此诗即因此而发。至于前面所写苦况,只是追叙。此说有理。

〔2〕遇生:古人迷信出生时遭逢的命运。

〔3〕行贾(gǔ古):出门经商。

〔4〕九江:汉代九江郡在今安徽中部寿县、定远一带。

〔5〕"大兄"句:指大哥叫孤儿去做饭。"大嫂"句:指大嫂叫他去喂马。这两句写孤儿回家后,兄嫂仍不叫他休息。

〔6〕"行取"句:这句承上句而言,"取"同"趋",是说刚上到堂上,又赶着下堂,写他的劳苦奔忙。

〔7〕汲:打水。这两句写孤儿家离水源远,打水十分辛苦。

〔8〕错:磨打玉器的石块。这句形容手的皴裂粗糙。

〔9〕菲:同"扉",麻制的鞋。

〔10〕蒺藜(jí lí 疾厘):植物的刺。这两句说光着脚踩在霜地上,肉中还扎进了很多棘刺。

〔11〕肠肉:犹言肝肠,指内心。这两句写孤儿在拔刺时心中悲苦。

〔12〕渫渫(xiè 屑):形容泪水流出的样子。

〔13〕累累:不断。

〔14〕複襦:短夹衣。

〔15〕将:推车。

〔16〕反覆:翻车。

〔17〕啗(dàn 淡):同"啖",吃。

〔18〕蒂(dì 帝):瓜蒂,接连瓜与藤的地方。

〔19〕独:将要。且:语助词。兴校计:提出计较。这几句是说用瓜蒂去向兄嫂说明瓜车翻倒及瓜的损坏数量。

〔20〕谅谅(náo 铙):喧哗。余冠英先生认为指兄嫂已知瓜车翻倒,在里中责骂,所以下文孤儿想到了死。

雁门太守行[1]

孝和帝在时[2],洛阳令王君[3],本自益州广汉蜀民[4],少行官[5],学通五经论[6]。明知法令,历世衣冠[7]。从温补洛阳令[8],治行致贤。拥护百姓,子养万民[9]。外行猛政,内怀慈仁,文武备具,料民富贫[10]。移恶子姓,篇著里端[11]。伤杀人,比伍同罪对门[12]。禁鏊矛八尺[13],捕轻薄少年,加笞决罪,诣马市论[14],无妄发赋,念在理冤[15]。敕吏正狱[16],不得苛烦。财用钱三十,买绳礼竿[17]。贤哉贤哉,我县王君。臣吏衣冠,奉事皇帝,功曹主簿,皆得其人[18]。临部居职,不敢行恩[19]。清身苦体[20],夙夜劳勤。治有能名,远近所闻。天年不遂,早就奄昏[21]。为君作祠,安阳亭西[22]。欲令后世,莫不称传。

〔1〕《雁门太守行》:《相和歌辞·瑟调曲》之一。这首歌据《后汉书·循吏·王涣传》是当时洛阳人民祭祀贤能的官吏王涣时所歌。《乐府诗集》卷三十九引《乐府解题》曰:"按:古歌词历述(王)涣本末,与(《后汉书》本)传合,而曰《雁门太守行》,所未详。"后人所拟作的此曲,多叙边塞征战之事,与此诗不同。可能汉时原有写战争的古辞《雁门太守行》,而洛阳人民据此曲调,另作这首祭王涣的诗。

〔2〕孝和帝:东汉皇帝,名刘肇,公元89至105年在位。

〔3〕洛阳令王君:指王涣,据《后汉书》,他以永元十五年(103)为洛阳令,元兴元年(105)卒。

〔4〕"本自"句:东汉时广汉郡属益州,有郪县(在今成都以东,三台县南)。王涣即郪县人。

〔5〕少行官:年少时就出去做官吏。

〔6〕"学通"句:学通了儒家的五经(《易》、《书》、《诗》、《礼》、《春秋》)及《论语》。

〔7〕"历世"句:历代都有官职。

〔8〕"从温"句:据《后汉书》本传,王涣曾任温县(今属河南)令。

〔9〕致:同"至"。拥:通"雍",和。这三句说王涣治理政治极贤明,使百姓安和并保护他们,爱养广大人民如同自己孩子。

〔10〕料:查核、计算。这句说王涣查明百姓人口情况和贫富状况。

〔11〕移:即"移文",用来晓谕人的文告。"移恶"二句:《后汉书》李贤注引本诗作"移恶子姓名五篇著里端",《乐府诗集》疑有夺误。这句说王涣将洛阳城中作恶者姓名列为五篇,揭示于里巷口。

〔12〕"伤杀人"二句:这是告诫那些"恶子"的邻居对他们进行监督,如果他们再伤人、杀人,邻居就要连累受罚。比:五家为比。伍:亦指五家。比伍:指邻里。

〔13〕鍪(móu牟):本义为釜鍪,与文义不合。黄节先生认为是穁矛之误。穁(xì隙):长矛。这句说禁止民间藏有矛等武器。

〔14〕马市:洛阳的马市。这句说押到市上鞭打示众。

〔15〕"无妄"句:不轻易征发赋税。"念在"句:意在清理冤狱。

〔16〕敕:戒饬。

〔17〕财:同"才",只有。礼:同"理",治理。这句是说把公家园地的空地卖给平民,只须插上竹竿用绳子围上,即可自行耕作,化钱只有三十。

〔18〕功曹、主簿:都是县官下的属官。皆得其人:指举拔得当。

〔19〕"不敢"句:不敢私自施予恩惠。

〔20〕"清身"句:立身清廉,躬行勤劳。

〔21〕遂:尽。奄昏:死去。

〔22〕安阳亭:洛阳郊区地名。

艳歌何尝行〔1〕

飞来双白鹄,乃从西北来。十十五五,罗列成行。妻卒被病,行不能相随,五里一返顾,六里一徘徊〔2〕。"吾欲衔汝去,口噤不能开〔3〕。吾欲负汝去,毛羽何摧颓〔4〕。乐哉新相知,忧来生别离〔5〕。蹀躞顾群侣,泪下不自知〔6〕。""念与君离别,气结不能言〔7〕。各各重自爱,远道归还难。妾当守空房,闭门下重关〔8〕。若生当相见,亡者会黄泉〔9〕。"今日乐相乐,延年万岁期〔10〕。("念与"下为趋。)

57

〔1〕《艳歌何尝行》:《相和歌辞·瑟调曲》之一,一名《飞鹄行》("鹄"一作"鹤")。《乐府诗集》卷三十九引《古今乐录》:"王僧虔《技录》云:'《艳歌何尝行》,歌文帝《何尝》、古《白鹄》二篇。'"《乐府诗集》将曹丕之作附在这首"古辞"之下。从歌辞看来,这首"古辞",当属汉时民歌。末二句则为乐官谱曲时所加。曹丕之作,恐系杂凑而成,前二解显然模拟《相逢行》的"古辞";末段恐有截取《东门行》古辞中句意。曹丕又有拟《汉铙歌·临高台》一首,则显系模仿这首古辞《艳歌何尝行》。

〔2〕妻:指雌鹄。卒:突然。"五里"以下二句,写雄鹄依依不舍之状。

〔3〕噤(jìn禁):嘴张不开。

〔4〕"毛羽"句:受损而不丰满,因此无力负雌飞翔。

〔5〕"乐哉"二句:化用屈原《九歌·少司命》"悲莫悲兮生别离,乐莫乐兮新相知"句意。

〔6〕"踌躇"二句:写雄鹄既要随群南飞,又不忍与雌鹄分别,所以踌躇泪下。以上皆为雄鹄口吻。

〔7〕气结:气塞,指郁闷而说不出话。从"念与君离别"句起,原书注为"趋",当属雌鹄答雄鹄语。

〔8〕关:门闩。

〔9〕"若生"二句:这是雌鹄自誓活着终当相会,死后只能泉下相逢。

〔10〕"今日"二句:此二句疑入乐时所加,与全诗无甚关系。

艳歌行[1](二首)

其一

翩翩堂前燕,冬藏夏来见。兄弟两三人,流宕在他县[2]。故衣谁当补,新衣谁当绽[3]。赖得贤主人,览取为吾绽[4]。夫婿从门来,斜柯西北眄[5]。语卿且勿眄,水清石自见。石见何累累,远行不如归[6]。

〔1〕《艳歌行》:《相和歌辞·瑟调曲》之一。《乐府诗集》卷三十九引《古今乐录》说到《艳歌行》不止一曲,有的直接叫《艳歌行》,此外还有《艳歌罗敷行》(即《陌上桑》)、《艳歌何尝行》及《艳歌双鸿行》、《艳歌福钟行》等。后两篇今佚。这里所录古辞两首,内容也不一样,可能本是两首各不相干的民歌,被乐官用同一曲调谱曲歌唱。

〔2〕流宕(dàng荡):同"流荡"。他县:异乡。

〔3〕绽(zhàn站):修补衣服或鞋的裂缝。

〔4〕贤主人:指所寄居人家的主妇。览:同"揽",拿着。绽:同"绽",缝补。

〔5〕夫婿:主妇的丈夫。斜柯:一作"斜倚",斜靠着身子。眄(miàn面):斜着眼观看。

〔6〕语卿:对你说。古人对人尊称为"卿"。累累:石头卧置水中的样子。这四句是说:"主人您不必察看,我心地坦然,像清水中石头,一块块都很清楚。因此远行遭人猜疑,不如回家。"

其二

南山石嵬嵬[1],松柏何离离[2]。上枝拂青云,中心十数围[3]。洛阳发中梁[4],松树窃自悲。斧锯截是松,松树东西摧。持作四轮车,载至洛阳宫。观者莫不叹,问是何山材。谁能刻镂此,公输与鲁班[5]。被之用丹漆,熏用苏合香[6]。

本自南山松,今为宫殿梁[7]。

〔1〕嵬嵬(wéi 围):高大的样子。
〔2〕离离:茂盛的样子。
〔3〕围:两手的食指和拇指合拢起来的长度。这句说树干中部粗十几围。
〔4〕发:兴建。中梁:宫殿的中梁。
〔5〕公输与鲁班:黄节先生据赵岐《孟子注》以为"公输子鲁班,鲁之巧人也。或以为鲁昭公子。"朱乾据《太平广记》引《酉阳杂俎》,以鲁班为敦煌人,年代不详。公输子,战国人。按:《墨子》中曾记到公输子作云梯事。
〔6〕苏合香:香名,原出西域。
〔7〕"本为"二句:这两句哀悼松树失去其本性,也表现了人们对统治者大兴土木的不满。

白头吟(本辞)[1]

皑如山上雪,皎若云间月[2]。闻君有两意,故来相决绝。今日斗酒会,明旦沟水头。躞蹀御沟上,沟水东西流[3]。凄凄复凄凄,嫁娶不须啼。愿得一心人,白头不相离。竹竿何袅袅,鱼尾何簁簁[4]。男儿重意气,何用钱刀为[5]。

〔1〕《白头吟》:《相和歌辞·楚调曲》之一。《乐府诗集》兼载"本辞"及"晋乐所奏"。前者见《玉台新咏》;后者见《宋书·乐志》。从诗

的内容看来,"晋乐所奏"似经乐官配乐时增入不少字句,与诗的内容不甚相关。此诗据《西京杂记》说是写卓文君与司马相如决绝之事,不可信。当从《宋书·乐志》、《玉台新咏》作"古辞",即无名氏作。

〔2〕皑(āi 挨):白的样子。皎:明亮。这两句是追述二人过去的信誓旦旦。

〔3〕蹀躞(xiè dié 懈蝶):小步慢走的样子,亦作"躞蹀"。御沟:流经宫禁的河沟。"沟水"句:象征二人分手,各奔一方。

〔4〕袅袅:形容竹竿细长颤动的样子。簁簁(shī 湿):鱼尾摆动的样子;一说同"漇漇"(xī 洗):湿的样子。

〔5〕钱刀:即钱。古代货币有铸为刀形的。

附:

白头吟(晋乐所奏)

皑如山上雪,皎若云间月。闻君有两意,故来相决绝。平生共城中,何尝斗酒会。今日斗酒会,明旦沟水头。蹀躞御沟上,沟水东西流。郭东亦有樵,郭西亦有樵。两樵相推与,无亲为谁骄[1]。凄凄重凄凄,嫁娶亦不啼。愿得一心人,白头不相离。竹竿何袅袅,鱼尾何离簁[2]。男儿欲相知,何用钱刀为。㱇如马啖萁,川上高士嬉[3]。今日相对乐,延年万岁期。

〔1〕推与:疑为"雅与"之误。"雅与"即"邪许",劳动时举重的呼声。骄:自傲。这两句说两个樵者一起扛大木,发出喊声。本来萍水相逢,因为共同的利益而合力,事毕就各自散去。比喻二人过去相处,现在已决绝,所以说"无亲"。

〔2〕离鲑:同"离褷(shī湿)",毛羽刚长出的样子,这里是说鱼尾始长的样子。

〔3〕䶩(h力):嚼干硬东西的声音。《乐府诗集》作"齕",按:宋刊本作"䶩",大约是形近而误。余冠英先生以为当从《宋书·乐志》,是。萁:黄节先生据《集韵》以为本"蓸"字,通"芑"(qǐ起),草名。《宋书·乐志》作"䶩如五马啖萁"。"五马"是汉代以来太守一级官员所驾马数。疑这四句是魏晋官员郊游时所歌唱,所以说"川上高士嬉",与本文不相干。

梁甫吟[1]

步出齐城门,遥望荡阴里[2]。里中有三墓,累累正相似。问是谁家墓,田强古冶子[3]。力能排南山,文能绝世纪[4]。一朝被谗言,二桃杀三士。谁能为此谋,国相齐晏子[5]。

〔1〕《梁甫吟》:《相和歌辞·楚调曲》之一。据《乐府诗集》卷四十一,这种曲调本为葬歌。此诗则咏《晏子春秋》载齐景公用晏婴计,杀公孙接、田开疆、古冶子事。疑为后人根据曲调另作歌词,非此曲本辞。此诗一说诸葛亮作。诸葛亮(181—234):字孔明,琅邪阳都(今山东沂南)人。汉末隐居隆中(今湖北襄阳)。后应刘备之请,辅佐他割据蜀地,为三国蜀相,屡次出兵伐魏,病死于五丈原。这首诗所以被说成诸葛亮作,是因为《三国志》本传说他早年"好为《梁父(甫)吟》"而加以附会。逯钦立、余冠英二先生均以为是"古辞",当从之。

〔2〕荡阴里:据《水经注·淄水》,在临淄县东。

〔3〕田强、古冶子:齐景公时两个勇士名,其实"三墓"中还有一个公孙接。按田强,《古乐府》作"田疆",当作田疆。

〔4〕排:推动。文:余冠英先生据《西溪丛语》,以为是"又"之误。地纪:神话中维系大地的绳子。

〔5〕齐晏子:齐景公的贤臣晏婴。据《晏子春秋·谏下》载,春秋时齐景公有三个勇士,名叫公孙接、田开疆和古冶子。三人对晏婴没有礼貌。晏婴就劝齐景公杀他们,就用计赏他们两个桃子,叫他们论功,功大的吃桃。结果三人论功,公孙接、田开疆之功不如古冶子,只能自杀。古冶子见二人死了,也就自杀。

怨诗行〔1〕

天德悠且长,人命一何促。百年未几时,奄若风吹烛〔2〕。嘉宾难再遇,人命不可赎。齐度游四方,各系太山录〔3〕。人间乐未央,忽然归东岳〔4〕。当须荡中情〔5〕,游心恣所欲。

〔1〕《怨诗行》:《相和歌辞·楚调曲》之一。《怨诗行》和《怨歌行》,从《乐府诗集》卷四十一的说明来看,似本一曲;但书中所录作品,《怨诗行》以此首及曹植之作(即《七哀诗》)为代表;《怨歌行》以相传班婕妤及一说为曹植所作的"为君既不易"为代表;而简文帝萧纲所作,既有《怨诗行》,又有《怨歌行》。但这个曲调的诗不论内容如何不同,多属哀怨之辞。

〔2〕百年:一生。奄(yǎn 掩):倏忽。

〔3〕齐:等同。度:风度。太山录:古人认为太山之神掌管人的生死,犹如后来所说的"阎罗王"。这两句说人们活着可以同样地到四方

游乐,但死生之命各已记在太山之神的簿录中。

〔4〕央:止息。东岳:即太山。"归东岳",指死去。

〔5〕荡:放肆。

满歌行(本辞)〔1〕

为乐未几时,遭时崄巇〔2〕,逢此百离〔3〕。伶丁荼毒〔4〕,愁苦难为。遥望极辰〔5〕,天晓月移。忧来填心,谁当我知。戚戚多思虑,耿耿殊不宁。祸福无形。唯念古人,逊位躬耕〔6〕,遂我所愿,以自宁。自鄙栖栖,守此末荣〔7〕。莫秋烈风,昔蹈沧海,心不能安〔8〕。揽衣瞻夜,北斗阑干〔9〕。星汉照我,去自无地,奉事二亲,劳心可言〔10〕。穷达天为,智者不愁,多为少忧〔11〕。安贫乐道,师彼庄周。遗名者贵,子遐同游〔12〕。往者二贤,名垂千秋。饮酒歌舞,乐复何须。照视日月,日月驰驱。辖轷人间〔13〕,何有何无?贪财惜费,此一何愚。凿石见火,居代几时〔14〕。为当欢乐,心得所喜。安神养性,得保遐期〔15〕。

〔1〕《满歌行》:《相和歌辞·大曲》之一。"大曲"据《宋书·乐志》凡十五曲,其他各曲,似都和前面的《瑟调》、《平调》、《楚调》诸曲重复。只有这首《满歌行》,仅见"大曲"中。"满歌"即"懑歌",亦即写胸中烦闷的歌。从诗的内容看,其本辞似亦无名氏作,不像民歌;但恐亦非乐官的创作。

〔2〕崄巇(xiǎn xī 险羲):崎岖危险。

〔3〕百离:同"百罹",众多的忧患。《诗经·王风·兔爰》:"我生之后,逢此百罹。"

〔4〕荼(tú 图)毒:苦难和灾害。

〔5〕极辰:北极星。

〔6〕逊位:避让官位。

〔7〕栖栖(xī 西):心中烦恼不安的样子。末荣:微小的荣华。这两句是说自己为名利烦恼不安,连自己也认为是鄙陋。

〔8〕莫:同"暮"。莫秋烈风:指深秋时寒风强劲。"昔蹈"句:此句大约是说过去作者曾有隐居之志,但未能如愿,所以下句说"心不能安"。沧海:本意为青白色的海水。这里代指隐居。《论语·公冶长》:"道不行,乘桴浮于海。"

〔9〕阑干:横斜的样子。

〔10〕"去自"句:指离职去官自然并无其他顾虑。可言:余冠英先生释作"何言"。这几句意为指着天上的银河发誓,我对去官并无顾虑,只是为了求禄以奉养父母,也没别的可说。

〔11〕多:指胜人处。《礼记·檀弓》:"多矣乎,余出祖者。"这句是说"智者"的胜人之处,正在"少忧"。

〔12〕遗名:轻视名位。子㥜:未详。"晋乐所奏"作"子熙同巇",黄节先生说:"子熙未详,或即惠施。'熙'、'施'音相近。'巇'当是'戏'之误。"

〔13〕轗轲:同"坎坷"。

〔14〕居代几时:当即"居世几何"。这两句说人居世间,就像凿石时冒出的火星,短促得只一瞬之间。

〔15〕遐:远。

65

附:

满歌行（晋乐所奏）

为乐未几时,遭世峎巇,逢此百罹;零丁荼毒,愁懑难支。遥望辰极,天晓月移。忧来填心,谁当我知!（一解）戚戚多思虑,耿耿不宁。祸福无形。唯念古人,逊位躬耕。遂我所愿,以兹自宁。自鄙山栖,守此一荣[1]。（二解）暮秋烈风起,西蹈沧海,心不能安[2]。揽衣起瞻夜,北斗阑干。星汉照我去,去自无他,奉事二亲,劳心可言。（三解）。穷达天所为,智者不愁,多为少忧。安贫乐正道,师彼庄周。遗名者贵,子熙同巇[3]。往者二贤,名垂千秋。（四解）饮酒歌舞,不乐何须。善哉。照观日月,日月驰驱。辗轲世间,何有何无。贪财惜费,此何一愚。命如凿石见火,居世竟能几时。但当欢乐自娱,尽心极所嬉怡。安善养君德性,百年保此期颐[4]。（"饮酒"下为"趋"。）

〔1〕"自鄙"二句:自己选择了边远之处,居于山林,以守道自荣。这两句用意与"本辞"有出入。
〔2〕西蹈沧海:疑当从本辞作"昔蹈沧海"。"西"和"昔"双声,古音同属"心"纽,音近而误。
〔3〕"子熙"句:见"本辞"注〔12〕。
〔4〕期颐:寿至百岁。

怨歌行[1]

新裂齐纨素[2],鲜洁如霜雪。裁为合欢扇,团团似明月。出入君怀袖,动摇微风发。常恐秋节至,凉飚夺炎热。弃捐箧笥中[3],恩情中道绝。

〔1〕《怨歌行》:《相和歌辞·楚调曲》之一。根据《乐府诗集》卷四十一引《古今乐录》所载,《怨诗行》在"晋乐"中所奏为曹植《七哀诗》及"为君既不易"一首,那么这首相传为班婕妤之作,似未曾入乐。但早在南北朝,此诗久已流传,江淹的《杂体诗》三十首就有一首拟此诗之作。班婕妤是西汉后期女诗人,生卒年不详,据今人王发国考证,约为公元前47年至公元前7年时在世。班婕妤在成帝时被选入宫,有文才,初被宠,后因被谗遭疏。今传其《怨歌行》,据《文心雕龙·明诗》说,南朝时人已有怀疑。所以逯钦立先生认为是三国魏乐官作;余冠英先生认为无名氏作。但王发国《诗品考索》(成都科技大学出版社1993年版)则认为确是班婕妤作。

〔2〕纨(wán丸)素:丝织品。古代齐地所产丝织品为人们所贵重。

〔3〕箧笥(qiè sì怯似):箱子一类盛物的竹器。

杂曲歌辞[1]

蜨蝶行[2]

蜨蝶之遨游东园,奈何卒逢三月养子燕[3],接我苜蓿间[4]。持之我入紫深宫中[5],行缠之傅欂栌间[6]。雀来燕[7]。燕子见衔哺来,摇头鼓翼何轩奴轩[8]。

〔1〕《杂曲歌辞》:据《乐府诗集》卷六十一说是历代的作者言志、抒情之诗,内容比较复杂。有的讲游宴之乐,有的抒发悲愤或叙离别之情、征战之苦,也有些是佛道二教的歌,也有些出于少数民族歌曲。这些诗从秦汉直到隋唐五代都有。也有些古辞已亡,只有后人的拟作。总谓之"杂曲"。

〔2〕《蜨(dié 蝶)蝶行》:蜨蝶即蝴蝶,此诗写蝴蝶被燕子所捕获后情形,疑借此自喻困厄。

〔3〕卒(cù 促):同"猝",忽然。养子燕:抚养鸲鸟的燕子。

〔4〕苜蓿(mù xu 目虚轻读):草名,可作饲料,俗名"金花菜"。

〔5〕持之:余冠英先生认为"之"是声辞,和前"蜨蝶之"及"行缠之"的"之"字皆无义。入紫深宫中:余冠英先生认为应是"深入紫宫中"。"紫宫"乃帝王贵族的宫邸。

〔6〕傅:附着于。欂栌(bó lú 薄卢):屋上的斗栱。

〔7〕雀来燕:不详。"雀"疑与"嗟"(jiē 戒)音近假借。"嗟"乃叹辞。

〔8〕轩奴轩:余冠英先生认为"奴"是声字。"轩轩"是形容小燕见食兴奋伸头的样子。

驱车上东门行[1]

驱车上东门[2],遥望郭北墓。白杨何萧萧,松柏夹广路。下有陈死人,杳杳即长暮[3]。潜寐黄泉下[4],千载永不寤。浩浩阴阳移[5],年命如朝露。人生忽如寄[6],寿无金石固。万岁更相迭,贤圣莫能度[7]。服食求神仙,多为药所误。不如饮美酒,被服纨与素[8]。

〔1〕《驱车上东门行》:本《古诗十九首》中的一首(其十二)。《乐府诗集》卷六十一据《艺文类聚》卷四十一作"古《驱车上东门行》",收入《杂曲歌辞》中。

〔2〕上东门:洛阳城东边靠北第一座城门。

〔3〕陈:长久地。杳杳(yáo 遥):渺茫地毫无音信。即:就,去到。长暮:长夜。

〔4〕潜:潜伏,隐没。寐:睡眠。

〔5〕浩浩:悠久漫长。阴阳移:指日月交替,时光变迁。

〔6〕寄:寄寓,即暂居于本乡以外。

〔7〕迭:更替。度:超过,免去。

〔8〕纨(wán 丸):细绢。素:洁白的生绢。

伤歌行[1]

昭昭素明月,辉光烛我床。忧人不能寐,耿耿夜何长[2]。微风吹闺闼,罗帷自飘扬。揽衣曳长带,屣履下高堂[3]。东西安所之,徘徊以彷徨。春鸟翻南飞,翩翩独翱翔。悲声命俦匹[4],哀鸣伤我肠。感物怀所思,泣涕忽霑裳。伫立吐高吟,舒愤诉穹苍[5]。

〔1〕《伤歌行》:《文选》和《乐府诗集》均作"古辞",但《玉台新咏》以为魏明帝曹睿作。从诗的内容看,似为"古辞"。
〔2〕耿耿:心中念念不忘。
〔3〕屣(xǐ 徙):鞋。屣履:穿上鞋子。
〔4〕俦匹:伙伴。
〔5〕穹苍:指天。

悲歌[1]

悲歌可以当泣,远望可以当归。思念故乡,郁郁累累[2]。欲归家无人,欲渡河无船。心思不能言,肠中车轮转[3]。

〔1〕《悲歌》:这是远客他方的人思念故乡的诗。
〔2〕郁郁、累累:都是形容忧思重重,心情烦闷。

〔3〕"肠中"句:形容心情痛苦。司马迁《报任安书》:"肠一日而九回。"

古咄唶歌[1]

枣下何攒攒[2],荣华各有时。枣欲初赤时,人从四边来。枣适今日赐,谁当仰视之[3]。

〔1〕《古咄唶歌》:古辞,产生于汉代,乃借物以叹世态炎凉之作。潘岳《笙赋》云:"歌曰:枣下纂纂,朱实离离。宛其落矣,化为枯枝。"其后梁简文帝萧纲和隋王胄都作有《枣下何纂纂》,即由此诗而来,但已失其用意。咄唶(duō jiè 掇借):叹息声。("咄"字古音当念成入声。)

〔2〕攒攒(cuán 窜阳平):聚集的样子。一作"纂纂(zuǎn 缵)"。

〔3〕适:正好。赐:尽。当:还会。

枯鱼过河泣[1]

枯鱼过河泣,何时悔复及。作书与鲂鱮[2],相教慎出入。

〔1〕《枯鱼过河泣》:古辞,历来认为产生于汉代。这是一首寓言诗,借鱼喻人。

〔2〕鲂(fáng 坊):鲂鱼,形状与鳊(biān 鞭)鱼相似而较宽,银灰色,

胸部略平,腹部中央隆起。鲉(xù 叙):即鲢鱼。

冉冉孤生竹[1]

冉冉孤生竹,结根泰山阿。与君为新婚,菟丝附女萝[2]。菟丝生有时,夫妇会有宜。千里远结婚,悠悠隔山陂[3]。思君令人老,轩车来何迟。伤彼蕙兰花,含英扬光辉[4]。过时而不采,将随秋草萎。君亮执高节,贱妾亦何为[5]。

〔1〕《冉冉孤生竹》:这是《古诗十九首》的第八首。《乐府诗集》卷七十四作为《杂曲歌辞》收入。冉冉:柔弱的样子。
〔2〕"菟丝"句:菟丝和女萝都是蔓生的草,一说即同一种草。余冠英先生认为这句诗菟丝喻女子自己,女萝喻丈夫,暗喻嫁夫不足依靠。
〔3〕悠悠:漫长。
〔4〕英:花朵。
〔5〕亮:诚然。执高节:不会变心。"贱妾"句:我又为什么忧虑?

青青陵上柏[1]

青青陵上柏,磊磊涧中石[2]。人生天地间,忽如远行客。斗酒相娱乐,聊厚不为薄。驱车策驽马,游戏宛与洛[3]。洛中何郁郁[4],冠带自相索[5]。长衢罗夹巷[6],王侯多第宅。两宫遥相望,双阙百馀尺。极宴娱心意,戚戚何所迫[7]。

〔1〕《青青陵上柏》:这是《古诗十九首》的第三首。《北堂书钞》卷一百四十八引"人生天地间,忽如远行客。斗酒相娱乐"三句,称"古乐府"。《乐府诗集》未收入。
〔2〕磊磊:石块众多的样子。硐:通"涧"。
〔3〕宛:地名,今河南南阳。洛:即今洛阳。
〔4〕郁郁:繁盛的样子。
〔5〕冠带:指士大夫们。索:求。
〔6〕罗:分列。
〔7〕戚戚:忧虑的样子。

迢迢牵牛星〔1〕

迢迢牵牛星,皎皎河汉女〔2〕。纤纤擢素手,札札弄机杼〔3〕。终日不成章〔4〕,泣涕零如雨〔5〕。河汉清且浅,相去复几许。盈盈一水间,脉脉不得语〔6〕。

〔1〕《迢迢牵牛星》:这是《古诗十九首》的第十首。《玉台新咏》以为枚乘作。《乐府诗集》不录。余冠英先生据《玉烛宝典·七月孟秋第七》作"古乐府",收入《乐府诗选》,今从之。
〔2〕河汉女:"河汉"即银河。"河汉女",指织女,天上的织女星,靠近银河。传说中织女也在天河边上。
〔3〕擢:伸出。札札:织机声。
〔4〕不成章:不能织成布的纹理。《诗经·小雅·大东》:"虽则七襄,不成报章。"

〔5〕零:落下。
〔6〕脉脉:含情相视的样子。

上山采蘼芜[1]

上山采蘼芜[2],下山逢故夫。长跪问故夫[3],新人复何如。新人虽言好,未若故人姝[4]。颜色类相似,手爪不相如。新人从门入,故人从阁去[5]。新人工织缣,故人工织素[6]。织缣日一匹,织素五丈馀。将缣来比素,新人不如故。

〔1〕《上山采蘼芜》:本诗本为"古诗",但《太平御览》卷五百二十一、《合璧事类》卷二十八作"古乐府"。余冠英先生《乐府诗选》亦收入。
〔2〕蘼芜:香草名,即芎藭(xiōng qióng 兄穷)。
〔3〕长跪:直身而跪。古人席地而坐,坐时两膝据地,以臀部著足跟。跪则伸直腰股,以示庄重。
〔4〕姝:美好。
〔5〕阁(hé 合):大门旁的侧门。
〔6〕缣(jiān 兼):细绢。素:白色生绢。

古艳歌[1]

今日乐相乐,相从步云衢[2]。天公出美酒,河伯出鲤鱼[3]。青龙前铺席,白虎持榼壶[4]。南斗工鼓瑟,北斗吹笙竽。妲娥垂明珰,织女奉瑛琚[5]。苍霞扬东讴,清风流西歈[6]。垂露成帷幄,奔星扶轮舆[7]。

[1]《古艳歌》:此诗见《太平御览》卷五百三十九、《古诗类苑》卷三十三。余冠英先生《乐府诗选》亦收入。

[2] 云衢:天上的道路。

[3] 河伯:黄河之神。

[4] 榼(kē 科)壶:古时盛酒或贮水的器具。

[5] 姮(héng 恒)娥:即嫦娥。瑛琚(yīng jū 英居):有光彩的佩玉。

[6] 歈(yú 俞):歌曲,特别指今四川东部一带的歌曲。

[7] 奔星:流星。

古歌[1]

秋风萧萧愁杀人,出亦愁,入亦愁,座中何人,谁不怀忧。令我白头。胡地多飚风[2],树木何修修[3]。离家日趋远,衣带日趋缓。心思不能言,肠中车轮转。

[1]《古歌》:此诗见《太平御览》卷二十五,称"古乐府歌";《文选》曹植《七哀诗》李善注引作"古诗"。逯钦立先生认为与前《悲歌》("悲歌可以当泣")是同篇的残文。

[2] 飚(biāo 彪)风:狂风。

[3] 修修:干枯的样子。

75

焦仲卿妻并序[1]

汉末建安中,庐江府小吏焦仲卿妻刘氏[2],为仲卿母所遣,自誓不嫁。其家逼之,乃没水而死。仲卿闻之,亦自缢于庭树,时伤之,而为诗云尔。

孔雀东南飞,五里一徘徊:"十三能织素[3],十四学裁衣。十五弹箜篌[4],十六诵诗书。十七为君妇,心中常苦悲。君既为府吏,守节情不移[5]。贱妾留空房,相见常日稀。鸡鸣入机织,夜夜不得息。三日断五匹,大人故嫌迟。非为织作迟,君家妇难为。妾不堪驱使,徒留无所施[6]。便可白公姥[7],及时相遣归。"府吏得闻之,堂上启阿母:"儿已薄禄相[8],幸复得此妇。结发同枕席,黄泉共为友[9]。共事二三年,始尔未为久。女行无偏斜[10],何意致不厚[11]?"阿母谓府吏:"何乃太区区[12]。此妇无礼节,举动自专由。吾意久怀忿,汝岂得自由。东家有贤女,自名秦罗敷[13]。可怜体无比[14],阿母为汝求。便可速遣之,遣去慎莫留。"府吏长跪告,伏惟启阿母:"今若遣此妇,终老不复取。"阿母得闻之,捶床便大怒[15]:"小子无所畏,何敢助妇语。吾已失恩义,会不相从许。"府吏默无声,再拜还入户[16]。举言谓新妇,哽咽不能语:"我自不驱卿,逼迫有阿母。卿但暂还家,吾今且报府[17]。不久当归还,还必相迎取。以此下心意,慎勿违吾语。"新妇谓府吏："勿复重纷纭。往昔初阳岁,谢家来贵门[18]。奉事循公姥,进止敢自专[19]。昼夜勤作息,伶俜萦苦辛[20]。谓言无罪过,供养卒大恩[21]。仍更被驱遣,何言复来还。妾有绣腰襦,葳蕤自生光[22]。红罗复斗帐[23],四角垂香囊。箱帘六七十[24],绿碧青丝绳。物物各自异,种种在其中。人贱物亦鄙,不足迎后人[25]。留待作遣施[26],于今无会因。时时为安慰,久久莫相忘。"鸡鸣外欲曙,新妇起严妆。着我绣夹裙,事事四五通。足下蹑丝履,头上玳瑁光。腰若流纨素[27],耳著明月珰。指如削葱根,口如含朱丹。纤纤作细步,精妙世无双。上堂拜阿母,母听去不止[28]。"昔作女儿时,生小出野里。本自无教训,兼愧贵家子。受母钱帛多,不堪母驱使。今日还家去,念母劳家里。"却与小姑别,泪落连珠子。"新妇初来时,小姑始扶床[29]。今日被驱遣,小姑如我长。勤心养公姥,好自相扶将[30]。初七及下九,嬉戏莫相忘[31]。"出门登车去,涕落百馀行。府吏马在前,新妇车在后。隐隐何甸甸[32],俱会大道口。下马入车中,低头共耳语："誓不相隔卿[33],且暂还家去。吾今且赴府,不久当还归,誓天不相负。"新妇谓府吏："感君区区怀[34]。君既若见录,不久望君来。君当作磐石,妾当作蒲苇。蒲苇韧如丝,磐石无转移。我有亲父兄[35],性行暴如雷。恐不任吾意,逆以煎我怀[36]。"举手长劳劳[37],二情同依依。入门上家堂,进退无颜仪[38]。阿母大拊掌[39]："不图子自归。十三教汝织,十四能裁衣。十五弹

77

箜篌,十六知礼仪。十七遣汝嫁,谓言无誓违[40]。汝今无罪过,不迎而自归。"兰芝惭阿母[41]:"儿实无罪过。"阿母大悲摧。还家十馀日,县令遣媒来。云有第三郎,窈窕世无双。年始十八九,便言多令才[42]。阿母谓阿女:"汝可去应之。"阿女衔泪答:"兰芝初还时,府吏见丁宁,结誓不别离。今日违情义,恐此事非奇[43]。自可断来信,徐徐更谓之。"阿母白媒人:"贫贱有此女,始适还家门[44]。不堪吏人妇,岂合令郎君。幸可广问讯,不得便相许[45]。"媒人去数日,寻遣丞请还[46]。说有兰家女,承籍有宦官[47]。云有第五郎,娇逸未有婚[48]。遣丞为媒人,主簿通语言[49]。直说太守家,有此令郎君。既欲结大义,故遣来贵门[50]。阿母谢媒人:"女子先有誓,老姥岂敢言[51]。"阿兄得闻之,怅然心中烦。举言谓阿妹:"作计何不量[52]。先嫁得府吏,后嫁得郎君。否泰如天地,足以荣汝身[53]。不嫁义郎体,其往欲何云[54]。"兰芝仰头答:"理实如兄言。谢家事夫婿,中道还兄门。处分适兄意,那得自任专。虽与府吏要,渠会永无缘[55]。登即相许和[56],便可作婚姻。"媒人下床去,诺诺复尔尔,还部白府君[57]:"下官奉使命[58],言谈大有缘。"府君得闻之,心中大欢喜。视历复开书,便利此月内[59],六合正相应[60]。"良吉三十日,今已二十七,卿可去成婚[61]。"交语速装束,络绎如浮云[62]。青雀白鹄舫,四角龙子幡[63]。婀娜随风转,金车玉作轮[64]。踯躅青骢马,流苏金镂鞍[65]。赍钱三百万[66],皆用青丝穿。杂䌽三百匹,交广市鲑珍[67]。从人四五百,郁郁登郡门[68]。阿母谓阿女:"适得府君书[69]。明日来迎汝,何不作衣裳,莫令事不举[70]。"阿女默无声,手巾掩口啼,泪落便如泻。移我琉璃榻,出置前窗下。左手持刀尺,右手执绫罗。朝成绣袷裙,晚成单罗衫。晻晻日欲暝[71],愁思出门啼。府吏闻此变,因求假暂归。未至二三里,摧藏马悲哀[72]。新妇识马声,蹑履相逢迎[73]。怅然遥相望,知是故人来。举手拍马鞍,嗟叹使心伤:"自君别我后,人事不可量。果不如先愿,又非君所详[74]。我有亲父母,逼迫兼弟兄。以我应他人[75],君还何所望。"府吏谓新妇:"贺卿得高迁。磐石方且厚,可以卒千年。蒲苇一时纫,便作旦夕间[76]。卿当日胜贵[77],吾独向黄泉。"新妇谓府吏:"何意出此言。同是被逼迫,君尔妾亦然。黄泉下相见,勿违今日言。"执手分道去,各各还家门。生人作死别,恨恨那可论。念与世间辞,千万不复全。府吏还家去,上堂拜阿母:"今日大风寒,寒风摧树木,严霜结庭兰[78]。儿今日冥冥,令母在后单[79]。故作不良计,勿复怨鬼神。命如南山石,四体康且直[80]。"阿母得闻之,零泪应声落。"汝是大家子,仕宦于台阁[81]。慎勿为妇死,贵贱情何薄。东家有贤女,窈窕艳城郭。阿母为汝求,便复在旦夕。"府吏再拜还,长叹空房中,作计乃尔立[82]。转头向户里,渐见愁煎迫[83]。其日牛马嘶,新妇入青庐[84]。菴菴黄昏后,寂寂人定初[85]。我命绝今日,魂去尸长留。揽裙脱丝履,举身赴清池。府吏闻此事,心知长别离。徘徊庭树下,自挂东南枝。两家求合葬,合葬华山旁[86]。东西植松柏,左右种梧桐。枝枝相复盖,叶叶相交通。中有双飞鸟,自名为鸳鸯。仰头相向鸣,夜夜达五更。行人驻足听,寡妇起彷徨。多谢后世人,戒之慎勿忘。

〔1〕《焦仲卿妻》:《玉台新咏》作《古诗为焦仲卿妻作》,《乐府诗集》无"古诗为"及"作"四字。此诗据序说,故事发生于"汉末建安中"(196—219)。但序中既称"汉末",当作于曹丕代汉以后。此诗在故事发生后,曾长期在民间流传,不断经人加工润饰。今人王发国先生据《史记·刺客列传》中《聂政传》《正义》及《荆轲传》《索隐》都引韦昭语,提到"三日断五匹,大人故言迟"二句,说是"古诗"。韦昭卒于吴孙皓凤凰二年亦即晋武帝泰始九年(273),可见在三国末、西晋初已经出现,并已被称为"古诗"。但诗中出现了一些三国以后的地名(如"交广")和南朝民歌中出现的名物(如"红罗复斗帐")等,疑写定时间稍晚。《序》据《玉台新咏》补。

〔2〕庐江:汉郡名,东汉末治所在今安徽潜山。府小吏:太守官署中的小吏。

〔3〕素:白色生绢。

〔4〕箜篌(kōng hóu 空侯):古代弦乐器名。

〔5〕"守节"句:意思说我相信你不会变心。

〔6〕施:用处。

〔7〕公姥(mǔ 姆):公婆。

〔8〕薄禄相:命中注定官禄很微薄。

〔9〕结发:刚成年。黄泉:地下,指死后。

〔10〕偏斜:过错。

〔11〕致不厚:引起您对她不厚道。

〔12〕区区:微小。这句是焦母指责儿子计较小事,不值得大惊小怪。

〔13〕秦罗敷:即《陌上桑》中的秦罗敷,古人以为是典型的美女。

〔14〕可怜:可爱。

〔15〕捶(chuí垂):敲打。

〔16〕户:指寝室的门。

〔17〕报府:去官署中办公。

〔18〕"往昔"句:这句是倒装句,应为"往昔岁初阳"。"初阳"指冬至到立春间的一段时间。谢:辞别。

〔19〕循:听从。敢:岂敢。

〔20〕伶俜(líng pīng 铃乒):孤独。萦(yíng 营):缠绕,不断。

〔21〕谓言:自以为。卒大恩:尽力以报父母养育之恩。

〔22〕绣腰襦:绣花的齐腰短袄。葳蕤(wēi ruí 威锐阳平):形容花纹精美。

〔23〕"红罗"句:用红罗裁制的夹层小帐,形如覆斗,故称"斗帐"。

〔24〕箱帘:同"箱奁"(lián 连);指箱子和镜匣。

〔25〕"不足"句:不足以用来迎娶后妻。

〔26〕"留待"句:留下送人。

〔27〕纨素:一种丝织品。"流纨素"是说纨素的衣服闪光如流动的样子。

〔28〕听去:让她走。不止:不留。

〔29〕扶床:扶着床走路,形容幼小。

〔30〕扶将:扶持。

〔31〕初七:指七夕,即阴历七月初七日。下九:指阴历每月的十九。古代习俗,在七夕和每月十九,都可休息游玩,所以说游戏时不要忘了自己。

81

〔32〕隐隐、甸甸:都是形容车声。

〔33〕隔:隔绝。卿:古人称呼平辈以下的人叫"卿"。《世说新语·惑溺篇》载,王戎妻称丈夫为卿,王戎说:"妇人卿婿,于礼为不敬。"但丈夫呼妻为卿,却不为怪。

〔34〕区区:拳拳眷恋的样子。

〔35〕亲父兄:同胞哥哥。

〔36〕任:允准。"逆以"句:反而会使我心怀受煎熬。

〔37〕劳劳:惆怅地互相留恋。

〔38〕无颜仪:自觉羞愧。

〔39〕拊(fǔ 府)掌:拍掌,表示惊诧。

〔40〕无誓违:意为没有犯过失。愆(qiān 千)同"愆",过失之意。"誓"当为"愆"之误。

〔41〕惭阿母:惭愧地回答母亲。

〔42〕便言:善于言辞。多令才:多有良好的才能。

〔43〕奇:余冠英先生以为同"嘉",意为"不妙"。

〔44〕"始适"句:意即刚嫁出去就被赶回母家。

〔45〕"不得"句:不能马上就答应。据陈祚明说,刘母意思并不想拒绝。

〔46〕"寻遣丞"句:此句较费解,北大中国文学史教研室编《两汉文学史参考资料》认为上句"媒人去数日"之"去",是媒人回覆县令后离去数天后。"寻"是不几天。县令不久又派县丞(令的副职)向太守那里去报告后再返县。"请"当为请示的意思。

〔47〕"说有"二句:这两句颇费解。余冠英先生认为是另有一家姓兰的人家,上代做过官,比刘家门第高,于文义上较顺。旧说则认为"兰"字乃"刘"字之误。按:县令为子求婚不遂,认为兰家胜于刘家,似不敢反而建议太守向刘家求婚,恐亦可商榷。姑两存之。

〔48〕娇逸:娇美洒脱。

〔49〕遣丞:指太守派县丞。主簿:官名,掌簿籍,查看文书。

〔50〕结大义:指结为婚姻。贵门:指刘家。

〔51〕老姥:老婆子。

〔52〕量:度量利弊;思考得失。

〔53〕否泰:《周易》两卦名。"否"(pǐ痞)是命运蹇劣;"泰"是命运亨通。荣汝身:使你自身得以荣耀。

〔54〕义郎:对太守儿子的尊称。古人称尊敬的人常加"义"字,如"义公"、"义郎"。"义郎体"即义郎这种人。"其住"句:留在家里又将怎么呢?"住",一本作"往",即"长此以往",亦通。

〔55〕要:约。渠:他,指府吏。

〔56〕登即:同"当即"。

〔57〕诺诺:答应的声音。尔尔:称善同意的声音。部:郡署。白府君:禀告太守。

〔58〕下官:南朝宋孝武帝时规定,属吏向上级自称下官。东汉至晋,属吏常向上官称"臣"。

〔59〕历:历书。古人办婚丧大事,都要看历书,选择吉日。"便利"句:即指这个月内正好吉利。

〔60〕六合:古人迷信,以十二个月分为十二支(子丑等)称"月建",又以干支纪日,称"日辰"。"月建"与"日辰"相配合适,即为"六合相应",是吉日。

〔61〕"良吉"句:三十日那天是吉日良辰。"卿可"句:"卿"指县丞。这是太守叫县令去把儿子的婚事办好。

〔62〕交语:即"教语",下令属官们。速装束:赶快作准备。"络绎"句:府中上下人们川流不息,忙于准备婚事。

〔63〕"青雀"句:画有青雀和白鹄的船,贵人所乘。"四角"句:船舱

四角挂着画有龙的旗幡。

〔64〕婀娜:美好柔软的样子,形容旗幡。"金车"句:形容车辆精美。

〔65〕青骢马:青白色毛的马。流苏:下垂的丝条,马饰。金镂鞍:金属雕花的马鞍。

〔66〕赍(jī稽):赠送,这里指财礼。

〔67〕綵:彩色丝织品。交广:交州和广州。三国时吴黄武五年(226),分交州,置广州。辖今两广等地。鲑(xié鞋):吴人称鱼菜的总称。珍:珍贵食品。

〔68〕从人:随从的人员。郁郁:人数众多的样子。登:纪容舒以为当作"发",从郡署出发。张玉谷则以为是随从人员来到郡太守衙门帮助办喜事,二说均可通。

〔69〕府君:指太守。

〔70〕不举:未办好。

〔71〕晻晻(ǎn俺):昏暗。

〔72〕摧藏:同"摧脏",即内脏痛苦欲裂。一说指马的叫声凄怆。

〔73〕蹑履:穿上鞋。

〔74〕详:知道详情。

〔75〕应:许配。

〔76〕"便作"句:意思说你自称当像苇那样坚韧,却只在旦夕之间就变了。

〔77〕日胜贵:一天天富贵起来。

〔78〕大风寒:比喻不幸的变故。这三句是说将发生变故,大风将树木摧毁,把兰花冻死。比喻自己的生命行将结束。

〔79〕"儿今"句:儿子从今走向死亡。单:孤独。

〔80〕"命如"二句:这两句是希望焦母生命长久,四体康强。"直"

是顺的意思。

〔81〕大家子:高门子弟。"仕宦"句:上世曾在尚书台做过官。

〔82〕作计:指自杀的念头。乃尔立:于是决定。

〔83〕"转头"句:指焦仲卿决定自杀,又回头向室内看了焦母一眼。"渐见"句:写焦仲卿愈来愈为怨苦所煎熬逼迫。

〔84〕牛马嘶:指傍晚时分。青庐:古人娶新娘时所设帐屋。《世说新语·假谲篇》:"魏武少时,尝与袁绍为游侠。观人新婚,因潜入主人园中,夜叫呼云:'有偷儿贼!'青庐中人皆出观,魏武乃入,抽刃劫新妇,与绍还出。"可见此俗三国前已有。

〔85〕菴菴:同"晻晻",见前注〔71〕。人定初:指夜深人定之初。古人在亥时(相当现在晚上九时)撞钟十八响,名曰"定钟",这时人大抵都休息了。故称"人定"。"人定初"即亥时初刻。

〔86〕华山旁:用《清商曲辞·华山畿》典故。详见《华山畿》其一注〔1〕。

杂歌谣辞[1]

鸡鸣歌[2]

东方欲明星烂烂,汝南晨鸡登坛唤[3]。曲终漏尽严具陈[4],月没星稀天下旦。千门万户递鱼钥[5],宫中城上飞乌鹊。

〔1〕《杂歌谣辞》:包括历代的歌谣,这些歌谣大抵均未配乐歌唱。
〔2〕《鸡鸣歌》:据说是一种楚歌,产生于汉代。《乐府诗集》卷八十三引《晋太康地记》说:"后汉固始、鲖(tóng 铜)阳、公安、细阳四县卫士习此曲于阙下歌之,今《鸡鸣歌》是也。"
〔3〕汝南:后汉郡名,在洛阳之东。
〔4〕漏:铜壶滴漏,古代计时器,"漏尽"指夜尽天明。严具陈:戒严的设施都陈列好了。
〔5〕鱼钥:古代的钥匙,铸成鱼型。

淮南王歌[1]

一尺布,尚可缝,一斗粟,尚可舂,兄弟二人不相容。

〔1〕《淮南王歌》:汉文帝时,其弟淮南厉王刘长,横行不法,汉文帝

把他放逐到蜀地,刘长半途死去,民间作此诗讽刺。

卫皇后歌[1]

生男无喜,生女无怒,独不见卫子夫霸天下[2]。

〔1〕《卫皇后歌》:汉武帝卫皇后,出身微贱,以头发长得美,受武帝宠幸,立为皇后,其兄卫青任大将军。
〔2〕卫子夫:卫皇后名。

匈奴歌[1]

失我焉支山,令我妇女无颜色[2]。失我祁连山,使我六畜不蕃息[3]。

〔1〕《匈奴歌》:此歌本匈奴人所唱。汉武帝派霍去病将兵出击匈奴,夺取焉支山和祁连山,匈奴人悲伤作歌。二山都在今甘肃西部。
〔2〕"失我"二句,指放牧困难,生活贫困而无好容颜。一说"焉支"即"胭脂",可备一说。
〔3〕"六畜"句:指丧失了良好的牧场,不能繁殖牲畜。

牢石歌[1]

牢邪石邪。五鹿客邪[2]。印何累累,绶若若邪[3]。

〔1〕《牢石歌》:这是讽刺依托权贵的民歌。汉元帝时,宦官石显专权,大臣牢梁、五鹿充宗与他相勾结,一些趋炎附势者依托他们得官。
〔2〕牢邪:牢梁呢? 石邪:石显呢? 五鹿客邪:五鹿充宗的门客呢?
〔3〕累累:形容官印之多。绶:挂印的带子。若若:长的样子。

五侯歌[1]

五侯初起,曲阳最怒[2]。坏决高都[3],连竟外杜[4]。土山渐台,象西白虎[5]。

〔1〕《五侯歌》:"五侯"即外戚王谭(平阿侯)、王商(成都侯)、王立(红阳侯)、王根(曲阳侯)和王逢时(高平侯)。汉成帝河平二年(前27)封。人民作歌以讽刺他们的骄奢。
〔2〕"曲阳"句:王根最为嚣张。
〔3〕"坏决"句:指王根造第宅,引长安以西的高都水进入城内。
〔4〕"连竟"句:指他的第宅一直连接杜陵一带,杜陵在长安东南。
〔5〕渐台:指王根宅内水池中所筑的台。象:仿作的意思。"象"字原本无,余冠英先生据《汉书补注》校补,今从之。西白虎:汉代未央宫

殿名。

通博南歌[1]

汉德广,开不宾[2]。度博南,越兰津[3]。度兰仓,为他人[4]。

〔1〕《通博南歌》:此歌见《后汉书·哀牢夷传》。杜文澜《古谣谚》作《哀牢行者歌》。据《后汉书》说是汉明帝时事,"行者苦之,歌曰"云云;余冠英先生据《华阳国志·南中志》云:孝武时,"通博南山,度兰仓水、渚溪,取'哀牢夷'土地,置嶲唐、不韦二县,当时行人作这首歌"。又以《水经注》也有类似记载,故此断定此篇为汉武帝时民歌。说法不同,此诗究竟产生于何时,似难定论。
〔2〕不宾:不服的远方。
〔3〕博南:即博南山,在今云南永平。兰津:即澜沧江,在云南西部。
〔4〕兰仓:即澜沧江。为他人:指地方僻远,难于久守。

郑白渠歌[1]

田于何所,池阳谷口[2]。郑国在前,白渠起后[3]。举臿如云,决渠为雨[4]。泾水一石,其泥数斗[5],且溉且粪[6],长我禾黍。衣食京师,亿万之口[7]。

〔1〕《郑白渠歌》:此诗见《汉书·沟洫志》。郑白渠在今陕西泾阳之北。战国时韩国人郑国向秦王建议开凿,后来汉武帝又用大中大夫白公计,浚挖和延长郑国渠,引泾水"首起谷口,尾入栎阳",对农业生产起了很大推动作用。

〔2〕池阳谷口:池阳在今陕西泾阳西。谷口在泾水出谷处,西边是九嵕(zōng 踪)山,当在今礼泉、泾阳二县之间。

〔3〕郑国:指郑国渠。白渠:指白公所开渠。

〔4〕臿(chā 插):同"锸",铁锹。这两句写挖渠犹如兴云,可以致雨。沟水一通,水就来了,犹如下雨。这两句下《乐府诗集》无"水流灶下,鱼跃入釜"二句,《汉书》同。余冠英先生《乐府诗选》从杜文澜《古谣谚》,据荀悦《汉纪》补入,今从《汉书》。

〔5〕泥:肥沃的泥土。

〔6〕粪:施肥,名词作动词用。

〔7〕"亿万"句:指广大的人口。

范史云歌〔1〕

甑中生尘范史云〔2〕,釜中生鱼范莱芜〔3〕。

〔1〕《范史云歌》:此歌见《后汉书·独行·范冉(一作丹)传》。范冉字史云,桓帝时为莱芜(今属山东)长,因遭母丧不到官,后辟太尉府掾属,以耿直不容,遁逃至梁沛(今豫东苏北一带)清贫自守。中平二年(185)卒,年七十四。

〔2〕甑(zèng 赠):古代蒸饭用的瓦器。"生尘"是说久不使用。

〔3〕釜:锅。生鱼:喻指久不生火煮饭菜。

颍川歌[1]

颍水清,灌氏宁[2]。颍水浊,灌氏族[3]。

[1]《颍川歌》:西汉时颍川郡,在今河南中部,治所在阳翟(今禹县)。此歌是诅咒西汉官员灌夫的歌。灌夫为人好结交奸猾,欺压百姓,人民很恨他。
[2] 宁:安定。
[3] 族:全族人被杀死。

城中谣[1]

城中好高髻,四方高一尺。城中好广眉,四方且半额[2]。城中好大袖,四方全匹帛。

[1]《城中谣》:此歌见《后汉书·马廖传》,据云是西汉后期长安民谣。"城中"指长安。
[2] 广眉:把眉画得很宽。半额:指画得占半个额头。

后汉桓灵时谣[1]

举秀才,不知书。察孝廉,父别居[2]。寒素清白浊如泥[3],

高第良将怯如鸡。

〔1〕《后汉桓灵时谣》:这是讽刺当时举用人才不当的诗。
〔2〕父别居:古人要求儿子伺候父母,与父分居,就是"不孝"。
〔3〕寒素、清白:均为汉晋举拔士人的科目名。

更始时长安中语[1]

灶下养,中郎将[2]。烂羊胃,骑都尉[3]。烂羊头,关内侯[4]。

〔1〕《更始时长安中语》:淮阳王刘玄年号"更始"(23—24)。当时起义军立刘玄为帝,攻入长安,所任用的人大抵没有才德,有的出身灶房。长安人加以讥笑。
〔2〕中郎将:"比二千石"官员,月俸百斛。
〔3〕骑都尉:也是"比二千石"官员。
〔4〕关内侯:爵名,无具体封邑,按所封户数收取租赋。

三府为朱震谚[1]

车如鸡栖马如狗[2],疾恶如风朱伯厚。

〔1〕《三府为朱震谚》:"三府"指东汉时太尉、司徒、司空三府。朱

震:东汉桓帝时人,字伯厚,与陈蕃为友,陈蕃被杀,他曾被连累下狱。这谚语是称颂他清贫。

〔2〕"车如"句:形容车破旧,马瘦小。李贺《开愁歌》:"衣如飞鹑马如狗"句,即化用此谚语。

箜篌谣[1]

结交在相得,骨肉何必亲[2]。甘言无忠实,世薄多苏秦[3]。从风暂靡草,富贵上升天[4]。不见山巅树,摧扤下为薪[5]。岂甘井中泥,上出作埃尘[6]。

〔1〕《箜篌谣》:此诗亦见《太平御览》卷四百零六,作"古歌辞"。逯钦立先生以为是"汉乐府古辞"。

〔2〕"结交"二句:指朋友相交在互相忠实,即使骨肉也未必真能相亲。

〔3〕甘言:甜言蜜语。苏秦:战国时纵横家,以反覆无常著名。

〔4〕"从风"句:指风吹来草暂时倒下。"富贵"句:指富贵者犹比草被吹上天,离了根。

〔5〕摧扤(wù 误):摧毁拔倒。薪:柴。

〔6〕"岂甘"二句:指宁居下位如井中之泥,不上浮作飞浮的尘埃。

三秦民谚(太白山俗语)[1]

武功太白,去天三百[2]。孤云两角,去天一握[3]。山水险阻,黄金子午[4]。蛇盘乌栊,气与天通[5]。

〔1〕《三秦民谚》:此诗从陕西中部山脉数到云南,所以余冠英先生据清朱乾《乐府正义》说认为是汉武帝元封二年(前109)取滇地时产生的。

〔2〕武功:山名,在陕西武功县南。太白:山名,在武功县北。去天三百:一本"百"下有"尺"字。

〔3〕孤云:山名,在陕西南郑西南。两角:山名,与孤云山相连。一握:四寸。

〔4〕黄金:谷名,在陕西洋县。子午:谷名,在川陕交界处。

〔5〕蛇盘乌栊:一作"盘羊乌栊"。蛇盘:在今云南境。《华阳国志·南中志》:"犹溪赤水,盘蛇七曲。盘羊乌栊,气与天通。"乌栊:余冠英先生认为即云南禄劝县东北的乌蒙山,山顶有乌龙泉,或即此地。

逐弹语[1]

苦饥寒,逐弹丸。

〔1〕《逐弹语》:此语见《西京杂记》,据说汉武帝宠臣韩嫣以黄金作弹丸射鸟雀,长安城中儿童跟着他拾取弹丸。以此显示统治者的奢淫和人民的困苦。

长安谣[1]

伊徙雁,鹿徙菟[2],去牢与陈实无贾[3]。

〔1〕《长安谣》:此诗是汉成帝初立时,把元帝时的佞臣石显等人贬逐时人民庆幸而作,见《汉书·佞幸传》。

〔2〕伊:指伊嘉,由御史中丞贬为雁门都尉。鹿:指五鹿充宗,由少府贬玄菟太守。

〔3〕牢:指牢梁。陈:指陈顺。二人均石显的党羽。贾:同"价"(古音 gǔ 古)。

燕燕谣[1]

燕燕尾涎涎[2],张公子[3],时相见。木门仓琅根[4]。燕飞来,啄皇孙[5]。皇孙死,燕啄矢[6]。

〔1〕《燕燕谣》:此诗见《汉书·五行志》,是汉成帝时童谣,讽刺汉成帝荒淫。成帝经常微行和富平侯张放一起出游。燕燕:指赵飞燕。

〔2〕涎(yuàn 愿):羽毛有光泽的样子。

〔3〕张公子:指张放。

〔4〕仓琅根:指门上的铜环,因铜色发青,故称"仓琅根"。"仓琅"即青色。

〔5〕燕:指赵飞燕。赵飞燕曾杀害成帝和姬妾所生之子。故称"啄皇孙"。唐骆宾王《为徐敬业讨武曌檄》中"燕啄王孙,知汉祚之将尽"即用此典。

〔6〕矢:粪。

95

汉成帝时歌谣[1]

邪径败良田[2],谗口乱善人。桂树华不实,黄爵巢其颠[3]。昔为人所羡,今为人所怜[4]。

〔1〕《汉成帝时歌谣》:此诗见《汉书·五行志》,乃讥刺当时政治腐败的民谣。

〔2〕邪径:田间被人踩出来的小路。因其毁坏庄稼,故称"败良田"。

〔3〕"桂树"句:以桂树不结桂子,喻汉成帝无子。黄爵:即黄雀。后人附会说王莽自称得"土德",土色黄,故云,恐属附会。此句大约指依附成帝宠臣的人。

〔4〕"昔为"二句:指这些人最后必然遭祸,只能煊赫一时。

京都谣[1]

直如弦,死道边。曲如钩,反封侯。

〔1〕《京都谣》:此谣见《续汉书·五行志》,产生于东汉顺帝末年,讥刺朝政混乱,李固等正人被害,胡广等佞臣反而封侯。

小麦谣[1]

小麦青青大麦枯,谁当获者妇与姑[2]。丈人何在西击胡[3]。吏买马,君具车[4]。请为诸君鼓咙胡[5]。

[1]《小麦谣》:此谣见《续汉书·五行志》,据说产生于桓帝初年,当时羌人在凉州一带反叛,汉朝发兵镇压,许多百姓被迫从军。
[2] 妇:儿媳。姑:婆婆。这句说男子出征,庄稼只能由妇女去收割。
[3] 丈人:丈夫。
[4] 吏:下级的小官。君:地位高的官。这两句写他们乘机搜刮,买马买车。
[5] 咙胡:即喉部,今人称喉为喉咙,即一音之转。"鼓咙胡"是咽住喉部,有话不要讲,以免招祸。

城上乌谣[1]

城上乌,尾毕逋[2]。公为吏,子为徒[3]。一徒死,百乘车[4]。车班班,入河间[5]。河间姹女工数钱[6],以钱为室金作堂[7]。石上慊慊舂黄粱[8]。梁下有悬鼓,我欲击之丞卿怒[9]。

〔1〕《城上乌谣》:此谣见《续汉书·五行志》,据云产生于桓帝初年,是刺讥官吏贪污的歌。

〔2〕"城上"二句:据《续汉书》说是指居高位的人便于独得利益,不与下人共享。尾毕逋:余冠英先生认为"毕"指"尽","逋"指"欠",是诅咒官吏缺尾巴,象征其没有好下场。

〔3〕"公为吏"二句:指父为军吏,子为士兵。

〔4〕"一徒死"二句:旧释为一人战死,又调发一百辆兵车出战。余冠英先生则认为"一徒"指梁冀,梁冀死后,许多人乘机成为新贵。但与下文"车班班"不太接气。梁刘昭注认为"一徒"指桓帝,桓帝死后,朝廷派人到河间迎接灵帝继位。与《续汉书》本文合。但用"一徒"指桓帝,似亦不甚妥帖,姑存三说供参考。

〔5〕班班:车声。入河间:指迎灵帝。

〔6〕姹(chà 刹):美。河间姹女:指灵帝母董太后,她是河间人。工数钱:指她贪财。《后汉书·董皇后纪》说她"使(灵)帝卖官求货,自纳金钱,盈满堂室"。

〔7〕金作堂:据《续汉书·五行志》说,董太后"好聚金以为堂也"。

〔8〕慊慊(qiàn 欠):不满足。舂黄粱:《续汉书》说是董太后叫人"舂黄粱而食之"。

〔9〕"梁下"句:指朝廷谏鼓,进谏者先击鼓。"我欲"句:意思说我如想进谏,必然引起大官们生气,所以不敢谏。

贡禹引俗语[1]

何以孝弟为,财多而光荣。何以礼义为,史书而仕宦[2]。何以谨慎为,勇敢而临官。

〔1〕《贡禹引俗语》:贡禹(前124—前44)字少翁,琅邪(今山东诸城)人。官至御史大夫。这是他在上疏中所引民间讽刺朝廷官员的谣谚。

〔2〕"史书"句:指熟习做吏的公文簿书,就可做官。

古绝句(四首)〔1〕

其一

藁砧今何在,山上复有山〔2〕。何当大刀头,破镜飞上天〔3〕。

其二

日暮秋云阴,江水清且深。何用通音信,莲花玳瑁簪。

其三

菟丝从长风,根茎无断绝〔4〕。无情尚不离,有情安可别。

其四

南山一桂树,上有双鸳鸯。千年长交颈,欢爱不相忘。

〔1〕《古绝句》:这四首诗见《玉台新咏》,清吴兆宜以为是"杂曲歌

词"。逯钦立先生认为是汉代古诗,题目是后人附入《玉台新咏》时加的。

〔2〕藁砧:指切割肉类时的砧板和下面垫着的草,这里代指"斧",即"夫"的谐音。"山上复有山"指"出"字。

〔3〕大刀头:代指刀环,"还"的谐音。"破镜"句:指月半。

〔4〕"菟丝"二句:菟丝草有藤,随风飘荡,藤不断,象征情意不绝。

古八变歌[1]

北风初秋至,吹我章华台[2]。浮云多暮色,似从崦嵫来[3]。枯桑鸣中林,络纬响空阶[4]。翩翩飞蓬征,怆怆游子怀。故乡不可见,长望始此回。

〔1〕《古八变歌》:此诗见《古诗类苑》卷四十五,当为汉代产物。余冠英先生认为此诗有文人创作的气息。

〔2〕章华台:战国时楚王的台,在今江陵。

〔3〕崦嵫(yān zī 焉资):传说中太阳落下的地方。

〔4〕"枯桑"句:枯桑被风所吹,在林中作响。络纬:一种秋虫,即"络纱娘";江南叫"纺绩娘"。

高田种小麦[1]

高田种小麦,终久不成穗[2]。男儿在他乡,焉得不憔悴。

〔1〕《高田种小麦》:此诗是《齐民要术》引汉代农书《氾胜之书》中歌谣。

〔2〕"高田"二句:意谓高田干旱缺水,小麦难以成长。

吴孙皓初童谣[1]

宁饮建业水,不食武昌鱼[2]。宁还建业死,不止武昌居。

〔1〕《吴孙皓初童谣》:孙皓甘露元年(即晋泰始元年265),曾迁都武昌,百姓不愿,次年即迁还建业。此歌即作于这时。

〔2〕建业:今江苏南京。武昌:今湖北鄂城。

蜀人为罗尚言[1]

尚之所爱,非邪则佞。尚之所憎,非忠则正。富拟鲁卫,家成市里[2]。贪如豺狼,无复极已。蜀贼尚可,罗尚杀我[3]。平西将军,反更为祸[4]。

〔1〕《蜀人为罗尚言》:此谣见《晋书·罗尚传》。杜文澜《古谣谚》卷八收入。罗尚为西晋时益州刺史。晋惠帝永宁元年(301),益州(今四川)六郡流民起义,朝廷派罗尚去镇压,罗尚为人贪暴昏庸,百姓作歌讽刺。

〔2〕鲁卫:春秋时两个诸侯国名,形容罗尚之富。家成市里:比喻依

附他的人多。

〔3〕蜀贼:指流民。此句写罗尚凶残甚于蜀贼。

〔4〕"平西"二句:罗尚号平西将军,却在蜀中成为人民的祸害。

南风谣[1]

南风起,吹白沙。遥望鲁国何嵯峨[2],千岁髑髅生齿牙[3]。

〔1〕《南风谣》:此谣产生于晋惠帝元康(291—299)中,系针对皇后贾氏而发。贾后小名"南风"。

〔2〕鲁国:贾后父贾充封鲁公。嵯峨:高的样子。

〔3〕髑髅(dú lóu 独娄):骷髅。此句指赵王伦杀贾氏事。一本作"前至三月灭汝家"。

续貂谚[1]

貂不足,狗尾续。

〔1〕《续貂谚》:此谚产生于西晋惠帝时,赵王司马伦篡位自立,封他的党羽做官,当时大官均戴貂尾,因貂是珍贵动物,而封官又多,供不上,遂产生了这种谣谚。

并州歌[1]

士为将军何可羞,六月重茵披豹裘,不识寒暑断他头[2]。雄儿田兰为报仇,中夜斩首谢并州[3]。

〔1〕《并州歌》:西晋末,牧马人起义军将领汲桑,六月里穿皮衣,叫人扇风,不觉凉快就杀人,后来被并州大姓田兰、薄盛所杀。百姓唱歌庆幸。

〔2〕重茵:垫着双重座席。"不识"句:意思说连冷热都不知道,该杀他的头。

〔3〕中夜:夜半。谢并州:向并州人报告。

陇上歌[1]

陇上壮士有陈安[2],躯体虽小腹中宽,爱养将士同心肝。骢骢父马铁锻鞍[3],七尺大刀奋如湍,丈八蛇矛左右盘[4],十荡十决无当前[5]。战始三交失蛇矛,弃我骢骢窜岩幽,为我外援而悬头[6]。西流之水东流河,一去不还奈子何。

〔1〕《陇上歌》:据《晋书·刘曜载记》,匈奴族首领刘曜于晋明帝太宁元年(323)出兵进攻陈安于陇城,陈安率精兵突围,战败,藏在山中,为刘曜部将呼延青发现并杀死。

103

〔2〕陈安：晋南阳王司马保旧部，因抗击前赵刘曜战死。

〔3〕骉(niè 聂)：马奔跑的样子。父马：公马。铁锻鞍：铁打铸的马鞍。

〔4〕湍：水流急的样子。此处形容大刀飞舞的样子。左右盘：转动刺击。

〔5〕无当前：无人敢抵挡。

〔6〕为我外援：指为东晋的外援。悬头：指被杀后头被前赵刘曜所悬挂示众。

行者歌[1]

青槐夹道多尘埃，龙楼凤阙望崔巍。清风细雨杂香来，土上出金火照台。

〔1〕《行者歌》：此歌出《拾遗记》卷七。记曹丕纳美人薛灵芸事，据说筑高台三十丈，几十里路烛光相连，路上每里立铜表一根，高五尺。此事本出小说，不可信，但写当时统治者夜游时奢华的情况，也许有一定根据。

豫州歌[1]

幸哉遗黎免俘虏，三辰既朗遇慈父[2]。玄酒忘劳甘瓠脯[3]，何以咏思歌且舞。

〔1〕《豫州歌》:这是歌颂东晋初名将祖逖的歌。祖逖率军渡过长江,北伐中原收复黄河以南大片土地,屯兵雍丘(今河南杞县),晋元帝任命他为豫州刺史。

〔2〕遗黎:遗民。三辰:指日、月、星。慈父:指祖逖。

〔3〕玄酒:淡薄的酒。瓠脯:一种瓜类的干儿,用来作菜肴。

襄阳童儿歌[1]

山公出何许,往至高阳池[2]。日夕倒载归,酩酊无所知[3]。时时能骑马,倒着白接䍦[4]。举鞭向葛彊,何如并州儿[5]。

〔1〕《襄阳童儿歌》:这是襄阳儿童讽刺晋征南将军山简不恤国难,每日沉醉的歌。

〔2〕山公:指山简,山涛之子。高阳池:襄阳的一处园池。

〔3〕倒载:形容醉后骑马失态。酩酊(mǐng dǐng 冥上声鼎):沉醉昏乱。

〔4〕白接䍦(lí 离):指头巾。

〔5〕葛彊:人名,山简的属官。并州儿:今山西一带的青壮年。

三峡谣[1]

朝发黄牛,暮宿黄牛,三朝三暮,黄牛如故。

〔1〕《三峡谣》:这首民谣写黄牛峡景象。黄牛峡在今湖北宜昌市

西。这里江水曲折,船走三天,仍能望见黄牛峡。

滟滪歌(二首)[1]

其一

滟滪大如马,瞿塘不可下。

其二

滟滪大如牛,瞿塘不可流[2]。

〔1〕《滟滪歌》:这是长江中瞿塘峡一带民谣。瞿塘峡在今四川奉节东,巫山县西。滟(yàn 艳)滪:瞿塘峡口的大石礁。1958年炸除。
〔2〕流:乘流而下。

巴东三峡歌[1](二首)

其一

巴东三峡巫峡长,猿鸣三声泪沾裳。

其二

巴东三峡猿鸣悲,猿鸣三声泪沾衣。

〔1〕《巴东三峡歌》:此歌是三峡民歌。巴东三峡据《水经注·江水》说是广溪峡、巫峡和西陵峡。现在说"三峡"则指瞿塘峡,巫峡和西陵峡,在四川东部至湖北西部长江中。

丁令威歌〔1〕

有鸟有鸟丁令威,去家千年今始归。城郭如故人民非,何不学仙冢累累。

〔1〕《丁令威歌》:此歌见《搜神后记》卷一。《搜神后记》乃志怪小说,可能为南朝人所作。但常被后人用作典故。

(二）汉魏西晋文人乐府诗

力拔山操[1]

（汉）项籍[2]

力拔山兮气盖世,时不利兮骓不逝[3]。骓不逝兮可奈何,虞兮虞兮奈若何[4]。

〔1〕《力拔山操》:此诗见《史记·项羽本纪》,未提到弹琴,可能是后人谱为琴曲。

〔2〕项籍(前232—前202):字羽。下相(今江苏宿迁)人。楚将项燕之孙。二十四岁(前209)起兵于吴,击败秦军主力。后被汉高祖刘邦击败,自杀于乌江(今安徽和县东北)。

〔3〕骓(zhuī 锥):青白杂色的马。项籍有马名"乌骓",当指此。

〔4〕虞:指项籍宠姬虞姬。

大风歌[1]

（汉）刘邦[2]

大风起兮云飞扬,威加海内兮归故乡,安得猛士兮守四方。

〔1〕《大风歌》:此歌为刘邦统一天下后回到故乡沛(今江苏沛县)

时作。

〔2〕刘邦(前256—前195):字季,即汉高祖。沛县丰邑中阳里(今江苏丰县)人。前209年,起兵反秦,率兵攻入关中,被封汉王,据巴蜀汉中。后出兵统一关中,出关击败项羽,统一中国,于公元前202年称帝,成为西汉王朝的建立者。

鸿鹄歌[1]

(汉)刘邦

鸿鹄高飞,一举千里。羽翮已就,横绝四海[2]。横绝四海,当可奈何。虽有矰缴,尚安所施[3]。

〔1〕《鸿鹄歌》:此歌始见《史记·留侯世家》。据说刘邦想废太子盈(惠帝)而立戚夫人子赵王如意,后见太子有"商山四皓"(东园公、甪里先生、绮里季、夏黄公等四个隐逸的贤士)辅佐,就打消了主意,戚夫人失望哭泣,刘邦说:"你为我跳楚舞,我为你唱楚歌。"于是作此歌。

〔2〕翮(hé合):鸟的翅膀。"横绝"句:指飞越天下。

〔3〕矰(zēng增):古代射鸟用的带绳的箭。缴(zhuó灼):系在箭上的丝绳。"尚安"句:还有什么用。

安世房中歌[1]（十七章）

(汉)唐山夫人[2]

大孝备矣，休德昭清[3]。高张四县[4]，乐充宫庭[5]。芬树羽林，云景杳冥[6]。金支秀华，庶旄翠旌[7]。

《七始》《华始》，肃倡和声[8]。神来宴娭，庶几是听[9]。粥粥音送，细齐人情[10]。忽乘青玄，熙事备成[11]。清思眑眑，经纬冥冥[12]。

我定历数，人告其心。敕身齐戒，施教申申[13]。乃立祖庙，敬明尊亲。大矣孝熙，四极爰轃[14]。

王侯秉德，其邻翼翼，显明昭式[15]。清明鬯矣[16]，皇帝孝德。竟全大功，抚安四极。

海内有奸，纷乱东北[17]。诏抚成师，武臣承德。行乐交逆，《箫》《勺》群慝[18]。肃为济哉，盖定燕国[19]。

大海荡荡水所归，高贤愉愉民所怀。大山崔，百卉殖[20]。民何贵，贵有德。

安其所，乐终产[21]。乐终产，世继绪。飞龙秋[22]，游上天。高贤愉，乐民人。

半草蒌，女罗施[23]。善何如，谁能回[24]。大莫大，成教德。长莫长，被无极。

雷震震,电燿燿[25]。明德乡[26],治本约[27]。治本约,泽弘大。加被宠,咸相保[28]。德施大,世曼寿[29]。

《都荔》《遂芳》,《窅窊》桂华[30]。孝奏天仪[31],若日月光。乘玄四龙,回驰北行。羽旄殷盛,芬哉芒芒[32]。孝道随世,我署文章[33]。

冯冯翼翼,承天之则[34]。吾易久远[35],烛明四极。慈惠所爱,美若休德[36]。杳杳冥冥,克绰永福[37]。

硠硠即即,师象山则[38]。乌呼孝哉,案抚戎国[39]。蛮夷竭欢,象来致福[40]。兼临是爱,终无兵革。

嘉荐芳矣,告灵飨矣[41]。告灵既飨,德音孔臧[42]。惟德之臧,建侯之常[43]。承保天休,令问不忘。

皇皇鸿明,荡侯休德[44]。嘉承天和,伊乐厥福[45]。在乐不荒,惟民之则。

浚则师德,下民咸殖[46]。令问在旧,孔容翼翼[47]。

孔容之常,承帝之明。下民之乐,子孙保光[48]。承顺温良,受帝之光。嘉荐令芳,寿考不忘。

承帝明德,师象山则。云施称民[49],永受厥福。承容之常,承帝之明。下民安乐,受福无疆。

[1]《安世房中歌》:"房中歌"是祭神乐曲,周代称"房中乐",秦代改名"寿人",汉高祖刘邦时,又命唐山夫人作《房中祠乐》,至惠帝二年(前193),命乐府令夏侯宽配上管乐器演奏,更名为《安世乐》。据《汉书·礼乐志》说,这种乐曲用的是"楚声",因为刘邦本是楚人。这种乐曲是帝王祭祀天地和祖先的乐歌。从商周时代起已经产生,《诗经》中

的《商颂》和《周颂》就是这种乐曲的起源。

〔2〕唐山夫人:生平不详,只知道是刘邦的姬妾。

〔3〕休德:美德。昭:明。

〔4〕"高张"句:屋子的四墙都高挂着钟磬等乐器。"县",通"悬"。

〔5〕"乐充"句:乐声充满宫廷中。

〔6〕芬:同"纷",众多。树:树立乐舞用的羽毛。"云景"句:指羽毛等礼器众多,如云彩一样广大深远。

〔7〕"金支"句:指用金铸花形的旗竿。"庶旄"句:指旗杆上挂着用翠鸟羽毛制成的旗子。

〔8〕《七始》、《华始》:乐曲名。"肃倡"句:歌者恭敬地唱出谐和的歌声。

〔9〕娭(xī溪):游戏。"庶几"句:希望能来听这音乐。

〔10〕粥粥(yù玉):恭敬恐惧的样子。音送:以乐送神。"细齐"句:细微地感动人使之整齐严肃。

〔11〕"忽乘"句:指神乘着青云和黑云登天而去。熙:同"禧",福。这句说求福之事已完成。

〔12〕眑眑:(yǎo咬):深远幽静的样子。"经纬"句:经天纬地的心思已上达遥远的上天。

〔13〕齐:"斋"的假借字。"敕身"句:命令自身敬慎地斋戒静心。申申:一再告戒。

〔14〕臻:同"臻",到达,这句说诚心到达四极。

〔15〕秉:执行。邻:近臣。翼翼:谨慎。式:法度。

〔16〕鬯(chàng唱):同"畅",畅达。

〔17〕"海内"二句:指高祖五年(前202)臧荼(tú图)叛乱。

〔18〕"行乐"二句:指制定新乐,教化流行。从逆的人听了《箾》(舜的乐曲)《勺》(周代乐曲)受感动改恶从善。"交",同"教"。慝(tè忒):

115

奸邪。这里指有罪的人。

〔19〕燕国:臧荼曾封燕王。

〔20〕崔:高。百卉:各种植物。殖:繁生。

〔21〕"安其所"二句:指万物各得其所,终生安乐。

〔22〕秋:飞的样子。

〔23〕葽(yāo腰):盛长。女罗:即女萝,草名,即菟丝。施:指女萝的藤附于大树上。

〔24〕回:这里指违反。

〔25〕爚爚(yào药):光亮。

〔26〕明德乡:指明德行的方向。

〔27〕治本约:治国的根本很简约。

〔28〕"加被宠"二句:说人们受皇帝恩宠,都能自保。

〔29〕曼:延长。

〔30〕《都荔》、《遂芳》:郑文先生《汉诗选笺》认为是两个曲名。《窅窊(yǎo wā咬洼)》:郑文先生认为也是曲名。

〔31〕"孝奏"句:以孝道进献上天的面前。

〔32〕芬哉:繁盛的样子,"芬"同"纷"。芒芒:广远的样子。

〔33〕随世:继世不衰。署:表明。

〔34〕冯冯(píng凭):盛满的样子。翼翼:众多的样子。"承天"句:禀承上天的法则。

〔35〕易:同"埸"(yì绎):疆土。

〔36〕若:顺行。

〔37〕"杳杳"句:深广久远。绰:延长。

〔38〕硊硊(wèi畏):堆积很高的样子。即即:充实的样子。师象:效法。山则:像高山那样。

〔39〕案:同"按"。

〔40〕象:即"象胥",指翻译。

〔41〕荐:进献的贡品。飨:指神来享用。

〔42〕臧:善。

〔43〕建侯:分封诸侯。

〔44〕皇皇:同"煌煌"。鸿:大。鸿明:弘大光明。"荡侯"句:指天下荡平,实是皇帝的美德。侯:《尔雅·释诂》:伊、维、侯也。"维"通"惟",是的意思。

〔45〕伊:是。

〔46〕浚则:深深地效法。师:众多。殖:繁育。

〔47〕令问在旧:从过去起就有美好的声望。孔容:美好的容姿。

〔48〕保光:保其光宠。

〔49〕称:合。这句意谓如云一样布施恩德,适合民意。

戚夫人歌[1]

(汉)戚夫人

子为王[2],母为虏。终日舂薄暮,常与死为伍[3]。相离三千里,当谁使告汝。

〔1〕《戚夫人歌》:戚夫人是汉高祖刘邦的宠妾,刘邦死后,被吕后所囚禁,罚她舂米,最后将她杀死。

〔2〕子为王:指戚夫人所生子赵王刘如意,亦被吕后所杀。

〔3〕"常与"句:经常有死的危险。伍:伴。

耕田歌[1]

(汉)刘章[2]

深耕穊种,立苗欲疏[3]。非其种者[4],锄而去之。

〔1〕《耕田歌》:吕后专权时,刘章入宫侍宴,吕后叫他作酒吏。他请求作《耕田歌》,见吕氏的人有醉后逃亡的,立即拔剑斩杀。
〔2〕刘章(前200—前178):汉高祖孙,齐悼惠王肥子。封朱虚侯,在平吕氏之乱中与陈平、周勃合作有功。
〔3〕穊(jì寄):稠密。这两句说耕田要深,下种要密,但插秧要疏。
〔4〕非其种者:指非刘氏的人,亦即吕氏的人。

瓠子歌[1](二首)

(汉)刘彻[2]

其一

瓠子决兮将奈何,皓皓旰旰兮闾殚为河[3]。殚为河兮地不得宁,功无已时兮吾山平[4]。吾山平兮钜野溢[5],鱼沸郁兮柏冬日[6]。延道弛兮离常流[7],蛟龙骋兮方远游。归旧川兮神哉沛,不封禅兮安知外[8]。为我谓河伯兮何不仁[9]，泛滥不止愁吾人。啮桑浮兮淮泗满，久不反兮水维缓[10]。

其二

河汤汤兮激潎溔[11]，北渡迁兮浚流难[12]。搴长茭兮沉美玉[13]，河伯许兮薪不属[14]。薪不属兮卫人罪[15]，烧萧条兮噫乎何以御水[16]。颓林竹兮揵石菑[17]，宣房塞兮万福来[18]。

〔1〕《瓠子歌》：汉武帝元封二年（前109），汉武帝发动人员二万修复瓠子堤防。瓠子堤在今河南濮阳县南，黄河故道南岸。堤修好后，筑宣房宫，并作二诗纪功。《乐府诗集》卷八十四作为《杂歌谣辞》。

〔2〕刘彻（前156—前87）：即汉武帝。景帝子，前140年继位。在位时对内实行罢黜百家，独尊儒术的政策；对外北击匈奴，南平闽越、东瓯与南越，开通西域和西南夷，对中国统一作出了贡献，但加重了人民负担，晚年激起人民反抗，他颇有自悔之意。

〔3〕皓皓旰旰（gàn 赣）：形容水势凶猛。间：民户。殚：尽。

〔4〕吾山：即鱼山，在今山东东阿。

〔5〕钜野：泽名，在今山东巨野北。

〔6〕沸郁：众多的样子。柏：同"迫"，迫近。

〔7〕延道：当从《汉书》作"正道"，正常的水道。弛：毁坏。

〔8〕"归旧川兮"句：使水归故道是由于神力的弘大。"不封"句：不因为行封禅礼，又还能是什么原因？封，登泰山祭天；禅，在梁甫（泰山下小山）祭地。

119

〔9〕河伯:黄河之神。

〔10〕朁桑:亭名,在今江苏沛县境。这两句说永久不归正道,使水的纲维(常理)松弛废坏了。

〔11〕汤汤(shāng 伤):水大的样子。潺湲(chán yuán 谗源):波浪。

〔12〕北渡:向北流。迂:曲折而远。

〔13〕搴(qiān 骞):拔取。长茭(jiāo 郊):竹绳。

〔14〕不属(zhǔ 嘱):供应不上。

〔15〕卫人罪:濮阳一带,春秋时属卫国,所以说"薪不属兮卫人罪"。

〔16〕烧萧条:指柴草缺乏,百姓把草都烧尽,地里一片萧条。

〔17〕颓:这里指砍伐。搛(jiàn 建):当从《史记》作"楗",堵塞。石菑(zī 滋):"菑"同"椔",直立而枯死的树木。这里是指石柱。石柱直立,如同枯木。

〔18〕宣房:宣房宫,汉武帝在决口堵塞后,建立宣房宫以纪功。塞:指瓠子缺口堵塞。万福来:祝颂之辞。

李夫人歌[1]

(汉)刘彻

是邪非邪,立而望之,偏何姗姗其来迟[2]。

〔1〕《李夫人歌》:汉武帝宠幸的妃子李夫人死,武帝想念她。有个方士说能召来李夫人鬼魂。汉武帝信了,据说曾望见她而作诗。

〔2〕偏:同"翩",摇动的样子。姗姗(shān 珊):行走迟缓的样子。

秋风辞[1]

(汉)刘彻

秋风起兮白云飞,草木黄落兮雁南归。兰有秀兮菊有芳,怀佳人兮不能忘[2]。泛楼船兮济汾河,横中流兮扬素波。箫鼓鸣兮发棹歌[3],欢乐极兮哀情多。少壮几时兮奈老何。

〔1〕《秋风辞》:据《文选》所载序云:"上行幸河东,祠后土,顾视帝京,欣然中流,与群臣饮燕,上欢甚,乃自作《秋风辞》。"按:此序实出《汉武故事》。逯钦立先生推测此辞作于元鼎四年(前113)秋天。

〔2〕兰有秀:当指秋兰开花。"秀"是"开花"。佳人:有人认为指宠姬李夫人,因为汉武帝作有《悼李夫人赋》,未知确否。

〔3〕棹(zhào 赵)歌:船上人摇动桨时唱的歌。

李延年歌[1]

(汉)李延年

北方有佳人,绝世而独立。一顾倾人城,再顾倾人国。宁不知倾城与倾国,佳人难再得。

121

〔1〕《李延年歌》:李延年,汉代中山(今河北中部)人,李延年作歌,其妹因此受汉武帝宠幸。延年因此受宠官至协律都尉。

李陵歌[1]

(汉)李陵[2]

径万里兮渡沙漠,为君将兮奋匈奴[3]。路穷绝兮矢刃摧,士众灭兮名已隤[4]。老母已死,虽欲报恩将安归。

〔1〕《李陵歌》:此诗见《汉书·李广苏建传》,乃李陵送苏武归汉时作。
〔2〕李陵(?—前74):字少卿,陇西成纪(今甘肃秦安人),武帝天汉二年(前99),率五千兵攻匈奴,战败投降,死于匈奴中。后来相传他与苏武赠答的诗,皆伪托,不可信,只有这首见《汉书》,确为李陵作。
〔3〕奋匈奴:出死力打击匈奴。
〔4〕隤(tuí 颓):毁坏。

乌孙公主歌[1]

(汉)刘细君

吾家嫁我兮天一方,远托异国兮乌孙王。穹庐为室兮旃为墙[2],以肉为食兮酪为浆。居常土思兮心内伤,愿为黄鹄兮归故乡。

〔1〕《乌孙公主歌》:汉武帝以江都王建之女细君嫁西域乌孙王,公主作歌自悼。歌见《汉书·西域传》。
〔2〕穹庐:帐幕。旃:同"毡"。

武溪深行[1]

(汉)马援[2]

滔滔武溪一何深[3]。鸟飞不度,兽不敢临。嗟哉武溪多毒淫[4]。

〔1〕《武溪深行》:武溪指今湖南西部武陵山一带的武水。此诗是马援率兵镇压当地少数民族时所作。
〔2〕马援(前14—后49):字文渊,扶风茂陵(今陕西兴平)人。汉光武的将军,在平隗嚣、平羌乱、南征交阯中立过功勋,后在进攻武陵少数民族时得病死。
〔3〕滔滔(tāo 涛):形容水大。
〔4〕嗟哉:可叹。毒淫:毒气和邪恶。

五噫歌[1]

(汉)梁鸿[2]

陟彼北邙兮[3],噫。顾瞻帝京兮[4],噫。宫阙崔嵬兮[5],

123

噫。民之劬劳兮[6],噫。辽辽未央兮,噫[7]。

〔1〕《五噫歌》:此诗见《后汉书·逸民·梁鸿传》。从梁鸿生活的时代看,尚属东汉的兴盛时代,但统治者的奢侈已很严重,此诗为刺时而作。

〔2〕梁鸿:字伯鸾,扶风平陵(今陕西咸阳西北)人,父梁让,王莽时卒于北地(今甘肃庆阳附近)。当时梁鸿尚幼。东汉初到太学求学,在上林苑牧猪。后回家乡,娶孟光为妻,孟光时年三十,夫妻隐居山中。不久,乃出关往东方,过洛阳,作《五噫诗》。汉章帝听到了很不高兴,下令访查,他变姓名避居今山东一带,最后到了吴地。后卒于吴。

〔3〕北邙(máng芒):北邙山,在河南洛阳市北。

〔4〕帝京:指洛阳。

〔5〕崔嵬(wéi 围):高大。

〔6〕劬(qú 渠)劳:疲劳。

〔7〕辽辽未央:长长地没完。

同声歌[1]

(汉)张衡[2]

邂逅承际会,得充君后房[3]。情好新交接,恐栗若探汤[4]。不才勉自竭,贱妾职所当。绸缪主中馈,奉礼助蒸尝[5]。思为苑蒻席,在下蔽匡床[6]。愿为罗衾帱[7],在上卫风霜。洒扫清枕席,鞮芬以狄香[8]。重户结金扃,高下华灯光。衣解巾粉御,列图陈枕张[9]。素女为我师[10],仪态盈万方。众夫希所见,天老教轩皇[11]。乐莫斯夜乐,没齿焉可忘。

〔1〕《同声歌》:取《周易·乾·文言》"同声相应"之意。这首诗是写女子自幸得嫁满意的丈夫,表示愿意尽妇职,希望能永得恩爱。前人有以为是托男女以比喻君臣的,可备一说。

〔2〕张衡(78—139):字平子。南阳西鄂(今河南南阳)人。东汉著名科学家、文学家。曾任郎中、太史令,迁侍中,出为河间相。他制造过地动仪,能测报地震;又善诗赋,所作《二京赋》、《四愁诗》等,均颇有名。明人辑有《张河间集》。

〔3〕际会:机遇。"得充"句:意谓得以作你的妻室。

〔4〕探汤:把手伸进滚开的水中,比喻戒惧之意。

〔5〕绸缪:系好衣服的带结。喻指整顿好仪表。主中馈:主管厨中飨客的菜肴。蒸尝:祭祀。冬祭叫蒸,秋祭叫尝。

〔6〕莞蒻(ruò 弱):细嫩的蒲草,可以作席。匡床:方正安适的床。

〔7〕罗衾:绸做的被子。帱(chóu 筹):床帐。

〔8〕鞮(dī 堤):古代一种皮制的鞋。狄香:外国来的香料。这句说为丈夫用狄香熏鞋。

〔9〕"衣解"二句:这两句说解衣就寝,按规定的样式为丈夫整顿床铺。

〔10〕素女:天上的仙女。

〔11〕天老:黄帝的七个辅臣之一。轩皇:即黄帝。

羽林郎[1]

(汉)辛延年[2]

昔有霍家奴,姓冯名子都[3]。依倚将军势,调笑酒家胡[4]。胡姬年十五,春日独当垆[5]。长裾连理带,广袖合欢襦[6]。头上蓝田玉,耳后大秦珠[7]。两鬟何窈窕,一世良所无[8]。一鬟五百万,两鬟千万馀。不意金吾子,娉婷过我庐[9]。银鞍何煜爚,翠盖空踟蹰[10]。就我求清酒,丝绳提玉壶。就我求珍肴,金盘脍鲤鱼。贻我青铜镜,结我红罗裾[11]。不惜红罗裂,何论轻贱躯[12]。男儿爱后妇,女子重前夫。人生有新故,贵贱不相逾。多谢金吾子,私爱徒区区[13]。

〔1〕《羽林郎》:"羽林"是皇帝侍卫军士之名,汉武帝置。"羽林郎"指羽林军士。此诗疑为借西汉霍家(霍光家属)事来讽刺东汉外戚的豪奴横行。

〔2〕辛延年:《乐府诗集》认为"后汉"人,生平不详,当是东汉的乐官。

〔3〕霍家奴:外戚霍氏的家奴。根据史籍记载,当时羽林军应以"良家子"充选,诗中的"羽林郎"、"金吾子"当是客气的尊称。子都:古代美男子名。《诗经·郑风·山有扶苏》:"不见子都,乃见狂且。"

〔4〕"依倚"句:依靠将军的权势。按:霍光曾任大将军。胡:古代称少数民族及外国人为"胡"。

〔5〕垆(lú 卢):本指安放酒瓮的土台子,引申为酒店。

〔6〕裾(jū 居):衣襟。合欢襦(rú 儒):绣有合欢花的短袄。

〔7〕蓝田玉:今陕西蓝田古时产的玉非常著名。大秦珠:来自大秦(古罗马帝国)的珠子。这两名形容其首饰之珍贵。

〔8〕鬟(huán 桓):古代女子的发结。良:实在。

〔9〕娉婷(pīng tíng 乒庭):本形容女性姿态之美,这里似借以形容男性(冯子都)。

〔10〕煜爚(yù yuè 育月):有光彩的样子。翠盖:用翠鸟羽毛装饰的车盖。

〔11〕"结我"句:指冯子都把青铜镜结在胡姬红罗做的衣襟上。

〔12〕"不惜"二句:写胡姬生气,不愿接受,所以不怕撕坏衣襟,也不怕危险。

〔13〕金吾子:"金吾"是执掌禁卫的官吏。"金吾子"即指羽林军士。徒区区:虽表热情,亦属徒然。

董娇娆[1]

(汉)宋子侯[2]

洛阳城东路,桃李生路旁。花花自相对,叶叶自相当。春风东北起,花叶正低昂。不知谁家子,提笼行采桑。纤手折其枝,花落何飘飏。请谢彼姝子[3],何为见损伤。高秋八九月,白露变为霜。终年会飘堕,安得久馨香。秋时自零落,春月复芬芳。何时盛年去,欢爱永相忘。吾欲竟此曲,此曲愁

127

人肠。归来酹美酒,挟瑟上高堂。

〔1〕《董娇娆》:"娇娆"一作"娇饶"。按:"娇娆"为形容女子美貌之辞。
〔2〕宋子侯:东汉人,生平不详。
〔3〕彼姝子:那美丽的女子。

怨诗[1]

(汉)阮瑀[2]

民生受天命[3],漂若河中尘。虽称百龄寿,孰能应此身[4]。犹获婴凶祸[5],流落恒苦辛。

〔1〕《怨诗》:这首《怨诗》是感叹人生的艰辛,和曹植《七哀诗》内容不同。《乐府诗集》把它和仿《七哀诗》的作品分开,另立一类。
〔2〕阮瑀(?—212):字元瑜,东汉末陈留尉氏(今属河南)人。"建安七子"之一,曾为曹操的记室,迁丞相仓曹掾属。早卒。明人辑有《阮元瑜集》。
〔3〕民生:即人生。
〔4〕百龄:即百岁。这两句说虽称人生百年,其实谁能达到这年纪。
〔5〕婴:遭受。

驾出北郭门行[1]

(汉)阮瑀

驾出北郭门,马樊不肯驰[2]。下车步踟蹰,仰折枯杨枝。顾闻丘林中,噭噭有悲啼[3]。借问啼者出(谁),何为乃如斯。亲母舍我殁,后母憎孤儿。饥寒无衣食,举动鞭捶施。骨消肌肉尽,体若枯树皮。藏我空室中,父还不能知。上冢察故处,存亡永别离。亲母何可见,泪下声正嘶[4]。弃我于此间,穷厄岂有赀[5]。传告后代人,以此为明规[6]。

〔1〕《驾出北郭门行》:此诗疑亦即《驱车上东门行》,参看陆机《驾言出北阙行》注。这首诗写的是后母虐待前妻孩子的事,手法纯用白描,在"建安七子"中,阮瑀的成就似乎不在诗歌方面,而是以公文出名的。但这首诗却是一首不朽之作。

〔2〕樊:停滞不前。

〔3〕噭噭(jiào 叫):号呼的声音。

〔4〕嘶(sī 斯):声音嘶竭。

〔5〕赀:财物。

〔6〕明规:显明的前鉴。

从军行(五首选二)[1]

(汉)王粲[2]

其三

从军征遐路,讨彼东南夷[3]。方舟顺广川,薄暮未安坻[4]。白日半西山,桑梓有馀晖[5]。蟋蟀夹岸鸣,孤鸟翩翩飞。征夫心多怀,悽怆令吾悲。下船登高防[6],草露沾我衣。回身赴床寝,此愁当告谁。身服干戈事,岂得念所私。即戎有授命,兹理不可违[7]。

〔1〕《从军行》:《相和歌辞·平调曲》之一。《乐府诗集》卷三十引《古今乐录》载王僧虔《大明三年宴乐技录》说到"平调"有七曲,其中有《从军行》,所歌唱的是魏左延年的"苦哉"一篇。同书卷三十二也有类似说法,并引《乐府广题》所载左延年诗即"苦哉边地人,一岁三从军"云云。按:左延年是三国魏人,时代晚于王粲。疑《从军行》在汉时本有"古辞",魏晋乐官舍"古辞"而以左诗入乐。至于王粲之作,《文选》作《从军诗》,可能与曹植、陆机的一些诗一样,本不配乐歌唱。郭茂倩只是因王诗内容是从军,遂编入乐府中。这只要看陆机、颜延之所作《从军行》起句都为"苦哉远征人",就可知二人所拟,皆为左诗,就可明白。

王粲的《从军诗》,本为五首,并非一时所作,第一首似为建安二十年(215)曹操出征关西,于次年春凯旋时作;第二至五首,则为建安二十一年(216)秋冬间曹操东征孙权时所作。这里所选的是其中的第三首和第五首。前者写出征军士的恋土之情,归结为应努力作战以尽职责;后一首写征途中所见各地残破景象及谯郡(曹操故乡今安徽亳县)的盛况,显然有歌功颂德的用意。

〔2〕王粲(177—217):东汉末文学家,字仲宣,山阳高平(今山东邹县)人。汉末董卓之乱时,由长安逃奔荆州,投靠刘表。建安十三年(208),曹操南征荆州,王粲劝刘表子刘琮归降。曹操用王粲为丞相掾,封关内侯。迁军师祭酒。曹操为魏王,加侍中。卒于从征孙吴途中。王粲为建安七子之一,其诗赋被称为"七子之冠冕"(《文心雕龙·才略》)。有集十一卷,佚,后人辑有《王粲集》。

〔3〕遐:远。东南夷:这里指割据江南的孙吴政权。

〔4〕方舟:两船并排行驶。坻(chí 池):水中高地。此句当指船未靠岸歇息。一说坻读为(zhǐ 纸),作"止息"解。但此处用平声韵,疑当从前说。王粲《从军诗》第一首:"酒肉踰川坻",用韵亦属平声。

〔5〕桑梓:树木名,这里泛指树梢。馀晖:夕阳馀光。

〔6〕防:堤岸。

〔7〕即戎:参加军队。授命:献出生命。这两句是说虽有行役思乡之念,终当勉力从事。

其五

悠悠涉荒路,靡靡我心愁[1]。四望无烟火,但见林与丘。城郭生榛棘,蹊径无所由[2]。雚蒲竟广泽[3],葭苇夹长流。日夕凉风发,翩翩漂吾舟。寒蝉在树鸣,鹳鹄摩天游[4]。客子多悲伤,泪下不可收。朝入谯郡界,旷然消人忧[5]。鸡鸣达四境,黍稷盈原畴[6]。馆宅充廛里[7],女士满庄馗[8]。自非圣贤国,谁能享此休[9]。诗人美乐土[10],虽客犹愿留。

〔1〕悠悠:漫长。靡靡:形容心中怀忧,行道迟缓。《诗经·王风·黍离》:"行迈靡靡。"

〔2〕蹊径:道路。无所由:指荆棘遍地,无法通行。

〔3〕萑(huán 桓):芦苇一类水草。

〔4〕鹳(guàn 灌):鸟名。鹄(hú 斛):鸟名。摩天,上擦青天,形容高飞。

〔5〕旷然:心胸为之一畅。

〔6〕原畴:田野。

〔7〕廛(chán 缠):古代一户所居之室。里:古代居民二十五户为里。"廛里":借指民居。

〔8〕馗(kuí 逵):四通八达的道路。

〔9〕休:美好的生活。

〔10〕"诗人"句:指《诗经·魏风·硕鼠》:"适彼乐土。"

饮马长城窟行[1]

(汉)陈琳[2]

饮马长城窟,水寒伤马骨[3]。往谓长城吏,慎莫稽留太原卒[4]。"官作自有程,举筑谐汝声[5]。"男儿宁当格斗死,何能怫郁筑长城[6]。长城何连连,连连三千里。边城多健少,内舍多寡妇[7]。作书与内舍[8]:"便嫁莫留住。善事新姑嫜[9],时时念我故夫子。"报书往边地:"君今出语一何鄙。身在祸难中,何为稽留他家子[10]。""生男慎莫举,生女哺用脯。君独不见长城下,死人骸骨相撑拄[11]。""结发行事君,慊慊心意关[12],边地苦,贱妾何能久自全[13]。"

[1]《饮马长城窟行》:这首《饮马长城窟行》,在《乐府诗集》中列于"古辞"及曹丕之作的后面。其实"古辞"虽为汉代作品,恐亦属后官依声配辞,并非此曲本辞(见前)。曹丕生卒年较陈琳为后,只是做了皇帝,所以古人依惯例放在前面。至于陈琳这一首,应该最接近此曲本辞的内容。从《水经注·河水》所引《琴操》中所载"琴慎相和雅歌录"的话看来,颇可以和此诗相印证。又同书引杨泉《物理论》所载秦代民歌,与本诗"生男"四句基本相同。因此陈琳此诗很可能是根据本辞内容加工改写而成。后来陆机、沈约、杨广诸人的拟作,亦大多受此诗影响。

[2]陈琳(?—217):字孔璋,东汉末广陵射阳(今江苏淮安南)人。汉末曾为大将军何进主簿。何进死后,投奔割据河北的袁绍。袁绍和曹操交战时,曾代袁绍作檄讨伐曹操,加以丑诋。袁绍败后,曹操爱其才,任以司空军师祭酒,掌文书。后染疾卒。有集十卷,佚。明张溥辑有《陈记室集》。

[3]"饮马"句:《水经注·河水》曰:"今白道南谷口有长城,自城北出有高坂,旁有土穴出泉,挹之不穷。《歌录》云:'饮马长城窟',信非虚言也。"长城在北方,其水寒冷,故下句诗言"伤马骨"。

[4]长城吏:监督筑长城的官吏。稽留:留住。太原卒:太原来的役夫,指本诗中男主人公。

[5]官作:官府指派的工役。程:进度。筑:砸打地基用的工具,亦即夯。"举筑"句:意为"举起你手中工具,和别人唱的号子相配合!"这

是"长城吏"的话。

〔6〕怫(fú弗)郁:忧郁不乐。

〔7〕健少:壮丁。内舍:家里。寡妇:古人把丈夫外出、独居的女子也叫寡妇。

〔8〕"作书"句:指服役的人给家中妻子写信,以下三句是信中的话。

〔9〕新姑嫜(zhāng章):新的婆母。故夫子:前夫的儿子。

〔10〕鄙:这里指愚蠢。这三句是妻答夫,意为"你的话太蠢了,他人也在祸难之中,谁会招留别家的孩子?"

〔11〕举:举养。脯(fǔ辅):肉干。"生男"四句:据《水经注·河水》引杨泉《物理论》,本秦代民歌,本诗只是将原文的末二句"不见长城下,尸骸相支拄"改为七言。这种变种也许只是陈琳所据与杨泉不同。

〔12〕结发:刚成年时。行事君:这里指就嫁了你。慊慊(qiè慊):指美满。关:相连。

〔13〕边地苦:一本上有"明知"二字,意思更明白。这两句是妻子自称"我明知边地很苦,你既生还无望,我也不会活多久。"

定情诗[1]

(汉)繁钦[2]

我出东门游,邂逅承清尘[3]。思君即幽房,侍寝执衣巾[4]。
时无桑中契,迫此路侧人[5]。我即媚君姿[6],君亦悦我颜。
何以致拳拳,绾臂双金环[7]。何以致殷勤,约指一双银[8]。

何以致区区[9],耳中双明珠。何以致叩叩,香囊系肘后[10]。何以致契阔,绕腕双跳脱[11]。何以结恩情,佩玉缀罗缨[12]。何以结中心,素缕连双针[13]。何以结相于,金薄画搔头[14]。何以慰别离,耳后瑇瑁钗。何以答欢悦,纨素三条裾[15]。何以结愁悲,白绢双中衣。与我期何所,乃期东山隅。日旴兮不至,谷风吹我襦[16]。远望无所见,涕泣起踟蹰。与我期何所,乃期山南阳。日中兮不来,飘风吹我裳。逍遥莫谁睹,望君愁我肠。与我期何所,乃期西山侧。日夕兮不来,踯躅长叹息。远望凉风至,俯仰正衣服。与我期何所,乃期山北岑[17]。日暮兮不来,凄风吹我衿。望君不能坐,悲苦愁我心。爱身以何为,惜我华色时。中情既款款,然后剋密期[18]。褰衣蹑花草[19],谓君不我欺。厕此丑陋质,徙倚无所之[20]。自伤失所欲,泪下如连丝。

〔1〕《定情诗》:此诗始见《玉台新咏》,《乐府诗集》卷七十六作为《杂曲歌辞》收入。据该书引《乐府解题》说是女子私下爱上一个男子,脱下衣服、饰物来致意,但男子却失了约,女子于是感到懊丧悔恨。余冠英先生据此说是要"镇定其情",所以称"定情"。(《汉魏六朝诗选》第110页)又《文选》曹植《洛神赋》李善注引此诗佚文有"何以消滞忧,足下双远游"二句,逯钦立先生认为此诗收入《玉台新咏》时曾经删节,其说甚是。

〔2〕繁(pó婆)钦(?—218):字休伯,颍川(今河南禹县)人,曾为曹操掌书记。

〔3〕清尘:车马扬起的灰尘。这是用以代指对方。司马相如《上书谏猎》:"犯属车之清尘。"李善注:"车尘,言清尊之意也。"

〔4〕"思君"二句:女子表示愿在对方入室就寝时手持衣巾伺候。

〔5〕桑中:《诗经·鄘风》篇名,写男女约会之事。契:约会。"迫此"句:又怕路旁人看见。

〔6〕媚:爱。

〔7〕拳拳:眷恋不忘之意。绾(wǎn晚):缠绕。

〔8〕"约指"句:套在手指上的一双银戒指。

〔9〕区区:诚挚的心意。

〔10〕叩叩:余冠英先生释为"诚也",即真诚的心意。香囊:古人常在肘后挂香囊以添香气。

〔11〕契阔:偏义复辞,"契"指聚合,阔指分别。这里指契,即亲密之意。谢朓《拜中军记室辞随王笺》:"契阔戎旃,从容谳语。"跳脱:又作"条脱",即钏(chuàn串),今名"镯子"。

〔12〕"佩玉"句:佩玉上装有丝制的带子。

〔13〕素缕:白线。连双针:用双针缝贯,象征同心相连。

〔14〕相于:同"相与",交好。"金薄"句:"搔头"是一种首饰。用金薄(箔)装饰的"搔头",形容珍贵。

〔15〕条:余冠英先生认为当读为绦(tāo 滔),指丝带。三条裾:有三条丝带的衣袍。按:《说文》:"裾,衣袍也。"一本"裾"作"裙",但宋刻《乐府诗集》及赵氏覆宋本《玉台新咏》均作"裾"。按:"裾"在鱼部,与下句"衣"、"隅"古音通押,似较"裙"为妥。

〔16〕旰(gàn干):晚。谷风:山谷中的凉风。

〔17〕岑:小而高的山。

〔18〕款款:忠诚。尅(kè克):约定。

〔19〕褰衣:挽起衣服。蹑:踩。

〔20〕厕:置身于。徙倚:徘徊迟疑。

薤露[1]

(魏)曹操[2]

惟汉二十二世,所任诚不良[3]。沐猴而冠带[4],知小而谋强[5]。犹豫不敢断,因狩执君王[6]。白虹为贯日,己亦先受殃[7]。贼臣持国柄,杀主灭宇京[8]。荡覆帝基业,宗庙以燔丧[9]。播越西迁移,号泣而且行[10]。瞻彼洛城郭,微子为哀伤[11]。

[1]《薤露》:《薤露》本是汉《相和歌辞》,本为送葬的哀歌。曹操根据这个曲调,写出了哀悼东汉乱亡的诗。诗中写的是何进谋诛宦官及后来董卓胁迫汉献帝西迁的事。

[2] 曹操(155—220):即魏武帝,字孟德,沛国谯(今安徽亳县)人。三国魏政权的创立者,文学家。他初举孝廉,任洛阳北部尉、顿丘令等官。后起兵于陈留,与各路刺史、太守共伐董卓,遂据有兖州。建安元年(196)率兵迎汉献帝都许昌,逐步统一北方,掌握东汉政治大权,为丞相、魏王。曹丕代汉,追谥为魏武帝。曹操喜爱音乐,仿汉代乐府诗,作有许多名篇,又善于散文。有《魏武帝集》,已佚。今人辑有《曹操集》。

[3]"惟汉"二句:汉朝从刘邦开始,西汉历高、惠、文、景、武、昭、宣、元、成、哀、平十一世;东汉历光武、明、章、和、殇、安、顺、冲、质、桓、灵十一世,二者正好二十二世。这里写的是灵帝死后,大将军何进因宦官专权乱政,计划诛灭宦官,不成被杀之事。何进无才能,宦官蹇硕等又奸

邪暴虐,所以说"所任诚不良"。

〔4〕沐猴:即猕猴。冠带:古代的官服。这句是说执政者犹如猕猴一样无知。

〔5〕"知小"句:没有才能而想作大事业。这主要是说何进。

〔6〕"犹豫"二句:指灵帝死后,何进谋诛宦官,并召董卓领兵入京。但犹豫不发,反被宦官所杀。于是朝臣袁术等起兵杀宦官,宦官劫少帝刘辩逃到洛阳以北的小平津。董卓入京,劫持少帝,专制朝政。狩:巡狩,指帝王出行。这里是说少帝去小平津时,董卓劫持了他。

〔7〕"白虹"句:据《续汉书·五行志》载,中平六年(189),曾出现"白虹贯日"的现象。古人迷信认为是后来朝廷大乱的预兆。己:指何进。先受殃:指何进被杀。

〔8〕贼臣:指董卓。杀主:指董卓杀少帝。灭宇京:指董卓焚毁洛阳。

〔9〕荡覆:毁灭。宗庙:皇帝的祖庙。燔:焚烧。

〔10〕播越:流离迁移。这两句是写初平元年(190),各州郡起兵讨伐董卓,董卓劫持献帝西迁长安,并逼胁百官及居民西迁,被迫者号泣而行。

〔11〕微子:殷末王族,纣的庶兄。周武王灭商,封微子于宋国,后微子朝周,路过朝歌,见殷商故都成了废墟,长出麦子,作《麦秀之歌》。这二句是用这个典故代指哀悼洛阳被毁之情。

蒿里[1]

(魏)曹操

关东有义士,兴兵讨群凶[2]。初期会盟津,乃心在咸阳[3]。军合力不齐,踌躇而雁行[4]。势利使人争,嗣还自相戕[5]。淮南弟称号,刻玺于北方[6]。铠甲生虮虱,万姓以死亡[7]。白骨露于野,千里无鸡鸣。生民百遗一,念之断人肠。

〔1〕《蒿里》:这是曹操拟作的《相和歌辞·蒿里》,《宋书·乐志》所载的就是这首。据《乐府诗集》卷二十七说是"魏乐所奏"。此诗主要写袁绍起兵讨伐董卓,却不全力进攻,反而互相争夺、混战,使百姓大受祸殃。

〔2〕"关东"句:指潼关以东的各州郡将领,尤其是其盟主袁绍。"兴兵"句:指初平元年(190)袁绍等起兵讨伐董卓。

〔3〕"初期"二句:是说袁绍等人本想起兵像周武王那样在孟津(一作"盟津")与诸侯会合,共诛凶逆。但其心却想攻入咸阳(长安),挟持天子以专朝政。

〔4〕踌躇:犹豫不进。雁行:排列整齐而不进攻。这两句是说各路兵马心力不齐,没有人肯先进击。

〔5〕"势利"二句:写各路兵马都各怀私利,互相残杀。

〔6〕"淮南"句:指袁绍弟袁术在寿春(今安徽寿县)自称皇帝。"刻玺"句:指冀州刺史韩馥和袁绍合谋想立刘虞为帝,并刻作金玺。

〔7〕"铠甲"二句:形容战争不断,士兵身上的铠甲长期不脱,因此

长虱子,百姓们遭乱死亡。

苦寒行[1]

(魏)曹操

北上太行山,艰哉何巍巍[2]。羊肠坂诘屈,车轮为之摧[3]。树木何萧瑟,北风声正悲。熊罴对我蹲,虎豹夹路啼。溪谷少人民,雪落何霏霏[4]。延颈长叹息,远行多所怀。我心何怫郁[5],思欲一东归。水深桥梁绝,中路正徘徊。迷惑失故路,薄暮无宿栖。行行日已远,人马同时饥。担囊行取薪,斧冰持作糜[6]。悲彼《东山》诗,悠悠令我哀[7]。

〔1〕《苦寒行》:《相和歌辞·清调曲》之一。"古辞"已佚,"晋乐所奏"即曹操此首和曹睿的《悠悠发洛都》二首。但"晋乐所奏"辞句略有不同,这里用的是"本辞"。

〔2〕太行山:纵贯今山西省直到河南北部的山脉。巍巍:高峻。

〔3〕羊肠坂:在今河南修武以北,山西长治以南。此诗当为建安十年(205)袁绍降将高幹叛于并州,曹操出兵征伐经太行山时作。诘屈:弯曲。

〔4〕霏霏:形容大雪的样子。

〔5〕怫(fú 拂)郁:忧虑的样子。

〔6〕糜:粥。

〔7〕《东山》诗:指《诗经·豳风·东山》,据《毛诗序》,为周公东征

时军人所作。诗中有"我徂东山,滔滔不归"之句,形容久役不归,所以这里说"悠悠令我哀"。

善哉行[1]

(魏)曹操

自惜身薄祜,夙贱罹孤苦[2]。既无三徙教,不闻过庭语[3]。其穷如抽裂,自以思所怙[4]。虽怀一介志,是时其能与[5]?守穷者贫贱,惋叹泪如雨[6]。泣涕于悲夫,乞活安能睹[7]?我愿于天穷[8],琅邪倾侧左[9]。虽欲竭忠诚,欣公归其楚[10]。快人由为叹,抱情不得叙[11]。显行天教人,谁知莫不绪[12]。我愿何时随[13],此叹亦难处。今我将何照于光曜,释衔不如雨[14]。

〔1〕《善哉行》:此曲据《宋书·乐志》及《乐府诗集》所载,曹操所拟的有两首,一首为四言,一首为五言。今录五言一首。此诗较有抒情意味,对了解曹操的身世有一定帮助。后来评者都认为是"内痛父死,外悲君难",是真性情的流露。

〔2〕祜:福。夙:早年。罹:遭到。

〔3〕三徙教:用《列女传》记载孟子幼年时,母亲为了让他学好,曾三次迁居的典故。过庭语:《论语·季氏》载:有一次孔子曾独自立于庭中,他儿子孔鲤走过,孔子问他"学过《诗》吗"?回答说"没有",孔子说:"不学《诗》,无以言。"第二次又这样,孔子问"学过礼吗"?回答说"没

有",孔子又说:"不学礼,无以立"。这里上一句说自己缺乏母亲的教导,下一句说少了父亲的教诲。借指曹操父亲曹嵩为陶谦所害之事。

〔4〕穷:极。这里指痛苦无奈之极。怙(hù互):依靠。《诗经·小雅·蓼莪》:"无父何怙。"这里是说自己思念父亲之死,痛苦如同肝肠抽裂。

〔5〕一介志:用《孟子·万章上》"非其义也,非其道也,一介不以与人,一介不以取诸人"典故。意思说,自己遭到了巨大的家祸,本应回家服丧,但事势却办不到,因为汉献帝正在遭难。所以下句说"是时其能与(欤)"。

〔6〕"守穷者"句:处于这困苦之境者,本当辞官过贫贱生活。惋(wǎn碗):悲叹。

〔7〕于:各本用繁体"於"字。按:"於"同"于"。《孟子·万章上》"号泣于旻天",指呼天而泣也。"于"即呼喊。"乞活"句:要求救活父亲,他哪能活过来见到。

〔8〕于:同上"泣涕于悲夫"的"于"字。天穷:黄节先生认为"疑'天穹'之误"。

〔9〕"琅邪"句:琅邪位于今山东南部琅琊山一带,曹操父曹嵩去官后回到家乡谯,董卓乱时,避地琅邪,为陶谦杀害。琅邪近海,向左(东)倾侧,即陷入海中,这是对曹嵩被害地的诅咒。

〔10〕"欣公"句:用《谷梁传·襄公九年》论鲁襄公自楚归国时说"喜之也,致君者殆其往而喜其反"的典故。汉献帝兴平二年(194),献帝从李傕、郭汜控制下逃出,东归洛阳。曹操准备去迎接保护。

〔11〕由:同"犹"。这两句是说虽使人心大快,但仍为之兴叹。因为献帝为韩暹、杨奉挟制,曹操奉迎皇帝的怀抱尚不能公然向献帝表达。

〔12〕显:明白。天教:天子的命令。绪:残馀。这两句说执行天子命令的人,莫非是乱离后的残存者。

〔13〕"我愿"句:指报家仇及奉迎天子之志何时能实现。

〔14〕照:对待。光曜:日月。释衔:释去所怀抱的忧愁。这两句是说自己未能实现报家仇和为国立功之志,将何以对待日月,无以自处。

步出夏门行[1]

(魏)曹操

云行雨步,超越九江之皋[2]。临观异同,心意怀游豫,不知当复何从。经过至我碣石[3],心惆怅我东海[4]。

东临碣石,以观沧海。水何澹澹,山岛竦峙[5]。树木丛生,百草丰茂[6]。秋风萧瑟,洪波涌起。日月之行,若出其中,星汉灿烂,若出其里[7]。幸甚至哉!歌以咏志[8]。

孟冬十月,北风徘徊[9]。天气肃清,繁霜霏霏[10]。鹍鸡晨鸣[11],鸿雁南飞。鸷鸟潜藏,熊罴窟栖[12]。钱镈停置,农收积场[13]。逆旅整设,以通贾商[14]。幸甚至哉!歌以咏志。

乡土不同,河朔隆寒。流澌浮漂,舟船行难[15]。锥不入地,蘴藾深奥[16]。水竭不流,冰坚可蹈。士隐者贫,勇侠轻非[17]。心常叹怨,戚戚多悲。幸甚至哉!歌以咏志。

神龟虽寿,犹有竟时[18]。腾蛇乘雾,终为土灰[19]。老骥伏枥,志在千里。烈士暮年,壮心不已[20]。盈缩之期,不但在天[21]。养怡之福,可得永年。幸甚至哉!歌以咏志。

143

〔1〕《步出夏门行》:《乐府诗集》卷三十七引王僧虔《技录》云:"《陇西行》,歌武帝《碣石》"(按:即此诗第一解首句)、文帝《夏门》(按:实为魏明帝《步出夏门行》,首句为"步出夏门")二篇。此诗大约是建安十二年(207)曹操乘削平冀州之威,北征乌桓,回来时曾途经碣石时所作。

〔2〕"云行"句:语出《周易·乾·文言》:"云行雨施。"这里是借喻行军迅速。九江:指长江中游的荆州一带。《尚书·禹贡》:"九江孔殷。"荆州在当时为刘表所割据。曹操当时曾在继续北征消灭袁氏残馀势力和南讨刘表的问题上犹豫不决,后从郭嘉的建议,才决心北征。故下句说"心意怀游(犹)豫,不知当复何从"。皋:水泽。

〔3〕碣石:即碣石山,一说在今河北昌黎,又一说在今冀东一带,已沉于海中。

〔4〕"心惆怅"句:意谓望见东方大海而生惆怅之情。以上是"艳"(乐曲的前奏)。

〔5〕澹澹(dàn 淡):水波摇动上下的样子。

〔6〕"树木"二句:写遥望海岛上草木茂盛。

〔7〕汉:天上的银河。这六句写秋风骤起,波涛涌起以后,海面更显浩瀚,以至日、月、星辰似乎都在其中。

〔8〕"幸甚"二句:疑为谱曲时所加,每解末都有这两句,并无实意。

〔9〕徘徊:风旋转的样子。

〔10〕霏霏:本下雪的样子,这里指霜重。

〔11〕鹍(kūn 昆)鸡:一种像鹤的鸟。

〔12〕鸷鸟:凶猛的禽鸟。窟栖:指熊冬眠藏在洞中。

〔13〕钱镈(jiǎn bó 剪博):古代的农具名。这两句写冬天农功完毕,农具收藏起来,收获的作物堆在场上。

〔14〕逆旅:旅舍。这两句写修整旅舍,以便商人往来。

〔15〕"流澌"二句:指河道中浮有冰块,行船困难。

〔16〕薠(fēng 封):同"葑",蔓菁。藾(lài 赖):藾蒿,草名。这两句写北方天气严寒,土地坚硬,锥刺不进,只长着些野生的植物。

〔17〕"勇侠"句:好勇尚侠的人轻于做非法之事。这是说河朔民风强悍。

〔18〕竟:尽。这里说神龟虽长寿,也有命尽之时。

〔19〕"腾蛇"句:"腾蛇"即"螣蛇"。郭璞《尔雅·释鱼》:"螣,螣蛇。"郭注:"龙类也。能兴云雾而游其中。""终为"句:亦即死而腐烂的意思。

〔20〕枥(lì 历):马槽。

〔21〕盈缩:指生命的长短。这两句是说人的享年久暂,不完全取决于天命。

却东西门行[1]

(魏)曹操

鸿雁出塞北,乃在无人乡。举翅万馀里,行止自成行。冬节食南稻,春日复北翔。田中有转蓬,随风远飘扬。长与故根绝,万岁不相当[2]。奈何此征夫,安得去四方[3]。戎马不解鞍[4],铠甲不离旁。冉冉老将至,何时反故乡。神龙藏深泉,猛兽步高冈[5]。狐死归首丘[6],故乡安可忘。

〔1〕《却东西门行》:《相和歌辞·瑟调曲》之一,古辞已无可考。

《乐府诗集》卷三十七引《古今乐录》曰:"王僧虔《技录》云:'《却东西门行》,荀录所载。武帝《鸿雁》一篇,今不传。'"这里所谓不传,当指曲谱,至于歌辞,至今存在。后来的拟作者,有时即取曹操诗句为调名,如傅玄《鸿雁生塞北行》。这是一首对远征将士表示同情的诗,后来梁沈约的拟作,即仿此意。

〔2〕当:相遇。

〔3〕安得:黄节先生认为犹同《荀子·劝学篇》中的"安特",是语助词或方言。这两句是说征夫为何要奔走四方。

〔4〕戎马:军用马匹。

〔5〕泉:疑本作"渊",唐人缮写时避唐高祖讳改。《荀子·劝学篇》:"积水成渊,蛟龙生焉。"猛兽:疑本为"猛虎",亦避唐讳(唐高祖的祖父李虎)。这二句用龙藏深渊、虎处高山比喻人应返故乡。

〔6〕"狐死"句:古人说狐狸本生丘陵中,到死时,头总是朝着丘陵以示不忘。屈原《九章·哀郢》:"狐死必首丘。"

陌上桑[1]

(魏)曹操

驾虹蜺,乘赤云[2]。登彼九疑历玉门[3]。济天汉,至昆仑[4],见西王母谒东君[5]。交赤松,及羡门[6],受要秘道爱精神[7]。食芝英,饮醴泉[8]。拄杖枝,佩秋兰。绝人事,游浑元[9]。若疾风游欻飘飘[10]。景未移,行数千[11]。寿如南山不忘愆[12]。

〔1〕《陌上桑》:这是《宋书·乐志》所录《相和歌辞》中的《陌上桑》三首之一。此诗内容与古辞迥异,纯属游仙之作。这种内容在《相和歌辞》的某些古辞中也有一些,据曹丕说,曹操本人并不信神仙。但他的诗中这一类诗却有好几首。大约是仿古辞而作。这里选录此首,以备一格。

〔2〕虹蜺:古人认为虹是蛟龙一类东西,所以字从"虫",又认为雄虹叫"虹",雌虹叫"蜺"。南朝刘敬叔《异苑》又记有虹进入人家釜中喝酒的故事,所以可驾。驾龙乘云是古人幻想上天的方式。

〔3〕九疑:即九疑山,在今湖南宁远境,即虞舜葬地。玉门:本指君主的宫门,这里应指天宫的门。

〔4〕天汉:银河。昆仑:山名,在今新疆、西藏之间。这里当指古代传说中众神所居之山。

〔5〕西王母:古代传说中的女神,据说后羿曾向她求得不死之药。东君:《楚辞·九歌》中的日神。

〔6〕赤松:即赤松子,他和羡门都是古代所谓仙人。

〔7〕"受要"句:被传授长生的要道秘诀以怡养精神。

〔8〕芝英:灵芝。醴泉:甘甜的泉水。古人认为二者都能使人长生。

〔9〕浑元:天地的元气。

〔10〕欻(xū虚):忽然。这句是说自己忽如被疾风吹起,在天空飘飘游荡。

〔11〕景:日光。这二句说倏忽之间飘行了几千里。

〔12〕南山:即终南山,在今陕西。古人常以南山比喻长寿。愆(qiān谦):失误。忘愆:偏义复辞,语出《诗经·大雅·假乐》:"不愆不忘。"这句说长寿而无过失。

147

短歌行[1]

(魏)曹操

对酒当歌,人生几何。譬如朝露,去日苦多[2]。慨当以慷,忧思难忘[3]。何以解忧,唯有杜康[4]。青青子衿,悠悠我心[5]。但为君故,沉吟至今[6]。呦呦鹿鸣,食野之苹。我有嘉宾,鼓瑟吹笙[7]。明明如月,何时可掇[8]。忧从中来,不可断绝[9]。越陌度阡,枉用相存[10]。契阔谈䜩,心念旧恩[11]。月明星稀,乌鹊南飞。绕树三匝,何枝可依[12]。山不厌高,海不厌深[13]。周公吐哺,天下归心[14]。

〔1〕《短歌行》:《相和歌辞·清商三调歌诗·平调曲》之一。此曲据《宋书·乐志》及《乐府诗集》所载三首,都是曹操、曹丕所作,无古辞。曹操所作的除此诗外,还有"周西伯昌"一首,系咏周文王及齐桓公、晋文公事,但不如此首传诵,所以这里仅取这一首。此诗文字,《乐府诗集》载有二种,一是"晋乐所奏";一为"本辞"。《宋书·乐志》所载为"晋乐所奏";《文选》及《曹操集》等则用本辞。二篇文字颇有异同。《乐府诗集》所载本辞少"但为君故,沉吟至今"二句,疑误脱。因为此诗四句一转韵,当从《文选》补入。又"晋乐所奏"中少"越陌度阡"至"何枝可依"八句,而曹睿《步出夏门行》中却又有"蹙迫日暮,乌鹊南飞,绕树三匝,何枝可依"四句,疑晋代乐官删改拼凑之故。关于此诗用意,《乐府诗集》引《乐府解题》以为是"当及时为乐也"。清人张玉谷《古诗

赏析》则认为"此叹流光易逝,欲得贤才以早建王业之诗",批评《乐府解题》的说法"何其掉以轻心",似最符合诗义。关于此诗写作时代,自宋代苏轼《前赤壁赋》讲到赤壁之战时引用了"月明星稀"等句,明罗贯中《三国演义》又通过想象,描写为当时所作,遂使人以为此诗作于建安十三年(208),甚至认为所求的贤者即指刘备,恐未必然。

〔2〕"去日"句:意思是说可叹逝去的时日已经太多了。

〔3〕"慨当"二句:意思是说:人生短促,逝去的日子又很多,因此发愤,难忘功业未成的忧思。

〔4〕杜康:传说中善于酿酒的人,一说黄帝时人,一说周时人,此处代指酒。

〔5〕衿(jīn 今):衣领。悠悠:形容思念之长。这二句原出《诗经·郑风·子衿》,据《毛诗故训传》,"青领"为古代学子所服,这里借用此句以表达思念之情。

〔6〕君:指被思念的贤者,当属泛指。这两句《乐府诗集》误脱。

〔7〕苹:草名。旧注为"藾蒿",余冠英先生认为即艾蒿。"呦呦"四句:原出《诗经·小雅·鹿鸣》,据《毛诗序》及《齐诗》、《韩诗》遗说,均为求贤之意,这里借以表示要招纳贤才的心情。

〔8〕掇(duō 多):拾取。这两句是以明月比喻贤才,表示想在故旧中招引贤才而常常难于招致。

〔9〕"忧从"二句:这二句承上二句而言,说人才难于求到,因此内心忧虑,无法消除。

〔10〕陌、阡:都是田间通道。这句是说客人走了许多路。枉:指"枉驾",一般用于尊者去访问卑者。如《战国策·韩策》:"仲子不远千里枉车骑而交臣。"诸葛亮《出师表》:"猥自枉屈,三顾臣于草庐之中。"存:存问,探访。这句说贤才来访问自己。

〔11〕契阔:偏义复词,"契"指聚合;"阔"指分隔。二字有时作聚合

149

有时作分隔解。这里似指聚合。与谢朓《辞随王子隆笺》"契阔戎旃"句用法相同。这两句说与贤才相聚欢讌,心中怀念着过去的交谊。

〔12〕"月明"四句:这四句是借"乌鹊"来比喻贤才中离开自己而远投他方的人,终究无法找到容身之地,不如早日来归。

〔13〕"山不"二句:以山能容纳土壤,海能容纳细流,因此才得成其高深。这是说自己应招纳各种人才。

〔14〕"周公"二句:据《史记·鲁周公世家》说,周公为了接见贤才,吃饭时听说有人来访,就吐出所吃的饭,赶快去见客。这里表示自己要像周公那样做,使天下人归心于他。

临高台[1]

(魏)曹丕[2]

临台(行)高,高以轩[3]。下有水,清且寒。中有黄鹄往且翻。行为臣,当尽忠。愿令皇帝陛下三千岁,宜居此宫[4]。鹄欲南游,雌不能随。我欲躬衔汝,口噤不能开[5],欲负之,毛衣摧颓[6]。五里一顾,六里徘徊[7]。

〔1〕《临高台》:本为《汉铙歌》十八曲中的第十六曲。原文云:"临高台以轩,下有清水清且寒。江有香草目以兰,黄鹄高飞离哉翻。关弓射鹄,令我主寿万年。收中吾。"曹丕此诗前半首("宜居此宫"以前),大致都是改写《汉铙歌》的歌辞原意。"鹄欲南游"以下,则大部分取自《相和歌辞·艳歌何尝行》的"古辞"。《乐府诗集》卷三十九引《古今乐录》

曰:"王僧虔《技录》云:'《艳歌何尝行》,歌文帝《何尝》、古《白鹄》二篇'。"这说明曹丕此诗虽用《汉铙歌》曲名,实已依《相和歌辞》来演唱。同时从这首诗中也可看出乐府诗中切割、拼凑的情况。

〔2〕曹丕(187—226):即魏文帝。字子桓,曹操次子,沛国谯(今安徽亳县)人。建安时代曾任五官中郎将,魏国太子。曹操死后继承王位,不久代汉自立。曹丕实际上是建安时代邺下文人集团的中心人物。他的《燕歌行》二首,是较早的成熟的七言诗;他的书信等骈文亦多名作;《典论·论文》尤为文学批评史上重要著作。明人辑有《魏文帝集》。

〔3〕行:据闻一多说为衍文,当删。高以轩:据高处以为轩槛。

〔4〕行为臣:即"既为臣"。这几句虽与"铙歌"原文有相同的意思,但文气不接,疑另有来处。

〔5〕噤(jìn 禁):口闭。

〔6〕摧颓:凋零。

〔7〕"五里"二句:据古辞《艳歌何尝行》,可知为雌鹄不能相随,所以雄鹄南游时,恋恋不舍,以致"五里一顾,六里徘徊"。

善哉行[1](四首选三)

(魏)曹丕

其二

上山采薇,薄暮苦饥。溪谷多风,霜露沾衣。野雉群雊[2],猿猴相追。还望故乡,郁何累累[3]。高山有崖,林木有枝[4]。忧来无方,人莫之知。人生如寄,多忧何为。今我不乐,岁月其驰[5]。汤汤川流[6],中有行舟。随波转薄,有似客游。策我良马,披我良裘。载驰载驱,聊以忘忧。

〔1〕《善哉行》:这是曹丕的拟作,本四首,其中五言二首,四言二首。今选录的是其中的第二、三、四首;第一首除"长笛吹清气"一句在南朝曾被视为名句而当作诗题外,全篇的内容和艺术成就似较一般,故未入选。

〔2〕雊(gòu 够):雉鸣。

〔3〕郁:深远。累累:山冈重叠。

〔4〕"高山"二句:用《说苑·善说篇》载《越人歌》中"山有木兮木有枝"句意,借以表达自己思乡而被山林所遮蔽,远望不见之苦。

〔5〕驰:很快流失。此句用《诗经·唐风·蟋蟀》"今我不乐,日月其迈"语意。

〔6〕汤汤(shāng 商):大水流得很快的样子。

其三

朝游高台观,夕宴华池阴。大酋奉甘醪,狩人献嘉禽[1]。齐倡发东舞,秦筝奏西音。有客从南来,为我弹清琴。五音纷繁会,拊者激微吟[2]。淫鱼乘波听[3],踊跃自浮沉。飞鸟翻翔舞,悲鸣集北林。乐极哀情来,寥亮摧肝心[4]。清角岂不妙,德薄所不任[5]。大哉子野言[6],弭弦且自禁[7]。

〔1〕大酋:主管造酒的官长。醪(láo 劳):带糟滓的醇酒。狩人:掌管狩猎的官员。

〔2〕拊(fǔ府):一种形似鼓的乐器。这句说击了拊,歌者就唱起来。

〔3〕"淫鱼"句:《荀子·劝学篇》:"昔者瓠巴鼓瑟而沉鱼出听。""沉鱼",《淮南子·说山训》作"淫鱼"。

〔4〕寥亮:清澈之声。这句说清澈的乐声使人引起悲哀。

〔5〕"清角"二句:"角"为五音之一。据《韩非子·十过篇》载,清角是最悲的音乐。春秋晋平公曾要求师旷奏清角,师旷说:"恐主君德薄,不足以听之。"平公坚持要听,引来灾异。

〔6〕子野:师旷的字。

〔7〕弭弦:停止演奏。

其四

有美一人,婉如清扬〔1〕。妍姿巧笑,和媚心肠〔2〕。知音识曲,善为乐方〔3〕。哀弦微妙,清气含英。流郑《激楚》,度宫中商〔4〕。感心动耳,绮丽难忘。离鸟夕宿,在彼中洲。延颈鼓翼,悲鸣相求。眷然顾之〔5〕,使我心愁。嗟尔昔人,何以忘忧〔6〕。

〔1〕"有美"二句:本《诗经·郑风·野有蔓草》中诗句。婉:美好。清扬:指眉目之间很漂亮。

〔2〕妍:美。巧笑:笑得很美。《诗经·卫风·硕人》:"巧笑倩兮"。媚:使人喜悦。

〔3〕乐方:演奏音乐的方法。

〔4〕郑:本指《诗经》中的《郑风》,因孔子说过"郑声淫"的话,后来

153

就把"郑声"代指俗乐。《激楚》:古代音乐名。枚乘《七发》:"于是乃发《激楚》之《结风》,扬郑卫之皓乐。""宫"和"商"都是古代五音之一。

〔5〕眷:留恋。眷然顾之:语出《诗经·小雅·大东》:"睠言顾之。"

〔6〕"嗟尔"二句:王夫之认为是说这种忧愁"古来有之"。

短歌行[1]

(魏)曹丕

仰瞻帷幕,俯察几筵[2]。其物如故,其人不存。(一解)神灵倏忽,弃我遐迁[3]。靡瞻靡恃,泣涕连连[4]。(二解)呦呦游鹿,衔草鸣麑。翩翩飞鸟,挟子巢栖[5]。(三解)我独孤茕,怀此百离[6]。忧心孔疚,莫我能知。(四解)人亦有言,忧令人老。嗟我白发,生一何早。(五解)长吟永叹,怀我圣考。曰仁者寿,胡不是保[7]。(六解)

〔1〕《短歌行》:这是曹丕哀悼曹操之死而作。据《乐府诗集》卷三十所引《古今乐录》记载,王僧虔《技录》讲到魏代规定遇到节日及月朔要奏此曲,曲辞由曹丕作,他还曾"弹筝和歌",声调最美。现在看来这首诗文字也凄婉动人,对后人一些哀伤的诗文有一定影响。

〔2〕帷幕:室内所挂帐幕。几筵:几和席。这两句是说曹丕在曹操居室中看到曹操平生所用的物品和陈设。

〔3〕"神灵"句:指曹操的神灵迅速离去。遐:远。迁:离去。

〔4〕靡:没有。这两句说自己见不到父亲,无所依靠,因此哭泣,泪

水不断。

〔5〕麑(ní泥):小鹿。"呦呦"四句:以鹿和鸟之爱育其子,比喻曹操对自己的养育之恩。

〔6〕茕(qióng穷):孤苦。离:同"罹"(lí黎),苦难。《诗经·王风·兔爰》:"我生之后,逢此百罹。"

〔7〕圣考:圣明的父亲,(古人把死去的父亲称"考")。胡:为什么。这四句是说自己怀念死去的父亲,人们都说仁者可以长寿,父亲却为什么不能长保生命。

饮马长城窟行[1]

(魏)曹丕

泛舟横大江,讨彼犯荆虏[2]。武将齐贯甲[3],征人伐金鼓。长戟十万队,幽冀百石弩[4]。发机若雷电,一发连四五[5]。

〔1〕《饮马长城窟行》:这是曹丕借用旧调来写他伐吴的事。黄初三年(222),他曾出兵讨伐孙权。

〔2〕犯荆虏:侵犯荆州的敌人,指孙权。

〔3〕贯:穿着。

〔4〕石:重量名。古人以三十斤为钧,四钧为石。百石弩:指威力有百石之强的弓弩。

〔5〕发机:古代武器,用以发射石块。这两句说发石的机具威力强大,可以连发四五块石块。

丹霞蔽日行[1]

(魏)曹丕

丹霞蔽日,采虹垂天。谷水潺潺,木落翩翩[2]。孤禽失群,悲鸣云间。月盈则冲[3],华不再繁。古来有之,嗟我何言。

〔1〕《丹霞蔽日行》:属《相和歌辞·瑟调曲》,《乐府诗集》卷三十六引《古今乐录》所述王僧虔《技录》中《瑟调》曲名有三十六曲,无《丹霞蔽日行》。《乐府诗集》所录,仅曹丕、曹植各一首。此首全文几乎全部见于魏明帝(曹睿)"步出夏门行"一首,而诗又较曹植之作为短,疑非全篇。
〔2〕翩翩:落叶飞舞的样子。
〔3〕冲:原指"虚",《老子》:"道冲而用之。"此指月亮亏缺。

折杨柳行[1]

(魏)曹丕

西山一何高,高高殊无极。上有两仙童,不饮亦不食。与我一丸药,光耀有五色。
服药四五日,身体生羽翼。轻举乘浮云,倏忽行万亿。流览观四海,茫茫非所识[2]。
彭祖称七百,悠悠安可原[3]。老聃适西戎,于今竟不还[4]。
王乔假虚辞,赤松垂空言[5]。
达人识真伪,愚夫好妄传。追念往古事,愦愦千万端[6]。百家多迂怪,圣道我所观[7]。

[1]《折杨柳行》:这首曹丕的拟作共分四解,前两解讲游仙;后两解却是对神仙之说表示怀疑。黄节先生说:"《古今乐录》曰:'《十五》歌文帝辞,后解歌《西山一何高》、《彭祖称七百》篇。'则《西山》、《彭祖》原分二篇。"黄先生还从音韵角度论证了一、二两解与三、四两解之别。陈祚明则认为"'茫茫非所识',正使果尔,亦复何欢?此意含蓄,校下文所辨尤深。"因此认为曹丕"言神仙,则妄言也。"据曹植《辨道论》,曹丕、曹植都不信神仙,则此诗三、四解似更能代表曹丕真实思想。

[2]"茫茫"句:指在天上下视世界,但觉面目全非,茫然自失。

[3]彭祖:传说中殷代的贤人,活了七百岁。原:推究。这两句说彭祖号称活了七百岁,但传说纷纭,哪能测其真假。

[4]老聃(dān 丹):老子名聃。这两句是说老子骑牛到西戎之地去,至今并未回来,意为未必真成了仙。

[5]王乔、赤松:见前古辞《善哉行》注[3]及古辞《步出夏门行》注[5]。这两句说关于仙人的传说均为虚妄。

[6]愦愦:昏乱。

[7]圣道:指孔子的学说。曹丕于黄初二年(222)曾下诏敕认为不应尊老子于孔子之上。

燕歌行[1]（二首）

（魏）曹丕

其一

秋风萧瑟天气凉,草木摇落露为霜[2]。群燕辞归雁南翔,念君客游多思肠[3]。慊慊思归恋故乡,君何淹留寄他方[4]。贱妾茕茕守空房[5],忧来思君不可忘。不觉泪下沾衣裳,援琴鸣弦发清商[6]。短歌微吟不能长,明月皎皎照我床[7]。星汉西流夜未央,牵牛织女遥相望[8],尔独何辜限河梁[9]。

〔1〕《燕歌行》：《相和歌辞·清商三调歌诗·平调曲》之一。《宋书·乐志》和《玉台新咏》所载,都为二首。但前者为"晋乐所奏",后者则为"本辞"。《文选》则只取第一首。《乐府诗集》所载此曲,第二首（"别日"）歌辞,有"晋乐所奏"和"本辞"两种,字句颇有不同。看来第一首在晋代入乐时,对文字未作改动,所以各书所录,仅有个别文字出入；第二首则出入较大。近人丁福保《全汉三国晋南北朝诗》认为："按入乐之词,率皆增损,本不足以为据。"余冠英先生《三曹诗选》所录,也据《玉台新咏》所载"本辞",今从之。据《乐府诗集》卷三十二引《乐府解题》等书说,这首诗是用妇女口吻,写她丈夫行役到燕地,她因时节变换,出行者不归而引起的怨旷思念之情。这首诗是文人七言诗中较早且较成熟之作,为历来所传诵。

〔2〕"秋风"二句:"秋风萧瑟"原出曹操《步出东西门行·观沧海》诗。"草木摇落"原出《楚辞·九辩》:"萧瑟兮,草木摇落而变衰。""露为霜"原出《诗经·秦风·蒹葭》:"白露为霜。"这两句是写思妇在节令变换之际更加深了对行人的思念。这种袭用古人辞藻的手法,在魏晋六朝以后文人诗中经常使用,这二句显得颇为突出,所以特予指出,以下不一一详注。

〔3〕雁:一作"鹄"。按:雁本是秋天避寒南飞,更令人想起行役北方(燕地)的丈夫不能南归,故从《文选》、《玉台新咏》取"雁"不作"鹄"。"君",《乐府诗集》作"吾",疑误。思肠:同"思心"。

〔4〕慊(qiàn欠)慊:怨恨。这两句是思妇想象行人在他方也在想念家乡。

〔5〕茕茕:孤独无依。

〔6〕清商:曲调名,其声清切急促。《古诗·西北有高楼》:"清商随风发。"

〔7〕皎皎:明亮。

〔8〕星汉:银河。夜未央:夜还未尽。语出《诗经·小雅·庭燎》:"夜如何其,夜未央。""牵牛"、"织女":都是星名。这里暗用牛郎、织女不能相聚的故事自喻。

〔9〕尔:你,指行人。辜:罪。《玉台新咏》作"幸",误。今从《宋书·乐志》及《文选》。河梁:山河关梁。这里似暗用托名李陵《与苏武诗》中"携手上河梁"句意。

其二

别日何易会日难,山川悠远路漫漫〔1〕。郁陶思君未敢言,寄声浮云往不还〔2〕。涕零雨面毁形颜,谁能怀忧独不叹。展

159

诗清歌仰自宽,乐往哀来摧肺肝[3]。耿耿伏枕不能眠,披衣出户步东西[4],仰看星月观云间[5]。飞鸧晨鸣声可怜[6],留连顾怀不能存[7]。

〔1〕漫漫:长的意思。
〔2〕郁陶:心中忧虑。《孟子·万章》:"郁陶思君尔。""寄声"句:指思妇想托浮云带信给征夫,而浮云飘去不返。
〔3〕"展诗"二句:意思说翻开诗卷加以吟唱来自我宽慰,但吟毕悲愁重来使内脏惨痛如裂。按:"晋乐所奏"曲辞,"耿耿"、"披衣"二句在"展诗"句之前;又"乐往哀来摧肺肝"句下多"悲风清厉秋气寒,罗帷徐动经秦轩"二句。
〔4〕耿耿:心中不安的样子。
〔5〕"仰看"句:意思是说举头望天,盼望天快亮。"看","晋乐所奏"作"戴",丁福保认为"看"与"观"重复,作"戴"稍胜。
〔6〕鸧(cāng仓):鸟名。即鸧鸹,大如鹤,青苍色或灰色,长颈,高脚。
〔7〕"留连"句:意思是说触景伤情,涕泣留连,心怀悲伤不能自慰。"能","晋乐所奏"作"自"。"自存",当即自我存慰。

秋胡行[1]（三首选一）

（魏）曹丕

其二

朝与佳人期,日夕殊不来。嘉肴不尝,旨酒停杯。寄言飞鸟,告余不能。俯折兰英,仰结桂枝。佳人不在,结之何为。从尔何所之,乃在大海隅。灵若道言[2],贻尔明珠。企予望之[3],步立踌躇。佳人不来,何得何须。

〔1〕《秋胡行》:《相和歌辞·清调曲》之一。"秋胡"本人名。据《列女传》、《西京杂记》等书记载,都说秋胡是鲁人,娶妻后不久即出门做官,回来时已不认得自己妻子,正遇她在郊外采桑,竟加以调戏。到家后妻子对他的轻佻极为反感,竟出门投河而死。古辞今佚,现存作品以曹操父子之作为最早。但曹操所作二曲,都讲求仙;曹丕之作,亦与秋胡故事无关。只有后来傅玄、颜延之之作与秋胡故事有关并留存至今。现在选录曹丕《秋胡行》三首的第二首,以便大家对曹氏父子之作有所了解。此诗对后来江淹《杂体诗》三十首中的《休上人怨别》中名句"日暮碧云合,佳人殊未来"有明显的影响。

〔2〕灵:指海神。

〔3〕企予望之:同《诗经·卫风·河广》"跂予望之",意为我踮起脚来望她。

见挽船士兄弟辞别诗[1]

(魏)曹丕

郁郁河边树,青青野田草。舍我故乡客,将适万里道。妻子牵衣袂,抆泪沾怀抱[2]。还拊幼童子,顾托兄与嫂。辞诀未及终,严驾一何早[3]。负笮引文舟,饥渴常不饱[4]。谁令

161

尔贫贱,咨嗟何所道。

〔1〕《见挽船士兄弟辞别诗》:此诗《乐府诗集》卷三十七作刘宋谢灵运的《折杨柳行》第二首,显然是错的。逯钦立先生根据《北堂书钞》卷一百三十八、《初学记》卷十八和《白帖》卷六等引的诗句,考定为曹丕之作,题名也从《初学记》。这是完全正确的。但既然误为《折杨柳行》,此诗当亦为乐府诗。

〔2〕抆(wěn刎):擦去。

〔3〕严驾:下令出发。

〔4〕"负笮(zuó昨)"二句:牵着竹篾制的绳子拉船,时常挨饥渴。

上留田行[1]

(魏)曹丕

居世一何不同,上留田[2]。富人食稻与粱,上留田。贫子食糟与糠,上留田。贫贱亦何伤,上留田。禄命悬在苍天,上留田。今尔叹息将欲怨谁,上留田。

〔1〕《上留田行》:这首曹丕的拟作是感叹人间贫富的苦乐悬殊。但最后归结为"禄命悬在苍天",有宿命论思想。

〔2〕上留田:这里似与古辞《董逃行》的"董逃"二字一样,为每句末和声之字,并无实意。

钓竿[1]

(魏)曹丕

东越河济水,遥望大海涯。钓竿何珊珊,鱼尾何簁簁[2]。行路之好者,芳饵欲何为[3]。

〔1〕《钓竿》:此曲本是《汉铙歌》中曲名,在十八曲以外,据《乐府诗集》卷十六引《古今乐录》说歌辞已佚。但"钓竿"二句,亦见《相和歌辞·白头吟》("珊珊"作"袅袅"),疑即取自该曲。
〔2〕珊珊:《白头吟》作"袅袅"。按:司马相如《子虚赋》:"蟃蜒勃窣,上乎金堤。"韦昭注:"蟃蜒,匍匐上下也。"疑"珊珊"即形容钓竿抖动的样子,与"袅袅"同义。簁簁:同"漇漇(xǐ 徙)",鱼尾摆动的样子。
〔3〕这二句是质问喜钓鱼的人用鱼饵去诱钓鱼是为什么。

十五[1]

(魏)曹丕

登山而远望,溪谷多所有[2]。楩楠千馀尺[3],众草之盛茂。华叶耀人目,五色难可纪[4]。雉雏山鸡鸣,虎啸谷风起[5]。号罴当我道,狂顾动牙齿[6]。

〔1〕《十五》:《相和歌辞·相和曲》之一。据《乐府诗集》卷二十六引《古今乐录》载:南朝宋张永《元嘉伎录》记《相和》有十五曲,第六曲叫《十五》。同书卷二十七引《古今乐录》曰:"《十五》歌,(魏)文帝辞。"按:《梁鼓角横吹曲·紫骝马歌辞》中有"十五从军征"一首,《古今乐录》说是"古诗"(见《乐府诗集》卷二十五)。不知《十五》的古辞,是否即那首。此首显然是曹丕根据这一声调另作的歌辞。

〔2〕"登山"二句:写登山所见溪谷中动植物品类繁多。

〔3〕楩(pián 骈):树木名。楠(nǎn 南):常绿乔木。

〔4〕华:同"花"。这两句说草木的花叶色彩繁多,难于详述。

〔5〕雊(gòu 够):雄雉鸣叫。谷风:山谷中的大风。

〔6〕号罴:嚎叫的人熊。这两句说熊罴挡住道路,发怒要吃人。

陌上桑〔1〕

(魏)曹丕

弃故乡,离室宅。远从军旅万里客〔2〕。披荆棘,求阡陌〔3〕。侧足独窘步,路局笮〔4〕。虎豹嗥动,鸡惊禽失,群鸣相索〔5〕。登南山,奈何蹈盘石〔6〕。树木丛生郁差错〔7〕。寝蒿草,荫松柏〔8〕。涕泣雨面沾枕席〔9〕。伴旅单,稍稍日零落〔10〕。惆怅窃自怜,相痛惜〔11〕。

〔1〕《陌上桑》:《宋书·乐志》又名《弃故乡》,又云:"亦在瑟调《东西门行》。"这首诗写从军远行,道路艰险之状,较能反映汉末三国时的

现实,与古辞及曹操拟作很不相同。

〔2〕"远从"句:是说从军远行客居万里之外。

〔3〕"披荆棘"二句:指在荆棘丛中找寻道路。

〔4〕侧足:谨慎地插足。窘步:行道受困。窄(zhǎi 窄):狭隘。《篇海》云:"窄,狭也。"

〔5〕"虎豹"三句:写荒野中恐怖景象。语出淮南小山《招隐士》:"虎豹斗兮熊罴咆,禽兽骇兮亡其曹。"

〔6〕"登南山"二句:是说怎样才能踩着安稳的大石。

〔7〕郁差错:是说茂密地丛生交错,无从寻路。

〔8〕"寝蒿草"二句:是说露宿于树下草丛中。

〔9〕雨面:形容流泪之多。

〔10〕单:稀少。"稍稍"句:指同行的人渐渐死亡逃散。

〔11〕"惆怅"二句:说既自怜,又痛惜同伴。上句语出《楚辞·九辩》:"惆怅兮私自怜。"

薤露[1]

(魏)曹植[2]

天地无穷极,阴阳转相因[3]。人居一世间,忽若风吹尘[4]。愿得展功勤,输力于明君[5]。怀此王佐才,慷慨独不群[6]。鳞介尊神龙,走兽宗麒麟[7]。虫兽岂知德,何况于士人。孔氏删《诗》《书》,王业粲已分[8]。骋我径寸翰,流藻垂华芬[9]。

〔1〕《薤露》:这是曹植的拟作,主要写人生短促,应该及时建功立业,传名后世。在诗中他不但对自己的政治才能很自信,也颇想在文学上一展身手。

〔2〕曹植(192—232):字子建,曹操子,曹丕弟。沛国谯(今安徽亳县)人。早年以才学为时人所推崇,青少年时代,曾从曹操出征。年二十,封平原侯。经常和曹丕及王粲、刘桢等文人诗酒遨游。曹操因欣赏他的才华,曾考虑立他为继承者。一些年青文人如丁仪、丁廙、杨修等又竭力促成其事,但遭到曹操左右的人物反对,未能成事实。曹操死后,曹丕继位,对他百般迫害。虽然名义上被封为藩王,实则如同囚徒。曹丕死后,他曾上表明帝曹睿,要求任用,都未得允许,终于抑郁而死。因封为陈王,谥思,因此又称"陈思王"。有集三十卷,今佚,后人辑有《陈思王集》、《曹集铨评》及《曹植集》等。

〔3〕"天地"二句:指天地永恒存在无终极,而寒暑阴阳互相迭代。

〔4〕"人居"二句:是说人生短促,好比风吹起尘土。

〔5〕展:舒展,发挥。输力:尽力。

〔6〕佐:是辅助的意思。王佐才:指足为帝王辅佐的才能。慷慨:指卓越不凡。不群:不同流俗。

〔7〕鳞介:指长有鳞甲的鱼和虫。这两句是以龙和麒麟的不凡,比喻人的杰出。

〔8〕"孔氏"句:指孔子删定《诗经》和《尚书》。相传古代《诗》有三千篇,孔子删为三百零五篇;《尚书》据说也是由孔子删定的,删定后为百篇。王业:指孔子删定《诗》、《书》之大业。孔子在古代被称为"素王"。意为孔子给后世王业留下了大业。粲:鲜明。这二句是说孔子删定《诗》《书》后,王者的事业已很分明。

〔9〕骋:驰骋,这里也是发扬才能之意。翰:笔。径寸翰:形容大手笔。流:发挥。藻:文藻,文采。华芬:以文章垂誉后世。这两句是说要

用文学才能留名后世。

鰕䱇篇[1]

(魏)曹植

鰕䱇游潢潦[2],不知江海流。燕雀戏藩柴,安识鸿鹄游[3]。
世事此诚明,大德固无俦[4]。驾言登五岳,然后小陵丘[5]。
俯观上路人,势利惟是谋[6]。高念翼皇家,远怀柔九州[7]。
抚剑而雷音,猛气纵横浮[8]。泛泊徒嗷嗷,谁知壮士忧[9]。

〔1〕《鰕䱇篇》:《乐府诗集》卷三十云:"一曰《鰕鳝篇》。《乐府解题》曰:'曹植拟《长歌行》为《鰕䱇》'。"按:"鰕"同"虾";"䱇",《玉篇》卷二十四云:"市演切,鱼似蛇。"又云"鳝,同上。"据此当为今鳝鱼之"鳝"。有的版本作"鲤",误。这首诗是以虾、鳝等小动物,比喻目光短浅,只求势利的小人,抒写了自己想建功立业的壮志。

〔2〕潢潦(huáng lǎo 黄老):积水的池沼或路上积水处。

〔3〕藩柴:篱笆。安:岂能。鸿鹄:一种能远飞的大鸟,即天鹅。

〔4〕"世事"句:一本作"世士诚明性"。赵幼文《曹植集校注》从之,以"性"作"命"解,认为是世士"能了解己之命运";余冠英先生《三曹诗选》从又一本作"世士此诚明",认为"此诚明"是说"诚明乎此",即"真正明白了这一点"。据此则这一句似可释为"对世间的事情如真能明白这个道理"。从《乐府诗集》原文亦可通。"大德"句:意谓有大德行的人非常人所可比拟。

〔5〕驾言:驾车出行。言是语助词。这二句暗用《孟子》中说孔子

167

登泰山而小天下的意思,说登上峻高的五岳,俯视丘陵,方觉其渺小。

〔6〕上路:当即"路上"。上路人:指驰骛道路以谋仕宦的人。"势利"句:意同"惟势利是谋",即只知谋求势利。

〔7〕"高念"句:一作"雠高念皇家"。按:"高念"与下句"远怀"正好是对仗,故从宋刊本《曹子建文集》改。翼:辅助。柔:安抚。九州:古人把中国分为九州,这里代指天下。这二句是说自己有高远的大志,想辅佐皇室,统一天下。

〔8〕雷音:愤怒大呼之声。纵横:四散传播。浮:飘达四方。这两句暗用《庄子·说剑篇》中说诸侯的宝剑一经使用,便如"雷霆之震",使国内无不服从的典故。

〔9〕泛泊:飘浮于水上。嗷嗷:呼叫声。这句暗用《楚辞·卜居》"将氾氾若水中之凫"句意,用野鸭在水面飘泊浮沉以求食,喻惟势力是谋的小人。这二句承上文"势利唯是谋"而来,指这些奔走于势利的人,哪里知道"壮士"(作者自喻)之志。

吁嗟篇[1]

(魏)曹植

吁嗟此转蓬,居世何独然[2]。长去本根逝,夙夜无休闲[3]。东西经七陌,南北越九阡[4]。卒遇回风起[5],吹我入云间。自谓终天路,忽然下沉渊。惊飚接我出,故归彼中田[6]。当南而更北,谓东而反西。宕宕当何依[7],忽亡而复存。飘飘周八泽,连翩历五山[8]。流转无恒处,谁知吾苦艰。愿为中林草[9],秋随野火燔。糜灭岂不痛,愿与株荄连[10]。

[1]《吁嗟篇》:《三国志·魏志》本传裴注引此诗为"瑟调歌辞";《乐府诗集》据《乐府解题》以为拟《苦寒行》之作。此诗为哀叹曹丕、曹睿迫害宗室诸侯而作。

[2]"吁嗟"二句:以秋天的蓬草离去本根,随风飘荡,比喻曹植的屡次迁徙封邑。

[3]夙夜:早晨到夜间。

[4]阡:田间南北的通道。陌:田间东西的通道。

[5]卒:同"猝"(cù 促),突然。回风:即旋风。

[6]飚:从下而上的狂风。中田:即田中。

[7]宕宕:同"荡荡"。

[8]八泽:指《汉书·严助传》所谓"八薮",即鲁之大野,晋之大陆,秦之杨汙,宋之孟诸,楚之云梦,吴越之具区,齐之海隅,郑之圃田。五山:即五岳。

[9]中林草:即林中草。

[10]株荄(gāi 该):草的根株。

野田黄雀行[1](二首)

(魏)曹植

其一

置酒高殿上,亲交从我游。中厨办丰膳,烹羊宰肥牛。秦筝何慷慨,齐瑟和且柔[2]。阳阿奏奇舞,京洛出名讴[3]。乐饮过三爵[4],缓带倾庶羞[5]。主称千金寿,宾奉万年酬[6]。久要不可忘,薄终义所尤[7]。谦谦君子德,磬折欲何求[8]。惊风飘白日,光景驰西流[9]。盛时不可再,百年忽我遒[10]。生存华屋处,零落归山丘[11]。先民谁不死[12],知命亦何忧。

〔1〕《野田黄雀行》:《相和歌辞·瑟调曲》之一。《乐府诗集》卷三十九所录有二篇,一为"置酒高殿上";一为"高树多悲风",两诗内容完全不同。"置酒高殿上"一首,《文选》作《箜篌引》。《乐府诗集》引《乐府解题》曰:"晋乐奏东阿王'置酒高殿上',始言丰膳乐饮,盛宾主之献酬。中言欢极而悲,嗟盛时不再。终言归于知命而无忧也。《空侯引》亦用此曲。"据此则曹植这首"置酒高殿上"曾被晋代乐官谱成两种曲调歌唱。但据《文选》及今本《曹植集》,均题作《箜篌引》,所以黄节先生《汉魏乐府风笺》在《野田黄雀行》题下,只录"高树多悲风"一首。今人赵幼文《曹植集校注》也把二诗分置两处。他认为《野田黄雀行》("高树多悲风")乃悲叹自己无力救丁仪之死而作,因此列为建安时作品;《箜篌引》("置酒高堂上")则据元刘履《选诗补注》说,认为当在曹植作《求通亲亲表》以后,因此列为魏明帝太和年间作。这种看法虽属推测,但二诗并非一时所作,当属事实。但《乐府诗集》既有成例,且晋时既有把"置酒高堂上"作《野田黄雀行》歌唱之事,不妨从之。

〔2〕秦筝:战国时秦国人常好弹筝,音调慷慨激昂。见李斯《谏逐客书》。齐瑟:战国时齐国都城临淄中人多能吹竽鼓瑟,见《战国策·齐策》。

〔3〕阳阿:古代著名的倡优。见《淮南子·俶真训》高诱注。名讴:

著名的歌唱者。

〔4〕爵:古代的酒器。

〔5〕缓带:从容悠闲。倾:尽。庶羞:菜肴。

〔6〕寿:敬酒上寿,古人有时上寿时还送上财礼,故称"千金寿"。酬:回敬时称颂主人享寿万年。

〔7〕久要:旧约,这里代指旧友。《论语·宪问》:"久要不忘平生之言。"薄终:与友人交情终于淡薄,即疏弃旧友。尤:过错,非议。

〔8〕谦谦:指态度谦虚。《周易·谦卦》:"谦,亨,君子有终。"又《初六爻辞》:"谦谦君子。"磬折:弯腰俯身以表示恭敬。这两句是暗用《周易》"君子有终"的意思,以承上二句。用以说交友重在讲信用,不在乎表面的恭敬。

〔9〕光景:这里指太阳。

〔10〕百年:一生。遒(qiú 球):紧迫,迫促。

〔11〕零落:以草木零落代指死亡。

〔12〕先民:古人。

其二

高树多悲风,海水扬其波。利剑不在掌,结友何须多。不见篱间雀,见鹞自投罗〔1〕。罗家得雀喜,少年见雀悲。拔剑捎罗网〔2〕,黄雀得飞飞。飞飞摩苍天〔3〕,来下谢少年。

〔1〕鹞:鹞鹰,猎人畜养它来捕鸟。罗:捉鸟的网。

〔2〕捎(shāo 梢):挑起。

〔3〕摩(mó 模):摩擦,磕触。这句形容高飞。

门有万里客[1]

(魏)曹植

门有万里客,问君何乡人。褰裳起从之,果得心所亲[2]。挽裳对我泣,太息前自陈[3]。本是朔方士,今为吴越民[4]。行行将复行,去去适西秦。

[1]《门有万里客》:此首当即《门有车马客行》的异名,属《相和歌辞·瑟调曲》,写的是战乱中人们流亡四方的惨状,和陆机、鲍照的《门有车马客行》不完全一样。
[2] 褰(qiān谦)裳:提起衣服。心所亲:心中所喜悦的友人。
[3] 太息:同"叹息"。
[4] 朔方:汉郡名,在今内蒙及宁夏一带。这两句说从北边迁到了南方(吴越)。

泰山梁甫吟[1]

(魏)曹植

八方各异气,千里殊风雨。剧哉边海民,寄身于草墅[2]。妻子象禽兽,行止依林阻。柴门何萧条,狐兔翔我宇。

〔1〕《泰山梁甫吟》:《相和歌辞·楚调曲》之一。据《乐府诗集》说,《太山吟》《梁甫吟》等均属葬歌。此诗为曹植目睹边海人民经乱离后悲惨生活而作。

〔2〕草墅:一作"草野"。按:"墅"一音"野",为郊外之意。

怨诗行[1]（本辞）

（魏）曹植

明月照高楼,流光正徘徊。上有怨思妇,悲叹有馀哀。借问叹者谁,言是宕子妻[2]。君行踰十年,孤妾常独栖。君若清路尘,妾若浊水泥。浮沉各异势,会合何时谐[3]。愿为西南风,长逝入君怀[4]。君怀良不开,贱妾当何依。

〔1〕《怨诗行》:《乐府诗集》卷四十一引《古今乐录》曰:"《怨诗行》,歌东阿王'明月照高楼'一篇。"按:此诗据本集和《文选》均作《七哀诗》;《玉台新咏》则作为《杂诗五首》之一。可见本非乐府,而被魏晋乐官谱曲歌唱,在谱曲时作了很多改动,详见附录的"晋乐所奏"歌辞。

〔2〕宕子:同"荡子",即"游子"。

〔3〕谐:愿望实现。

〔4〕"愿为"二句:这两句本说思妇想随风飞入丈夫怀抱,至于风向本不关大旨。《文选》五臣李周翰注根据《周易》"坤卦"位在西南方,因此说:"西南坤地,坤妻道,故愿为此风飞入夫怀。"可备一说。

附:

怨诗行(晋乐所奏)[1]

明月照高楼,流光正徘徊。上有愁思妇,悲叹有馀哀。借问叹者谁,自云客子妻。夫行踰十载,贱妾常独栖。念君过于渴,思君剧于饥。君为高山柏,妾为浊水泥。北风行萧萧,烈烈入吾耳[2]。心中念故人,泪堕不能止。沉浮各异路,会合当何谐。愿作东北风,吹我入君怀[3]。君怀常不开,贱妾当何依。恩情中道绝,流止任东西[4]。
我欲竟此曲,此曲悲且长。今日乐相乐,别后莫相忘。

[1] "晋乐所奏":这首诗,在《宋书·乐志》中,标题作《楚调怨诗·明月》,《乐府诗集》作《怨诗行》。诗中文字有很多改动,最可注意的是"西"字与"依"为韵,这在汉魏西晋绝无其例,(汉魏"西"字与"先"同音),疑此处是东晋以后人所改。详见拙作《论〈文选〉中乐府诗的几个问题》(北大《国学研究》第三期)。

[2] 行:将要。烈烈:强劲的样子。

[3] "愿作"二句:这两句"晋乐所奏"改"本辞"的"西南"为"东北",大约因为曹植封地均在都城洛阳之东,故据东阿(今属山东)地址而改。"流止"句:暗用古辞《白头吟》"沟水东西流"句意,暗喻分手,与本诗用意略有出入。

[4] "我欲"以下四句:这四句亦见《怨歌行》("为君既不易")篇末,与二诗均无有机联系,显然是乐官拼凑的结果。

怨歌行[1]（晋乐所奏）

(魏)曹植

为君既不易,为臣良独难。忠信事不显,乃有见疑患。周公佐成王,金縢功不刊[2]。推心辅王室,二叔反流言[3]。待罪居东国,泣涕常流连[4]。皇灵大动变,震雷风且寒[5]。拔树偃秋稼,天威不可干[6]。素服开金縢,感悟求其端[7]。公旦事既显[8],成王乃哀叹。吾欲竟此曲,此曲悲且长。今日乐相乐,别后莫相忘。

〔1〕《怨歌行》:这是"晋乐所奏"的歌辞。《乐府诗集》卷四十一引《古今乐录》讲到《怨诗行》唱曹植的"明月照高楼"(《七哀诗》),又引王僧虔《技录》说到荀录所撰的乐歌目录,有"古为君"一篇,"今不传"。又《乐府解题》也认为"为君既不易"是古辞。历来说到此诗的有"古辞"、曹丕作、曹植作诸说。以曹植说较流行。但《宋书·乐志四》所载"魏《鞞舞歌》五篇",有目无辞,其中有"为君既不易",与"陈思王《鞞舞歌》五篇"内容不同。当是魏明帝时乐官所作。

〔2〕"金縢"句:《尚书·金縢》载:周武王病危,周公曾祭告太王、王季、文王,要求代武王死,其祭祷之文,藏于金縢(用金属封缄的柜)中。"功不刊"是说功绩不可没。

〔3〕二叔:管叔和蔡叔。他们制造流言,说周公将不利于成王。

〔4〕"待罪"句:据《尚书·金縢》载:成王听信谗言后,周公曾到东

方避祸三年。流连:不断。

〔5〕皇灵:皇天的神灵。这两句是说天"大雷电以风",警告成王。

〔6〕"拔树"句:据《尚书·金縢》记载:大雷电时,风拔了大树,吹倒了秋天的庄稼。干:犯。

〔7〕素服:丧服,以示认罪。这两句说成王穿素服以探求天变原因。

〔8〕公旦:周公名叫姬旦。

孟冬篇[1]

(魏)曹植

孟冬十月,阴气厉清[2]。武官诫田[3],讲旅统兵。元龟袭吉,元光著明[4]。蚩尤跸路,风弭雨停[5]。乘舆启行,鸾鸣幽轧[6]。虎贲采骑,飞象珥鹖[7]。钟鼓铿锵,箫管嘈喝[8]。万骑齐镳[9],千乘等盖。夷山填谷,平林涤薮。张罗万里,尽其飞走。趯趯狡兔,扬白跳翰[10]。猎以青骹,掩以修竿。韩卢宋鹊,呈才骋足[11]。噬不尽绁,牵麋掎鹿[12]。魏氏发机,养基抚弦[13]。都卢寻高[14],搜索猴猿。庆忌孟贲,蹈谷超峦[15]。张目决眦,发怒穿冠[16]。顿熊扼虎,蹴豹搏貙[17]。气有馀势,负象而趋。获车所盈,日侧乐终。罢役解徒,大飨离宫。乱曰:圣皇临飞轩,论功校猎徒。死禽积如京[18],流血成沟渠。明诏大劳赐,大官供有无。走马行酒醴,驱车布肉鱼。鸣鼓举觞爵,击钟醽无馀[19]。绝纲纵麟麂,弛罩出凤雏[20]。收功在羽校,威灵振鬼区[21]。陛下长欢乐,永世合天符[22]。

〔1〕《孟冬篇》:这是曹植在黄初年间所作的《鞞舞歌》五篇之一。这种舞在汉代就有,曹操时得到汉代乐人李坚,曹植用这种舞曲声调另制新辞。这些歌辞多属歌颂功德的内容。这里选一首以见一斑。此诗显然受汉代写田猎的大赋影响,气势宏大,在乐府诗中别具一格。

〔2〕阴气厉清:指气候肃杀,天气清朗。

〔3〕诫田:下令去田猎。

〔4〕元龟:大龟。袭:合。这句说用龟壳占卜得吉兆。元光:指彗星:古人认为是除旧布新的预兆。

〔5〕蚩尤:古代部落酋长,善战,这里代指勇士。跸(bì 毕):古代帝王出行时要清道,禁止人通行。弭(mǐ 米):停。

〔6〕乘舆:皇帝的车子。鸾:车上的铃。幽轧:铃声悠扬的样子。

〔7〕虎贲:勇猛的卫士。采骑:穿着色彩鲜明衣服的随从。飞象:以象牙装饰的车飞奔。珥(ěr 耳):插、戴。鹖(hé 曷):古代传说中一种善斗的鸟。珥鹖:指武士的帽子上插以鹖的毛为装饰。

〔8〕嘈喝:形容箫管的声音。

〔9〕镳(biāo 彪):马嚼子。

〔10〕趯趯(tì 替):跳跃的样子。扬白:扬起白色的脚。跳翰:跳动身上的长毛。

〔11〕青骹(qiāo 敲):青色足胫。指青胫的鹰。修竿:长竹竿。韩卢、宋鹊:古代著名的猎狗。呈才骋足:以飞奔追猎物显示才能。

〔12〕缧(xiè 屑):牵狗的绳。尽缧:指狗绳没松完,就抓住了猎物。掎(jǐ 挤):抓住。

〔13〕魏氏:指古代善射的人大魏,他承受羿的射术,创造了"琐连之器"的发弩办法。养基:春秋时楚国射箭名手养由基。

〔14〕都卢：古代川东的少数民族，善于爬上高竿。

〔15〕庆忌、孟贲：古代两个勇士之名。蹈谷超峦：越过山谷和山峰。

〔16〕诀眦（zì 字）：发怒时睁大眼睛，使上下眼皮裂开。发怒穿冠：头发因愤怒而上冲冠帽。

〔17〕顿：击倒。蹴（cù 促）：踢倒。貙（chū 出）：狼一类动物。

〔18〕京：极高的山丘。

〔19〕釂（jiào 叫）：喝干杯中的酒。

〔20〕纲：当作"网"。麟麑（ní 泥）：小麟。罩：捕鸟的网。

〔21〕羽校：背负弓箭的军伍。鬼区：绝远的地方。

〔22〕天符：上天的符命。

名都篇[1]

（魏）曹植

名都多妖女[2]，京洛出少年。宝剑直千金，被服丽且鲜。斗鸡东郊道，走马长楸间[3]。驰骋未能半，双兔过我前。揽弓捷鸣镝，长驱上南山。左挽因右发，一纵两禽连[4]。馀巧未及展，仰手接飞鸢[5]。观者咸称善，众工归我妍。我归宴平乐[6]，美酒斗十千。脍鲤臇胎鰕，炮鳖炙熊蹯[7]。鸣俦啸匹侣，列坐竟长筵。连翩击鞠壤[8]，巧捷惟万端。白日西南驰，光景不可攀[9]。云散还城邑，清晨复来还。

〔1〕《名都篇》：据《文选》本诗题下李善注引《歌录》说，《名都篇》、

《美女篇》和《白马篇》都是《齐瑟行》曲调。每篇都以首句命名。《名都篇》旧说以为写临淄、邯郸等地的人们精于骑射,而好游乐,不忧国事。今人有的认为写作者早年的生活。

〔2〕妖女:妖冶即美丽的女子。

〔3〕长楸(qiū秋):乔木名,干高叶大。

〔4〕一纵:一次发箭。两禽连:指双兔同时中箭。

〔5〕鸢(yuān鸳):鹰一类猛禽,此处疑指猎鹰。

〔6〕平乐:即平乐观。汉明帝所建,在洛阳。

〔7〕臇(juǎn卷):烹煮而少汤。胎鰕(xiá遐):带子鱼名,即班鱼。熊蹯(fán烦):熊掌。

〔8〕击鞠:古代一种游戏,击打用皮草做的球。

〔9〕攀:挽留。

美女篇[1]

(魏)曹植

美女妖且闲[2],采桑歧路间。柔条纷冉冉[3],落叶何翩翩。攘袖见素手,皓腕约金环[4]。头上金爵钗,腰佩翠琅玕[5]。明珠交玉体,珊瑚间木难[6]。罗衣何飘飘,轻裾随风还。顾盼遗光采,长啸气若兰。行徒用息驾,休者以忘餐。借问女何居,乃在城南端。青楼临大路,高门结重关。容华耀朝日,谁不希令颜[7]。媒氏何所营,玉帛不时安[8]。佳人慕高义,求贤良独难。众人徒嗷嗷,安知彼所观[9]。盛年处房室,中夜起长叹。

〔1〕《美女篇》:此诗亦属《齐瑟行》(见上篇注〔1〕)。从诗的内容看来,曹植似有意模仿古辞《陌上桑》。

〔2〕妖且闲:美丽而且幽雅。

〔3〕柔条:桑树的枝条。冉冉:柔弱的样子。

〔4〕攘袖:卷起袖子。约:束,带上。

〔5〕金爵钗:金钗一端铸成爵(雀)形。琅玕(láng gān 狼干):像珠子一样的石头。

〔6〕交:指珠子交错地挂着。木难:一种出于大秦的绿色珠子。

〔7〕希:羡慕。令颜:美好的容颜。

〔8〕安:定的意思,指要求订亲。

〔9〕嗷嗷(áo 敖):愁叹的声音。彼所观:她所想望的。

白马篇[1]

(魏)曹植

白马饰金羁,连翩西北驰[2]。借问谁家子,幽并游侠儿[3]。少小去乡邑,扬声沙漠垂[4]。宿昔秉良弓,楛矢何参差[5]。控弦破左的,右发摧月支[6]。仰手接飞猱,俯身散马蹄[7]。狡捷过猴猿,勇剽若豹螭[8]。边城多警急,胡虏数迁移。羽檄从北来,厉马登高堤。长驱蹈匈奴,左顾陵鲜卑[9]。寄身锋刃端,性命安可怀[10]。父母且不顾,何言子与妻。名编壮士籍,不得中顾私[11]。捐躯赴国难,视死忽如归。

〔1〕《白马篇》:此诗也是《齐瑟行》曲调(参见《名都篇》注〔1〕)。诗的内容是写幽并少年立功边塞的雄心壮志,诗中也可能表现了曹植自己的志趣。从他的《杂诗》第五、第六两首及《求自试表》就可以知道。

〔2〕羁:马笼头。连翩:接连不断。

〔3〕幽并:古代二州名。幽州在今河北北部及辽宁西南一带。并州在今山西北部及中部。

〔4〕垂:边陲,边地。按:垂,通"陲"。

〔5〕宿昔:从来。秉:手持。楛(hù 户)矢:一种箭的名称,箭杆用楛木做成。据说是古代肃慎氏(满族古名)所献。参差(cēn cī 岑阴平疵):不齐。

〔6〕控弦:拉弓。左的:"的"是射箭的靶子,左的即左边的靶子。月支:箭靶。

〔7〕猱(náo 挠):一种猿猴。马蹄:也是一种箭靶。

〔8〕剽(piāo 漂):轻捷。螭(chī 笞):猛兽名。

〔9〕匈奴:古代北方少数民族。鲜卑:古代北方少数民族,后来北朝的魏、周二朝君主皆鲜卑族。

〔10〕怀:顾念。

〔11〕"名编"二句:这二句说自己已名列壮士之林,中途再顾不得自己的家事了。

当墙欲高行[1]

(魏)曹植

龙欲升天须浮云,人之仕进待中人[2]。众口可以铄金[3],谗言三至,慈母不亲[4]。愦愦俗间[5],不辨伪真。愿欲披心自说陈,君门以九重[6],道远河无津[7]。

〔1〕《当墙欲高行》:这首诗当作于曹植受曹丕猜忌以后,想为朝廷出力,而又不能实现。表现了他被谗后的怨愤。

〔2〕中人:朝廷中有权势能得皇帝听从的人。

〔3〕铄(shuò 朔):熔化。语出邹阳《狱中上书自明》:"众口铄金。"

〔4〕"谗言"二句:见前《相和歌辞》古辞《折杨柳行》注〔10〕。

〔5〕愦愦(kuì 溃):昏乱。俗间:世间。

〔6〕九重:言其多。该句语出《楚辞·九辩》:"君之门以九重。"

〔7〕津:渡口。

当欲游南山行[1]

(魏)曹植

东海广且深,由卑下百川[2]。五岳虽高大,不逆垢与尘。

良木不十围,洪条无所因[3]。长者能博爱,天下寄其身。大匠无弃材,船车用不均。锥刀各异能,何所独却前。嘉善而矜愚[4],大圣亦同然。仁者各寿考,四坐咸万年。

〔1〕《当欲游南山行》:此首是曹植拟古辞《欲游南山行》之作。原作已佚。此首主张执政者不要放弃人才,应宽容待人,疑亦讽谕曹丕父子之作。
〔2〕"由卑"句:因为地势低下所以能容众多水流。
〔3〕洪条:大树的枝干。大树很高,如不能粗到十围(两手合起来的长度叫一围),就无法成活。
〔4〕矜(jīn今):哀怜。

妾薄命[1](二首)

(魏)曹植

其一

携玉手,喜同车,比上云阁飞除[2]。钓台蹇产清虚[3],池塘观沼可娱。仰泛龙舟绿波,俯擢神草枝柯[4]。想彼宓妃洛河,退咏汉女湘娥[5]。

〔1〕《妾薄命》:这两首诗,赵幼文《曹植集校注》认为是讽刺曹睿荒淫之作,可备一说。

〔2〕云阁:指凌云台,曹丕所建。飞除:"除"即楼台的陛阶。"飞除"是形容其高耸如飞。

〔3〕钓台:指洛阳灵芝池上所建钓台。蹇产:崇高的样子。清虚:指天空。这句说钓台高耸入云。

〔4〕擢:拔取。神草:疑指灵芝。柯:草木的干茎。

〔5〕宓妃洛河:即洛水女神宓妃。汉女:汉水神女。据韩诗说,《诗经·周南·汉广》中的"汉有游女"即汉水神女。湘娥:疑即湘君和湘夫人。《洛神赋》:"从南湘之二妃,携汉滨之游女。"

其二

日月既逝西藏,更会兰室洞房。华灯步障舒光[1],皎若日出扶桑,促樽合座行觞。主人起舞娑盘[2],能者穴触别端[3]。腾觚飞爵阑干[4],同量等色齐颜。任意交属所欢,朱颜发外形兰[5]。袖随礼容极情,妙舞仙仙体轻[6]。裳解履遗绝缨,俛仰笑喧无呈[7]。觅持佳人玉颜,齐举金爵翠盘。手形罗袖良难[8],腕弱不胜珠环,坐者叹息朱颜。御中裹粉君旁,中有霍纳都梁,鸡舌五味杂香[9]。进者何人齐姜[10],恩重爱深难忘。召延亲好宴私,但歌杯来何迟。客赋既醉言归[11],主人称露未晞[12]。

〔1〕步障:道路两旁用布或绸作遮隔的帷幕。这句说华灯在"步障"中照耀。写的是主人特设"步障"来迎宾客。

〔2〕娑盘:连绵语,即"婆娑"。"婆"和"盘"是一音之转。"娑盘"是起舞的姿态。

〔3〕能者:能舞的客人。穴觗别端:指舞态。古人跳舞时,侧身则相碰觗,正身时则分正。因此"穴觗"指侧身;"别端"指正面对人。

〔4〕觚(gū 孤):古代一种有棱角的酒杯。爵:古代的三足酒器。阑干:纵横。

〔5〕形兰:形容美女体态,艳如兰花。

〔6〕仙仙:飘飘,舞时姿态。这两句写舞者摆动双袖,姿态优美合度。

〔7〕"裳解"句:此句暗用《史记·滑稽列传》:"罗襦襟解"、"履舄(xì 隙,鞋)交错"语意及《韩诗外传》卷七记楚庄王在宴会时有侍臣戏弄侍妾被摘去冠缨典故,比喻酒席上人们狂欢不拘礼仪。无呈:即"无程",没有法度。

〔8〕"手形"句:形容女子体弱,舞后疲劳,手从袖中伸出都有些困难。

〔9〕裛(yì 邑)粉:即"裛坌(bèn 奔)",衣香。见《文选》陶渊明《杂诗》注引《文字集略》。霍纳:香名,即兜纳香,出大秦(即古罗马帝国)。都梁:香名,出交广,形如藿香,一说即兰花。鸡舌:香名,出昆仑及交广以南,汉代尚书郎含鸡舌香奏事。五味:即五香,亦即青木香,香名。

〔10〕齐姜:春秋时齐国为姜姓,齐姜代指贵族妇女。

〔11〕"客赋"句:语出《诗经·鲁颂·有駜》:"鼓咽咽,醉言归。"

〔12〕"主人"句:语出《诗经·小雅·湛露》:"湛湛露斯,匪阳不晞。"以露未干喻指太阳尚未出来。这是留客的话。

五游[1]

(魏)曹植

九州不足步,愿得凌云翔。逍遥八纮外,游目历遐荒[2]。披我丹霞衣,袭我素霓裳[3]。华盖纷晻蔼,六龙仰天骧[4]。曜灵未移景,倏忽造昊苍[5]。阊阖启丹扉,双阙曜朱光[6]。徘徊文昌殿,登陟太微堂[7]。上帝休西棂,群后集东厢[8]。带我琼瑶佩,漱我沆瀣浆[9]。踟蹰玩灵芝,徙倚弄华芳。王子奉仙药,羡门进奇方[10]。服食享遐纪[11],延寿保无疆。

〔1〕《五游》:本集作《五游咏》。清丁晏评此诗说:"精深华妙,绰有仙姿。炎汉以还,允推此君独步。"曹植本不信神仙,此诗可能借此以抒发对处境的不满。

〔2〕八纮(hóng 洪):据《淮南子·墬形训》,九州之外,有"八殥"(yìn 胤),"八殥"之外,有"八纮"。"八纮"是神话中维系天体不使下坠的八根绳子。遐荒:遥远之地。

〔3〕丹霞衣:仙人的衣服。袭:加衣,即衣服外再套上一件衣服。霓(ní 泥):虹的外圈。素霓裳:仙人所穿的下衣。

〔4〕华盖:车子的伞顶。晻蔼(ǎn ǎi 俺矮):犹"翁郁",盛貌。骧(xiāng 襄):马抬头奔跑。

〔5〕曜灵:太阳。造:去到。昊苍:天空。

〔6〕阊阖:天门。丹扉(fēi 非):红色的门户。双阙:天宫门口的高阁。

〔7〕文昌殿:即文昌宫,据说是天府,上帝部下将相大臣所居。太微:即紫微,太一(上帝)所住的地方。

〔8〕棂(líng 陵):窗子。群后:群神。

〔9〕琼瑶:美玉。漱:饮。沆瀣(hàng xiè 航去声泻)浆:指清露。沆瀣本指夜间的水气、露水,旧谓仙人所饮。

〔10〕王子:指仙人王子乔。羡门:据《史记·秦始皇本纪》韦昭注,是古代的仙人名。

〔11〕遐纪:长远的年纪。

远游篇[1]

(魏)曹植

远游临四海,俯仰观洪波。大鱼若曲陵,乘浪相经过[2]。灵鳌戴方丈,神岳俨嵯峨[3]。仙人翔其隅,玉女戏其阿[4]。琼蕊可疗饥,仰首吸朝露[5]。昆仑本吾宅,中州非我家。将归谒东父,一举超流沙[6]。鼓翼舞时风,长啸激清歌[7]。金石固易弊,日月同光华。齐年与天地,万乘安足多[8]。

〔1〕《远游篇》:这首诗取《楚辞·远游》之名,意思是说自己像屈原一样被人谗毁,无处申诉,就想上天和仙人一起游戏,周历天地。

〔2〕曲陵:屈曲的山陵,指鱼的脊梁高低如山丘。这两句说的是鲸鱼的出没。

〔3〕灵鳌(áo 熬):传说中海里的大龟。方丈:传说中海里的仙山。俨:庄严。嵯峨(cuó é 矬俄):高的样子。

〔4〕玉女:仙女。阿(ē 婀):山陵曲折处。

〔5〕琼蕊:琼树的花蕊,似玉屑。朝露:早上的露水。古人认为仙人可以吸风饮露,不食五谷。

〔6〕东父:即东王父,传说中的神人。流沙:沙漠。

〔7〕"鼓翼"二句:指仙人鼓动翅膀在空中舞蹈,长啸唱歌。(古人

187

认为仙人有羽翼。)

〔8〕万乘:指帝王。

斗鸡篇[1]

（魏）曹植

游目极妙伎,清听厌宫商。主人寂无为,众宾进乐方[2]。长筵坐戏客,斗鸡观闲房[3]。群雄正翕赫[4],双翅自飞扬。挥羽邀清风,悍目发朱光。觜落轻毛散,严距往往伤[5]。长鸣入青云,扇翼独翱翔。愿蒙狸膏助,常得擅此场[6]。

〔1〕《斗鸡篇》:据《乐府诗集》卷六十四引《邺都故事》说,魏明帝曹睿在太和年间曾筑斗鸡台。此诗可能作于此时。

〔2〕进乐方:进献取乐的方法。

〔3〕闲房:安静的房间。

〔4〕翕赫:形容气势之盛。

〔5〕觜:同"嘴"。严距:鸡脚上厉害的钩距,相斗时用以打击对方。

〔6〕狸膏:野猫的油。鸡怕野猫,闻到气味就逃走。所以涂狸膏的鸡斗时常胜。

盘石篇[1]

(魏)曹植

盘盘山巅石,飘飖涧底蓬[2]。我本太山人,何为客淮东[3]。蒹葭弥斥土,林木无分重[4]。岸岩若崩缺,湖水何汹汹[5]。蚌蛤被滨涯,光彩如锦虹[6]。高彼凌云霄,浮气象螭龙[7]。鲸脊若丘陵,须若山上松[8]。呼吸吞船栧,澎濞戏中鸿[9]。方舟寻高价,珍宝丽以通[10]。一举必千里,乘飔举帆幢[11]。经危履险阻,未知命所锺。常恐沉黄垆,下与鼋鳖同[12]。南极苍梧野,游眄穷九江[13]。中夜指参辰,欲师当定从[14]。仰天长太息,思想怀故邦。乘桴何所志,吁嗟我孔公[15]。

〔1〕《盘石篇》:据《曹集考异》,"盘盘"作"盘石",皆形容石的巨大。此诗据赵幼文《曹植集校注》说是曹植封雍丘王时所作。雍丘在今河南杞县。此诗当作于黄初四年(223)至太和元年(227)之间。《文选》木华《海赋》注引作《齐瑟行》。

〔2〕飘飖:一作"飘飘",即随风飘泊的意思。

〔3〕淮东:指雍丘。

〔4〕蒹葭(jiān jiā 兼家):芦苇。斥土:盐碱地。分重:一作"芬重",茂盛。

〔5〕湖水:赵幼文据《水经注·睢水》,认为即雍丘城北的白羊陂。

189

〔6〕"光彩"句:指蚌蛤的光彩像锦和虹一样,古人认为海市蜃楼就是蚌类发的光。

〔7〕螭(chī痴):古代传说中没有角的龙。这两句形容蚌蛤光气像龙一样浮于空中。

〔8〕须:指大鱼的须。

〔9〕栭(lì丽):小船。澎濞(pēng bì烹碧):即"澎湃",形容水势之大。戏中鸿:黄节先生认为即"中戏鸿",指鸿雁游于其中。赵幼文疑为"中鸿"即《海赋》中的"沖(chōng充)融"(水深广的样子),但"戏"字费解,疑非。

〔10〕高价:珍贵之物。丽:依附。

〔11〕飔(sī思):急风。幢(chuáng床):挂帆的竿,这里借指帆。

〔12〕沉黄垆(lú卢):"黄垆"即黄土。这里代指遇险死亡。鼋(yuán沅):大鳖。

〔13〕苍梧:今广西梧州一带,这里泛指南方。九江:指今江西九江一带,《尚书·禹贡》:"九江孔殷"。

〔14〕参辰:参星和商星。二星从不同时出现。这二句意思是说跟参星学则从参星;跟商星学则从商星,比喻人的去从,由自己选择。

〔15〕桴(fú浮):木筏。孔公:指孔子。《论语·公冶长》记孔子曾说"道不行,乘桴浮于海"的话。诗用此义。

种葛篇[1]

(魏)曹植

种葛南山下,葛藟自成阴[2]。与君初婚时,结发恩义深。欢爱在枕席,宿昔同衣衾。窃慕《棠棣篇》,好乐和瑟琴[3]。行年将晚暮,佳人怀异心[4]。恩纪旷不接,我情遂抑沉[5]。出门当何顾,徘徊步北林。下有交颈兽,仰见双栖禽。攀枝长叹息,泪下沾罗襟。良马知我悲,延颈代我吟。昔为同池鱼,今为商与参[6]。往古皆欢遇,我独困于今。弃置委天命,悠悠安可任[7]。

[1]《种葛篇》:《杂曲歌辞》之一。这首诗是借弃妇的口吻表示对曹丕迫害自己的不满。
[2] 葛藟(lěi 累):葛藤。
[3] 棠棣篇:指《诗经·小雅·棠棣》,其中有"妻子好合,如鼓瑟琴"之句,为此诗所化用。但《棠棣》中还有"凡今之人,莫如兄弟"等句,曹植没有用上,是怕过于显露招揭。
[4] 佳人:这里指丈夫。
[5] 恩纪:恩情。抑沉:忧郁消沉。
[6] 商与参:天上的两颗星,商出参没,参出商没,永不相见。
[7]"悠悠"句:指心绪烦乱,不可忍受。

仙人篇[1]

(魏)曹植

仙人揽六箸,对博太山隅[2]。湘娥拊琴瑟,秦女吹笙竽[3]。玉樽盈桂酒,河伯献神鱼。四海一何局,九州安所如[4]。韩终与王乔,要我于天衢[5]。万里不足步,轻举凌太虚。飞腾踰景云,高风吹我躯。回驾观紫微,与帝合灵符[6]。阊阖正嵯峨,双阙万丈馀。玉树扶道生,白虎夹门枢[7]。驱风游四海,东过王母庐。俯观五岳间,人生如寄居。潜光养羽翼,进趣且徐徐[8]。不见昔轩辕,升龙出鼎湖[9]。徘徊九天下,与尔长相须[10]。

〔1〕《仙人篇》:《杂曲歌辞》之一。这种游仙题材在曹植诗中为数不少,他其实不信神仙,只是借此排解自己受压抑的苦闷。

〔2〕六箸:古人博戏用的器具,类似棋子,共十二枚,黑白各六枚,以此争胜。见《古博经》。太山隅:泰山一角。

〔3〕湘娥:湘水女神,一说即尧女舜妻娥皇和女英。秦女:即秦穆公之女。据《列仙传》,她嫁箫史,能吹箫。这里作"笙竽"是略变其意。

〔4〕局:局促、狭小。安所如:到那里可安身。

〔5〕韩终:古仙人名,一作"韩众"。《楚辞·远游》:"羡韩众之得一。"王乔:古仙人名。《楚辞·远游》:"吾将从王乔而娱戏。"天衢:天上的大路。

〔6〕紫微:星名,古代人认为上帝所居之处。"与帝"句:指手持神符(古代的印信),让上帝信任自己得以升仙。

〔7〕扶道生:即夹生于道旁。白虎:古代神话中上帝的守门神兽。

〔8〕"潜光"句:指隐居求仙,得道后长出羽翼,得以升天。进趣:一作"进趋",指行进。徐徐:安稳的样子。

〔9〕轩辕:即黄帝。据《史记·封禅书》,黄帝铸鼎成,上天派龙下来迎接,黄帝就骑龙升天。

〔10〕"与尔"句:即与黄帝相约在天上。

步出夏门行[1]

(魏)曹睿[2]

步出夏门,东登首阳山[3]。嗟哉夷叔,仲尼称贤[4]。君子退让,小人争先。惟斯二子,于今称传。林钟受谢[5],节改时迁。日月不居[6],谁得久存。善哉殊复善,弦歌乐情[7]。商风夕起[8],悲彼秋蝉。变形易色,随风东西。乃眷西顾[9],云雾相连。丹霞蔽日,彩虹带天。弱水濳濳,叶落翩翩。孤禽失群,悲鸣其间[10]。善哉殊复善,悲鸣在其间。朝游清泠,日暮嗟归[11]。("朝游"止此为艳。)[12]

蹙迫日暮[13],乌鹊南飞。绕树三匝,何枝可依[14]。卒逢风雨,树折枝摧。雄来惊雌,雌独愁栖。夜失群侣,悲鸣徘徊。芃芃荆棘[15],葛生绵绵[16]。感彼风人,惆怅自怜[17]。月盈则冲,华不再繁[18]。古来之说,嗟哉一言。("蹙迫"下为趋。)[19]

〔1〕《步出夏门行》:这是魏明帝曹睿之作。《乐府诗集》卷三十七引王僧虔《技录》云:"《陇西行》,歌武帝'碣石'、文帝'夏门'二篇。"今按:曹睿此首的前句为"步出夏门",则"夏门"当即此首,"文"为"明"之误。《步出夏门行》之名,即由此而起,正像后来宋词中把《念奴娇》称作《酹江月》是因为苏轼《念奴娇·赤壁怀古》末句为"一樽还酹江月"。这首诗在艺术上较少特色,其中一些好句,大抵是截取曹操、曹丕作品而

成。现在选录此首,主要是举例说明乐府中常有割裂别人名句,杂凑成篇的情况。

〔2〕曹睿(ruì 瑞):即魏明帝(204—239):字元仲,曹丕之子。黄初七年(226)曹丕卒,曹睿继立。他和父祖一样,也写过一些乐府诗,但艺术上成就不高。钟嵘《诗品》评他说:"睿不如丕,亦称三祖"。黄节先生编注《魏武帝文帝诗注》,卷末附有曹睿之作。

〔3〕夏门:洛阳城的北边有两座城门,靠西的一座,汉代叫"夏门",魏晋叫"大夏门",(见杨衒之《洛阳伽蓝记》卷一)。首阳山:传说中殷周之际伯夷、叔齐饿死之处。首阳山地点,有多种说法。《史记正义》引戴延之《西征记》云:"洛阳东北首阳山有夷齐祠。"并说:"今在偃师县西北。"与此诗合。

〔4〕夷叔:指伯夷和叔齐。仲尼:孔子字。在《论语》中孔子曾多次称赞伯夷、叔齐。

〔5〕林钟:代指夏历六月。《礼记·月令》载,季夏之月"律中林钟"。受谢:指逝去。

〔6〕居:停留。

〔7〕"善哉"句:这句似乎为配乐需要而加。下句"弦歌乐情"似承上面"林钟受谢"四句而来。但这四句和前面称赞伯夷、叔齐的意思也不很连贯,疑为乐官拼凑而成。下解末二句尤为明显,"悲鸣在其间"不过是重复"悲鸣其间",只添一"在"字,显然是为了配乐而设,并无实意。

〔8〕商风:秋风。

〔9〕乃眷西顾:于是回头向西望,语本《诗经·大雅·皇矣》。

〔10〕"丹霞"六句:全取曹丕《丹霞蔽日行》中诗句。

〔11〕清泠(líng 伶):清凉,指水。这两句是承上面"孤禽"而言,说它早上到水边游戏,日暮归巢。

〔12〕艳:楚歌名。汉魏乐歌中往往加上"艳"和"趋",大约是加在

本辞后面的歌曲。

〔13〕蹙(cù 簇):紧迫。

〔14〕"乌鹊"以下三句:全取曹操《短歌行》原文。值得注意的是,《乐府诗集》卷三十所载《短歌行》本辞有"月明星稀,乌鹊南飞。绕树三匝,何枝可依"四句,而"晋乐所奏"的歌辞中却没有这几句,显系乐官删去移入此诗,而改"月明星稀"为"蹙迫日暮"以与上"日暮嗟归"相连接。

〔15〕芃芃(péng 朋):草木茂盛的样子。

〔16〕"葛生"句:语本《诗经·王风·葛藟》:"绵绵葛藟。"形容葛藤的蔓长。

〔17〕"感彼"二句:这里用《王风·葛藟》中"谓他人父,亦莫我顾","谓他人昆,亦莫我闻"等句意,形容孤禽之悲凄。风人:指《葛藟》的作者。清陈祚明《采菽堂古诗选》等书认为是曹睿因遭母甄氏被谮而作,"非境有真感,不能为是语"。恐为附会。此语大抵杂取曹操、曹丕之作而成,而"谓他人父"等语,亦与曹睿早年经历很难牵合,恐只是乐官拼凑之作,不必深究其用意。

〔18〕华:同"花"。

〔19〕趋:乐曲名。《文选》陆机《吴趋行》注:"崔豹《古今注》曰:'《吴趋曲》,吴人以歌其地也。'"这里的"趋"与"艳"同,均为附加的曲辞。

乐府[1]

(魏)曹睿

种瓜东井上,冉冉自踰垣[2]。与君新为婚,瓜葛相结连。寄托不肖躯,有如倚太山。兔丝无根株,蔓延自登缘。萍藻托清流,常恐身不全,被蒙丘山惠,贱妾执拳拳[3]。天日照知之,想君亦俱然。

〔1〕《乐府》:此诗《玉台新咏》和《乐府诗集》均无题目。《玉台新咏》卷二作"魏明帝乐府诗二首",以"昭明素月明"(即古辞《伤歌行》)为第一首;此诗为第二首。《乐府诗集》则独此一首。
〔2〕"冉冉"句:指瓜藤渐渐地爬过短墙。
〔3〕丘山惠:重如丘山的恩惠。拳拳:忠诚的样子。

猛虎行[1]

(魏)曹睿

双桐生空井[2],枝叶自相加。通泉浸其根,玄雨润其枝。绿叶何蓩蓩[3],青条视曲阿[4]。上有双栖鸟,交颈鸣相和。何意行路者,秉丸弹是窠。

〔1〕《猛虎行》:《相和歌辞·平调曲》之一。这首曹睿的诗,见于《艺文类聚》卷八十八,《太平御览》卷三百五十、九百五十六等处。其中"双桐"句是后来文人常用之典。
〔2〕"双桐"句:当指双桐生于空井之旁,后人多用为井底,恐非。
〔3〕蓩蓩(mǎo卯):茂盛。
〔4〕"青条"句:此句费解,疑有误。当指桐树枝条长得高,几乎与山陵曲折处相等。

魏鼓吹曲[1]（十二首选二）

（魏）缪袭[2]

战荥阳[3]

战荥阳，汴水陂[4]。戎士愤怒贯甲驰。阵未成，退徐荣。二万骑，堑垒平[5]。戎马伤，六军惊。势不集，众几倾。白日没，时晦冥。顾中牟，心屏营[6]。同盟疑，计无成[7]。赖我武皇万国宁[8]。

〔1〕《魏鼓吹曲》：三国魏明帝时，令文人缪袭改《汉铙歌》为十二曲，述魏朝的"功德"。其中九首是写曹操的事，第十、十一首写曹丕代汉，第十二首提到"惟太和元年"，歌颂明帝曹睿。这些歌辞都显得字句整齐、典雅，具有庙堂文学的气息。但文字比《汉铙歌》通畅易懂。

〔2〕缪袭(186—245)：字熙伯，东海兰陵（今山东苍山西南）人，魏文学家。官至尚书光禄勋。《隋书·经籍志》著录其集五卷，今佚。存《魏鼓吹曲》十二首及《挽歌》一首。

〔3〕《战荥阳》：这是《魏鼓吹曲》的第二首，以代《汉铙歌·思悲翁》。汉献帝初平元年(190)，各地州郡将领起兵讨伐董卓，推袁绍为盟主。当时董卓驻兵于洛阳，袁绍等人分别驻扎于河内、南阳等地，没有人敢率先进攻。曹操独自率兵向西进军，和董卓部将徐荣相遇，交战失利，曹操中流矢负伤。徐荣见曹操兵少，敢于竭力战斗，认为各路兵马不易

对付,也就领兵撤还。诸路兵马汇集于酸枣,却每日开宴,不图进攻。曹操向他们提出了质问。此诗所咏即此次战争。

〔4〕荥阳:在今河南省。陂(bēi杯):岸边。

〔5〕堑(qiàn欠):壕沟。

〔6〕中牟:在荥阳之东,此句指曹操军败退。屏营:惊慌失措的样子。

〔7〕"同盟"二句:指袁绍等狐疑不敢进兵。

〔8〕"赖我"句:指天下最终还是靠曹操得以太平。

旧邦[1]

旧邦萧条心伤悲,孤魂翩翩当何依[2]。游士恋故涕如摧,兵起事大与愿违[3]。传求亲戚在者谁,立庙置后魂来归[4]。

〔1〕《旧邦》:这是《魏鼓吹曲》第五首,以代《汉铙歌》中的《翁离》。据《三国志·武帝纪》载:建安七年(202),曹操击败袁绍后,还军到家乡谯县。下令说:"吾起义兵,为天下除暴乱。旧土人民,死丧略尽。……使我凄怆伤怀。……其举义兵已来,将士绝无后者,求其亲戚以后之,……为存者立庙,使视其先人。"此诗即言其事。此诗当为七言六句,而《宋书·乐志》、《乐府诗集》卷十八均以为"凡十二句,其六句句三字,六句句四字"。或出于音乐上的考虑。

〔2〕孤魂翩翩:指阵亡者的鬼魂到处飘荡,无所依托。

〔3〕游士:指曹操自己。"兵起"句:意谓自己起兵是出于不得已。

〔4〕"传求"二句:指访求阵亡者现存亲属,选派人主管祭祀,并为死者招魂立庙。

挽歌[1]

(魏)缪袭

生时游国都,死没弃中野。朝发高堂上,暮宿黄泉下[2]。白日入虞渊,悬车息驷马[3]。造化虽神明,安能复存我[4]。形容稍歇灭,齿发行当堕[5]。自古皆有然,谁能离此者。

[1]《挽歌》:这是古代挽丧车的人哀悼死者的歌,大抵从《薤露》、《蒿里》发展而来。但这首歌虽显古朴,已有文人诗用典的手法。清人张玉谷认为此诗前四句以生存时的游乐反衬死亡的被弃。中四句借太阳出没比喻死者不复生。末四句慨叹人生短促,自古皆然,"亦旷达,亦悲痛"。

[2]"生时"四句:前二句以"游国都"之盛,衬托"弃中野"之悲;后二句以"朝"对"暮",以"高堂"对"黄泉"。用意相同,而前二句泛指,后二句专指出殡之日。

[3]虞渊:日落之处。《淮南子·天文训》:"日入于虞渊之汜。"悬车:挂起车来,即停车,不再乘坐。这二句以日没比喻人生必然要死。

[4]造化:天地化生万物。这二句说天地变化,造物主虽然有神明也不能使我久存。

[5]"形容"二句:这是说人生于世,容颜日趋衰老,齿发日益脱落,表明这是无可避免的自然规律。

从军行[1]

(魏)左延年[2]

苦哉边地人,一岁三从军。三子到燉煌,二子诣陇西。五子远斗去,五妇皆怀身[3]。

〔1〕《从军行》:据《乐府诗集》引《古今乐录》所载宋齐间人王僧虔说,西晋时荀勖所录的《从军行》,即用左延年这首《苦哉》。后来陆机、颜延之的拟作,似皆模仿左延年此首。但这一首在《乐府诗集》中并非作正文收入,而是从《乐府广题》中转引的。据《初学记》卷二十二载有左延年《从军诗》曰:"从军何等乐,一驱乘双驳。鞍马照人白,龙骧自动作。"这虽不一定是全文,却也说明左延年的《从军行》大约不止一首。不过对历代诗人影响较大的,只有此首。如杜甫《石壕吏》"三男邺城戍"以下一段,显然受此诗影响。

〔2〕左延年:籍贯不详,据《晋书·乐志》记载,他曾经于三国魏黄初(220—226)、太和(227—232)年间任乐官,参加制定乐律的问题。他现存作品中还有《秦女休行》一首,和本诗一样,都较质朴,近于民歌。

〔3〕怀身:怀孕。

秦女休行[1]

(魏)左延年

始出上西门[2],遥望秦氏庐。秦氏有好女,自名为女休。休年十四五,为宗行报雠。左执白杨刃,右据宛鲁矛[3]。雠家便东南,仆僵秦女休[4]。女休西上山,上山四五里。关吏呵问女休[5]。女休前置词:平生为燕王妇,于今为诏狱囚[6]。平生衣参差,当今无领襦[7]。明知杀人当死。兄言快快,弟言无道忧[8]。女休坚词:"为宗报仇死不疑。"杀人都市中,徼我都巷西[9]。丞卿罗东向坐,女休凄凄曳梏前[10]。两徒夹我持刀,刀五尺馀,刀未下,朣胧击鼓赦书下[11]。

[1]《秦女休行》:此诗与晋傅玄同题所记庞娥事大略相同。诗中所述故事在当时可能相当流行。但说"平生为燕王妇",不知为何代事,疑为民间故事,未必真为"燕王妇"。

[2] 上西门:洛阳城西头从南数起第三个城门,亦称闾阖门。

[3] 白杨刃:即白羊子刀。一说白亮而尖利形为柳叶。宛鲁矛:古代有名的矛。一说宛(今河南南阳)所产。

[4] "雠家"二句:雠家见秦女休来,便逃向东南,但仍倒毙于秦女休之手。后一句是倒装句,言为秦女休所"仆僵"。

[5] 呵:责问。

[6] 燕王妇:燕王妻,不详为何代。诏狱囚:皇帝钦定狱案的囚犯。

〔7〕参差：不齐，这里指多。襦：短袄。

〔8〕怏(yàng 鞅)怏：不高兴。无道忧：没有可忧之理。这二句是说兄怕杀人有罪，弟则以报仇为无罪。

〔9〕徼(jiǎo 较)：捉拿。

〔10〕曳(yè 业)：拖着。梏(gù 顾)：古代木制的手铐。

〔11〕朣胧(tóng lóng 童龙)：形容鼓声。

吴鼓吹曲[1]（十二首选二）

（吴）韦昭[2]

汉之季[3]

汉之季，董卓乱。桓桓武烈应时运[4]。义兵兴，云旗建。厉六师，罗八阵。飞鸣镝[5]，接白刃。轻骑发，介士奋。丑虏震，使众散[6]。劫汉主，迁西馆[7]。雄豪怒，元恶愤[8]。赫赫皇祖功名闻。

〔1〕《吴鼓吹曲》：三国时吴国的《鼓吹曲》，凡十二首。文体与《魏鼓吹曲》很相像，大约是吴国统治者知道缪袭所作后，命令韦昭仿作的。其中二首述孙权父孙坚事，第三首以下述孙权事。可能作于孙权死去（252）以前或以后不久。

〔2〕韦昭（214—273）：字弘嗣，吴郡云阳（今江苏丹阳）人。三国吴学者，文学家。初为吴丞相掾，迁太子中庶子，曾作《博弈论》。孙皓时，

官至侍中,以规谏得罪,下狱死。曾注《国语》传世。《隋书·经籍志》谓梁代有《韦昭集》二卷,佚。

〔3〕《汉之季》:汉献帝初平元年(190),各地将领起兵讨伐董卓时,孙坚曾率兵与董卓作战。董卓曾要求与孙坚联和,孙坚不许。后董卓退兵,孙坚率先进入洛阳。

〔4〕桓桓:威严的样子。武烈:即孙坚。孙权称帝,追尊孙坚为武烈皇帝。应时运:谓应天命而兴起。

〔5〕鸣镝:响箭。

〔6〕使众散:按:董卓是自动撤军,并未被击溃。诗中故意夸大孙坚战功。

〔7〕"劫汉主"二句:指董卓迫胁汉献帝西迁长安。

〔8〕偾(fèn愤):本意为跌倒。这里指董卓之死。董卓退至长安后,被王允用计让吕布把他杀死。

秋风[1]

秋风扬沙尘,寒露沾衣裳。角弓持弦急:鸠鸟化为鹰[2]。边垂飞羽檄[3],寇贼侵界疆。跨马披介胄[4],慷慨怀悲伤。辞亲向长路,安知存与亡。穷达固有分,志士思立功。思立功,邀之战场。身逸获高赏,身没有遗封[5]。

〔1〕《秋风》:这是《吴鼓吹曲》的第五首,以代《汉铙歌》的《拥离》。此诗歌颂吴国军人立功边境的壮心,颇有后来边塞诗的意味。此诗文体基本上属于五言,和《魏鼓吹曲》第八首《平南荆》十分相似。

〔2〕鸠鸟化为鹰:比喻柔弱的人变为刚强。《礼记·月令》说"仲春

之月"(阴历二月),"鹰化为鸠"。郑玄注:"鸠,播谷也。"《世说新语·方正》:"虽阳和布气,鹰化为鸠"即此意。本诗反其意而用之。

〔3〕羽檄:告急的公文。古代有紧急军情,写在一尺二寸木简上,插上羽毛,以示须火急递送。

〔4〕介:铠甲。胄(zhòu 昼):盔,古人作战时带的帽子。

〔5〕身逸:指战士平安回家。遗封:指朝廷抚恤阵亡将士,以封爵赏赐遗属。这两句是鼓励人们勇敢作战。

豫章行苦相篇[1]

(西晋)傅玄[2]

苦相身为女,卑陋难再陈[3]。男儿当门户,堕地自生神。雄心志四海,万里望风尘。女育无欣爱,不为家所珍[4]。长大逃深室,藏头羞见人,垂泪适他乡,忽如雨绝云[5]。低头和颜色,素齿结朱唇[6]。跪拜无复数,婢妾如严宾。情合同云汉,葵藿仰阳春[7]。心乖甚水火,百恶集其身[8]。玉颜随年变,丈夫多好新。昔为形与影,今为胡与秦。胡秦时相见,一绝逾参辰[9]。

〔1〕《豫章行苦相篇》:《相和歌辞·清调曲》之一。据《乐府诗集》卷三十四引《古今乐录》载王僧虔语,谓"《荀录》所载古《白杨》一篇,今不传"。疑不传者是曲调,但"晋乐所奏"《豫章行·白杨》一首,虽文字残缺,当载《乐府诗集》中。《白杨》内容为树木生豫章山中,为人砍伐,

建造舟船、宫室,使枝叶与根分离。其后曹植曾拟作两首,讲古人穷达的事。傅玄这首则写封建社会妇女受歧视的情况及其悲惨命运。文字质朴,多用白描手法。

〔2〕傅玄(217—278):字休奕,北地泥阳(今陕西耀县)人。三国时仕魏为郎中,历弘农太守、典农校尉等官,封鹑觚男。司马炎代魏,进封子爵,官至太仆、司隶校尉,曾多次上奏政事,著有《傅子》及《傅子集》五十卷,今佚。明人辑有《傅鹑觚集》。他擅长乐府,拟作乐府诗甚多,诗风较质朴,多保存民歌色彩,内容偏于哀惋,反映的社会现实较广。

〔3〕苦相:作者虚拟的人名,借此表示妇女的苦难。卑陋:当指地位卑微。

〔4〕"男儿"六句:写当时男子出生时即被重视,父母就希望他能立下大志,建功万里。这种重男轻女的思想,早在《诗经·小雅·斯干》中就有男子生下来即望其"朱芾斯皇,室家君王";生了女子却只说"无非无仪,唯酒食是议,无父母诒罹"的思想。傅玄生在魏晋时代对此表示不满,颇具卓见。

〔5〕"垂泪"句:指长大后远嫁到异地。"忽如"句:比喻女子出嫁后,像雨滴从云层中落下,从此成了别家的人。

〔6〕"素齿"句:写女子出嫁后不敢随便说话。牙齿藏在唇内,形容其不敢启齿。

〔7〕云汉:银河。这里借喻天上的牛郎织女星。这两句比喻女子如和丈夫情投意合,也如牛郎织女,不能常聚,而且女子之对丈夫,也只是如葵藿的仰望阳光,尊卑悬绝。

〔8〕心乖:指男子变了心。这两句是说一旦男子变心,各种罪名都强加到女子身上。

〔9〕胡:北方少数民族。秦:指汉族。胡与秦言地域、种族不同。参辰:指天上的参星和商星。这两个星一个升起时,另一个就降落,不能同

时见于天空。故以此比喻不相见。《文选》陆士龙(云)《答兄机诗》五臣吕向注:"商,辰星也。"

董逃行历九秋篇[1]

(西晋)傅玄[2]

历九秋兮三春,遗贵客兮远宾[3],顾多君心所亲。乃命妙妓才人,炳若日月星辰[4]。(其一)序金罍兮玉觞,宾主递起雁行,杯若飞电绝光[5]。交觞接卮结裳,慷慨欢笑万方。(其二)奏新诗兮夫君,烂然虎变龙文,浑如天地未分[6]。齐讴楚舞纷纷,歌声上激青云。(其三)穷八音兮异伦,奇声靡靡每新,微披素齿丹唇。逸响飞薄梁尘,精爽眇眇入神[7]。(其四)坐咸醉兮沾欢,引樽促席临轩,进爵献寿翻翻[8]。千秋要君一言[9],愿爱不移若山。(其五)君恩爱兮不竭,譬若朝日夕月,此景万里不绝。长保初醮结发,何忧坐生胡越[10]。(其六)携弱手兮金环,上游飞阁云间,穆若鸳凤双燕[11]。还幸兰房自安,娱心乐意难原[12]。(其七)乐既极兮多怀,盛时忽逝若颓,寒暑革御景回[13]。春荣随风飘摧,感物动心增哀。(其八)妾受命兮孤虚[14],男儿堕地称姝[15],女弱难存若无。骨肉至亲更疏,奉事他人托躯。(其九)君如影兮随形,贱妾如水浮萍,明月不能常盈。谁能无根保荣,良时冉冉代征。(其十)顾绣领兮含辉,皎日回光则微[16],朱华忽示渐衰。影欲舍形高飞,谁

言往思可追[17]。(其十一)荑与麦兮夏零,兰桂践履逾馨,禄命悬天难明。妾心结意丹青,何忧君心中倾[18]。(其十二)

〔1〕《董逃行历九秋篇》:《董逃行》,本《相和歌辞·清调曲》。《后汉书·五行志》云:"灵帝中平中,京都歌曰:'承乐世董逃,游四郭董逃,蒙天恩董逃,带金紫董逃,行谢恩董逃,整车骑董逃,垂欲发董逃,与中辞董逃,出西门董逃,瞻宫殿董逃,望京城董逃,日夜绝董逃,心摧伤董逃。'案:'董'谓董卓也,言虽跋扈纵其残暴,终归逃窜至于灭族也。"李贤注引《风俗通》还讲到了董卓禁绝此歌的事。黄节先生《汉魏乐府风笺》卷三引吴旦生说,以为"乐府原题谓《董逃行》,作于汉武之时。盖武帝有求仙之兴,董逃者,古仙人也"。但后人所作《董逃行》,内容各各不同,今存古辞《董逃行》("吾欲上谒从高山")一首,内容为求仙,或与吴旦生说相近。至于以"董逃"为指董卓事,当出附会,不可信。至于傅玄的《历九秋篇》,写的是妇女自恐年老色衰,被丈夫遗弃的心情。与求仙及董卓事皆无关系。

〔2〕傅玄:逯钦立《先秦汉魏晋南北朝诗》云:"《诗纪》作《董逃行历九秋篇》十二首。六言。并注云:'《玉台新咏》以前十首作梁简文帝。今从乐府并为玄诗。'《选诗拾遗》曰:'《乐录》云傅玄作。据《文选注》引之,以为汉古辞也。'"但今所见各本《玉台新咏》均未将前十首与后二首分开;亦不言前十首为梁简文帝作。吴兆宜注谓"一本以前十首作简文帝",疑是明代有此种版本。又,《选诗拾遗》据《文选注》谓汉代古辞说。按:《文选》卷二十二沈约《宿东园》诗注引《古董逃行》云:"年命冉冉我遒。"与此诗"良时冉冉代征"文字不同,且"征"字与上文"盈"字为韵,恐《文选注》所引佚句,并非出于本诗。故仍作傅玄诗。

〔3〕九秋、三春:皆指较长的时间,"九"与"三"皆非确数,详见清汪中《释三九》。遗:一作"分遗"。按:"遗"一音"随(suí)",作"谦以下

人"解,似与文义较近。

〔4〕"乃命"二句:意谓"妙妓才人"容貌艳丽,光彩照人,如同"日月星辰"。

〔5〕"宾主"二句:意谓宾主在宴会上依次起身敬酒,彼此都很快地喝干,酒壶(罍)和酒杯(觞)传递得飞快,犹如闪电一样。"雁行":谓有次序而行。

〔6〕"奏新诗兮"句:奏,进献。这句说向夫君进献新诗。"烂然"句:《周易·革卦·象传》:"大人虎变,其文炳也。"班固《东都赋·宝鼎诗》:"焕其炳兮被龙文。"这句是说"新诗"的文采绚烂。"浑如"句:这句是说夫君浑然不悟。

〔7〕逸响:飘逸超群的乐声。薄:迫,近。飞薄梁尘:形容乐声美妙动人。《艺文类聚》卷四十三引刘向《别录》云:"汉兴以来,善雅歌者,鲁人虞公,发声清哀,盖动梁尘。"精爽:这里指音乐的神妙。眇眇:指精微。

〔8〕促席:古人席地而坐,把坐席互相移近。曰"促席"。翻翻:意同"翩翩",往来的样子。

〔9〕要:约的意思。这句说要求你永久记住一句话。

〔10〕初醮结发:醮(jiào 较),古代婚礼时,双方父亲各自给新郎和新娘斟酒。结发:古人成年时要结发。相传为苏武所作的《留别妻》诗:"结发为夫妻"。这句是说希望丈夫长保新婚时的感情。胡越:本指远在南方(越)和北方(胡)的少数民族地区。这里代指恩情隔绝。

〔11〕穆:和好。

〔12〕原:推究、测度。

〔13〕革御:指改变节令。景:指太阳。回:转向。

〔14〕孤虚:古代人迷信某些时日出生的人,命属"孤"、"虚",就命运不好。

〔15〕姝:各本一作"珠",一作"殊"。按此诗文义,似作"殊"为佳。

《诗经·小雅·斯干》写到"乃生男子"时云"其泣喤喤,朱芾斯皇,家家君王",正指"男儿堕地称殊"。"殊",有特出之意。《乐府古辞·陌上桑》:"皆言夫婿殊"。

〔16〕"顾绣领"二句:是说绣衣领子上被阳光照射发出光辉,但太阳下山后光彩就减弱,形容年光消逝,容貌即随着衰歇。

〔17〕"影欲"二句:这两句承上"君如影兮随形"而来,以"影"喻夫,以"形"自喻。往思,指往日情义。

〔18〕丹青:指女子的心意如图画(丹青)一样清楚明白。倾:倾斜。这里指变心。

秋胡行[1](二首选一)

(西晋)傅玄

其二

秋胡纳令室[2],三日官他乡。皎皎洁妇姿,泠泠守空房[3]。燕婉不终夕,别如参与商[4]。忧来犹四海,易感难可防。人言生日短,愁者苦夜长。百草扬春华,攘腕采柔桑[5]。素手寻繁枝,落叶不盈筐[6]。罗衣翳玉体,回目流采章[7]。君子倦仕归,车马如龙骧[8]。精诚驰万里,既至两相忘。行人悦令颜,借息此树旁。诱以逢卿喻,遂下黄金装[9]。烈烈贞女忿,言辞厉秋霜。长驱及居室,奉金升北堂。母立呼妇来,欢情乐未央。秋胡见此妇,惕然怀探汤[10]。负心岂不惭,永誓非所望[11]。清浊为异源,凫凤不并翔[12]。引身赴长流[13],果哉洁妇肠。彼夫既不淑,此妇亦太刚。

〔1〕《秋胡行》:《相和歌辞·清调曲》之一。此曲大约即由"秋胡戏妻"故事得名,但古辞已佚。曹操、曹丕等人所作,只是仿其曲调,内容与秋胡无关。现今所见乐府诗中咏秋胡故事的,以傅玄此首为最早。此诗据《乐府诗集》卷三十六所载,凡二首,但《玉台新咏》只采第二首(题为《和班氏诗》),其实傅诗确以第二首为好,所以选取此首。此诗与后来颜延之的《秋胡行》各有所长,但颜诗似更细致而华丽,所以《文选》仅取颜作,而颜诗传诵程度也超过了此诗。

〔2〕令:善,美好。室:妻室。

〔3〕皎皎:洁白。洁妇:贞洁的妇女。泠泠(líng 铃):清凉。这里引申为寂寞凄凉。

〔4〕燕婉:指夫妻恩爱。参与商:天上的两颗星,参星出现时,商星就见不到,反之亦然。古人常用此表示阔别。

〔5〕攘腕:伸出手腕。柔桑:柔嫩的桑叶。《诗经·豳风·七月》:"爰求柔桑。"

〔6〕不盈筐:不满筐。《诗经·周南·卷耳》:"不盈倾筐。"

〔7〕翳(yì 益):遮盖。采章:文采。此处形容目光的娟好。

〔8〕龙骧(xiāng 襄):像龙飞腾一样快。

〔9〕逢卿喻:据《列女传》载,秋胡曾对妻子说"力田不如逢少年,力桑不如见公卿"。遂下黄金装:指取下行装中的黄金相赠。

〔10〕惕(tì 替):小心谨慎。探汤:手伸进烫水中。比喻戒惧之意。

〔11〕"永誓"句:誓称不敢抱这希望。

〔12〕"凫凤"句:清吴兆宜《玉台新咏注》以为"凫"当作"枭",其实不必改字。"凫"是野鸭,不足与凤凰相比。

〔13〕长流:河水。

饮马长城窟行[1]

(西晋)傅玄

青青河边草,悠悠万里道。草生在春时,远道还有期。春至草不生,期尽叹无声[2]。感物怀思心,梦想发中情[3]。梦君如鸳鸯,比翼云间翔。既觉寂无见,旷如参与商[4]。河洛自用固,不如中岳安[5]。回流不及反,浮云往自还[6]。悲风动思心,悠悠谁知者。悬景无停居,忽如驰驷马[7]。倾耳怀音响[8],转目泪双堕。生存无会期,要君黄泉下[9]。

〔1〕《饮马长城窟行》:这首傅玄的拟作,显然是取古辞《饮马长城窟行》的用意,与陈琳之作不同。在《乐府诗集》所录的后人拟作中,效法古辞的较少。傅玄的乐府诗中,写妇女生活的较多,此诗亦属这一类。诗中"旷如参与商"下面,《玉台新咏》卷二所录,多出"梦君结同心,比翼游北林;既觉寂无见,旷如商与参"四句。但意思与前四句重复。今从《乐府诗集》。

〔2〕"远道"句:去远处的人本来约定归期。声:音讯。这四句是说正如春天一到,草就会生长,到了约定的日期本想征人就会归来。谁知征人到期不归;正如春天到了草不生长一样不可理解。

〔3〕"梦想"句:因心中想念而发于梦想。

〔4〕参与商:见前《豫章行苦相篇》注〔9〕。

〔5〕"河洛"二句:河洛指黄河与洛水,这两条河虽长存不变,但水还是流动的,不及中岳(嵩山)这样安稳不变。

〔6〕回流:旋转的流水。反:同"返"。这两句说旋涡的水虽回转仍流去不归,倒不如浮云,飘走了有时还能飘回来。

〔7〕悬景:挂在天上的太阳。忽如驰驷马:像奔驰的马那样迅速流逝。

〔8〕怀音响:怀念其人的声音,实即想念他。

〔9〕黄泉下:指死后。这四句说侧着耳朵听征人归来的音讯,却无所闻,伤心落泪。预料活着无法相见,只能期待死后相见。

放歌行[1]

(西晋)傅玄

灵龟有枯甲,神龙有腐鳞[2]。人无千载寿,存质空相因[3]。朝露尚移景,促哉水上尘[4]。丘冢如履綦,不识故与新[5]。高树来悲风,松柏垂威神[6]。旷野何萧条,顾望无生人。但见狐狸迹,虎豹自成群。孤雏攀树鸣,离鸟何缤纷[7]。愁子多哀心,塞耳不忍闻。长啸泪雨下,太息气成云[8]。

〔1〕《放歌行》:《相和歌辞·瑟调曲》之一。据《乐府诗集》引《歌录》,则此曲实即《孤儿行》的别名。这首傅玄的拟作是哀叹人生短促,对死者表示哀悼,与《孤儿行》不大一样。至于后来鲍照等人的《放歌

行》,写的又是仕途中人对待官爵的问题,与此诗也不相同。

〔2〕"灵龟"句:指卜筮用的灵龟已只剩枯甲,言其已死。"神龙"句:也是说龙亦有死。腐鳞就是死的意思。

〔3〕质:指躯体。司马迁《报任安书》:"若仆大质已亏损矣。"因:依也。这句说躯体虽暂时存在,也只是徒然寄托着一样。

〔4〕移景:日光移动。这两句说朝露尚待太阳移照到那里才消失,而人生却如水上的尘土一样瞬间就落入水中。

〔5〕履:鞋。綦(qí 其):鞋带。这两句说冢墓相连,如同鞋与鞋带那样紧挨着,分辨不出新坟与旧坟。

〔6〕"松柏"句:松柏本是古人种在坟地上的树木,大风吹来,更显出死亡的恐怖。

〔7〕离鸟:离群的鸟。缤纷:繁乱。

〔8〕太息:同"叹息"。这两句写心怀愁思的人见此景象十分伤心。

白杨行[1]

(西晋)傅玄

青云固非青,当云奈白云。骥从西北驰来,吾何忆。骥来对我悲鸣,举头气凌青云,当奈此骥正龙形。踠足蹉跎长坡下[2]。蹇驴慷忾[3],敢与我争驰[4]。踯躅盐车之中[5],流汗两耳尽下垂。虽怀千里之逸志,当时一得施。白云影影[6],舍我高翔。青云徘徊,戚我愁啼[7]。上昈增崖[8],下临清池。日欲西移,既来归君,君不一顾。仰天太息,当用生为青云乎。飞时悲当奈何耶！青云飞乎！

〔1〕《白杨行》:《相和歌辞·瑟调曲》之一。这首诗是借千里马不为人知之苦暗喻不得志。此诗取义自贾谊《吊屈原赋》"骥垂两耳服盐车兮"典。

〔2〕踠(wǎn 宛):屈曲。

〔3〕慷忾(kài 慨):同"慷慨",这里指激昂。

〔4〕我:指骥。

〔5〕踯躅(zhí zhú 职烛):徘徊不进。

〔6〕彯彯(piāo 飘):同"飘飘"。

〔7〕戢(jí 集):停止。

〔8〕眄(miàn 面):看。增崖:同层崖,即高的山崖。

怨歌行朝时篇[1]

(西晋)傅玄

昭昭朝时日,皎皎最明月[2]。十五入君门,一别终华发[3]。同心忽异离,旷如胡与越[4]。胡越有会时,参辰辽且阔[5]。形影无仿佛,音声寂无达。纤弦感促柱,触之哀声发[6]。情思如循环,忧来不可遏。涂山有馀恨[7],诗人咏《采葛》[8]。蜻蛚吟床下[9],回风起幽闼[10]。春荣随路落,芙蓉生木末[11]。自伤命不遇,良辰永乖别。已尔可奈何[12],譬如纨素裂。孤雌翔故巢,星流光景绝。魂神驰万里,甘心要同穴[13]。

〔1〕《怨歌行朝时篇》:此诗显然取班婕妤《怨歌行》而加以发挥。但写的是民间弃妇的生活。"朝时篇"当取首句中二字作为篇名。

〔2〕朝时:早上。这两句用日月的光明形容自己的心迹。

〔3〕华发:同"花发",即初生白发。

〔4〕旷:远隔。

〔5〕参辰:指参星与辰星,两星此升彼落,永不相遇。

〔6〕纤弦:纤细的琴弦。这两句意指弹琴时扣动接近琴柱处,声音显得急促,因此使人悲怆。

〔7〕涂山:据说禹娶于涂山氏,禹因出门治水,涂山氏想念他,派妾在涂山之阳等他,作歌云:"候人兮猗。"见《吕氏春秋·音初》。

〔8〕采葛:语出《诗经·王风·采葛》:"彼采葛兮,一日不见,如三月兮。"

〔9〕蜻蛚(jīng liè 精列):蟋蟀。

〔10〕回风:旋转的风。

〔11〕春荣:春天的花。芙蓉:荷花。木末:树顶上。屈原《九歌·湘君》:"搴芙蓉兮木末。"

〔12〕已尔:完了。

〔13〕要:约。同穴:死后合葬。

秦女休行[1]

(西晋)傅玄

庞氏有烈妇,义声驰雍凉[2]。父母家有重怨,仇人暴且强。

虽有男兄弟,志弱不能当。烈女念此痛,丹心为寸伤[3]。外若无意者,内潜思无方。白日入都市,怨家如平常[4]。匿剑藏白刃,一奋寻身僵[5]。身首为之异处,伏尸列肆旁[6]。肉与土合成泥,洒血溅飞梁。猛气上干云霓,仇党失守为披攘[7]。一市称烈义,观者收泪并慨忼。百男何当益,不如一女良。烈女直造县门,云父不幸遭祸殃。今仇身以分裂,虽死情益扬。杀人当伏法,义不苟活隳旧章[8]。县令解印绶,令我心伤不忍听[9]。刑部垂头塞耳,令我吏举不能成[10]。烈著希代之绩[11],义立无穷之名。夫家同受其祚[12],子子孙孙,咸享其荣。今我弦歌,吟咏高风,激扬壮发悲且清。

〔1〕《秦女休行》:这是傅玄拟左延年《秦女休行》之作,疑庞娥是当时实有其人,因与秦女休故事相似,所以傅玄仿左诗另作此篇加以歌颂。

〔2〕雍凉:古代的州名,即雍州和凉州。在今陕西、甘肃一带。

〔3〕丹心:红心。寸伤:伤心而寸断,形容痛苦。

〔4〕无方:形容思虑之深。如平常:不防备,像往时一样。

〔5〕奋:勇猛一击。寻:马上。这句指庞娥奋身挺剑,怨家立即倒毙。

〔6〕肆:店铺。

〔7〕干:犯,直冲。披攘:同披靡,惊惶奔乱。

〔8〕隳(huī挥):破坏。

〔9〕绶:印带。这两句说县令解去印绶,自称不忍听此事,表示不愿把庞娥治罪。

〔10〕举:举发犯人罪行。

〔11〕希代:即"希世",世所少有。

〔12〕祚(zuò 作):福佑。

吴楚歌[1]

(西晋)傅玄

燕人美兮赵女佳,其室则迩兮限层崖[2]。云为车兮风为马,玉在山兮兰在野。云无期兮风有止,思心多端兮谁能理。

〔1〕《吴楚歌》:《玉台新咏》卷九作《燕人美篇》;《乐府诗集》卷八十三作《吴楚歌》,以为是《杂歌谣辞》。
〔2〕其室则迩:语出《诗经·郑风·东门之墠(shàn 善)》:"其室则迩,其人则远。"层崖:高的山崖。

明月篇[1]

(西晋)傅玄

皎皎明月光,灼灼朝日晖。昔为春蚕丝,今为秋女衣。丹唇列素齿,翠彩发蛾眉[2]。娇子多好言,欢合易为姿。玉颜盛有时,秀色随年衰。常恐新间旧,变故兴细微[3]。浮萍本无根,非水将何依。忧喜更相接,乐极还自悲。

217

〔1〕《明月篇》:这首诗写妇女担心年老色衰。
〔2〕翠彩:青色颜料,古人用以画眉。
〔3〕"变故"句:因小事而引起变故。

轻薄篇[1]

(西晋)张华[2]

末世多轻薄,骄代好浮华。志意既放逸,资财亦半奢。被服极纤丽,肴膳尽柔嘉。僮仆馀粱肉,婢妾蹈绫罗。文轩树羽盖,乘马鸣玉珂[3]。横簪刻玳瑁,长鞭错象牙[4]。足下金镶履,手中双莫邪[5]。宾从焕络绎,侍御何芳蕤[6]。朝与金张期,暮宿许史家[7]。甲第面长街,朱门赫嵯峨。苍梧竹叶清,宜城九酝醝[8]。浮醪随觞转,素蚁自跳波[9]。美女兴齐赵,妍唱出西巴[10]。一顾倾城国,千金不足多。北里献奇舞,大陵奏名歌[11]。新声逾《激楚》,妙妓绝阳阿[12]。玄鹤降浮云,鳣鱼跃中河[13]。墨翟且停车,展季犹咨嗟[14]。淳于前行酒,雍门坐相和[15]。孟公结重关,宾客不得蹉[16]。三雅来何迟,耳热眼中花[17]。盘案互交错,坐席咸喧哗。簪珥或堕落,冠冕皆倾邪。酣饮终日夜,明灯继朝霞。绝缨尚不尤,安能复顾他[18]。留连弥信宿[19],此欢难可过。人生若浮寄,年时忽蹉跎。促促朝露期,荣乐遽几何。念此肠中悲,涕下自滂沱。但畏执法吏,礼防且切磋[20]。

〔1〕《轻薄篇》:这是揭露富贵人家的奢侈享乐生活之诗。西晋初年统治者安于逸乐享受,这在《晋书》和《世说新语》等书中多有记载。张华此诗写的就是这一现实。

〔2〕张华(232—300):字茂先,范阳方城(今河北固安人)。仕魏,为太常博士、中书郎等职,曾以《鹪鹩赋》为阮籍所称赏。入晋,为中书令,力主灭吴。惠帝时官至司空,辅政,后为赵王司马伦所害。著有《博物志》,明人辑有《张司空集》。

〔3〕文轩:装饰文采的车子。珂(kē苛):一种玉。

〔4〕错:镶嵌。

〔5〕金镈履:即以金箔装饰的鞋。"镈"同"箔"。莫邪:宝剑名。

〔6〕芳靡:体态艳丽,服饰华美。

〔7〕金张:指西汉金日䃅(mì dī密低),张安世二人,世代贵显。许史:指西汉宣帝祖母史氏和妻族许氏,世代贵显。这两句是说轻薄子们来往于权贵、外戚之门。

〔8〕苍梧:郡名,在今广西一带。竹叶青:酒名。宜城:地名在今河南。九醖醝(cuō搓):酒名。

〔9〕醪(láo牢):醇酒。素蚁:浮在酒上的白色渣滓。

〔10〕西巴:今四川东部叫"巴",当地歌曲很有名。因在巴山之西,故称"西巴"。

〔11〕北里:商纣时有北里之舞,是靡靡之音,见《史记·殷本纪》。大陵:据《史记·赵世宗》载,赵武灵王游大陵,曾梦见一个女子唱歌。

〔12〕《激楚》:古代曲名。阳阿:古代名娼。

〔13〕玄鹤:据《韩非子·十过篇》载,晋平公使师旷奏乐,就有玄鹤飞来,后引来大风及灾难。鲟(xún浔):即"鲟",鱼名。这句用《荀子·劝学篇》"昔瓠巴鼓瑟而沉鱼出听"的典故。

219

〔14〕墨翟:墨子。展季:即柳下惠。《墨子》有《非乐篇》;柳下惠据《毛诗·小雅·巷伯传》载,他见女色而不动心。这里反用其意,说墨翟和柳下惠都要停车欣赏、称叹不已。

〔15〕淳于:指战国人淳于髡,《史记·滑稽列传》载他曾向齐王讲侍宴时"奉觞上寿"之语。雍门:据《说苑·善说篇》载,雍门君曾弹琴使孟尝君大哭。

〔16〕孟公:指西汉陈遵,字孟公,性嗜酒,请客时关了门,客人不醉不准回去。蹉:通过。

〔17〕三雅:古代的爵杯。据《太平御览》卷八四五引曹丕《典论》说,刘表有三个爵杯,大的叫"伯雅",中的叫"仲雅",小的叫"季雅"。这两句说喝醉了耳热眼花。

〔18〕绝缨:指楚庄王夜间饮酒,卫士调戏侍女,侍女摘去他的冠缨。事见《说苑》及《韩诗外传》。尤:怪罪。

〔19〕信宿:一宿叫宿,再宿叫信。

〔20〕切磋:商讨,研究。这两句是叫人好好考虑不要犯礼法。

游侠篇

(西晋)张华

翩翩四公子[1],浊世称贤明。龙虎方交争,七国并抗衡[2]。食客三千馀,门下多豪英。游说朝夕至,辩士自从横[3]。孟尝出东关,济身由鸡鸣[4]。信陵西反魏,秦人不窥兵[5]。赵胜南诅楚,乃与毛遂行[6]。黄歇北适秦,太子还入荆[7]。

220

美哉游侠士,何以尚四卿。我则异于是,好古师老彭[8]。

〔1〕四公子:指战国时孟尝君、平原君、信陵君和春申君。

〔2〕七国:指战国七雄。

〔3〕从横:指无拘束地逞其才能。

〔4〕"孟尝"句:指孟尝君出函谷关,依靠门客学鸡啼声,关吏才开关放行。

〔5〕"信陵"句:信陵君救赵后,留居赵国,后秦攻魏急,魏王召信陵君归,秦兵不敢再伐魏。

〔6〕赵胜:即平原君。秦兵攻赵都邯郸,平原君至楚求救,靠毛遂说楚王,楚兵才出动。诅(zǔ 阻):以祸福之言在神前相约结。

〔7〕黄歇:即春申君。他曾游说秦王,使楚太子得以还楚。荆:楚国别名。

〔8〕老彭:古贤人名。《论语·述而》记孔子曾说"窃比我于老彭"的话。

壮士篇[1]

(西晋)张华

天地相震荡,回薄不知穷[2]。人物禀常格,有始必有终[3]。
年时俛仰过,功名宜速崇[4]。壮士怀愤激,安能守虚冲[5]。
乘我大宛马,抚我繁弱弓[6]。长剑横九野,高冠拂玄穹[7]。
慷慨成素霓,啸吒起清风[8]。震响骇八荒,奋威曜四戎[9]。

221

濯鳞沧海畔[10],驰骋大漠中。独步圣明世,四海称英雄。

〔1〕《壮士篇》:这首诗表现了张华建功立业的雄心。属《杂曲歌辞》。

〔2〕"天地"二句:这两句化用贾谊《鵩鸟赋》中"万物回薄兮,振荡相转"句意,是说天地间阴阳二气互相振荡,促使万物循环变化,无有穷尽。

〔3〕"人物"句:意思说人和事物天生有其通常的规律。"始"和"终"包括开端或出生及终了或死亡。

〔4〕俛:同"俯"。"年时"句:人的一生转瞬即会消逝。崇:高盛。"功名"句:应及早建立功名。

〔5〕虚冲:虚静恬淡。

〔6〕大宛:汉时西域国名,出名马,汉武帝派李广利攻大宛,得良马。繁(pó 婆)弱:古代大弓。

〔7〕九野:九天。长剑横九野:此句化用宋玉《大言赋》"长剑耿耿倚天外"句意。玄穹:天空。

〔8〕素霓:见前曹植《五游》注〔3〕。吒(zhà 诈):同"咤",生气大叫。

〔9〕八荒:八方。四戎:四方各国。

〔10〕"濯鳞"句:这句用《庄子·逍遥游》和宋玉《对楚王问》中的大鱼"鲲"(kūn 昆)自比。

王明君[1]

(西晋)石崇[2]

我本汉家子,将适单于庭[3]。辞决未及终,前驱已抗旌[4]。

仆御涕流离,辕马悲且鸣。哀郁伤五内,泣泪沾朱缨[5]。行行日已远,遂造匈奴城。延我于穹庐,加我阏氏名[6]。殊类非所安,虽贵非所荣[7]。父子见陵辱,对之惭且惊[8]。杀身良不易,默默以苟生。苟生亦何聊,积思常愤盈[9]。愿假飞鸿翼,弃之以遐征[10]。飞鸿不我顾,伫立以屏营[11]。昔为匣中玉,今为粪上英[12]。朝华不足欢,甘与秋草并[13]。传语后世人,远嫁难为情[14]。

〔1〕《王明君》:《相和歌辞·吟叹曲》之一。"明君"即昭君。《文选》和《玉台新咏》所载,均附有序言说:"王明君者,本是王昭君,以触文帝讳,故改之。匈奴盛,请婚于汉,元帝以后宫良家子明君配焉。昔公主嫁乌孙(指汉武帝以江都公主嫁西域乌孙国王),令琵琶马上作乐,以慰其道路之思。其送明君,亦必尔也。其造新曲,多哀怨之声,故叙之于纸云尔。"据说在汉代时本有旧曲,但晋乐所奏的这首歌辞是石崇所改写的。

〔2〕石崇(249—300):字季伦,勃海南皮(今属河北)人。初任修武令,迁城阳太守、荆州刺史等职。因劫掠商人致富,生活奢华,曾为西晋权臣贾谧的"二十四友"之一。后为赵王司马伦所杀。有集六卷,今佚。

〔3〕适:去往。单于(chán yú 蝉于):匈奴君主的名号。单于庭:单于会见各部首领及祭祠之处。

〔4〕抗旌:举起旗帜。"辞诀"二句:是说和相送者道别还未结束,前面开道的人已举旗要出发了。

〔5〕五内:五脏(zàng 葬)。朱缨:红色的系冠带子。按:《玉台新咏》作"珠缨",王昭君系女性,恐作"珠"更好。

〔6〕穹庐:游牧民族所住的帐蓬,如今蒙古包。阏氏(yān zhī 烟

223

支）:匈奴君主的妻子称"阏氏"。

〔7〕殊类:不同的种族。这两句说自己不能安于和不同种族的人共居,因此不以"阏氏"的尊号为荣。

〔8〕"父子"二句:匈奴的习俗是父死后儿子以后母为妻。所以说父子都来凌辱自己,对此羞惭且惊惧。

〔9〕"杀身"四句:是说自己下不了杀身的决心,只能沉默苟求生存。但偷生亦非所甘愿,常常积郁着悲愤。

〔10〕遐征:往远方去。这是写昭君幻想乘鸟远飞。

〔11〕伫(zhù 住):长时间站着。屏营:惶恐。

〔12〕英:花。

〔13〕"朝华"二句:是说昔日在汉的荣华已过去,情愿像秋草一样枯死。

〔14〕"远嫁"句:意谓远嫁异乡使人感情上难以自处。

思归引[1]

（西晋）石崇

思归引,归河阳[2],假余翼,鸿鹤高飞翔[3]。经芒阜,济河梁[4],望我旧馆心悦康。清渠激,鱼彷徨,雁惊泝波群相将[5],终日周览乐无方。登云阁,列姬姜[6]。拊丝竹,叩宫商[7]。宴华池,酌玉觞。

〔1〕《思归引》:《文选》石崇《思归引序》:"余少有大志,夸迈流俗,弱冠登朝,历位二十五年,年五十,以事去官。晚节更乐放逸,笃好林薮,

遂肥遁于河阳别业。"据此则此诗当作于石崇五十岁即惠帝元康八年(公元298年)左右。《思归引》在《乐府诗集》中列入《琴曲歌辞》。《琴曲歌辞》是配合古琴演奏时唱的歌词。在《乐府诗集》中凡四卷,收唐虞至隋唐琴曲,其中不少是伪托。其中有蔡琰《胡笳十八拍》一首,多数学者认为非蔡琰作,创作时代难定,故未录。

〔2〕河阳:在洛阳以北,黄河北岸。

〔3〕假:借。这两句说希望借来羽翼,像鸿鹄一样飞回去。

〔4〕济河梁:渡过河桥。

〔5〕群:指雁群。将:扶持。

〔6〕姬姜:周代贵族多姓"姬"和"姜",各国诸侯多娶这二姓。后来代指贵族名家妇女。这里指侍妾。

〔7〕拊(fǔ抚):拍。叩:拍打。宫商:本古代五音中的二音名,这里指乐声。

挽歌[1](三首)

(西晋)陆机[2]

其一

卜择考休贞,嘉命咸在兹[3]。凤驾警徒御,结辔顿重基[4]。龙幰被广柳[5],前驱矫轻旗[6]。殡宫何嘈嘈,哀响沸中闱[7]。闱中且勿喧,听我《薤露》诗[8]。死生各异伦,祖载当有时[9]。舍爵两楹位[10],启殡进灵轜[11]。饮饯觞莫举[12],出宿归无期[13]。帷衽旷遗影,栋宇与子辞[14]。周亲咸奔凑[15],友朋自远来。翼翼飞轻轩,骎骎策素骐[16]。按辔遵长薄,送子长夜台[17]。呼子子不闻,泣子子不知。叹息重榇侧,念我畴昔时[18]。三秋犹足收,万世安可思[19]。殉殁身易亡,救子非所能[20]。含言言哽咽,挥涕涕流离[21]。

〔1〕《挽歌》:陆机所作共三首。《文选》李善注本和《乐府诗集》都以"重阜何崔嵬"为第二首,而"流离亲友思"为第三首;但《文选》六臣注本则以"流离亲友思"列为第二首。胡克家《考异》云:"案:尤(指尤袤)所见不同,以文义订之,当例在上。且此句(指"流离亲友思")与第一首末句相承接,尤非,二本(袁本、茶陵本)是也。查《陆机集》及《诗纪》所载亦同六臣注本。按:这三首诗第一首写出殡前及出殡路上;第二首写在墓地会葬情景;第三首设想死者下葬后的感受和心情。这次序确较顺,故从之。

〔2〕陆机(261—303):字士衡,吴郡吴(今江苏苏州)人,三国时吴国大将陆逊之孙,陆抗之子。陆抗死后,他领父兵,为牙门将。晋武帝太康元年(280)灭吴,陆机退居家乡,闭门读书近十年。后被征至洛阳,为张华所赏识,历任太子洗马、著作郎等职。惠帝时,发生了"八王之乱",陆机依附成都王司马颖,被任平原内史。司马颖派他率兵攻打长沙王司马乂,在河桥战败,为司马颖所杀。陆机诗文以辞藻华丽繁富为特色,与潘岳齐名,是"太康文学"的代表作家。他的诗文据说在梁代有四十七卷,今佚。后人辑为十卷,今人金涛声校点本又附有补遗三卷。

〔3〕卜:占卜吉时。择:选择吉地。考:稽查。休:美好。命:同"名"。古代人婚丧等事都要求吉利,因此对"名"(时日、地名等)很重

视。这两句说经过占卜择定吉祥时地为死者下葬。

〔4〕夙:清早。警:告诫。徒御:为出殡驾车和服役的人。结辔:套好马的笼头和缰绳。顿:停止。重基:指丘山。这两句是写丧家在出殡前的准备。

〔5〕龙幰(huāng荒):画有龙的车帷。广柳:车名。"柳"是聚的意思,指聚有各种饰物的车。

〔6〕矫:同"挢",举起。轻旗:指出殡时所用旗子,上面写有死者姓名,官爵以为标志。

〔7〕殡宫:死者殡殓停柩之处。嘈嘈:人声喧闹。中闱:即"闱中"。"闱"是丧事时所设帷幕,棺柩和死者家属均在"闱中"。棺木将移向墓地,亲属在闱中号哭。

〔8〕《薤露》:古代人送葬唱的挽歌,参见前《薤露》诗。

〔9〕"死生"句:是说死生不同路,终当分别。祖载:"祖"本指出行时祭行道之神。"祖载"指上车出行。这里是说死者终当运往墓地。

〔10〕舍:设置。爵:古代的酒器。两楹位:"楹"是柱子。孔子临死前梦见自己坐于两楹之间受祭奠。他认为殷代制度是设奠于两楹之间,他自己是殷人后代,所以是将死之兆。这里用此典故泛指设奠。

〔11〕輀(ér而):丧车。这句是说灵柩被装上车。

〔12〕饮饯:这里代指用酒食祭奠。觞:酒器。这句是说死者享祭其实并不能饮食。

〔13〕"出宿"句:意谓一去不能复返。

〔14〕帷:帷帐。衽(rèn任):同"袵"。旷:空缺、消失。这两句是写死者影迹已经消失,与居宅分离。

〔15〕周亲:至亲,关系密切的亲属。咸奔凑:都赶来吊唁。

〔16〕翼翼:壮健的样子。轩:车。駸駸(qīn侵):马跑得快的样子。策:驱赶。素骐:白马。

227

〔17〕按辔:控制着马慢慢地走。长薄:杂草丛生的长路。长夜台:指迷信所谓"阴间"。

〔18〕榇(chèn 称):棺材。畴昔:过去。

〔19〕三秋:代指生时的长期别离。《诗经·王风·采葛》:"一日不见,如三秋兮。"这二句是说生时久别尚有相聚之日,死别就不堪设想了。

〔20〕"殉殁"二句:意谓跟随而死很容易,但无益于救死者之亡。

〔21〕"含言"二句:是说想缄口不言而仍哽咽不止;拭去泪水还是流泪不止。

其二

流离亲友思,惆怅神不泰[1]。素骖伫辒轩,玄驷骛飞盖[2]。
哀鸣兴殡宫,回迟悲野外[3]。魂舆寂无响,但见冠与带[4]。
备物象平生,长旐谁为旆[5]。悲风徽行轨,倾云结流蔼[6]。
振策指灵丘,驾言从此逝[7]。

〔1〕"流离"二句:这二句写亲友悲思亡人,在会葬时心情凄苦。

〔2〕素骖:指前往会葬者中亲近者乘素车白马。伫:等待。玄驷:四匹黑马,指关系较疏者的车马。骛:飞奔。飞盖:指车盖。

〔3〕回迟:旋转缓行。"哀鸣"二句:写拉灵柩的车在马的哀鸣中从殡宫出发,在野外悲伤地迟迟行进。

〔4〕魂舆:魂车。古人出殡时,有一辆车陈放死者平时出行的用具,象征他的灵魂乘坐,叫魂车。"冠与带"即死者平时所用。

〔5〕"备物"二句:写会葬者见到"魂车"中物品,宛如平日,而不见其人,但见铭旐飘垂。

〔6〕辙:停止。轨:车。倾云:低斜的云。结:积聚。霭:同霭。带雨的云气。这二句是用写景来衬托出殡时的哀伤情调。

〔7〕灵丘:魂魄归宿的山丘,指坟地。驾:驾车。言:语助词。这二句是说御者驱车前往墓地,死者由此永逝。

其三

重阜何崔嵬,玄庐窜其间〔1〕。旁薄玄四极,穹崇效苍天〔2〕。侧听阴沟涌,卧观天井悬〔3〕。广霄何廖廓,大暮安可晨〔4〕。人往有返岁,我行无归年。昔居四民宅〔5〕,今托万鬼邻。昔为七尺躯,今成灰与尘。金玉昔所佩,鸿毛今不振〔6〕。丰肌飨蝼蚁,妍骸永夷泯〔7〕。寿堂延魑魅,虚无自相宾〔8〕。蝼蚁尔何怨,魑魅我何亲。拊心痛荼毒,永叹莫为陈〔9〕。

〔1〕重阜:重叠的山陵。崔嵬:高峻。玄庐:指坟墓。窜:藏。这二句是说坟墓位于重山之间。

〔2〕旁薄:一作"磅礴",充塞、充满的意思。四极:指东西南北。这是说墓穴中设有山岳江河等各种模型,来象征大地。"穹崇"句:这是指墓穴顶部绘有天象,象征天空。这是古代贵族墓葬的制度。

〔3〕阴沟:即指墓穴中所挖象征江河的沟。涌:涨潮。天井:即墓穴顶部所绘天象。这两句是设想死者有知在墓穴中的感受。

〔4〕广霄:一作"扩宵"。按:"广霄"应指墓穴中所画天象,在死者眼中辽阔的天空怎能再明亮。"扩宵"应指墓穴在封土以后,再不见天日,犹如长夜。二说皆可通。

〔5〕四民:士农工商称"四民",这里代指人类。

〔6〕"金玉"二句：这是说人活着时可以佩挂金玉,死后连鸿毛也举不起来。

〔7〕飨(xiǎng响)：以酒食款待人。这句是说死者肌肤被蝼蚁所食。妍骸：好看的躯体。夷泯：消失。

〔8〕寿堂：寿穴,即墓室。魑魅(chī mèi 痴昧)：山林中的鬼怪。这二句是说死者在冥中只能与鬼怪为友。

〔9〕拊(fǔ 抚)：拍打。荼毒：苦难。这两句写死者在冥间的痛苦心情。

长歌行[1]

(西晋)陆机

逝矣经天日,悲哉带地川[2]。寸阴无停晷,尺波岂徒旋[3]。年往迅劲矢,时来亮急弦[4]。远期鲜克及,盈数固希全[5]。容华夙夜零,体泽坐自捐[6]。兹物苟难停,吾寿安得延。俯仰逝将过,倏忽几何间。慷慨亦焉诉,天道良自然[7]。但恨功名薄,竹帛无所宣[8]。迨及岁未暮,长歌乘我闲[9]。

〔1〕《长歌行》：这是陆机拟《相和歌辞·平调曲》中古辞"青青园中葵"而作。《乐府诗集》卷三十引《乐府广题》认为此诗言人命短促,应当乘闲长歌,与古辞意合。

〔2〕"逝矣"句：是说每天由东向西经天运行的太阳,使时间日益流失。"悲哉"句：是说萦带大地的河川日夜流逝,一去不返,所以可悲。

〔3〕晷(guǐ 鬼)：日影，时间。这两句是承上二句而来，说短短的光阴从不停留，尺寸的波浪岂能自动回流。

〔4〕"年往"二句：是说岁月的过去和到来犹如强弓硬箭的迅速。

〔5〕远期：久远的年命。鲜克及：很少能达到。盈数：这里指百岁之期。希：少。这句是说人很少能活到百岁。

〔6〕"容华"二句：是说人的容颜早晚在凋损，体力和精神也无故而自动消耗。

〔7〕兹物：这里指年命。俛仰：低头抬头之间，喻其短促。焉诉：从何诉说。这六句是说年命本难停留，寿命难于延长，瞬间即逝。对此怨愤也无用，这是自然规律。

〔8〕竹帛：竹简和帛是纸张发明以前写书所用，这里代指史册。宣：这里指记载、流传。这二句说但恨未立功名，不能留名青史。

〔9〕迨(dài 代)及："迨"也是及的意思，这里指及时。岁未暮，年岁尚未晚。这两句是说趁着年岁尚未迟暮，发为长歌来表达自己的情志。

短歌行[1]

(西晋)陆机

置酒高堂，悲歌临觞。人寿几何，逝如朝霜[2]。时无重至，华不再扬。苹以春晖，兰以秋芳[3]。来日苦短，去日苦长[4]。今我不乐，蟋蟀在房[5]。乐以会兴，悲以别章[6]。岂曰无感，忧为子忘[7]。我酒既旨，我肴既臧[8]。短歌有咏，长夜无荒[9]。

〔1〕《短歌行》：这首陆机的拟作，主要是感叹人生短促，当及时行乐。有些句子似有意效法曹操之作。但由于二人身分不同，所以虽也叙友情，却无曹操那种建功立业的雄心。但辞藻显得更为华美。所以《文选》兼取二首，不为无故。

〔2〕"置酒"四句：是说因人寿短促，虽临觞作乐，也只能悲歌慷慨，难以忘忧。

〔3〕华不再扬：指花不能再开放。蘋：一种水草，春天生长。这四句用植物的只能一时美好比喻人生无常。

〔4〕来日：指自己一生剩下的日子。去日：指已过去的日子。

〔5〕"今我"二句：借用《诗经·唐风·蟋蟀》："蟋蟀在堂，岁聿其莫。今我不乐，日月其除。"《诗经》原意在教人及时依礼制适当取乐，陆机亦取此意。

〔6〕"乐以"二句：说因与友人相会而乐，以分别而悲哀。

〔7〕"岂曰"二句：是说哪里会没有感触，只是因见到您（朋友）而忘却忧烦了。

〔8〕旨：美好。臧：好。这两句原出《诗经·小雅·頍弁（kuǐ biàn傀变）》。只是改"尔"为"我"。

〔9〕"短歌"二句：意思说吟咏短歌，及时取乐而不致荒乱。与《诗经·蟋蟀》中的"好乐无荒"同意。

苦寒行[1]

（西晋）陆机

北游幽朔城，凉野多险艰[2]。俯入穹谷底，仰陟高山盘[3]。凝冰结重涧,积雪被长峦[4]。阴云兴岩侧,悲风鸣树端。不睹白日景,但闻寒鸟喧。猛虎凭林啸,玄猿临岸叹。夕宿乔木下,惨惨恒鲜欢。渴饮坚冰浆,饥待零露餐。离思固已久,寤寐莫与言[5]。剧哉行役人,慊慊恒苦寒[6]。

〔1〕《苦寒行》:此诗为拟曹操之作。故亦称《北上行》。但诗中写的是旅途之苦,与曹操之写行军不完全一样,但辞藻更丰繁富。
〔2〕幽朔城:指北方。《文选》李善注引《尚书·尧典》:"宅朔方曰幽都。"按:幽州、朔方皆取此意。凉野:寒凉之地。
〔3〕穹谷:高峻的山谷。盘:安稳的山石。
〔4〕峦:山冈。
〔5〕寤寐:犹言日夜。
〔6〕慊慊(qiàn歉):不满。

折杨柳行[1]

(西晋)陆机

邈矣垂天景,壮哉奋地雷[2]。隆隆岂久响,华华恒西隤[3]。日落似有竟,时逝恒若催。仰悲朗月运,坐观璇盖回[4]。盛门无再入,衰房莫苦阒[5]。人生固已短,出处鲜为谐[6]。慷慨惟昔人,兴此千载怀[7]。升龙悲绝处,葛藟变条枚[8]。寤寐岂虚叹,曾是感与摧[9]。弭意无足叹[10],愿言有馀哀。

〔1〕《折扬柳行》:这首陆机的拟作,主要是感叹人生的短促及对祸福的忧虑。他生当西晋后期政权动乱,变故不断发生之际,因此流露了这种忧生之嗟。

〔2〕邈(miǎo 渺):远。景:太阳。奋地雷:指震动大地的雷声。

〔3〕隆隆:指雷。扬雄《解嘲》:"隆隆者绝。"华华:指光华耀人的太阳。隤(tuí 颓):下坠。

〔4〕璇盖:古人用璇(美玉)作为观察天象的浑天仪,称"璇玑"。璇盖即浑天仪象征天空的部分。这里指天象。回:循环。

〔5〕闿(kǎi 凯):开。这两句说盛的时机无法再次来到,衰运的来到也不必悲叹。

〔6〕鲜(xiǎn 险):少。谐:和谐合意。

〔7〕"慷慨"二句:意为追念古人的事迹,兴起了对千古史事的感叹。

〔8〕升龙:用《史记·封禅书》中典故,说黄帝后来成了仙,天上下来一条龙,黄帝就骑龙上天而去,群臣想攀龙跟着上天,不成,就对天号哭。这里代指君主死去。葛藟:同"葛累",即葛藤。条枚:树的枝干。《诗经·大雅·旱麓》:"莫莫葛藟,施于条枚。岂弟君子,求福不回。"这两句是说一旦旧的君主死去,原来依附他的臣子就会转而去依附新主,正如葛藤到原来缠绕的树倾倒以后,又会改去缠别的树。这里暗用《诗经》后二句的意思,对这种现象表示不满。从这两句看,陆机这首诗与他的《豪士赋序》颇有共通的思想。

〔9〕"寤寐"句:意思说睡着了也在叹息,这并非无因。曾是:竟这样。

〔10〕弭:止息。

234

猛虎行[1]

(西晋)陆机

渴不饮盗泉水,热不息恶木阴[2]。恶木岂无枝,志士多苦心[3]。整驾肃时命,杖策将远寻[4]。饥食猛虎窟,寒栖野雀林[5]。日归功未建,时往岁载阴[6]。崇云临岸骇,鸣条随风吟[7]。静言幽谷底,长啸高山岑[8]。急弦无懦响,亮节难为音[9]。人生诚未易,曷云开此襟[10]。眷我耿介怀,俯仰愧古今[11]。

〔1〕《猛虎行》:这是陆机拟古辞而作,其旨趣与古辞略同。其中"饥食"二句,即化用古辞原文。但这首诗辞藻繁富华美,与古辞的简短质朴很不一样。从诗的内容看来,虽属拟古之作,却颇有真情实感。疑为他入洛后在仕途上遭受一些挫折之后感愤而发。

〔2〕"渴不饮"句:据《文选》李善注引《尸子》,讲到孔子路过名为盗泉之水,口渴却不饮这水,因为名称不好。"热不息"句:据《文选注》载,江邃《文释》曾引《管子》佚文,说正直自重的人不到恶木下面乘凉,何况跟恶人相处。这两句都是强调自尊自爱。

〔3〕"恶木"二句:是说恶木当然也有枝叶可以遮阴,但有志之士有他自守志节的苦心。

〔4〕"整驾"二句:意思说整顿车马以恭奉当时君主的命令,持着马鞭将赴远地。这二句疑即指奉召入洛。

〔5〕"饥食"二句:这两句用古辞原文而删去二"不"字,反用其意,疑指陆机在赵王伦执政时曾任相国参军,赵王伦篡位时又任中书郎之事。

〔6〕日归:指时光流失。岁载阴:古人以秋冬为一年之阴,这里用一年将尽喻自己年岁已将老。

〔7〕崇云:高云。骇:兴起。鸣条:树枝在风中发出的声响。这两句写萧瑟景象以衬托自己的心情。

〔8〕"静言"二句:"静言"二字语出《诗经·邶风·柏舟》:"静言思之。"这里以此表示在幽谷中深思自己的出处,感愤而上到高山上长啸。"岑"是高而小的山峰。

〔9〕急弦:调得很紧的琴弦。懦响:低沉的音响。亮节:坚贞诚信的节操。这两句说正如紧的琴弦不会发出低下之音一样,抱忠信之节的人言必慷慨激昂,所以说"难为音"。

〔10〕襟:胸襟。这二句说人生实在不易,为什么要启出行的心思呢?

〔11〕眷:眷顾。耿介:正直独立的样子。这二句是说想起我平生正直独立的志节,却去出仕,实在有愧古代圣贤的教训。

从军行[1]

(西晋)陆机

苦哉远征人,飘飘穷四遐[2]。南陟五岭巅,北戍长城阿[3]。谿谷深无底,崇山郁嵯峨[4]。奋臂攀乔木,振迹涉流沙[5]。隆暑固已惨,凉风严且苛。夏条焦鲜藻,寒冰结冲波[6]。胡马如云屯,越旗亦星罗[7]。飞锋无绝影,鸣镝自相和[8]。朝餐不免胄[9],夕息常负戈。苦哉远征人,抪心悲如何。

〔1〕《从军行》:此首亦见《文选》。诗的内容显然受左延年影响。后来颜延之也有一首《从军行》,则几乎全仿此篇。

〔2〕飘飘:指行踪飘飘不定。四遐:四方的远处。

〔3〕五岭:即今南岭山脉,在今江西、湖南和广东、广西交界处。阿:曲折的地方。

〔4〕郁:茂盛,这里借以指高大。嵯峨(cuó é矬俄):指山深而又高。

〔5〕振迹:举步。流沙:沙漠。

〔6〕鲜:少。藻:文采。"夏条"句:此句说南方酷热,夏天树木被晒得干枯,很少光采。"寒冰"句:形容北边严寒,连急流也凝冰。

〔7〕胡马、越旗:代指敌军。云屯、星罗:形容其众多。

〔8〕鸣镝:响箭。"飞锋"二句:极写刀光剑影不绝,箭如雨下,声响不断。

〔9〕免胄(zhòu轴):脱下头盔。

豫章行[1]

(西晋)陆机

泛舟清川渚,遥望高山阴[2]。川陆殊途轨,懿亲将远寻[3]。三荆欢同株,四鸟悲异林[4]。乐会良自古,悼别岂独今。寄世将几何,日昃无停阴[5]。前路既已多,后途随年侵。促促薄暮景,疊疊鲜克禁[6]。曷为复以兹,曾是怀苦心。远节婴物浅,近情能不深[7]。行矣保嘉福,景绝继以音[8]。

〔1〕《豫章行》:这首陆机的拟作,是写离别之情和悲叹人命短促、好景不常。后来谢灵运也有一首,用意与此相仿。

〔2〕阴:山的北面叫阴。这两句是说行者即将出发,登舟时遥望山的北面,即所要去的远处。

〔3〕川陆:指水路和陆路。懿亲:关系最近的亲戚。寻:找寻。

〔4〕三荆:一株三枝的荆树,常用以喻指同胞兄弟。《文选》李善注引《古上留田行》:"出是上独西门,三荆同一根生。"这里是指出行者和送别的懿亲本是同一祖先所出。"四鸟"句:据《文选》李善注,此句用《孔子家语》载颜渊语说"回闻完山之鸟生四子焉,羽翼既成,将分乎四海,其母悲鸣而送之,哀声有似于此"云云。这里借喻离别之情。

〔5〕日昃(zè仄):太阳过午后偏西。

〔6〕促促:形容短促。疊疊(wěi委):时光流失的样子。

〔7〕远节:远大的志节。婴:受外物的牵累。近情:情志短浅。

〔8〕景:同"影"。这句是说影响虽已远去,还可通音讯。

董逃行[1]

(西晋)陆机

和风习习薄林[2],柔条布叶垂阴。鸣鸠拂羽相寻,仓鹒喈喈弄音[3],感时悼逝伤心。日月相追周旋,万里倏忽几年。人皆冉冉西迁[4],盛时一往不还,慷慨乖念凄然[5]。昔为少年无忧,常怪秉烛夜游[6]。翩翩宵征何求[7],于今知此有由,但为老去年遒[8]。盛固有衰不疑,长夜冥冥无期[9]。何不驱驰及时,聊乐永日自怡[10],赍此遗情何之[11]。人生居世为安,岂若及时为欢。世道多故万端,忧虑纷错交颜[12],老行及之长叹。

〔1〕《董逃行》:这一首《董逃行》主要是写人生短促,当及时行乐,内容与"古辞"及傅玄之作不同,但它亦用六言句,而且每五句写一层意思,同时转韵,与傅玄之作在形式上相同,可能当时的《董逃行》曾采用过这种形式。

〔2〕习习:和煦舒畅的样子。薄:迫近,这里指吹向。

〔3〕仓鹒:鸟名,即黄莺。

〔4〕冉冉:渐渐地。

〔5〕乖念:想到与自己意志相反。

〔6〕"常怪"句:暗用《古诗十九首·生年不满百》"昼短苦夜长,何不秉烛游"典故。

〔7〕翩翩:快速地行走。宵征:夜间出行。这句是说不了解人们为什么要夜间迅速赶路。

〔8〕遒(qiú 酋):尽。

〔9〕长夜:指人死之后。这句是说死后永无所知。

〔10〕永日:整天。

〔11〕赍(jī 稽):怀抱着。遗情:指遗忘情欲的去向。

〔12〕"忧虑"句:指忧虑交错纵横地出现在脸上。形容忧虑之多。

长安有狭斜行[1]

(西晋)陆机

伊洛有歧路,歧路交朱轮[2]。轻盖承华景,腾步蹑飞尘[3]。鸣玉岂朴儒,冯轼皆俊民[4]。烈心厉劲秋,丽服鲜芳春[5]。余本倦游客,豪彦多旧亲[6]。倾盖承芳讯:"欲鸣当及晨[7]。守一不足矜,歧路良可遵[8]。"规行无旷迹,矩步岂逮人[9]。投足绪已尔,四时不必循[10]。将遂殊涂轨,要子同归津[11]。

〔1〕《长安有狭斜行》:这是陆机的拟作,虽用汉乐府旧题,写的却是西晋的洛阳,并且是自抒怀抱之作。《乐府诗集》卷三十四引《乐府解题》谓:"晋陆机《长安狭斜行》云'伊洛有歧路,歧路交朱轮',则言世路险狭邪僻,正直之士无所措手足矣。"傅刚先生则认为此诗表现了陆机思想的转变,他虽明知"贾谧之门是歧路",但为了建功立业,不妨选择另一条道路,来达到目的(详见《汉魏六朝诗鉴赏辞典》第379—381页,上海辞书出版社本)。

〔2〕伊洛:伊水和洛水,皆河南省的河流名,这里代指洛阳。交:交错来往。朱轮:达官的车辆。古代达官贵人乘坐的车辆,在轮上涂饰红漆,以示身份之高贵。

〔3〕轻盖:古代车的伞顶。华景:绚丽的太阳。"腾步"句:形容贵人们行路飞扬傲慢之态。

〔4〕鸣玉：古代贵族身上都佩有玉器，走路时叮当作响。后来就用"鸣玉"来代指有官爵的人。朴儒：拙朴的儒者。冯轼：即凭轼。轼是古代车子上的横木，可以倚凭。这里代指乘车的人。俊民：俊杰之人。

〔5〕"烈心"二句：是说那些来往于歧路上的贵人，意气严厉，甚于深秋肃杀之气；衣服华丽，比春光还鲜艳。

〔6〕豪：豪杰。彦：美好的古人。

〔7〕倾盖：路上相遇。这二句是说：承蒙"豪彦"们好意相劝说，认为要建功立业就必须抓紧时间。

〔8〕守一：坚持一种道理或原则。矜：取法。"歧路"句：是说不妨遵循歧路，以求达到目的。

〔9〕旷：远。逮：及。这两句说规行矩步就无法赶上别人。

〔10〕投足：插足，置身。绪：事，事实。这两句说事实既已如此（指既已投身于仕途），就不必再像四时代序那样遵循一定的规则。

〔11〕要：约。津：津途，这里指势要之途。《古诗十九首·今日良宴会》："何不策高足，先据要路津。"这两句是说不妨走歧路以达到先据要津的目的，这与走正路实为殊途同归。语出《周易·系辞下》："天下同归而殊途，一致而百虑。"

塘上行[1]

(西晋)陆机

江蓠生幽渚，微芳不足宣[2]。被蒙风雨会，移居华池边[3]。
发藻玉台下，垂影沧浪泉[4]。沾润既已渥，结根奥且坚[5]。
四节逝不处，繁华难久鲜[6]。淑气与时殒，馀芳随风捐[7]。

天道有迁易,人理无常全。男欢智倾愚,女爱衰避妍[8]。不惜微躯退,恒惧苍蝇前[9]。愿君广末光,照妾薄暮年[10]。

〔1〕《塘上行》:这首陆机的拟作,虽写女子之忧虑色衰爱弛,与古辞内容相类,但陆机作为一个吴国旧臣的子孙,来到西晋做官,虽曾得成都王司马颖信任,但终于受到谗毁,被司马颖杀害。这诗恐亦有借女子口吻,以抒写其忧生之嗟。

〔2〕江蓠:一种香草。幽渚:幽静的水边。"微芳"句:微弱的香气不足为大家所知晓。

〔3〕"被蒙"二句:这两句是说因遇风雨的际会,使江蓠的种子被移到了华池的边上。

〔4〕藻:文采,这里指花朵。沧浪:发青的水色。

〔5〕渥:充足的水分。奥:深。

〔6〕"四节"句:四季的逝去不会停留。处:停留。鲜:鲜艳。

〔7〕淑气:温和之气。捐:抛弃,这里指消散。

〔8〕"男欢"二句:这两句是说人们对男子总是喜欢有智慧的人而不喜欢愚笨的;对女子总是喜欢美貌的而不喜衰老的。

〔9〕"恒惧"句:常常怕有进谗言的人来到你面前。"苍蝇"是比喻进谗者。典出《诗经·小雅·青蝇》:"营营青蝇,止于樊。谗人罔极,构我二人。"

〔10〕末光:馀光。此处喻指恩爱。"愿君"二句意谓延长你的恩爱,来爱及我的晚年。

饮马长城窟行[1]

(西晋)陆机

驱马陟阴山[2],山高马不前。往问阴山候,劲虏在燕然[3]。戎车无停轨,旌旆屡徂迁[4]。仰凭积雪岩,俯涉坚冰川。冬来秋未反,去家邈以绵[5]。猃狁亮未夷,征人岂徒旋[6]。末德争先鸣,凶器无两全[7]。师克薄赏行,军没微躯捐[8]。将遵甘陈迹,收功单于旃[9]。振旅劳归去,受爵藁街传[10]。

〔1〕《饮马长城窟行》:这首陆机的拟作主要是写出兵征伐之事,但所写长城的苦寒及征夫思归之情,与陈琳的作品尚有一定的类似之处。陆机写边塞征人的诗还有《苦寒行》、《从军行》等,但此首写到了报国立功的意气,和曹植的《白马篇》、《杂诗》等相近,开了后来边塞诗的先河。

〔2〕阴山:即今阴山山脉,在内蒙古自治区西部。

〔3〕候:边塞前哨的军吏。劲虏:强壮的敌人。燕然:山名。即今杭爱山,在蒙古人民共和国境。汉班固曾作《封燕然山铭》。

〔4〕戎车:兵车。旌旆(pèi 沛):旗子。徂:往,去。这两句写兵车不停前进,主将的营帐(军旗即其标志)也不断地迁徙。

〔5〕"冬来"二句:意为冬日出征,至秋天尚未回归,军人去家日远,道路漫长。

〔6〕猃狁(xiǎn yǔn 险允):古代北方的少数民族,即战国以后的匈奴。亮:的确。夷:平。徒旋:白白地回军。

243

〔7〕末德:德行低下。古人认为对敌国应用仁义感化,不当诉诸武力,故称用兵为"末德"。《庄子·天道篇》:"三军五兵之运,德之末也。"这两句是说既已用兵,就得争先杀敌,手持凶器相遇,双方总有一个要死伤。

〔8〕师克:军队战胜。薄赏行:对战士进行微薄的赏赐。微躯捐:指战士丧失了生命。这两句是说战胜了还有微薄的赏赐,军队溃灭,自己也无法求生。因此不得不争先。

〔9〕甘陈:指西汉的甘延寿和陈汤。他们曾在西域击杀匈奴首领郅支单于,平定康居等国。旃:同"毡",帐幕。单于(chán yú 谗竽):匈奴族君主。"收功"句:指一直攻进单于帐幕,以立大功。

〔10〕振旅:凯旋。藁街:汉代长安街名,是各国来长安朝见的使者住所,故亦成为异域的代名词。藁街传:即扬名异域。

门有车马客行[1]

(西晋)陆机

门有车马客,驾言发故乡。念君久不归,濡迹涉江湘[2]。投袂赴门涂,揽衣不及裳[3]。拊膺携客泣,掩泪叙温凉[4]。借问邦族间,恻怆论存亡[5]。亲友多零落,旧齿皆凋丧[6]。市朝互迁易,城阙或丘荒[7]。坟垄日月多,松柏郁茫茫[8]。天道信崇替,人生安得长[9]。慷慨惟平生,俯仰独悲伤[10]。

〔1〕《门有车马客行》:《相和歌辞·瑟调曲》之一。古辞已佚。《乐

府诗集》卷四十引《古今乐录》曰:"王僧虔《技录》云:《门有车马客行》,歌东阿王《置酒》一篇。"又引《乐府解题》云:"曹植等《门有车马客行》,皆言问讯其客,或得故旧乡里,或驾自京师,备叙市朝迁谢,亲友凋丧之意也。"按:曹植《置酒》,当即《箜篌引》,《乐府诗集》作《野田黄雀行》。今本《曹植集》有《门有万里客行》,内容与《乐府解题》所述不同,疑《乐府解题》有误。但这首陆机之作,则确是这个内容。

〔2〕濡迹:留下踪迹。濡有沾湿意,因为是"涉江湘",故用"濡"字。

〔3〕投袂(mèi妹):甩下衣袖。赴门涂:赶出门口上路。揽衣:整一下衣服。这两句是写作者听说有客人从故乡来,赶快出去相见。

〔4〕拊(fǔ府)膺:拍打胸部。掩泪:擦泪。

〔5〕邦族:乡国和宗族。

〔6〕旧齿:故旧老人。

〔7〕市朝:市集和朝堂。阙:宫门前的两座高楼。城阙:代指建筑物。丘荒:成了丘垄和荒地。

〔8〕郁茫茫:茂盛的一大片。古人在坟地种松柏,所以"松柏郁茫茫"是写坟墓日增。

〔9〕崇替:盛衰。这两句说天道还有盛衰,人生哪得久长。

〔10〕俛仰:同"俯仰",顷刻之间。

梁甫吟[1]

(西晋)陆机

玉衡固已骖[2],羲和若飞凌[3]。四运循环转,寒暑自相承[4]。冉冉年时暮,迢迢天路征[5]。招摇东北指,大火西南升[6]。悲风无绝响,玄云互相仍[7]。丰水凭川结,零露弥天凝[8]。年命特相逝,庆云鲜克乘[9]。履信多愆期,思顺焉足凭[10]。慷慨临川响[11],非此孰为兴。哀吟梁甫颠,慷慨独抚膺[12]。

[1]《梁甫吟》:这首陆机的《梁甫吟》是感叹岁月易过,人生短促,虽然行为正直,仍不免有种种忧患。后来如沈约等人的《梁甫吟》,多取此义。陆机的乐府诗,往往为后来谢灵运等人竭力模仿,这正是萧统《文选》在"乐府"一类中取陆机之作最多的原因。

[2]玉衡:北斗七星的第五星。这里代指斗柄,北斗的柄随着时节的变换,改变其所指方向。骖(cān参):驾三匹马。

[3]羲和:日神的御者,这里代指太阳。凌:升高。

[4]四运:四季。承:接替。

[5]冉冉:逐渐。迢迢:遥远。天路:天象的运行。征:明证。

[6]招摇:即北斗第七星,又名"建星"。招摇指向东北,时节是农历十二月。大火西南升:大火星从西南方升起。农历六月时,大火星在南方正中,入秋后就转向西南角,暑气退去。这两句写时节变换的迅速。

[7]仍:接连不断。

[8]丰:大。凭:满。弥:满,遍。

[9]特:但,只管。庆云:本指一种祥瑞的云气。这里似仅指云。这两句说岁月只管流失,而人要乘云升仙却很难。

[10]履信:实行忠信的道理。愆期:本指失期。《诗经·卫风·氓》:"匪我愆期。"这里似指与期望的相反。"思顺"句:想按正道而行却又哪能靠得住。

[11]临川响:指孔子在水边上的叹息。《论语·子罕》:"子在川上曰:逝者如斯夫,不舍昼夜。"

〔12〕颠:山顶。这两句写作者在梁甫山顶上想到这些,悲愤抚膺地叹息。

驾言出北阙行[1]

(西晋)陆机

驾言出北阙,踯躅遵山陵[2]。长松何郁郁,丘墓互相承[3]。念昔殂没子,悠悠不可胜[4]。安寝重冥庐,天壤莫能兴[5]。人生何期促,忽如朝露凝。辛苦百年间,戚戚如履冰[6]。仁智亦何补,迁化有明征[7]。求仙鲜克仙,太虚安可凌[8]。良会罄美服[9],对酒宴同声[10]。

〔1〕《驾言出北阙行》:据《艺文类聚》卷四十一引本诗前一首为古辞《驱马上东门行》,后一首为鲍照《驱马上东门行》(即《东门行》),而此诗首句有"驱车上东门"五字,疑此首即陆机拟《驱车上东门行》而作。

〔2〕北阙:北面城楼,疑即指上东门,因上东门在洛阳东北角。遵:沿着。

〔3〕郁郁:茂盛的样子。承:连接。

〔4〕殂(cú徂)没子:已死的人。不可胜:指难以克制。这两句说自己想起已死的人时,就悲伤不能自制。

〔5〕重冥庐:非常昏暗的房舍,指坟墓中。天壤:天地。兴:使之起身。

〔6〕戚戚:形容忧伤之多。履冰:站在冰上,喻危险。

〔7〕迁化:事物的变迁,这里指死生。

〔8〕太虚:天空。凌:登上。这句指成仙是不可能的。

〔9〕罄(qìng 庆):用尽。

〔10〕同声:志向相同的人。语出《周易·乾·文言传》:"同声相应,同气相求。"

君子有所思行[1]

(西晋)陆机

命驾登北山,延伫望城郭。廛里一何盛,街巷纷漠漠[2]。甲第崇高闼,洞房结阿阁[3]。曲池何湛湛,清川带华薄[4]。邃宇列绮窗,兰室接罗幕[5]。淑貌色斯升,哀音承颜作[6]。人生诚行迈,容华随年落。善哉膏粱士[7],营生奥且博。宴安消灵根,鸩毒不可恪[8]。无以肉食资,取笑葵与藿[9]。

〔1〕《君子有所思行》:此曲似始于陆机,所以鲍照的拟作称《代陆平原〈君子有所思〉》。今所见陆机、谢灵运、鲍照和沈约的诗都是讲豪华的居室及美女侍奉都不能久,贪图享乐对人有损,要忌盈满、修德行才是君子所当思考的事。

〔2〕廛(chán 缠):人家的居室。漠漠:烟云缭绕。

〔3〕甲第:豪门的第宅。闼(tà 踏):门。洞房:深广的房间。阿(ē 婀):屋的曲檐。阿阁:有曲檐的楼阁。

〔4〕湛湛:清澈。华薄:丛生的花草。

〔5〕邃(suì遂)宇:深幽的屋宇。绮窗:雕饰的窗户。兰室:芳香高雅的居室。

〔6〕色斯:《论语·乡党》云:"色斯举矣,翔而后集。"注:"马(融)曰:见颜色不善,则去之。"后以"色斯"代指离去。升:"举"意。此句意谓美貌女子见主人颜色不对,起身离去。哀音:悲哀的音乐。古人的音乐以悲为美。

〔7〕膏粱士:富贵的人。

〔8〕灵根:生命之根本。鸩(zhèn振):毒酒。恪(kè客):遵守。

〔9〕肉食:吃肉的人,指贵族。这两句是说不要以高贵者的身份,行事取笑于吃葵(菜名)与藿(豆子)的平民。这是告诫的话。

悲哉行[1]

(西晋)陆机

游客芳春林,春芳伤客心[2]。和风飞清响,鲜云垂薄阴[3]。蕙草饶淑气[4],时鸟多好音。翩翩鸣鸠羽,喈喈仓庚音[5]。幽兰盈通谷,长莠被高岑[6]。女萝亦有托,蔓葛亦有寻[7]。伤哉客游士,忧思一何深。目感随气草,耳悲咏时禽。寤寐多远念,缅然若飞沉[8]。愿托归风响,寄言遗所钦[9]。

〔1〕《悲哉行》:《乐府诗集》卷六十二引《歌录》说是曹睿始作此曲。陆机拟作写游人目睹春景而产生的感叹,后来作者如谢灵运、谢惠连、沈约之作皆仿此意。

〔2〕"春芳"句：指春天的花香反而引起了游人的思乡之情。

〔3〕鲜云：稀淡的云。薄阴：轻微的荫影。

〔4〕淑气：春天的祥和之气。

〔5〕鸣鸠羽：鸣鸠，鸟名。《礼记·月令》："季春之月，鸣鸠拂其羽。"喈喈（jiē 皆）：鸟声。仓庚：鸟名，即黄莺。

〔6〕莠（yǒu 有）：草名，俗称狗尾巴草。岑：小而高的山。

〔7〕女萝：一种攀援树木生长的植物。蔓葛：蔓生的葛，一种草本植物。

〔8〕寤（wù 悟）：睡醒。寐（mèi 妹）：睡着。缅（miǎn 免）然：遥远。这两句说自己与故乡远别，想起故乡好比高飞与下沉那样越来越遥远。

〔9〕归风：吹向故乡的风。遗（wèi 慰）：赠送。遗所钦：送信给我所敬重的人。

齐讴行[1]

（西晋）陆机

营丘负海曲，沃野爽且平[2]。洪川控河济，崇山入高冥[3]。东被姑尤侧，南界聊摄城[4]。海物错万类[5]，陆产尚千名。孟诸吞楚梦，百二侔秦京[6]。惟师恢东表，桓后定周倾[7]。天道有迭代，人道无久盈。鄙哉牛山叹，未及至人情[8]。爽鸠苟已徂，吾子安得停[9]。行行将复去，长存非所营。

〔1〕《齐讴行》：这首诗是写齐地的风土。据《汉书·礼乐志》，汉代时就有唱齐歌的乐人六员。此诗可能是借齐讴来箴诫当时掌权的齐王

司马冏。

〔2〕营丘:齐太公被封的地方,故地在今山东临淄县西北。负:背负。海曲:海边。爽:即爽垲(kǎi凯),干燥。

〔3〕洪川:大河。高冥:天空。

〔4〕姑尤:姑水和尤水。都在城阳郡(今山东青岛市西)。聊:今山东聊城。摄:古地名,在今聊城东北。

〔5〕错:交错。

〔6〕孟诸:古大泽名,在今山东、河南交界处。楚梦:楚国的大泽云梦,在今湖北南部及湖南北部一带。司马相如《子虚赋》:"吞若云梦者八九。"百二:《史记·高祖本纪》:"秦,形胜之国,带河山之险,县隔千里,持戟百万,秦得百二焉。""百二"指二万人足当敌人百万。齐地则据云"得十二焉",即二万人足拒十万。这里用典略变其意。

〔7〕惟师:指姜太公。《诗经·大雅·大明》:"维师尚父。""尚父"即太公。东表:《左传·襄公二十九年》:吴季札说齐国"表东海",这里用此典。桓后:指齐桓公。定周倾:扶助周朝的衰弱。

〔8〕牛山叹:指齐景公登牛山,悲叹人要死亡。晏子进谏事。事见《左传·昭公二十年》。至人:《庄子》中对高尚道德的人称"至人"。

〔9〕爽鸠:即爽鸠氏。传说中古代的部族名。停:留下。这里指长生不死。

吴趋行[1]

(西晋)陆机

楚妃且勿叹,齐娥且莫讴。四坐并清听,听我歌吴趋。吴趋

251

自有始,请从阊门起[2]。阊门何嵯峨,飞阁跨通波[3]。重栾承游极,回轩启曲阿[4]。蔼蔼庆云被,泠泠祥风过[5]。山泽多藏育,土风清且嘉。泰伯导仁风,仲雍扬其波[6]。穆穆延陵子,灼灼光诸华[7]。王迹隤阳九,帝功兴四遐[8]。大皇自富春,矫手顿世罗[9]。邦彦应运兴,灿若春林葩[10]。属城咸有士,吴邑最为多。八族未足侈,四姓实名家[11]。文德熙淳懿,武功侔山河[12]。礼让何济济,流化自滂沱[13]。淑美难穷纪,商榷为此歌[14]。

〔1〕《吴趋行》:这是吴人歌唱本地风土之歌。《乐府诗集》卷六十四说"趋,步也",恐非。"趋"当是歌曲名。《宋书·乐志》讲到《相和歌辞·大曲》说:"前有艳,后有趋。"疑即指一种曲调。

〔2〕阊门:苏州城的西门。

〔3〕通波:河流。

〔4〕栾:梁上横木。极:梁。这句形容阊门城楼的构造精致。"回轩"句:曲折相连的窗子,开在楼阁的四周。

〔5〕泠泠(líng铃):声音清越。

〔6〕泰伯:吴国的建立者,周朝太王(文王的祖父)之长子。仲雍:太王次子。二人因避位以让王季,逃到吴地。

〔7〕穆穆:恭敬。延陵子:指春秋时吴国贤人公子季札,他被封于延陵。灼灼:有光采。诸华:中原各国。

〔8〕王迹:指东汉的皇统。隤:毁坏。阳九:古人认为"阳九"是厄运之年。《汉书·律历志上》:"初入元,百六,阳九;……往岁四千五百六十,灾岁五十七。"这句指东汉衰亡。帝功:指孙权的功业。孙权谥为"吴大帝"。四遐:遥远的四方。

〔9〕富春:今浙江富阳。矫手:举手。顿世罗:整治世上的伦纲。

〔10〕邦彦:一国之美士。葩:花朵。

〔11〕八族:指中原的陈、桓、吕、窦、公孙、司马、徐、傅八族。四姓:指吴地的朱、张、顾、陆四姓。

〔12〕熙:兴盛。淳:平和朴厚。懿:美好。侔:等同。

〔13〕济济:礼仪兴盛的样子。滂沱:充沛的样子。

〔14〕商榷:度量一个大概的情况。

前缓声歌[1]

(西晋)陆机

游仙聚灵族,高会曾城阿[2]。长风万里举,庆云郁嵯峨。宓妃兴洛浦,王韩起太华[3]。北征瑶台女,南要湘川娥[4]。肃肃霄驾动,翩翩翠盖罗[5]。羽旗栖琼鸾,玉衡吐鸣和[6]。太容挥高弦,洪崖发清歌[7]。献酬既已周,轻举乘紫霞。总辔扶桑枝,濯足旸谷波[8]。清辉溢天门,垂庆惠皇家[9]。

〔1〕《前缓声歌》:曲名。《乐府诗集》卷六十五说到"缓声"是说歌声的速度较慢。后人又有《后缓声歌》、《缓声歌》等歌辞。

〔2〕灵族:各方神仙。曾城:神话中昆仑墟的高城,凡九层,高万里以上,乃神仙所居。阿:山陵曲折处。

〔3〕宓妃:洛水女神名。洛浦:洛水边上。王韩:传说中的仙人名。太华:山名,即华山。

〔4〕瑶台女:即有娀(sōng嵩)氏,商代祖先契(xiè泻)的母亲。《楚辞·离骚》:"望瑶台之偃蹇兮,见有娀之佚女。"要:约。湘川娥:即湘君和湘夫人,尧女舜妻,死为湘水之神。

〔5〕肃肃:谨慎的样子。霄驾:在云中行驶的车辆。翠盖:以翠鸟羽装饰的车盖。

〔6〕琼鸾:美玉做的铃。因制成鸾鸟状,故用"栖"字。

〔7〕太容:黄帝的乐官。挥高弦:指弹琴。洪崖:古代传说中的仙人。见《神仙传》。

〔8〕总:聚束。辔:马络头。这里指拉起马络头。扶桑:神木名。传说日出其下。《离骚》:"饮余马于咸池兮,总余辔乎扶桑。"旸(yáng杨)谷:神话中太阳洗澡的地方。

〔9〕垂庆:神下降的吉庆。

扶风歌[1]

(西晋)刘琨[2]

朝发广莫门,暮宿丹水山[3]。左手弯繁弱,右手挥龙渊[4]。顾瞻望宫阙,俯仰御飞轩[5]。据鞍长叹息,泪下如流泉。系马长松下,发鞍高岳头[6]。烈烈悲风起,泠泠涧水流[7]。挥手长相谢,哽咽不能言。浮云为我结,飞鸟为我旋。去家日已远,安知存与亡。慷慨穷林中,抱膝独摧藏。麋鹿游我前,猴猿戏我侧。资粮既乏尽,薇蕨安可食。揽辔命徒侣,吟啸绝岩中。君子道微矣,夫子故有穷[8]。惟昔李骞期,寄在匈奴庭[9]。忠信反获罪,汉武不见明。我欲竟此曲,此曲悲且长。弃置勿重陈,重陈令心伤。

〔1〕《扶风歌》:晋怀帝永嘉元年(307),刘琨由洛阳前往并州治所晋阳(今山西太原)任刺史,此时黄河以北已几经混战,沿途荒凉。刘琨在诗中写了心中的悲愤之情。本诗《乐府诗集》题为《扶风歌九首》,每四句为一首。《文选》合为一首,今从《文选》。

〔2〕刘琨(271—318):字越石。中山魏昌(今河北无极)人。初任司隶中郎,曾参加贾谊的"二十四友",后任并州刺史。北方沦陷后,他坚持与刘聪、石勒等少数民族军阀斗争,屡遭失败,结果被鲜卑人段匹磾所害。明人辑有《刘越石集》。

〔3〕广莫门:洛阳城的北门有二,靠东的叫"谷门",又称"广莫门"。丹水山:在今山西高平县北。

〔4〕繁弱:弓名。龙渊:宝剑名。

〔5〕御飞轩:驾着飞奔的车。

〔6〕发鞍:卸下马鞍。高岳:高山。

〔7〕冽冽(liè 列):寒冷。泠泠(líng 铃):泉水声。

〔8〕微:衰弱。用《周易·否·象辞》"君子道销"典。夫子:指孔子。《史记·孔子世家》载,孔子在鲁国人猎到麒麟后说:"吾道穷矣!"

〔9〕李骞期:指李陵。李陵出征匈奴,兵败不能及时归来,故这里称"骞期"。"骞"通"愆",即误期。《周易·归妹》:"归妹愆期。"

(三) 东晋南朝乐府民歌

清商曲辞·吴声歌曲[1]

子夜歌[2]（四十二首选二十六）

其一

落日出前门，瞻瞩见子度[3]。冶容多姿鬓[4]，芳香已盈路。

〔1〕《清商曲辞》："清商乐"一名"清乐"。开始时就是《相和歌辞》中的"清调"、"平调"、"瑟调"等曲。其曲辞多为汉魏旧曲及曹操父子祖孙所作。东晋南渡后已经残缺。北魏宣武帝攻下南朝的淮南寿春（今安徽寿县）一带，得到了南朝乐伎，其中有汉魏旧曲，也杂有南朝时产生于江南的吴地及荆襄一带的乐曲，总的叫它们"清商乐"。到隋文帝平陈，收得江南乐伎，称为"清商伎"。这时江南的音乐，大多已属于东晋南朝时产生于长江下游的"吴声歌"和长江中游的"西曲歌"。现在《乐府诗集》所收《清商曲辞》，基本上都是东晋南朝的民歌和文人拟作。"吴声歌曲"即指流行于长江下游今江苏、浙江等地的乐曲。

〔2〕《子夜歌》：《吴声歌曲》的一种。始于晋代，据说有个女子叫"子夜"的制造了这声调。根据《宋书·乐志》，此曲之起应在晋孝武帝太元（376—396）以前。

〔3〕前门：古时房屋多有前后开门的。"前门"亦即前开之门。瞻瞩(zhǔ主)：注视。度：路过。

〔4〕冶容:妆点面貌。

其二[1]

芳是香所为,冶容不敢当。天不夺人愿,故使侬见郎[2]。

〔1〕这首似是女子对答第一首的话。
〔2〕侬(nóng 农):古代吴语的"我"字。郎:本汉代入仕的初级官职,后来用来称呼男子,尤其是情人。

其三

宿昔不梳头[1],丝发被两肩。婉伸郎膝上[2],何处不可怜[3]。

〔1〕宿昔:昨夜。
〔2〕婉伸:余冠英先生认为"婉"同"宛"、"踠"、"蜿",乃屈伸的意思。
〔3〕怜:古人的"可怜"作可爱解释,与现代口语不同。

其六

见娘喜容媚[1],愿得结金兰[2]。空织无经纬,求匹理自难[3]。

〔1〕娘:这里指年轻女子。

〔2〕结金兰:语出《周易·系辞上》:"二人同心,其利断金。同心之言,其臭如兰。"

〔3〕"求匹"句:这句话是双关语。上句说"空织无经纬",因此要织成一匹布帛很难。但"匹"又是配对的意思,暗喻二人成双困难。

其七

始欲识郎时,两心望如一。理丝入残机,何悟不成匹〔1〕。

〔1〕何悟:哪里知道。"理丝"二句:意为把丝放入残破的织机中,织不出成匹的丝绸。

其八

前丝断缠绵〔1〕,意欲结交情。春蚕易感化,丝子已复生〔2〕。

〔1〕前丝断缠绵:丝断了还缠着绵。这是双关语,意为目前的相思关系已断,但情意还缠绵不绝。

〔2〕丝子:当是双关语。"丝"、"思"同音,即"思子"。

其九

今夕已欢别,会合在何时。明灯照空局,悠然未有期〔1〕。

〔1〕空局:空的棋局。期:"棋"的谐音字。

其十

自从别郎来,何日不咨嗟。黄檗郁成林[1],当奈苦心多。

〔1〕黄檗(bò擘):木名,俗称"黄柏",味苦。郁:茂盛。

其十二

朝思出前门,暮思还后渚。语笑向谁道,腹中阴忆汝[1]。

〔1〕阴:私自。

其十三

擥枕北窗卧[1],郎来就侬嬉。小喜多唐突[2],相怜能几时。

〔1〕擥:同"揽"。
〔2〕唐突:无拘束地冒犯。

其十五

郎为旁人取,负侬非一事[1]。攡门不安横,无复相关意[2]。

〔1〕负:辜负。

〔2〕"攡"(lī离):张开。横:门上横木,即门闩。相关意:以"不关门"暗喻对方不再关心自己。

其十六

年少当及时,蹉跎日就老[1]。若不信侬语,但看霜下草。

〔1〕蹉跎(cuō tuó 搓驼):白白地耽误时光。

其十八

常虑有贰意,欢今果不齐[1]。枯鱼就浊水,长与清流乖[2]。

〔1〕贰意:指变心。欢:情人,一般指男子。不齐:不能同心。

〔2〕乖(guāi 掴):分离。这两句用的是比喻:"枯鱼"指负心男子,"浊水"指他的新欢,"清流"是自比。

其二十

感欢初殷勤,叹子后辽落[1]。打金侧玳瑁,外艳里怀薄[2]。

〔1〕辽落:疏远、阔别。

〔2〕玳瑁(dài mào 岱贸):一种爬行动物,似龟,其壳可作装饰品。这两句是用打薄的金箔镶嵌玳瑁,外观很漂亮,其实很薄,暗喻薄情。

其二十一

别后涕流连,相思情悲满[1]。忆子腹糜烂,肝肠尺寸断。

[1] 悲满:疑即"悲懑"。据《广韵·上声二十四缓》,"满"、"懑"和"断"都属一韵。

其二十二

道近不得数,遂致盛寒违。不见东流水,何时复西归[1]。

[1] "不见"二句:按:何逊《临行与故游夜别》诗中"复如东注水,未有西归日"即从这两句化出。

其二十八

夜长不得眠,转侧听更鼓。无故欢相逢,使侬肝肠苦[1]。

[1] 这首诗似写女子失恋后夜半失眠,在转侧地听着一次次更鼓时,想到无故与男子相逢,造成自己目前的"肝肠苦"。

其二十九

欢从何处来,端然有忧色[1]。三唤不一应,有何比松柏[2]。

〔1〕端然:显然。
〔2〕"有何"句:有什么地方能比得上松柏的坚贞。

其三十一

气清明月朗,夜与君共嬉。郎歌妙意曲,侬亦吐芳词[1]。

〔1〕吐:唱出。芳词:美好的歌词。

其三十二

惊风急素柯,白日渐微濛[1]。郎怀幽闺性[2],侬亦恃春容[3]。

〔1〕素柯:沾了霜的树干。微濛:微弱昏暗。
〔2〕幽闺性:似指近于少女的羞涩性格。
〔3〕恃:自矜。春容:美貌。

其三十三

夜长不得眠,明月何灼灼[1]。想闻散唤声,虚应空中诺[2]。

〔1〕灼灼:明亮。
〔2〕散唤声:指他人互相呼唤的声音。"虚应"句:无人呼叫而去应

声相答。

其三十五

我念欢的的[1],子行由豫情[2]。雾露隐芙蓉,见莲不分明[3]。

〔1〕的的:明白。
〔2〕由豫:同"犹豫"。
〔3〕莲:"怜"的谐音。

其三十六

侬作北辰星,千年无转移。欢行白日心,朝东暮还西。

其三十七

怜欢好情怀,移居作乡里[1]。桐树生门前,出入见梧子[2]。

〔1〕乡里:邻居。
〔2〕桐树:指梧桐树。梧子:是"吾子"的谐音。

其四十一

恃爱如欲进,含羞未肯前。口朱发艳歌[1],玉指弄娇弦[2]。

〔1〕口朱:红色的嘴唇。
〔2〕玉指:白嫩的手指。

其四十二

朝日照绮钱[1],光风动纨素。巧笑倩两犀[2],美目扬双蛾[3]。

〔1〕绮钱:宫殿的窗饰。谢朓《直中书省》:"玲珑结绮钱。"
〔2〕倩(qiàn 歉):当作"倩",美好。《诗经·卫风·硕人》:"巧笑倩兮。"两犀:指"瓠犀",瓠瓜的子,比喻牙齿的洁白。同前引诗:"齿如瓠犀。"
〔3〕蛾:指眉毛细长如蚕。同前引诗:"螓首蛾眉。"

子夜四时歌[1]

春歌(二十首选九)

其一

春风动春心,流目瞩山林。山林多奇采,阳鸟吐清音。

267

〔1〕《子夜四时歌》:据《乐府诗集》卷四十四关于《子夜歌》的说明中引《乐府解题》说:"后人更为四时行乐之词,谓之《子夜四时歌》。"这说明是从《子夜歌》中变化而来。

其三

光风流月初,新林锦花舒。情人戏岁月,窈窕曳罗裾[1]。

〔1〕窈窕(yǎo tiǎo杳挑):形容女子的文静和贤淑。裾(jū据):衣服的大襟。

其五

碧楼冥初月[1],罗绮垂新风。含春未及歌,桂酒发清容[2]。

〔1〕冥:幽暗。
〔2〕含春:即"怀春",指女子动了情思。"桂酒"句:指喝了桂酒使脸上露出酒意。

其六

杜鹃竹里鸣,梅花落满道。燕女游春月[1],罗裳曳芳草。

〔1〕燕女:游宴中的女子,即游女。

其七

朱光照绿苑,丹华灿罗星。那能闺中绣,独无怀春情。

其十二

梅花落已尽,柳花随风散。叹我当春年,无人相要唤[1]。

〔1〕要唤:叫唤相约。

其十三

昔别雁集渚,今还燕巢梁[1]。敢辞岁月久,但使逢春阳。

〔1〕雁集渚:指秋天。燕巢梁:指春天。

其十七

朝日照北林[1],初花锦绣色。谁能不相思,独在机中织。

〔1〕"朝日"句:语出曹植《送应氏二首》其一。

其二十

自从别欢后,叹音不绝响。黄檗向春生,苦心随日长。

夏歌(二十首选七)

其一

高堂不作壁,招取四面风。吹欢罗裳开,动侬含笑容。

其二

反复华簟上[1]，屏帐了不施。郎君未可前，待我整容仪。

　　[1] 簟(diàn 殿)：竹席。

其七

田蚕事已毕，思妇犹苦身。当暑理絺服[1]，持寄与行人。

　　[1] 絺(chī 吃)：细葛布。

其八

朝登凉台上，夕宿兰池里。乘月采芙蓉，夜夜得莲子[1]。

　　[1] 莲子："怜子"的谐音。

其十

郁蒸仲暑月[1]，长啸出湖边。芙蓉始结叶，花艳未成莲[2]。

　　[1] 郁蒸：闷热。仲暑：即仲夏，农历五月。
　　[2] 莲："怜"的谐音。

其十四

青荷盖渌水[1]，芙蓉葩红鲜[2]。郎见欲采我，我心欲怀莲[3]。

270

〔1〕渌(lù 录):清澈。
〔2〕葩(bā 巴):花。
〔3〕莲:"怜"的谐音。

其十七

春倾桑叶尽[1],夏开蚕务毕[2]。昼夜理机缚,知欲早成匹。

〔1〕春倾:指春尽。
〔2〕夏开:夏天刚到。

秋歌(十八首选六)

其一

风清觉时凉,明月天色高。佳人理寒服,万结砧杵劳[1]。

〔1〕砧(zhēn 真):捶打东西时垫在下面的石板或石块。杵(chǔ 础):捣衣的木棒。古人衣料一般用麻布,在缝衣之前,先要捶打使之柔软,叫作"捣衣"。诗人们常以砧杵声象征秋天到来。

其二

清露凝如玉,凉风中夜发[1]。情人不还卧,冶游步明月[2]。

〔1〕中夜:半夜。
〔2〕冶游:野游。

其七

秋夜凉风起,天高星月明[1]。兰房竞妆饰,绮帐待双情。

〔1〕"天高"句:此句和谢灵运的《初去郡》中"天高秋月明"句颇相似,未知此诗与谢诗孰先孰后,总之当有影响。

其九

金风扇素节[1],玉露凝成霜[2]。登高去来雁,惆怅客心伤。

〔1〕金风:即秋风。素节:即秋天的节令。古人以五行配四时,秋天为西方,属金,色白。

〔2〕玉露:形容露水色白如玉。

其十一

仰头看桐树,桐花特可怜。愿天无霜雪,梧子解千年[1]。

〔1〕梧子:"吾子"的谐音。解:知道。这句是说对方能知自己的心千年不变。

其十九

秋夜入窗里,罗帐起飘飏。仰头看明月,寄情千里光[1]。

〔1〕千里光:指月光。

冬歌(十七首选八)

其一

渊冰厚三尺,素雪覆千里。我心如松柏,君情复何似。

其三

寒鸟依高树,枯林鸣悲风。为欢憔悴尽,那得好颜容。

其六

昔别春草绿,今还墀雪盈[1]。谁知相思老,玄鬓白发生[2]。

〔1〕墀(chí 迟):台阶。
〔2〕玄鬓:黑色的鬓发。

其十

冬林叶落尽,逢春已复曜[1]。葵藿生谷底,倾心不蒙照[2]。

〔1〕曜:为阳光所照耀。
〔2〕葵藿:向日葵和豆叶。这二句以向日葵和豆叶虽倾心太阳,但生在山谷底部,照不到阳光,比喻情人虽倾心于对方,却不被理解。

其十一

朔风洒霰雨[1],绿池莲水结。愿欢攘皓腕[2],共弄初落雪。

〔1〕朔风:北风。霰(xiàn献):在下雪前或下雪时水气凝成的小冰珠。此句对谢朓《观朝雨》的起句"朔风吹飞雨",似有启发。

〔2〕攘(rǎng嚷):伸出。皓腕:白嫩的手腕。此句似化用曹植《洛神赋》中"攘皓腕于神浒兮"句。

其十三

何处结同心,西陵柏树下[1]。晃荡无四壁,严霜冻杀我[2]。

〔1〕"何处"二句:这两句亦见《杂歌谣辞》中的《苏小小歌》("柏树"作"松柏")。《苏小小歌》据《乐府广题》为南齐时的歌,可能取自此诗。

〔2〕晃荡:指被大风震撼。此诗当为女子回忆与情人初次相约时的情景。一说为写男女在树下幽会之事。

其十四[1]

白雪停阴冈,丹华耀阳林。何必丝与竹,山水有清音。

〔1〕此诗系从晋左思《招隐诗二首》其一中的"白云停阴冈,丹葩曜阳林。石泉漱琼瑶,纤鳞或浮沉。非必丝与竹,山水有清音"(《梁书·昭明太子传》载,萧统引左诗,"非"作"何")等句中截取而成,删去"石泉"二句,又改"云"为"雪","葩"为"华"。疑为乐官删改左诗谱曲,非民歌。

其十六

果欲结金兰,但看松柏林。经霜不堕地,岁寒无异心[1]。

〔1〕这首暗用《论语·子罕》"岁寒,然后知松柏之后凋也"的典故。

子夜四时歌〔1〕

春歌

兰叶始满地,梅花已落枝。持此可怜意,摘以寄心知。

〔1〕《子夜四时歌》:据说是梁武帝萧衍的拟作。《乐府诗集》所录凡七首:《春歌》一首,《夏歌》三首,《秋歌》二首,《冬歌》一首。《玉台新咏》卷十所收要多一些,但这些诗,《乐府诗集》以为是王金珠作。

秋歌(二首选一)

其二

当信抱梁期〔1〕,莫听回风音〔2〕。镜上两人髻〔3〕,分明无两心。

〔1〕抱梁:典见《庄子·盗跖》:"尾生与女子期于梁下,女子不来,水至不去,抱梁柱而死。"期:约会。
〔2〕回风音:据《洞冥记》载,汉武帝宫人丽娟,每次和李延年唱"回风之歌",庭中的花都会落下。

〔3〕两人髻:原作"两入髻",从余冠英先生主持校订本《乐府诗集》改。

大子夜歌[1]（二首）

其一

歌谣数百种,子夜最可怜。慷慨吐清音,明转出自然。

其二

丝竹发歌响,假器扬清音[2]。不知歌谣妙,声势出口心[3]。

〔1〕《大子夜歌》:这也是《子夜歌》的一种变调。
〔2〕"假器"句:借助于乐器发出清妙的声音。
〔3〕"声势"句:声音出口却表现着歌者的内心。

子夜警歌[1]（二首选一）

其一

镂碗传绿酒,雕炉薰紫烟。谁知《苦寒》调,共弄《白雪》弦[2]。

〔1〕《子夜警歌》:《子夜歌》的变调之一。据《乐府诗集》卷四十五引《古今乐录》,这种歌"无送声",与《子夜变歌》不同。《乐府诗集》所收凡二首,第二首与《子夜歌·春歌》第四十一首相同,已见前。

〔2〕《苦寒》:当指《相和歌辞·苦寒行》。《白雪》:曲名。宋玉《对楚王问》中说到歌曲有"阳春白雪"之名;《琴曲歌辞》中有《白雪歌》。

子夜变歌[1](三首)

人传欢负情,我自未常见。三更开门去,始知子夜变[2]。
岁月如流迈,春尽秋已至。荧荧条上花[3],零落何乃驶。
岁月如流迈,行已及素秋。蟋蟀吟堂前[4],惆怅使侬愁。

〔1〕《子夜变歌》:《子夜歌》的变调之一。
〔2〕子夜变:这里是双关语,即"你夜来变心了"。
〔3〕荧荧:指鲜艳有光采。
〔4〕"蟋蟀"句:《诗经·唐风·蟋蟀》:"蟋蟀在堂,岁聿其莫。"此处可能暗用此典。

上声歌[1](八首选六)

其一

侬本是萧草[2],持作兰桂名。芬芳顿交盛,感郎为《上声》。

277

〔1〕《上声歌》:东晋及南朝宋至梁时的歌辞。据《乐府诗集》卷四十五引《古今乐录》说是"因上声促柱得名","谓哀思之音,不及中和"。从第二首(见下)看来,此说似是。

〔2〕萧草:草名,即香蒿。古人不把它当香草看待。《离骚》:"何昔日之芳草兮,今直为此萧艾也。"

其二

郎作《上声》曲,柱促使弦哀。譬如秋风急,触语伤侬怀。

其三

初歌《子夜》曲,改调促鸣筝。四座暂寂静,听我歌《上声》。

其五

三月寒暖适,杨柳可藏雀。未言涕交零,如何见君隔。

其六

新衫绣两端,迮着罗裙里〔1〕。行步动微尘,罗裙随风起。

〔1〕迮(zé责):形容衣衫很紧。

其七

裲裆与郎着,反绣持贮里[1]。汗污莫溅浣,持许相存在[2]。

〔1〕裲裆:一作"两当",即坎肩。反绣:即绣在里面。
〔2〕污(wū 乌):染。汗污:指女子的汗。浣(huàn 宦):洗。"持许"句:指缝和绣时自己手持处在"裲裆"上。

欢闻变歌[1](六首选四)

其二

欢来不徐徐,阳窗都锐户[2]。耶婆尚未眠,肝心如推橹[3]。

〔1〕《欢闻变歌》:据《乐府诗集》卷四十五引《古今乐录》说:"《欢闻变歌》者,晋穆帝升平中,童子辈忽歌于道曰:'阿子闻。'曲终辄云:'阿子汝闻不(否)?'无几而穆帝崩。褚太后哭'阿子汝闻不',声既凄苦,因以名之。"
〔2〕锐户:虚掩着门窗。
〔3〕耶婆:父母。推橹:形容动荡不安。

其三[1]

张罾不得鱼[2],鱼不橹罾归[3]。君非鸬鹚鸟,底为守空池[4]。

〔1〕此诗余冠英先生认为是以捕鱼比喻追求异性。
〔2〕罾(zēng增):一种用竹竿或木棍做支架的鱼网。
〔3〕"鱼不撄"句:这句很费解。余冠英先生认为:"左克明《古乐府》作'不撄罾不归',较顺。"
〔4〕鸬鹚(lú cí 卢辞)鸟:一种水鸟,善捕鱼,俗称"鱼鹰"。底为:为什么。

其五

锲臂饮清血[1],牛羊持祭天[2]。没命成灰土,终不罢相怜[3]。

〔1〕锲(qiè怯):用刀刻划。"锲臂"句:古代男女间私定婚约的一种风俗,起源甚早。《左传·庄公三十二年》:"初,公筑台临党氏,见孟任,从之,闷,而以夫人言许之,割臂盟公,生子般焉。"
〔2〕"牛羊"句:古人盟誓时,杀牛羊祭天,共饮血酒。
〔3〕"没命"二句:意为二人相爱,至死不变心。

其六

驶风何曜曜[1],帆上牛渚矶[2]。帆作缴子张[3],船如侣马驰[4]。

〔1〕驶风:快风。曜曜:形容帆在阳光下飘动的样子。
〔2〕牛渚矶(jī机):牛矶山,在今安徽当涂西北,其北端突出在长江中,名"采石矶"。古人往往把它叫"牛渚矶"。
〔3〕繖:同"伞"。
〔4〕"船如"句:形容船走得快,如马在赛跑。

前溪歌[1]（七首选四）

其一

忧思出门倚,逢郎前溪度[2]。莫作流水心,引新都舍故。

〔1〕《前溪歌》:据《宋书·乐志》说是"晋车骑将军沈玩所制",恐不可信。《乐府诗集》卷四十五引《乐府解题》说这种歌是舞曲。
〔2〕度:经过。

其三

前溪沧浪映,通波澄渌清[1]。声弦传不绝[2],千载寄汝名[3]。永与天地并[4]。

〔1〕沧浪:水青色。渌:清。渌清:用清澈来代指水本身。
〔2〕声弦:以乐声形容流水声。
〔3〕寄:与"记"同音,即记起。

〔4〕"永与"句:表示永不忘记。

其六

黄葛结蒙笼[1],生在洛溪边[2]。花落逐水去,何当顺流还?还亦不复鲜[3]。

〔1〕黄葛:一种豆科植物,它的藤蔓生,缠绕其他东西。蒙笼:形容茂密遍地。
〔2〕洛溪:小溪名,地点不详。
〔3〕鲜:鲜艳。

其七

黄葛生烂熳[1],谁能断葛根。宁断娇儿乳,不断郎殷勤[2]。

〔1〕烂熳:满地遍布的样子。
〔2〕郎:这里疑指心上人。

阿子歌[1](三首选一)

其三

野田草欲尽,东流水又暴。念我双飞凫[2],饥渴常不饱。

〔1〕《阿子歌》:据《宋书·乐志》说是由《欢闻歌》演变而来。

〔2〕凫:野鸭。此句似用相传的苏武《别李陵》诗"双凫俱北飞"典。

丁督护歌[1](五首)

其一

督护北征去,前锋无不平[2]。朱门垂高盖,永世扬功名[3]。

〔1〕《丁督护歌》:《乐府诗集》卷四十五以为是宋武帝刘裕作。并说:"一曰'阿督护'。"《玉台新咏》卷十录宋孝武帝刘骏《丁督护歌》二首,其中一首即《乐府诗集》所录五首的第四首,另一首"黄河流无极",《乐府诗集》以为王金珠作。按:《宋书·乐志》记载此曲之起是由于刘裕女婿徐逵之被鲁轨所杀,刘裕使府内直督护丁旿去料理丧事,刘裕的女儿把丁旿叫来询问殓送的事,每开口即叹息称"丁督护",声音哀切,后人就用这声作曲。据此则《丁督护歌》当是晋宋间民歌。从这五首诗都谈到"北征"和"洛阳"、"孟津"等地,又李白《丁督护歌》说"云阳上征去","云阳"在今镇江、丹徒一带,正是晋宋间"北府兵"的家乡,因此这些诗可能为当时出征军人家属或情人所作,题刘裕或刘骏似不足信。

〔2〕督护:晋宋间官名,是大将的僚属。"前锋"句:指军队战无不胜。

〔3〕朱门:红漆的门,古代达官贵人的住宅。高盖:高大的车盖,亦高门所乘。这两句说战胜还朝,可得大官,名垂久远。

283

其二

洛阳数千里,孟津流无极[1]。辛苦戎马间,别易会难得。

[1]"洛阳"句:指军队出发的地方,距洛阳有数千里之遥。孟津:在洛阳之北,黄河的渡口。流无极:指黄河流水无穷。

其三

督护北征去,相送落星墟[1]。帆樯如芒柽,督护今何渠[2]。

[1]落星墟:地名。三国吴在今南京东北建有落星楼,当在此附近。
[2]芒柽(chēng 瞠):"柽"是树木名,一称"河柳"。"芒柽"是形容其多。何渠:同"何许"。因帆樯众多,未知督护所在。

其四

督护初征时,侬亦恶闻许[1]。愿作石尤风,四面断行旅[2]。

[1]恶闻许:怕听此事。
[2]石尤风:宋洪迈《容斋五笔》卷三云:"石尤风,不知其义,意其为打头逆风也。"行旅:出行的旅客。

其五

闻欢北征去,相送直渎浦[1]。只有泪可出,无复情可吐[2]。

〔1〕直渎浦:地名,在今南京市东北。
〔2〕"只有"二句:意为离别之眼泪不住地流出,不须再说什么了。

桃叶歌[1](二首)

其一

桃叶复桃叶,渡江不用楫[2]。但渡无所苦,我自迎接汝。

其二

桃叶复桃叶,桃叶连桃根。相怜两乐事,独使我殷勤。

〔1〕《桃叶歌》:《乐府诗集》卷四十五所载共四首,在《碧玉歌》之后。《玉台新咏》卷十则仅录二首,置于《团扇歌》之前。按:据《乐府诗集》引《古今乐录》所载故事,此曲与《团扇歌》有联系,为了叙述方便,仅选《玉台新咏》所录二首,并移于《团扇歌》之前。此曲据《古今乐录》及

《隋书·五行志》,都认为是东晋王献之作。但从诗的内容看,似为民间情歌,未必是王献之作。

〔2〕楫(jí集):划船用的桨,这里代指船只。

团扇郎[1]（八首选三）

其一

七宝画团扇[2],灿烂明月光。饷郎却暄暑[3],相忆莫相忘。

〔1〕《团扇郎》:《乐府诗集》卷四十五所载,凡八首,后二首与前六首分开,第七首还题"梁武帝"字样。《玉台新咏》卷十作"桃叶《答王团扇歌》。"《艺文类聚》卷四十三录"七宝画团扇"、"青青林中竹"二首题"桃叶《答王团扇歌》"。《初学记》卷十五以为王献之作。《乐府诗集》引《古今乐录》则以为是晋中书令王珉与嫂婢谢芳姿的事,其实这些诗均为民歌,未必与王献之、王珉有关。因为不论桃叶或谢芳姿均为婢女,不可能用"七宝画团扇"去"饷郎"。

〔2〕七宝画团扇:用七种珍宝装饰并绘有图画的团扇。

〔3〕却:除、退。暄(xuān宣):暑热。

其二

青青林中竹,可作白团扇。动摇郎玉手,因风托方便[1]。

〔1〕玉手:形容手的白嫩。"因风"句:意为借着扇子的风以寄其情意。

其八

团扇复团扇,持许自遮面[1]。憔悴无复理,羞与郎相见。

〔1〕持许:同"持此"。

七日夜女歌[1](九首)

其一

三春怨离泣,九秋欣期歌[2]。驾鸾行日时,月明济长河[3]。

〔1〕《七日夜女歌》:这是关于牛郎织女的一组诗。牛郎、织女的传说,由来已久,早在汉代无名氏的古诗《迢迢牵牛星》中,写的就是这故事。到了晋代以后,许多文人都写过这个题材,如王鉴、苏彦、谢惠连、刘铄、颜延之、王僧达等。这里所录的九首诗,虽出自民间,显然已经文人们加工。

〔2〕三春、九秋:都是形容时间的漫长。"三"和"九"均为虚指,非确数。期:会面之期。这两句是很工整的对仗,可能出于文人加工。

〔3〕驾鸾:设想织女驾鸾在天空飞行。长河:指银河。

其二

长河起秋云,汉渚风凉发[1]。含欣出霄路,可笑向明月[2]。

[1] 汉:即"云汉",亦即银河。
[2] 霄路:即云路。可笑:疑是"巧笑"之误。

其三

金风起汉曲[1],素月明河边。七章未成匹[2],飞鸾起长川。

[1] 金风:即秋风。
[2] 七章:用《诗经·小雅·大东》典。《诗经》云:"虽则七襄,不成报章。"原意为织女星在天上一日移动七次,虽然如此,却不能织成纹理。这里是设想织女虽织成纹理,却因心怀愁思,未能织成完整的布匹。"匹"字双关,暗喻不能与牛郎成双。

其四

春离隔寒暑,明秋暂一会。两叹别日长,双情若饥渴。

其五

婉娈不终夕[1],一别周年期。桑蚕不作茧,昼夜长悬丝[2]。

〔1〕婉娈:缠绵。《文选》陆机《于承明作与士龙》诗:"婉娈居人思"。

〔2〕悬丝:悬念。丝:"思"的谐音。

其六

灵匹怨离处,索居隔长河[1]。玄云不应雷,是侬啼叹歌。

〔1〕灵匹:成双的神灵,指牛郎和织女。索居:独居。

其七

振玉下金阶,拭眼瞩星兰[1]。惆怅登云䡞,悲恨两情殚[2]。

〔1〕振玉:指织女身上佩玉在下阶走路时鸣响。星兰:疑为"星阑"之误。"阑"是将尽的意思。

〔2〕云䡞(yáo 姚):云中小车,神人所乘。殚(dān 丹):尽。

其八

风骖不驾缨,翼人立中庭[1]。箫管且停吹,展我叙离情。

〔1〕风骖(cān 参):指用风来骖驾的车子,神人所乘。"骖"是套在车两侧的马匹。缨:马车的套马革带。翼人:羽人。神的侍者。

其九

紫霞烟翠盖,斜月照绮窗。衔悲握离袂[1],易尔还年容[2]。

〔1〕袂(mèi 妹):衣袖。
〔2〕"易尔"句:这句是说神女本有还年(恢复青春)的本领,但因忧愁过甚,仍然使容颜变衰。

长史变歌[1](三首)

其一

出侬吴昌门[2],清水碧绿色。徘徊戎马间,求罢不能得。

〔1〕《长史变歌》:据《宋书·乐志》:"《长史变歌》者,晋司徒左长史王廞(xīn 欣)临败所制也。"王廞是王导的孙子,王恭起兵讨伐王国宝时,曾起兵助王恭。后王国宝诛死,王恭命他罢兵,他又去讨伐王恭,被刘牢之所败,死。从诗的内容看,颇似指王廞事。
〔2〕昌门:即阊门,苏州城的城门。传说为吴王阖闾所筑。

其二

口和狂风扇,心故清白节。朱门前世荣,千载表忠烈[1]。

〔1〕朱门句:指王氏在东晋世任显官。"千载"句:指王廞起兵是为了忠于晋朝。

其三

朱桂结贞根,芳芬溢帝庭[1]。凌霜不改色,枝叶永流荣。

〔1〕帝庭:帝王的庭院。这里比喻自己尽忠帝王,千古流芳。

黄生曲(三首选一)

其一

黄生无诚信,冥强将俟期[1]。通夕出门望,至晓竟不来。

〔1〕冥:当通"暝",指日暮。

黄鹄曲[1](四首选三)

其一

黄鹄参天飞,半道郁徘徊。腹中车轮转,君知思忆谁。

其二

黄鹄参天飞,半道还哀鸣。三年失群侣,生离伤人情。

其四

黄鹄参天飞,半道还后渚。欲飞不复飞,悲鸣觅群侣。

[1]《黄鹄曲》:此曲本四首,今录其一、二、四首。据《乐府诗集》卷四十五云:"按《黄鹄》本《汉横吹曲》名。"从诗的情调看,确与南朝民歌的风格不全相同。

碧玉歌[1](三首)

其一

碧玉破瓜时,郎为情颠倒。芙蓉陵霜荣,秋容故尚好[2]。

其二

碧玉小家女,不敢攀贵德。感郎千金意,惭无倾城色。

其三

碧玉破瓜时,相为情颠倒。感郎不羞郎[3],回身就郎抱。

〔1〕《碧玉歌》:《玉台新咏》卷十作"《情人碧玉歌》",题晋孙绰作,凡二首(即这里所录的第二、第三两首。)《乐府诗集》收六首,第一组三首,第二组二首,另又有一首。这里所录的是第一组的一、二两首和第二组的第一首。此曲据《乐府诗集》卷四十五引《乐苑》说是宋汝南王作,碧玉为汝南王宠妾名。其实这是附会庾信《结客少年场行》中"定知刘碧玉,偷嫁汝南王"而来。其实刘宋一代不见有"汝南王"封号,庾信也没有说是刘宋时事。再说《玉台新咏》以为孙绰作,则此曲在东晋时当已出现。恐是无名氏所作民歌。

〔2〕芙蓉:荷花。陵霜荣:在霜中开花。秋容:代指人年纪稍长以后的容貌。

〔3〕"感郎"句:心存感郎之情而不以接近郎为羞。

长乐佳[1](八首选一)

其八

红罗复斗帐,四角垂朱珰[2]。玉枕龙须席,郎眠何处床。

〔1〕《长乐佳》:《乐府诗集》所收凡八首。这里录一首,即《玉台新

咏》所收的歌辞。

〔2〕"红罗"句:用红罗裁制的夹层小帐,形如覆斗,故称"斗帐"。朱珰(dāng 当):一作珠珰。用珠或玉做的耳饰。

欢好曲[1](三首选一)

其一

淑女总角时[2],唤作小姑子。容艳初春花,人见谁不爱。

〔1〕《欢好曲》:《吴声歌》之一,《乐府诗集》卷四十五录三首,现在选的是第一首。

〔2〕总角:把头发束成角状。这是童年人的妆束。

懊侬歌[1](十四首选六)

其一

丝布涩难缝,令侬十指穿[2]。黄牛细犊车,游戏出孟津。

〔1〕《懊侬(ào náo 澳挠)歌》:《清商曲辞·吴声歌》之一。《乐府诗集》卷四十六引《古今乐录》认为第一首是西晋石崇妾绿珠作,其他都是东晋安帝隆安(397—401)以后产物。从诗的内容看,第一首歌辞恐

本为西晋人作,但曲调则为江南民歌,恐已作修改。

〔2〕"令侬"句:意思说因丝布涩硬,针线难缝,故被针扎破手指。

其三

江陵去扬州^{〔1〕},三千三百里。已行一千三,所有二千在。

〔1〕江陵:地名,今属湖北。扬州:地名,东晋南朝的扬州治所在今江苏南京市。

其六

我与欢相怜,约誓底言者^{〔1〕}。常叹负情人,郎今果成诈。

〔1〕底言者:怎么说的。

其七

我有一所欢,安在深阁里^{〔1〕}。桐树不结花,何由得梧子^{〔2〕}。

〔1〕阁(gé革):小的闺房。这诗应是男子口吻,"所欢"当指女子,所以"安在深阁里"。

〔2〕梧子:"吾子"的谐音。

其十

月落天欲曙,能得几时眠。凄凄下床去,侬病不能言。

其十四

懊恼奈何许,夜闻家中论,不得侬与汝[1]。

〔1〕按:《华山畿》其五"未敢便相许,夜闻侬家论,不持侬与汝",与此诗基本相同。但曲调可能有区别。

华山畿[1](二十五首选八)

其一

华山畿。君既为侬死,独生为谁施[2]。欢若见怜时,棺木为侬开。

〔1〕《华山畿》:《清商曲辞·吴声歌》之一。据《乐府诗集》卷四十六引《古今乐录》:"《华山畿》者,宋少帝时《懊侬》一曲,亦变曲也。少帝时,南徐一士子,从华山畿往云阳,见客舍女子年十八九,悦之,无因,遂感心疾。母问其故,具以启母。母为至华山寻访,见女具说,感之,因脱蔽膝令母密置其席下卧之,当已。少日果差。忽举席见蔽膝而抱持,

遂吞食而死。气欲绝,谓母曰:'葬时车载从华山度。'母从其意。比至女门,牛不肯前,打拍不动。女曰:'且待须臾。'妆点沐浴,既而出歌曰:'华山畿……'棺应声开,女透棺入,家人叩打,无如之何,乃合葬,呼曰'神女冢'。"

〔2〕"独生"句:独自活着又为了谁呢?

其七

啼着曙,泪落枕将浮,身沉被流去。

其十一

隔津叹,牵牛识织女,离泪溢河汉。

其十八

腹中如汤灌,肝肠寸寸断,教侬底聊赖[1]。

〔1〕底:何,什么。聊赖:依傍。《文选》李陵《答苏武书》:"与子别后,益复无聊。"李善注:"贾逵《国语注》曰:'聊,赖也。'"这里似指知音不在,心情无所寄托。

其十九

相送劳劳渚[1],长江不应满,是侬泪成许。

〔1〕劳劳渚:当为江边送别之处。"劳劳"为分别时恋恋不舍之意。《古诗为焦仲卿妻作》:"举手长劳劳。"今南京市南郊有"劳劳亭",六朝人往往由秦淮河上船入长江,"劳劳渚"当在其附近。

其二十

奈何许,天下人何限,慊慊只为汝[1]。

〔1〕慊慊(qiàn 欠欠):不满。

其二十三

夜相思,风吹窗帘动,言是所欢来。

其二十四

长鸣鸡,谁知侬念汝,独向空中啼。

读曲歌[1](八十九首选二十五)

其四

千叶红芙蓉,照灼绿水边[2]。馀花任郎摘,慎莫罢侬莲[3]。

〔1〕《读曲歌》:《清商曲辞·吴声歌》之一。关于此曲起源有两种传说。据《宋书·乐志》说,是刘宋时民间为彭城王刘义康被贬事而作。《乐府诗集》卷四十六引《古今乐录》说是元嘉十七年(440)宋文帝皇后袁氏死去,官员们不敢奏乐,只是暗地细声吟唱,因此得名。

〔2〕照灼:发出光采。

〔3〕莲:"怜"的谐音。

其十四

桐花特可怜[1],愿天无霜雪,梧子解千年[2]。

〔1〕可怜:可爱。

〔2〕梧子:"吾子"的谐音。

其十五

柳树得春风,一低复一昂。谁能空相忆,独眠度三阳[1]。

〔1〕三阳:即三春。晋简文帝母郑太后叫"阿春",晋人避讳,改"春"为"阳"。

其十六

折杨柳,百鸟园林啼,道欢不离口。

其十九

披被树明灯,独思谁能忍[1]。欲知长寒衣,兰灯倾壶尽[2]。

　　[1] 树明灯:古时油灯大抵有高足,所以称"树明灯"。独思:单相思。
　　[2] "欲知"二句:是说要知道我衣着单薄,只要看我在灯下饮酒取暖就知道了。

其二十一

逋发不可料[1],憔悴为谁睹。欲知相忆时,但看裙带缓几许[2]。

　　[1] 逋(bū 晡):亡失。逋发:指头发脱落。
　　[2] 几许:多少。今吴语仍作"几许"("许"音 hǔ 浒)。

其二十五

芳萱初生时[1],知是无忧草。双眉画未成,那能就郎抱。

　　[1] 萱(xuān 宣):草名,古人认为能忘忧。

其二十八

怜欢敢唤名,念欢不呼字。连唤欢复欢,两誓不相弃。

其二十九

奈何许,石阙生口中[1],衔碑不得语[2]。

〔1〕石阙:石柱,古人在坟前立石柱,刻死者官衔姓名。这里代指"碑"。"石阙生口中"就指"衔碑"。
〔2〕碑:"悲"的谐音。

其三十

白门前[1],乌帽白帽来。白帽郎,是侬良[2],不知乌帽郎是谁。

〔1〕白门:南朝都城建康(今南京市)城的西门。西方属金,金气白,故称"白门"。
〔2〕良:"良人",即丈夫。

其三十二

青幡起御路,绿柳荫驰道[1]。欢赠玉树筝[2],侬送千金宝。

〔1〕幡(fān帆):长条的旗子。青幡:春旗。据《礼记·月令》,春天用青色的旗子。御路、驰道:都是帝王专用的道路。这两句似为庾信《三月三日华林园马射赋》"杨柳共春旗一色"句所本。

〔2〕玉树:珍贵的木材。

其三十五

自从别郎后,卧宿头不举[1]。飞龙落药店,骨出只为汝[2]。

〔1〕"卧宿"句:形容因相思而懒得起床,头不离枕的样子。

〔2〕"飞龙"二句:"龙骨"是一种药名。"飞龙落药店,骨出只为汝",正是指"龙骨"进入药店。"龙"、"隆"同音,暗喻骨头隆出,形容消瘦骨立。这里以龙只剩骨头比喻自己的消瘦。

其三十八

音信阔弦朔,方悟千里遥[1]。朝霜语白日,知我为欢消[2]。

〔1〕弦:指月亮成半月形。阴历初七初八时,称"上弦",二十三前后,称"下弦"。朔:阴历初一。这两句是说来信经月,方悟千里之遥。

〔2〕消:双关语,以霜之消失,喻人的消瘦。

其四十

五鼓起开门,正见欢子度[1]。何处宿行还,衣被有霜露。

〔1〕欢子:情人。度:走过。

其四十七

思欢不得来,抱被空中语。月没星不亮,持底明侬绪[1]。

〔1〕绪:心情。这两句是说想拿月亮、星星发誓,而"月没星不亮",又怎能表明自己心迹。底,什么。

其五十一

语我不游行,常常走巷路。败桥语方相[1],欺侬那得度[2]。

〔1〕方相:古代人在送葬和举行"傩礼"时用以驱除疫鬼的怪物神像。《周礼·夏官》有方相氏,"掌蒙熊皮,黄金四目,玄衣朱裳,执戈扬盾"来驱疫、送葬。最初由人扮演。后代也有用木或纸偶代替的。

〔2〕"欺侬"句:余冠英先生认为:"'欺侬'是双关语,本该说'俱侬'。'俱侬'就是'俱人',也就是方相。"度:过。这两句既指"俱侬"过不了败桥,也指想欺骗我却骗不了。当时的方相,恐已属偶人,行人过败桥也许勉强可走,偶人就过不去了。

其五十三

君行负怜事[1],那得厚相于[2]。麻纸语三葛,我薄汝粗疏[3]。

　　[1]"君行"句:即你做了有负恋情的事。
　　[2]相于:相亲厚。一说即"相与","于"、"与"音近,同在鱼部。
　　[3]三葛:一种麻布。这两句是双关语,纸薄而麻布粗疏。暗喻对方既粗疏负情,自己也只能薄情了。

其五十五

打杀长鸣鸡,弹去乌臼鸟[1]。愿得连暝不复曙,一年都一晓。

　　[1]乌臼鸟:鸟名,似乌鸦而小,北方叫黎雀,天明时啼叫。

其六十二

执手与欢别,合会在何时。明灯照空局,悠然未有期[1]。

　　[1]期:约会之期。"期"、"棋"谐音。

其六十九

下帷掩灯烛,明月照帐中。无油何所苦,但使天明侬[1]。

　　[1]"但使"句:这句是双关语,以月光照明帐中暗寓老天明白自己

的心迹。

其七十一

种莲长江边,藕生黄檗浦[1]。必得莲子时,流离经辛苦[2]。

〔1〕黄檗浦:生长着黄柏树的水边。黄柏木味苦,暗喻受苦。
〔2〕莲子:"怜子"的谐音。这两句意思是只要能爱上你,流离辛苦都在所不计。

其七十六[1]

暂出白门前[2],杨柳可藏乌。欢作沉水香[3],侬作博山炉[4]。

〔1〕此首与《西曲歌·杨叛儿》其二全同,可能当时有两种唱法。
〔2〕白门:见前《读曲歌》三十注〔1〕。
〔3〕沉水香:即沉香,一种香料。
〔4〕博山炉:古代一种香炉,铸成山状,凡九层,上列珍禽奇兽之形。见《西京杂记》。

其八十一

一夕就郎宿,通夜语不息。黄檗万里路,道苦真无极。

其八十二

登店卖三葛[1],郎来买丈馀。合匹与郎去,谁解断粗疏[2]。

〔1〕 三葛:见前《读曲歌》其五十三注〔3〕。
〔2〕 "合匹"二句:这两句是双关语。"三葛"本是粗疏的布,把它整匹给人,不去剪断,暗喻自己愿与郎相配,不因"粗疏"而断绝。"匹"是配偶之意。

其八十六

逍遥待晓分[1],转侧听更鼓。明月不应停,特为相思苦。

〔1〕 晓分:天亮时候。

神弦歌[1](十八首选九)

圣郎曲[2]

左亦不伴伴,右亦不翼翼[3]。仙人在郎旁,玉女在郎侧[4]。酒无沙糖味,为他通颜色[5]。

〔1〕《神弦歌》:《清商曲辞·吴声歌》之一。凡十一曲十八首,是江

南一带祭神的歌。所祭的大抵为杂神、杂鬼,不可详考。

〔2〕《圣郎曲》:"圣郎"当为神名。

〔3〕伴伴:余冠英先生认为"疑当作'洋洋'"。"洋洋"和"翼翼"都是祭神时舞蹈的样子。这时舞蹈已停,所以"左亦不洋洋,右亦不翼翼"。

〔4〕玉女:天上的女神。

〔5〕"酒无"句:指酒不甜。"为他"句:这句颇费解。"他"似指神郎,疑为祭神者希望这酒能与神通款曲。这大约是南方神人恋爱的歌。

娇女诗[1](二首)

其一

北游临河海,遥望中菰菱[2]。芙蓉发盛华,渌水清且澄。弦歌奏声节,仿佛有馀音。

〔1〕《娇女诗》:当是祭某个女神的歌,不详。
〔2〕菰(gū孤):浅水中所生草木植物,嫩茎即茭白。

其二

蹀躞越桥上,河水东西流[1]。上有神仙,下有西流鱼。行不独自,三三两两俱[2]。

〔1〕蹀躞:见前《白头吟》注〔3〕。这两句似受《白头吟》影响。
〔2〕"行不"二句:这二句似指神仙不独自出行,三三两两同行。但

余冠英先生认为应从左克明《古乐府》,作"行不独自去",是指鱼三三两两成群。似都通顺。

白石郎曲[1]（二首）

其一

白石郎,临江居,前导江伯后从鱼[2]。

其二

积石如玉,列松如翠。郎艳独绝,世无其二。

[1]《白石郎曲》:白石郎,当为白石山神,白石山在今江苏溧水北。
[2] 江伯:长江之神。

青溪小姑曲[1]

开门白水,侧近桥梁。小姑所居,独处无郎。

[1]《青溪小姑曲》:青溪发源于钟山（即紫金山）,流入建康城东。据南朝宋刘敬叔《异苑》卷五,"青溪小姑庙,云是蒋侯（蒋子文）第三妹。"还记到晋太元中,谢灵运父奂入庙弹鸟遭祟事。可见在晋时已有此神庙。蒋子文是东汉秣陵尉,"击贼"战死,三国时孙权为其立庙于钟山。

采莲童曲[1]（二首）

其一

泛舟采菱叶,过摘芙蓉花。扣楫命童侣,齐声采莲歌。

其二

东湖扶菰童[2],西湖采菱芰[3]。不持歌作乐,为持解愁思。

〔1〕《采莲童曲》:《神弦歌》十一曲,其九曰《采莲童》,凡二首。
〔2〕菰童:疑即菰的果实,即菰米。
〔3〕芰(jì 技):菱。

明下童曲[1]（二首选一）

其一

走马上前阪[2],石子弹马蹄。不惜弹马蹄,但惜马上儿。

〔1〕《明下童曲》:《神弦歌》十一曲,其十曰《明下童曲》,凡二首,今录其一。
〔2〕阪(bǎn 板):山坡。

清商曲辞·西曲歌[1]

石城乐[2]（五首选三）

其一

生长石城下，开窗对城楼。城中诸少年，出入见依投[3]。

〔1〕《西曲歌》：南朝乐府民歌的一种，流行于今湖北襄阳、江陵等地。歌曲声调和口音都和长江下游的江浙一带流行的《吴声歌》不同。这两种曲调出现时间未必有什么先后，但《西曲歌》受到士大夫们重视，似在《吴声歌》之后。在《西曲歌》中也有一些歌辞与《吴声歌》相同，如《杨叛儿》与《读曲歌》第七十六首相同，当是用不同音调来唱。

〔2〕《石城乐》：《西曲歌》的一种。"石城"在竟陵。据《旧唐书·乐志》说是刘宋臧质所作，臧质在城上望见一群少年唱歌，就作此曲。据此，此曲至少产生在刘宋中叶以前。

〔3〕依投：依托、投宿。这诗疑为城旁小旅店中女子作，竟陵郡治在今湖北钟祥一带，西边是汉水，为水路交通要道，沿江当有旅舍。

其三

布帆百馀幅，环环在江津[1]。执手双泪落，何时见欢还。

〔1〕环环:形容布帆之多。"环"是"还"的谐音。

其五

闻欢远行去,相送方山亭[1]。风吹黄檗藩,恶闻苦离声[2]。

〔1〕方山亭:按《文选》谢灵运《邻里相送至方山》诗注引《丹阳郡图经》,方山在江宁县东五十里。据此,这首诗或本是《吴声歌》,后改用《西曲歌》演唱。
〔2〕苦离声:双关语。以"苦"指上句"黄檗";以"篱"(即"藩")的谐音"离"指"藩"字。

乌夜啼[1](八首选三)

其二

长樯铁鹿子[2],布帆阿那起[3]。诧侬安在间,一去数千里[4]。

〔1〕《乌夜啼》:《西曲歌》之一。旧说以为是宋临川王刘义庆或衡阳王刘义季作,说是与彭城王刘义康被贬事有关,不可信。此曲当是民歌。
〔2〕铁鹿子:指铁鹿铲,是起重用的工具。

〔3〕阿那:即"婀娜"(ē nuó 阿挪),柔软美好的样子。
〔4〕诧(chà 岔):惊讶。这两句是说使我惊讶他在那里时,他已离去几千里了。形容船驶得快。

其四

可怜乌臼鸟[1],强言知天曙。无故三更啼,欢子冒闇去[2]。

〔1〕乌臼鸟:见前《读曲歌》第五十五首注〔1〕。
〔2〕闇:同"暗"。

其八

巴陵三江口[1],芦荻齐如麻。执手与欢别,痛切当奈何。

〔1〕巴陵:在今湖南岳阳市一带。

莫愁乐[1](二首)

其一

莫愁在何处,莫愁石城西。艇子打两桨,催送莫愁来。

其二

闻欢下扬州,相送楚山头。探手抱腰看,江水断不流。

〔1〕《莫愁乐》:莫愁,传说中美人名。宋洪迈《容斋三笔》卷十《两莫愁》:"莫愁者,郢州石城人,今郢有莫愁村。"古辞《河中之水歌》:"洛阳女儿名莫愁",洪迈认为与《莫愁乐》非一人。其实"莫愁"只是传说中人物。

襄阳乐[1](九首选三)

其一

朝发襄阳城,暮至大堤宿。大堤诸女儿,花艳惊郎目。

其四

人言襄阳乐,乐作非侬处。乘星冒风流,还侬扬州去。

其八

女萝自微薄[2],寄托长松表。何惜负霜死,贵得相缠绕。

〔1〕《襄阳乐》:《西曲歌》之一。据《乐府诗集》卷四十八引《古今乐录》以为是南朝宋随王刘诞在文帝元嘉时所作。但《古今乐录》说到刘诞"夜闻诸女歌谣",恐此曲声调在元嘉前已有。今入选诸诗,当是民歌。

〔2〕女萝:植物名,有藤,攀缠树枝。

雍州曲[1](三首选一)

其二

岸阴垂柳叶,平江含粉蝶[2]。好值城旁人,多逢荡舟妾。绿水溅长袖,浮苔染轻楫[3]。

〔1〕《雍州乐》:《西曲歌》之一。传为梁萧纲作。襄阳是南朝雍州治所,因此此曲疑即《襄阳乐》。

〔2〕"平江"句:指江面平静,粉蝶在上飞舞。

〔3〕"浮苔"句:指青苔附着在船桨上。

三洲歌[1](三首)

其一

送欢板桥弯,相待三山头。遥见千幅帆,知是逐风流。

其二

风流不暂停,三山隐行舟。愿作比目鱼,随欢千里游。

其三

湘东酃醁酒[2],广州龙头铛[3]。玉樽金镂椀,与郎双杯行。

　　[1]《三洲歌》:据《乐府诗集》卷四十八引《古今乐录》,说是商人游巴陵三江口而作。
　　[2] 酃醁酒:即"醽醁(líng lù 陵鹿)酒",古代美酒名。
　　[3] 龙头铛(chēng 撑):饰有龙头形状的锅子一类器具,这里指温酒的器具。

江陵乐[1](四首选二)

其三

阳春二三月,相将蹋百草。逢人驻步看,扬声皆言好。

其四

暂出后园看,见花多忆子。乌鸟双双飞,侬欢今何在。

〔1〕《江陵乐》:《西曲歌》之一。江陵即今湖北江陵。南朝时是重镇,梁元帝曾建都于此。

青阳度[1](三首选一)

其二

碧玉捣衣砧,七宝金莲杵。高举徐徐下,轻捣只为汝。

〔1〕《青阳度》:《西曲歌》之一。《乐府诗集》卷四十九引《古今乐录》说《青阳度》是"倚歌",演奏时用铃和鼓,无弦乐,有吹奏乐器。

采桑度[1](七首选四)

其一

蚕生春三月,春桑正含丝。女儿采春桑,歌唱当春曲。

〔1〕《采桑度》:《西曲歌》之一,一名《采桑》。《旧唐书·乐志》认为是因《三洲歌》而产生的。

其五

春月采桑时,林下与欢俱。养蚕不满百,那得罗绣襦[1]。

〔1〕襦(rú 如):短袄。

其六

采桑盛阳月,绿叶何翩翩。攀条上树表,牵坏紫罗裙。

其七

伪蚕化作茧,烂熳不成丝[1]。徒劳无所获,养蚕持底为。

〔1〕伪蚕:疑指有病的蚕。烂熳:同"烂漫",意为破碎不坚实。

青骢白马[1](八首选四)

其二

汝忽千里去无常,愿得到头还故乡。

其三

系马可怜着长松,游戏徘徊五湖中。

其四

借问湖中采菱妇,莲子青荷可得否[2]?

其七

问君可怜下都去[3],何得见君复西归。

〔1〕《青骢白马》:《西曲歌》之一。《乐府诗集》卷四十九引《古今乐录》说是旧舞用十六人。
〔2〕莲子:"怜子"的谐音。
〔3〕下都:指从荆襄到都城建康,是从上游到下游,故称"下都"。

安东平[1](五首)

其一

凄凄烈烈,北风为雪。船道不通,步道断绝。

其二

吴中细布,阔幅长度。我有一端,与郎作袴。

其三

微物虽轻,拙手所作。馀有三丈,为郎别厝[2]。

其四

制为轻巾,以奉故人。不持作好,与郎拭尘。

其五

东平刘生,复感人情。与郎相知,当解千龄。

〔1〕《安东平》:《西曲歌》之一。按:《汉横吹曲》有《刘生》,《梁鼓角横吹曲》有《东平刘生》。此曲第五首有"东平刘生"句,疑出一源。

〔2〕厝(cuò 措):安置。

女儿子[1]（二首选一）

其一

巴东三峡猿鸣悲,夜鸣三声泪沾衣。

[1]《女儿子》:《西曲歌》之一。《乐府诗集》卷四十九引《古今乐录》说是"倚歌"。

来罗[1]（四首选一）

其一

郁金黄花标[2],下有同心草。草生日已长,人生日就老。

[1]《来罗》:《西曲歌》之一。《乐府诗集》卷四十九引《古今乐录》说是"倚歌"。
[2]标:高枝。这里引伸为郁金香的花枝高处。

那呵滩[1]（六首选三）

其三

江陵三千三,何足持作远。书疏数知闻,莫令信使断。

其四

闻欢下扬州,相送江津弯。愿得篙橹折,交郎到头还[2]。

其五

篙折当更觅,橹折当更安。各自是官人[3],那得到头还。

〔1〕《那呵滩》:《西曲歌》之一。多叙江陵及扬州事。"那呵滩"是滩名。此曲演奏时伴以舞蹈。

〔2〕交:同"教"。到:同"倒"。

〔3〕官人:为官府服役的人。

孟珠[1]（十首选四）

其二

阳春二三月，草与水同色。攀条摘香花，言是欢气息。

〔1〕《孟珠》：《西曲歌》之一，又称《丹阳孟珠歌》。据第一首"人言孟珠富"看来，当是人名。从第三首"后湖"、第四首"扬州"、第十首"景阳山"看，当是客居建康的荆襄一带人所作。此曲据《古今乐录》云："《孟珠》十曲，二曲，倚歌八曲。旧舞十六人，梁八人。"

其三

人言春复著[1]，我言未渠央[2]。暂出后湖看[3]，蒲菰如许长。

〔1〕春复著：意为春色已经很明显。
〔2〕未渠央：还没有完全到一半。
〔3〕后湖：在建康城北。

其五

阳春二三月，草与水同色。道逢游冶郎[1]，恨不早相识。

〔1〕游冶郎:修饰华美的行游少年。

其九

适闻梅作花,花落已成子。杜鹃绕林啼,思从心下起。

翳乐[1](三首选一)

其三

人言扬州乐,扬州信自乐。总角诸少年,歌舞自相逐。

〔1〕《翳乐》:《西曲歌》之一。据《乐府诗集》卷四十九引《古今乐录》云:"《翳乐》一曲,倚歌二曲。"

夜黄[1]

湖中百种鸟,半雌半是雄。鸳鸯逐野鸭,恐畏不成双。

〔1〕《夜黄》:《西曲歌》之一。据《乐府诗集》卷四十九引《古今乐录》说是"倚歌"。

夜度娘[1]

夜来冒霜雪,晨去履风波。虽得叙微情,奈侬身苦何。

　　[1]《夜度娘》:《西曲歌》之一。据《乐府诗集》卷四十九引《古今乐录》说是"倚歌"。此曲据一些研究者说是妓女的歌,但从全诗看,恐亦是女子与情人相约之辞。

长松标[1]

落落千丈松,昼夜对长风。岁暮霜雪时,寒苦谁与双。

　　[1]《长松标》:《西曲歌》之一。据《乐府诗集》卷四十九引《古今乐录》说是"倚歌"。"标"即高枝。

黄督[1]

乔客他乡人[2],三春不得归。愿看杨柳树,已复藏班雏[3]。

　　[1]《黄督》:题名不详。《西曲歌》之一。据《乐府诗集》卷四十九引《古今乐录》说是"倚歌"。

〔2〕乔客:即"侨客"。

〔3〕班雏(zhuī追):班鸠,鸟名。

白附鸠[1]

石头龙尾弯,新亭送客者[2]。酤酒不取钱,郎能饮几许。

〔1〕《白附鸠》:《西曲歌》之一。据《乐府诗集》卷四十九引《古今乐录》说是"倚歌"。此曲又名《白浮鸠》,本是《拂舞曲》。据《乐府诗集》卷五十四所言,晋代有《拂舞》。《晋书》和《南齐书》的《乐志》都说是江南吴地的舞曲。但所载曲辞均非吴歌,不知所起。

〔2〕石头:当即石头城,在今南京。新亭:地名,在今南京市西。

拔蒲[1](二首)

其一

青蒲衔紫茸[2],长叶复从风。与君同舟去,拔蒲五湖中[3]。

其二

朝发桂兰渚,昼息桑榆下。与君同拔蒲,竟日不成把[4]。

〔1〕《拔蒲》:《西曲歌》之一。据《乐府诗集》卷四十九引《古今乐录》说是"倚歌"。

〔2〕"青蒲"句:语出谢灵运《于南山往北山经湖中瞻眺》诗"新蒲含紫茸"句。

〔3〕五湖:即今江浙二省间的太湖。

〔4〕"与君"二句:写与情人一起拔蒲,因欢乐而心不在拔蒲,所以"竟日不成把"。

作蚕丝[1](四首选二)

其二

春蚕不应老,昼夜常怀丝。何惜微躯尽,缠绵自有时。

其四

素丝非常质,屈折成绮罗。敢辞机杼劳,但恐花色多。

〔1〕《作蚕丝》:《西曲歌》之一。据《乐府诗集》卷四十九引《古今乐录》说是"倚歌"。这里所录二首,都是借蚕丝来暗喻自己。

杨叛儿[1]（八首选二）

其四

送郎乘艇子，不作遭风虑。横篙掷去桨，愿倒逐流去。

其六

欢欲见莲时，移湖安屋里。芙蓉绕床生，眠卧抱莲子。

〔1〕《杨叛儿》：《西曲歌》之一。《乐府诗集》卷四十九引《古今乐录》说是此曲有送声云"叛儿教侬不复相思"，故名。此曲第二首与《读曲歌》第七十六全同。

西乌夜飞[1]（四首选二）

其一

日从东方出，团团鸡子黄。夫归恩情重，怜欢故在旁。

其四

感郎崎岖情，不复自顾虑。臂绳双人结，遂成同心去。

〔1〕《西乌夜飞》:《西曲歌》之一。《宋书·乐志》认为是沈攸之作。《乐府诗集》卷四十九引《古今乐录》更认为此曲"和声"云"白日落西山,归去来","送声"云"折翅乌,飞何处,被弹归",故名。但从现存歌辞看,似均为民间情歌。

月节折杨柳歌[1](十三首选二)

八月歌

迎欢裁衣裳,日月流如水,白露凝庭霜。折杨柳。夜闻捣衣声,窈窕谁家妇[2]。

十一月歌

素雪任风流,树木转枯悴,松柏无所忧。折杨柳。寒衣履薄冰,欢讵知侬否。

〔1〕《月节折杨柳歌》:《西曲歌》之一。每月一歌,末附《闰月歌》,共十三首。
〔2〕窈窕(yǎo tiǎo 咬挑):美好。

舞曲歌辞[1]

晋拂舞歌诗[2]（五首选一）

独漉篇[3]

独漉独漉[4]，水深泥浊。泥浊尚可，水深杀我。雍雍双雁[5]，游戏田畔。我欲射雁，念子孤散[6]。翩翩浮萍，得风遥轻。我心何合，与之同并。空床低帷[7]，谁知无人。夜衣锦绣，谁别伪真[8]。刀鸣削中，倚床无施[9]。父冤不报，欲活何为。猛虎班班[10]，游戏山间。虎欲啮人[11]，不避豪贤。

〔1〕《舞曲歌辞》：《乐府诗集》所载《舞曲歌辞》分为"雅舞"及"杂舞"两个部分。"雅舞"是郊庙朝会宴享时所用，大抵歌颂帝王功德，艺术价值不高。《杂舞》中有一部分亦为庙堂所用，但其中有些歌辞颇有艺术价值，疑采自民歌或文人创作。如《晋拂舞歌诗》中《碣石篇》即取自曹操《步出夏门行》。其他如《白纻歌辞》等，都有一些较好的歌辞。

〔2〕《晋拂舞歌诗》：属《舞曲歌辞》。据《宋书·乐志》，起于东晋，据说是吴地舞曲。但沈约等人从其歌辞考察，认为不像吴歌。

〔3〕《独漉篇》：此首风格高古，疑取古辞。但通篇意义不甚连贯，疑乐官拼凑几首诗而成。清张玉谷《古诗赏析》卷十五认为是"此誓报

父仇之诗",恐难概括全篇。

〔4〕独漉:二字不详。一作"独禄";一作"独鹿"。《乐府诗集》卷五十四引《伎录》云:"求禄求禄,清白不浊。清白尚可,贪污杀我。"认为疑是讽刺之辞。张玉谷认为"漉音鹿,渗也,水下流处。独漉,言独居水下流处也。"疑出臆测。按:"独漉"叠韵,而"漉"、"禄"同音,皆属"屋部"。又"求"即"裘"古文。"裘",《类篇》云:"又渠竹切",则古音与"禄"、"漉"亦叠韵。颇疑"独漉"即"求禄"一音之转。"水深泥浊"喻仕途昏暗也,较《伎录》所载,更深一层。

〔5〕雝雝:通"噰噰"。雁鸣声。

〔6〕子:指雁。

〔7〕低帷:垂下帷帐。

〔8〕"夜衣"二句:此句化用《史记·项羽本纪》:"富贵不归故乡,如衣锦夜行,谁知之者。"

〔9〕削(xiāo 消):刀剑的套子。施:使用。

〔10〕班班:同"斑斑",形容老虎的毛色。

〔11〕啮(niè 聂):咬。

晋白纻舞歌诗[1](三首选二)

其一

轻躯徐起何洋洋,高举两手白鹄翔[2]。宛若龙转乍低昂,凝停善睐容仪光[3]。如推若引留且行,随世而变诚无方。舞以尽神安可忘,晋世方昌乐未央。质如轻云色如银[4],爱之遗谁赠佳人。制以为袍馀作巾,袍以光躯巾拂尘[5]。丽服在御会嘉宾[6],醪醴盈樽美且淳[7]。清歌徐舞降祇神,四座欢乐胡可陈。

〔1〕《晋白纻舞歌诗》:此曲据《宋书·乐志》说是吴地舞蹈。纻(zhù 助):苎麻织成的布,本为吴地所出。这种乐曲本是吴地民间歌舞,但这里所录歌辞,大约经乐官加工。

〔2〕洋洋:舞的样子。这两句形容起舞时的姿态,两手高举好像白鹄起飞。

〔3〕宛若:好像。乍(zhà 诈):忽然。低昂:忽高忽低。睐(lài 赖):看。

〔4〕"质如"句:形容白纻的轻软洁白。

〔5〕躯:原作"驱",依《宋白纻舞歌诗》改,文义较顺。

〔6〕丽服在御:穿上美丽的衣服。

〔7〕醪醴(láo lǐ 牢理):甜美的醇酒。淳(chún 纯):同"醇",酒味厚。

其二

双袂齐举鸾凤翔,罗裾飘飘昭仪光[1]。趋步生姿进流芳,鸣弦清歌及三阳[2]。人生世间如电过,乐时每少苦日多。幸及良辰耀春华,齐倡献舞赵女歌。羲和驰景逝不停[3],春露未晞严霜零。百草凋索花落英,蟋蟀吟牖寒蝉鸣[4]。百年之命忽若倾,早知迅速秉烛行。东造扶桑游紫庭[5],西至昆仑戏曾城[6]。

331

〔1〕袂(mèi 妹):衣袖。裾(jū 居):衣襟。
〔2〕三阳:即三春。
〔3〕羲和:日神的御者,这里借指时光。
〔4〕牖(yǒu 酉):窗。
〔5〕扶桑:日出的地方。紫庭:本帝王所居,这里代指神仙的宫阙。
〔6〕曾城:传说中昆仑山上的地名,神仙的住处。

西洲曲[1]

忆梅下西洲,折梅寄江北[2]。单衫杏子红,双鬓鸦雏色[3]。西洲在何处,两桨桥头渡[4]。日暮伯劳飞,风吹乌臼树[5]。树下即门前,门中露翠钿[6]。开门郎不至,出门采红莲。采莲南塘秋,莲花过人头。低头弄莲子,莲子清如水[7]。置莲怀袖中,莲心彻底红[8]。忆郎郎不至,仰头望飞鸿[9]。鸿飞满西洲,望郎上青楼[10]。楼高望不见,尽日栏干头。栏干十二曲,垂手明如玉。卷帘天自高,海水摇空绿[11]。海水梦悠悠[12],君愁我亦愁。南风知我意,吹梦到西洲。

〔1〕《西洲曲》:这首诗在南朝乐府民歌中可称压卷之作。它的作者据有些版本说是江淹或梁武帝,都不可信。逯钦立先生认为是东晋的民歌。此曲当是无名氏古辞,其产生时代大抵为东晋南朝,很难确定。关于"西洲"地址,余冠英先生据唐温庭筠《西洲词》中"西洲风色好,遥见武昌楼"二句,认为在武昌(今湖北鄂城)一带,较可信。

332

〔2〕下:落下。这两句是说想起梅花落下时节的往事,因此折梅寄给身在江北的情人。

〔3〕鸦鹐:小乌鸦。鸦鹐色:形容黑色。

〔4〕"两桨"句:意思说用两桨从桥头划船就可到。

〔5〕伯劳:鸟名。乌臼树:南方一种树木。

〔6〕翠钿:翡翠镶嵌的首饰。

〔7〕"莲子"句:暗喻"怜子"之心,清澈如水。

〔8〕"莲心"句:表示自己的心彻底红(真诚)。

〔9〕飞鸿:雁,古人以为雁能传书。

〔10〕青楼:青漆涂饰的楼,女子所居。

〔11〕海水:疑指鄂城西边的梁子湖,古人有时称湖泊为"海"。"海水摇空绿",喻湖面之大,近似王勃《腾王阁亭》所说"秋水共长天一色"的意思。

〔12〕"海水"句:见了海水的广阔深远,觉得自己思念的梦境亦极深广。

长干曲〔1〕

逆浪故相邀〔2〕,菱舟不怕摇。妾家杨子住,便弄广陵潮〔3〕。

〔1〕《长干曲》:这是长江下游的民歌。"长干"是今南京市附近的地名。

〔2〕"逆浪"句:迎着浪涛故意去遮拦,意即故意逆浪而行。

〔3〕杨子:即杨子津,在今江苏省长江北岸。广陵潮:"广陵"即今扬州市。枚乘《七发》:"将以八月之望,与诸侯远方交游兄弟,并往观涛

乎广陵之曲江。"

东飞伯劳歌[1]

东飞伯劳西飞燕,黄姑织女时相见[2]。谁家女儿对门居,开颜发艳照里间。南窗北牖桂月光,罗帷绮帐脂粉香。女儿年几十五六[3],窈窕无双颜如玉。三春已暮花从风,空留可怜谁与同[4]。

〔1〕《东飞伯劳歌》:此篇《玉台新咏》、《艺文类聚》及《乐府诗集》皆题"古辞"。《文苑英华》题"梁武帝"作,误。"伯劳",鸟名。
〔2〕黄姑:即"河鼓",星名。
〔3〕几:将近。
〔4〕"三春"二句:比喻时光易过,女儿虽可爱,尚未有夫家。

河中之水歌[1]

河中之水向东流,洛阳女儿名莫愁[2]。莫愁十三能织绮,十四采桑南陌头。十五嫁为卢家妇[3],十六生儿字阿侯[4]。卢家兰室桂为梁,中有郁金苏合香。头上金钗十二行,足下丝履五文章[5]。珊瑚挂镜烂生光[6],平头奴子提履箱[7]。人生富贵何所望,恨不早嫁东家王[8]。

〔1〕《河中之水歌》:此诗《玉台新咏》作"古辞"。《乐府诗集》卷八十五题"梁武帝"作,误。

〔2〕莫愁:古代美女名,参看《清商曲辞·莫愁乐》注〔1〕。

〔3〕卢家妇:卢姓是范阳(今北京附近)大族,自汉末以来豪贵。

〔4〕阿侯:传说中莫愁之子。

〔5〕"足下"句:指脚上穿上五色的丝制鞋子。

〔6〕珊瑚挂镜:以珊瑚装饰的镜子。

〔7〕平头奴子:指家奴。

〔8〕东家王:吴兆宜《玉台新咏注》据《襄阳耆旧传》,以为指三国魏王昌,为东平相。恐误。"东家王",当即东邻王姓,泛指平民。这是承上句"人生富贵何所望"而来,认为卢家富贵不足恋。

苏小小歌〔1〕

我乘油壁车〔2〕,郎乘青骢马。何处结同心,西陵松柏下〔3〕。

〔1〕苏小小:南齐时钱塘(今浙江杭州)的女子。据说是名娼。

〔2〕油壁车:用油漆涂饰车壁的车,当时是贵族所乘,这里用以表示豪华。

〔3〕西陵:在钱塘之西,孤山的西北侧。

(四)东晋南朝文人乐府诗

合欢诗[1]（五首）

（东晋）杨方[2]

其一

虎啸谷风起，龙跃景云浮[3]。同声好相应，同气自相求[4]。我情与子亲，譬如影追躯。食共同根穗，饮共连理杯[5]。衣共双丝绢，寝共无缝裯[6]。居愿接膝坐，行愿携手趋。子静我不动，子游我不留。齐彼同心鸟，譬彼比目鱼。情至断金石，胶漆未为牢。但愿长无别，合形作一躯。生为并身物，死为同棺灰。秦氏自言至，我情不可俦[7]。

〔1〕《合欢诗》：始见于《玉台新咏》，《乐府诗集》卷七十六录为《杂曲歌辞》。这首诗写的是女子想与男子同心相处形影不离，又忧其不成。

〔2〕杨方：字公回，东晋初人，少好学，有异才，王导辟为掾属，官至东安太守，迁司徒参军事。著有《五经钩沉》等书，有集二卷，今并佚。仅存这组诗。

〔3〕谷风：东风，指和煦之风。又一说大风。景云：祥云。这两句取意于《周易·乾·文言》："云从龙，风从虎。"

〔4〕"同声"二句：取义于《周易·乾·文言》："同声相应，同气相求。"

〔5〕同根穗：指生长在同一根上的稻穗。连理杯：连理木制的杯子。

〔6〕 裯(chóu 俦):被子。
〔7〕 秦氏:指东汉人秦嘉,有《赠妇诗》三首(见《玉台新咏》),表现了对妻子的感情。自言至:自以为最强。"我情"句:是说自己感情连秦嘉也无法相比。

其二

磁石引长针,阳燧下炎烟[1]。宫商声相和,心同自相亲。我情与子合,亦如影追身。寝共织成被,絮共同功绵[2]。暑摇比翼扇,寒坐并肩毡。子笑我必哂,子蹙我无欢[3]。来与子共迹,去与子同尘。齐彼蛩蛩兽,举动不相捐[4]。唯愿长无别,合形作一身。生有同室好,死成并棺民。徐氏自言至,我情不可陈[5]。

〔1〕 阳燧:古人取火用的工具,是金属的钻子,用它钻木取火。
〔2〕 同功绵:两蚕共作一茧,其丝叫同功绵。
〔3〕 哂(shěn 审):微笑。蹙(cù 醋):皱眉。
〔4〕 蛩蛩(qióng 琼):古人传说中的奇兽,形似马。另一种兽叫"蹶"(jué 厥)。蹶找到好草,一定给蛩蛩吃;遇险时,蛩蛩就背着蹶逃去。见《尔雅·释地》及《韩诗外传》等书。捐:丢弃。
〔5〕 徐氏:指徐淑,秦嘉妻,有《答秦嘉诗》。"我情"句:指自己的心情是徐淑不能并论的。

其三

独坐空室中,愁有数千端。悲响答愁叹,哀涕应苦言。彷徨四顾望,白日入西山。不睹佳人来[1],但见飞鸟还。飞鸟亦何乐,夕宿自作群。

〔1〕佳人:这里当指男子。《楚辞·九章·悲回风》:"惟佳人之永都兮。"此佳人指楚王;《三国志·魏志·曹真传》注引《魏氏春秋》载桓范说:"曹子丹佳人。"此佳人指曹真。

其四

飞黄衔长辔,翼翼回轻轮[1]。俯涉渌水涧,仰过九层山。修途曲且险,秋草生两边。黄华如沓金[2],白花如散银。青敷罗翠采,绛葩象赤云[3]。爰有承露枝,紫荣合素芬[4]。扶疏垂清藻,布翘芳且鲜[5]。目为艳采回,心为奇色旋[6]。抚心悼孤客,俯仰还自怜。踟蹰向壁叹,揽笔作此文。

〔1〕飞黄:传说中黄帝所乘的骏马。翼翼:祥和的样子。回轻轮:同"回车"。

〔2〕沓(tà 踏):连片重叠。

〔3〕青敷:指分布于各处的植物一片青翠。绛葩(pā 趴):红色的花。

〔4〕爰:语气辞。承露枝:被露水所滋润的树枝。紫荣:紫色的花。树木的花叫"荣"。素芬:白色初生的花。

〔5〕扶疏:枝条下垂四布。清藻:指文采。布:分布。翘:茂盛。陆机《叹逝赋》:"玩春翘而有思。"李善注:"翘:茂盛貌。"

〔6〕回:转目观看。旋:心理起伏。

341

其五

南邻有奇树,承春挺素华。丰翘被长条,绿叶蔽朱柯[1]。因风吹微音,芳气入紫霞。我心羡此木,愿徙着予家。夕得游其下,朝得弄其葩。尔根深且坚,予家浅且洿[2]。移植良无期[3],叹息将如何。

〔1〕丰翘:繁茂的样子。参看其四注〔5〕。柯:树的主干。
〔2〕尔:指树。洿(wū 乌):低湿。
〔3〕良:实在。

大道曲[1]

(东晋)谢尚[2]

青阳二三月,柳青桃复红。车马不相识,音落黄埃中。

〔1〕《大道曲》:据《乐府诗集》卷七十五引《乐府广题》说,谢尚为镇西将军,曾着紫罗襦,坐胡床在市中弹琵琶并作《大道曲》,人们不知他官至三公。
〔2〕谢尚(308—357):陈郡阳夏(今河南太康)人,官至尚书仆射。

拟挽歌辞[1]（三首）

（东晋）陶潜[2]

其一

有生必有死,早终非命促[3]。昨暮同为人,今旦在鬼录[4]。魂气散何之,枯形寄空木[5]。娇儿索父啼,良友抚我哭。得失不复知,是非安能觉。千秋万岁后,谁知荣与辱。但恨在世时,饮酒不得足。

〔1〕《拟挽歌辞》三首:《文选》仅录第三首,作《挽歌诗》。《乐府诗集》作《挽歌》,以"荒草何茫茫"为第一首;"有生必有死"和"在昔无酒饮"为第二和第三首。从文意看来,"有生"首写人刚死时情景,当为第一首;"在昔"首写行将启行赴墓地时祭奠事,当为第二首;"荒草"首写出殡及入葬后事,当为第三首,且二三两首起句与一二两首末尾均有连贯性。今从本集,不从《乐府诗集》。

〔2〕陶潜(365—427):本名渊明,字元亮,浔阳柴桑(今江西九江)人。晋代名臣陶侃曾孙,晋宋间的大文学家及著名隐士。他生当东晋末年政局混乱,高门士族把持朝政的时代,早年虽曾有志做一番事业,但因看不惯官场的黑暗,所以前后出任过江州祭酒、镇军参军、彭泽令等职,任期都很短,不久即弃官归隐。晚年生活比较贫困,却能躬耕自资,不受征辟。他的诗以平易自然为特色,为田园诗人的杰出代表。但也有一

343

些对黑暗现实表示不满的金刚怒目式的诗篇。他的辞赋和散文也有不少名作。其中《桃花源记》并诗,写出了一个乌托邦式的社会理想,尤其值得重视。有《陶渊明集》。

〔3〕"早终"句:意思是说人的生死是自然常理,无所谓长短。

〔4〕鬼录:即鬼魂的名册。古人认为人死后要归"太山府君"管理。

〔5〕"魂气"句:古人认为人的生死是由于气的聚散。死后魂气消散,只剩下躯壳寄放于空木(棺材)之中。

其二

在昔无酒饮,今但湛空觞[1]。春醪生浮蚁[2],何时更能尝。肴案盈我前[3],亲旧哭我旁。欲语口无音,欲视眼无光。昔在高堂寝,今宿荒草乡[4]。(荒草无人眠,极视正茫茫[5]。)一朝出门去,归来良未央[6]。

〔1〕湛:清澈。这句是说现在祭奠者徒然将酒注入空觞。

〔2〕春醪(láo 劳):春天新酒初熟,尚有糟滓,较浊。浮蚁:指浮在酒面上的糟滓,形如蚁状。

〔3〕肴案:"肴"指祭奠时的菜肴。"案"是盛食品的器皿。

〔4〕"昔在"二句:这两句是说生时居于堂室之中,死后埋葬在荒原中。

〔5〕极视:极目望去。茫茫:空阔无边。按:"荒草"二句,本集有的版本无此二句,《乐府诗集》有。观此二句与下首起句有呼应,似不宜缺。

〔6〕良:确实。未央:没有期限。这是说死者出葬后永无归期。

其三

荒草何茫茫,白杨亦萧萧[1]。严霜九月中,送我出远郊。四面无人居,高坟正嶕峣[2]。马为仰天鸣,风为自萧条[3]。幽室一已闭,千年不复朝[4]。千年不复朝,贤达无奈何。向来相送人,各自还其家。亲戚或馀悲,他人亦已歌[5]。死去何所道,托体同山阿[6]。

〔1〕萧萧:白杨在风中发出的声响。

〔2〕嶕峣(jiāo yáo 焦尧):高的样子。

〔3〕萧条:指使人悲凄的萧瑟风声。这两句一作"鸟为动哀鸣,林风自萧条"。

〔4〕朝(zhāo 昭):早晨。这里指天亮。

〔5〕"他人"句:指送葬者中关系疏远的已不再悲痛。用《论语·述而》"子于是日哭,则不歌"典。

〔6〕"托体"句:指死后化为尘土与山陵同在。

怨诗[1]

(东晋)陶潜

天道幽且远,鬼神茫昧然[2]。结发念善事,僶俛六九年[3]。弱冠逢世阻,始室丧其偏[4]。炎火屡焚如,螟蜮恣中田[5]。

345

风雨纵横至,收敛不盈廛[6]。夏日抱长饥,寒夜无被眠。造夕思鸡鸣,及晨愿乌迁[7]。在己何怨天,离忧凄目前[8]。吁嗟身后名,于我若浮烟[9]。慷慨独悲歌,钟期信为贤[10]。

〔1〕《怨诗》:本集作《怨诗楚调示庞主簿邓治中》。此诗作于晋安帝义熙十四年(418),时陶潜年五十四。诗的内容是写陶潜的不幸遭遇,所以选用乐府《楚调曲》的题目。但此诗恐未尝谱曲歌唱。

〔2〕幽:深远暧昧。茫昧然:渺茫无征。这两句写天道、鬼神皆不可知,未必能福善祸淫。

〔3〕结发:指少年刚成人之时。古人十五岁开始"结发",作为成人标志。俛俛(mǐn miǎn 敏免):谨慎小心做人。六九:指五十四岁。

〔4〕弱冠:指二十岁。古代人二十岁要行"冠礼"。世阻:指家庭衰落。始室:三十岁。古人男子三十而婚。丧其偏:丧妻。

〔5〕焚如:焚烧。《周易·离·九四爻辞》:"突如其来如,焚如,死如,弃如。"这句意谓屡遭火灾。陶潜曾遭火灾,见《戊申岁六月中遇火》诗。蜮(yù 遇):害虫。中田:田亩中。

〔6〕廛(chán 蝉):居室。

〔7〕造夕:到了夜间。乌迁:太阳西下。古人认为日中有三足乌。这两句说由于贫困,度日困难,到夜里盼天亮,白天又盼天黑。

〔8〕离:同"罹",遭受。

〔9〕"于我"句:形容不足计较。语出《论语·述而》:"不义而富且贵,于我如浮云。"

〔10〕钟期:即钟子期,据《淮南子·修务训》记载:伯牙弹琴,钟子期听声知道其心意所在。后来人们引申以为知音的代称。司马迁《报任安书》:"钟子期死,伯牙终身不复鼓琴。"陶潜用以说明自己的困苦是由于不被别人了解,而以庞主簿和邓治中为知音。

琴歌[1]（二首）

（前秦）赵整[2]

其一

昔闻盟津河[3]，千里作一曲[4]。此水本自清，是谁乱使浊。北园有枣树，布叶垂重阴。外虽多棘刺，内实有赤心。

〔1〕《琴歌》：据《高僧传》卷一《昙摩难提附赵正传》，这两首诗作于前秦苻坚后期，乃讽刺苻坚"宠惑鲜卑，怠于治政"之作。苻坚听后曾认为前首是讽谏，后首乃自况。当是。

〔2〕赵整：字文业，略阳清水（今甘肃清水）人。十六国前秦官员，有人说是宦官。赵整信佛，对佛经翻译曾有贡献。苻坚死后，其隐居陕南商洛山中，从事前秦史的编写。卒于385年以后，具体生卒年不详。

〔3〕盟津：即孟津。

〔4〕曲：转弯处。

劳歌[1] (二首)

(宋)伍缉之[2]

其一

幼童轻岁月,谓言可久长。一朝见零悴,叹息向秋霜。迍邅已穷极[3],疢痾复不康[4]。每恐先朝露[5],不见白日光。庶及盛年时,暂遂情所望。吉辰既乖越,来期眇未央[6]。促促岁月尽,穷年恐怨伤。

〔1〕《劳歌》:写人生的困苦,悲叹不遇知音,无所依靠。
〔2〕伍缉之:东晋末刘宋初人。宋时曾为奉朝请,著有《从征记》,今佚。存诗二首及佚句二句。
〔3〕迍邅(zhūn zhān 谆沾):困苦而不能前进。《周易·屯卦》:"迍如邅如。"
〔4〕疢(chèn 衬):病。痾(ē 婀):重病。
〔5〕先朝露:代指死。
〔6〕眇未央:形容渺茫遥远。

其二

女萝依附松,终已冠高枝[1]。浮萍生托水,至死不枯萎。伤哉抱关士,独无松与期[2]。颜色似冬草,居身苦且危[3]。幽生重泉下,穷年冰与澌[4]。多谢负郭生,无所事六奇[5]。劳为社下宰,时无魏无知[6]。

〔1〕"女萝"二句:借女萝依附松树爬到高处喻一些人依附权贵向上爬。

〔2〕抱关士:守城门的人,指地位低下者。"独无"句:却没有松树可依附。

〔3〕"颜色"二句:形容生活危苦,如冬天的草那样枯萎。"颜"原作"月",疑误。今据文意改。

〔4〕重泉:地下。澌(sī 斯):随水流动的冰。

〔5〕负郭生:指西汉陈平,他早年家贫,居负郭穷巷,以席为门。六奇:指陈平曾为刘邦六次出奇计。

〔6〕社下宰:陈平在乡里时曾为宰(主持分配祭祀所用肉给众人的人),故称"社下宰"。魏无知:陈平为刘邦宠任后,有人说他品行不好,魏无知向刘邦说:"陈平有才能,对事业有利,不在品行。"刘邦因此信用陈平。事见《史记·陈丞相世家》。

折杨柳行[1]

(宋)谢灵运[2]

骚屑出穴风,挥霍见日雪[3]。飕飕无久摇,皎皎几时洁。未觉泮春冰,已复谢秋节[4]。空对尺素迁[5],独视寸阴灭。

否桑未易系[6]，泰茅难重拔[7]。桑茅迭生运，语默寄前哲[8]。

[1]《折杨柳行》：《乐府诗集》所载谢灵运所作《折杨柳行》凡二首，第一首（"郁郁河边树"），逯钦立据《北堂书钞》、《艺文类聚》和《白帖》所引诗句皆作"魏文帝"，因此考定为曹丕的《见挽船士兄弟辞别诗》，可视为定论。现在所选的是第二首。

[2] 谢灵运（385—433）：祖籍陈郡阳夏（今河南太康）人，谢玄之孙，东晋末，袭爵康乐公，曾入刘裕幕，任黄门侍郎等职，并奉使至彭城。入宋后曾任永嘉太守、临川内史诸职。谢灵运平生好游山水，以山水诗著名，史称他"文章之美，江左莫逮"。后因恃才纵傲，被流放广州，又被诬以谋反杀害。有集二十卷，今佚。明人张溥辑有《谢康乐集》。

[3] 骚屑：风声。刘向《九叹·思古》："风骚屑以摇木兮。"挥霍：迅速的样子。

[4] 泮（pàn 判）：溶解。这两句写时光易逝，一年很快过去。还没感知春天河中解冻，却又到了秋季已经逝去之时。

[5] 尺素：今人顾绍柏《谢灵运集注》以为是"尺表"之误。尺表指古代的利用日影测时的仪器。

[6]"否桑"句：《周易·否卦·九五爻辞》："休否，大人吉。其亡其亡，系于苞桑。"苞桑枝干脆弱，以喻衰亡危殆。但贵人只要停止作恶，仍可得吉利。这里是说像《否卦》中那样危殆，要得吉利很难。

[7]"泰茅"句：《周易·泰卦·初九爻辞》："拔茅茹以其汇。征吉。"意为拔茅茹（茜草）时以类寻找即可得到，出外吉利。这里借以说明再想出外得利，恐怕很难。

[8] 桑茅："桑"指"系于苞桑"，亦即停止。"茅"指"拔茅茹以其汇，征吉"，亦即出行。迭：更迭。语默：用《周易·系辞上》"君子之道，

或出或处,或默或语"典故。意为当"出"与"语"或"处"与"默",须效法前贤,视时机而行。

泰山吟[1]

(宋)谢灵运

岱宗秀维岳[2],崔崒刺云天[3]。岝崿既崄巇[4],触石辄千眠[5]。登封瘗崇坛[6],降禅藏肃然[7]。石闾何唵蔼[8],明堂祕灵篇[9]。

〔1〕《泰山吟》:《相和歌辞·楚调曲》之一。《乐府诗集》卷四十一引《乐府解题》说:"《泰山吟》,言人死精魂归于泰山,亦《薤露》、《蒿里》之类也。"

〔2〕岱宗:即泰山。岳:指五岳之一。

〔3〕崔崒(zú 足):高峻。

〔4〕岝崿(zuò è 作谔):形容山高。崄巇(xiǎn xī 险羲):崎岖危险。

〔5〕千眠:《初学记》卷五作"迁绵",草木茂盛的样子。

〔6〕瘗(yì 义):埋。据《汉书·武帝纪》,皇帝举行封禅大典时,要在高坛下埋葬玉璧。

〔7〕禅:封禅大典时皇帝上泰山行"封礼"后,再下山到山的东边梁甫山行"禅礼",或在山的东北肃然山行"禅礼"。藏:藏封禅的文书。

〔8〕石闾:山名,在泰山南边的小山。唵(àn 暗)蔼:形容云气笼罩。

〔9〕明堂:祭祀用的殿堂。祕:藏,见《广雅》。灵篇:封禅用的文书,古人称为"玉牒"。(以上据《史记·封禅书》)

351

会吟行[1]

(宋)谢灵运

六引缓清唱,三调伫繁音[2]。列筵皆静寂,咸共聆会吟[3]。会吟自有初,请从文命敷[4]。敷绩壶冀始[5],刊木至江汜[6]。列宿炳天文,负海横地理[7]。连峰竞千仞,背流各百里[8]。滮池溉粳稻,轻云暧松杞[9]。两京愧佳丽,三都岂能似[10]。层台指中天,高墉积崇雉[11]。飞燕跃广途,鹢首戏清沚[12]。肆呈窈窕容,路曜婑娟子[13]。自来弥世代,贤达不可纪。句践善废兴,越叟识行止[14]。范蠡出江湖,梅福入城市[15]。东方就旅逸,梁鸿去桑梓[16]。牵缀书土风,辞殚意未已[17]。

〔1〕《会吟行》:"会"(kuài 快)指会稽,即今浙江绍兴一带。谢灵运此诗,显然是模仿陆机《吴趋行》,写会稽的风土。

〔2〕六引:《相和歌辞》中有《相和六引》。三调:指《相和歌辞》中的"清商三调歌诗"。

〔3〕列筵:在席上坐的众人。聆(líng 铃):听取。

〔4〕文命:指夏禹。敷:整顿陈列。

〔5〕"敷绩"句:整治水土之功绩自壶口和冀州开始。《尚书·禹贡》:"冀州既载,壶口治梁及岐。"

〔6〕刊木:砍伐树木。《尚书·禹贡》:"禹敷土,随山刊木。"江汜

(sì 祀):江边。

〔7〕列宿:即列星。据《汉书·地理志》,吴越之地是斗星的分野。负海:背靠大海。

〔8〕竞千仞:八尺为一仞,千仞是形容其高。"竞"是形容许多高山互比高低。背流:指各水分流。

〔9〕滮(biāo 标)池:池水流动的样子。语出《诗经·小雅·白华》:"滮池北流,浸彼稻田。"暧:荫蔽。杞(qǐ 起):山中的乔木。

〔10〕两京:长安和洛阳。三都:三国都城邺、成都和建业。

〔11〕层台:多层的楼台。雉:城上女墙。

〔12〕飞燕:即"飞燕骝",良马名。鹢(yì 益)首:船名。船头作水鸟头的形状,故名。沚(zhǐ 止):水中小块陆地。

〔13〕肆:店铺,这里指店中的人。嬢(pián 骈)娟:苗条美好的样子。

〔14〕越叟:指越王句践师事的越公。

〔15〕范蠡:越王句践的谋臣,灭吴后他乘船离越,泛游江湖。梅福:汉代人,王莽专权时,他弃家出走,据说成了仙,有人说在吴地为看守城门的吏卒。(吴地当时是会稽郡治所。)

〔16〕梁鸿:东汉人,因不满朝政,弃家到吴地,给人舂米自给。桑梓:家乡。

〔17〕殚(dān 单):尽。

白马篇[1]

(宋)袁淑[2]

剑骑何翩翩,长安五陵间[3]。秦地天下枢,八方凑才贤[4]。

荆魏多壮士,宛洛富少年[5]。意气深自负,肯事郡邑权[6]。籍籍关外来,车徒倾国廛[7]。五侯竞书币,群公亟为言[8]。义分明于霜,信行直如弦。交欢池阳下,留宴汾阴西[9]。一朝许人诺,何能坐相捐[10]。彯节去函谷,投珮出甘泉[11]。嗟此务远图,心为四海悬。但营身意遂,岂校耳目前[12]。侠烈良有闻,古来共知然。

〔1〕《白马篇》:《文选》作《效曹子建乐府〈白马篇〉》。

〔2〕袁淑(408—453):字阳源,陈郡阳夏(今河南太康)人。刘宋时官至太子左卫率。因谏阻太子刘劭谋杀宋文帝事被害。明张溥辑有《袁阳源集》。

〔3〕五陵:西汉五个帝王的陵墓,在长安之北,高祖长陵、惠帝安陵、景帝阳陵、武帝茂陵和昭帝平陵。当时富贵之家多居于五陵一带。

〔4〕"秦地"句:指关中一带是西汉政治中心,故为天下的枢纽。"八方"句:八方的贤才都来汇集于此。

〔5〕荆:楚地,今湖北等地。魏:今河南及山西一带。宛:今河南南阳。

〔6〕"意气"二句:意思说这些壮士深自以意气自尊,不肯受郡县官吏支配。

〔7〕籍籍:名声很高。车徒:车骑与仆从。国廛(chán 缠):"廛"同"廛",意为民居或市肆地。"国廛"指国都中的居民。

〔8〕五侯:指西汉外戚王氏兄弟五人:王谭、王立、王根、王商、王逢时。书币:"币"指礼物。古人拜访别人,要送礼,且写上名字,故称"书币"。亟(qì契):屡次。

〔9〕池阳:汉县名,属左冯翊,在今陕西东部。汾阴:汉县名,属河东

郡,在今山西南部。

〔10〕捐:放弃。

〔11〕麃(biāo 彪)节:抛弃手中所持节信。函谷:指函谷关。珮(pèi佩):腰间所挂玉制饰品。甘泉:宫名,旧址在今陕西。

〔12〕"但营"句:但求自己的心意得以实现。校:计较。耳目前:眼前细小的事。

自君之出矣[1]

(宋)刘骏[2]

自君之出矣,金翠阁无精。思君如日月,回环昼夜生。

〔1〕《自君之出矣》:三国徐干诗句,刘骏用为诗题。

〔2〕刘骏(430—464):即宋孝武帝,字休龙。宋文帝子。元嘉三十年,刘劭杀文帝,刘骏起兵讨伐,遂继帝位。

宋鼓吹铙歌[1](十五首选一)

(宋)何承天[2]

雉子游原泽篇[3]

雉子游原泽,幼怀耿介心[4]。饮啄虽勤苦,不愿栖园林[5]。

355

古有避世士,抗志青霄岑[6]。浩然寄卜肆[7],挥棹通川阴[8]。逍遥风尘外,散发抚鸣琴[9]。卿相非所眄[10],何况于千金。功名岂不美,宠辱亦相寻[11]。冰炭结六府[12],忧虞缠胸襟。当世须大度,量己不克任。三复泉流诫,自惊良已深[13]。

〔1〕《宋鼓吹铙歌》:凡十五首,见《宋书·乐志》。据云是何承天在义熙(晋安帝年号,405—418)中私造。《乐府诗集》卷十九认为未被歌唱,虽有汉曲旧名,"大抵别增新意"。从入选的这一首看,似乎也可以看出这一点。

〔2〕何承天(370—447):东海郯(今山东郯城)人。南朝宋历法家、史学家和文学家。历任著作郎、御史中丞等官。曾定《元嘉历》。《隋书·经籍志》著录有他的《礼论》三百卷、《何承天集》二十卷,今均佚。存《安边论》及《宋鼓吹铙歌》十五首。

〔3〕《雉子游原泽篇》:这首诗显然取第一句命名。表现了隐居不仕的志节,和一般"鼓吹铙歌"之歌颂帝王功德不同。此诗取《汉铙歌·雉子班》的"雉子"二字,实际上已是一首成熟的五言招隐诗。

〔4〕原泽:原野和川泽。耿介:刚直不群。

〔5〕"饮啄"二句:以雉子栖居原野,不愿受人豢养,比喻士人虽生活艰苦,不愿出去做官。

〔6〕青霄:青云。岑:山小而高,这里泛指山。

〔7〕卜肆:占卜的场所。这句是用西汉末严君平隐居成都卖卜为生的典故。

〔8〕挥棹:摇船。这句用《楚辞·渔父》中渔父唱了《沧浪歌》后,鼓枻(摇船)而去的典故。

〔9〕散发:古人做官的必须束发插簪冠带。隐士可以不拘礼节,散

发。嵇康《幽愤诗》:"散发岩岫。"

〔10〕眄(miàn面):斜视。

〔11〕"宠辱"句:意谓宠辱总是相继而来。

〔12〕冰炭:形容心中的矛盾。东方朔《七谏·自悲》:"冰炭不可以相并兮,吾固知乎命之不长。"六府:同"六腑"。

〔13〕三复:多次复习考虑。泉流诫:语出《孟子·离娄上》所引典故:有童子歌而过孔子之门说:"沧浪之水清兮,可以濯吾缨;沧浪之水浊兮,可以濯我足。"孔子以此告诫学生:"清斯濯缨,浊斯濯足矣。自取之也。"

秋胡行[1]

(宋)颜延之[2]

椅梧倾高凤[3],寒谷待鸣律[4]。影响岂不怀,自远每相匹[5]。婉彼幽闲女,作嫔君子室[6]。峻节贯秋霜,明艳侔朝日[7]。嘉运既我从,欣愿从此毕[8]。
燕居未及欢,良人顾有违[9]。脱巾千里外,结绶登王畿[10]。戒徒在昧旦[11],左右相来依。驱车出郊郭,行路正威迟[12]。存为久离别,没为长不归。
嗟余怨行役,三陟穷晨暮[13]。严驾越风寒,解鞍犯霜露。原隰多悲凉,回飚卷高树[14]。离兽起荒蹊[15],惊鸟纵横去。悲哉游宦子,劳此山川路。
迢遥行人远,宛转年运徂[16]。良时为此别,日月方向除[17]。孰知寒暑积,俛俛见荣枯[18]。岁暮临空房,凉风起坐隅。寝兴日已寒,白露生庭芜[19]。

勤役从归愿,反路遵山河[20]。昔辞秋未素,今也岁载华[21]。蚕月观时暇[22],桑野多经过。佳人从所务,窈窕援高柯[23]。倾城谁不顾[24],弭节停中阿[25]。

年往诚思劳,路远阔音形[26]。虽为五载别,相与昧平生。舍车遵往路,凫藻驰目成[27]。南金岂不重,聊自意所轻[28]。义心多苦调,密比金玉声[29]。

高节难久淹,朅来空复辞[30]。迟迟前途尽,依依造门基[31]。上堂拜嘉庆,入室问何之[32]。日暮行采归,物色桑榆时[33]。美人望昏至,惭叹前相持[34]。

有怀谁能已,聊用申苦难[35]。离居殊年载,一别阻河关。春来无时豫,秋至恒早寒。明发动愁心[36],闺中夜长叹。惨凄岁方晏,日落游子颜[37]。

高张生绝弦,声急由调起[38]。自昔枉光尘[39],结言固终始。如何久为别,百行愆诸己[40]。君子失明义,谁与偕没齿[41]。愧彼《行露》诗[42],甘之长川氾[43]。

〔1〕《秋胡行》:这是颜延之的拟作。《文选》和《玉台新咏》皆作一首,而《乐府诗集》则分为九首。从诗的内容看,此诗每十句写一个内容,且转韵,所以依《乐府诗集》分为九首。据《南史·谢庄传》载,颜延之曾对宋孝武帝刘骏讥笑谢庄《月赋》为始知"隔千里兮共明月",谢反讥颜说,他的《秋胡诗》始知"存(生)为久离别,没为长不归"。可见此诗在当时已颇传诵。

〔2〕颜延之(384—456)：字延年，祖籍琅邪临沂(今属山东)人。少孤贫好学。及长，与谢灵运齐名。晋末曾奉命出使洛阳。入宋，官至太子舍人等职，因恃才纵谈，为执政所忌，出为始安太守，历太子中庶子领步兵校尉等职，后为金紫光禄大夫。有集三十卷，佚集一卷，今佚。明人张溥辑有《颜光禄集》。

〔3〕椅：即山桐子。《诗经·鄘风·定之方中》："椅桐梓漆。"三国吴陆玑《毛诗草木鸟兽虫鱼疏》："梓实桐皮曰椅。"古人认为梓树和梧桐是相似的乔木，故"椅梧"连举。实指梧桐。晋司马彪《赠山涛诗》："苕苕椅桐树，寄生于南岳。……昔也植朝阳，倾枝俟鸾鹜。""鸾鹜"即凤凰。颜延之此诗用这典故。

〔4〕"寒谷"句：据《文选》李善注引刘向《别录》："邹衍在燕，有寒谷不生五谷，邹子吹律而温至生黍也。"

〔5〕影响：以影随形、响随声比喻夫妇相随。匹：配。这两句是承前两句而来，意为梧桐等待着凤凰；寒谷靠吹律才能变暖。正如影和响岂不想念形和声，所以夫妇之间虽远也终须互相匹配。

〔6〕婉：美好的样子。嫔：妻。

〔7〕峻节：高尚的节操。侔：等同。

〔8〕"嘉运"二句：是说既逢好运得配君子，我的愿望也就满足了。这是拟秋胡妻的口吻。

〔9〕燕居：安居。良人：丈夫。顾有违：却要改变原意地离去。

〔10〕巾：处士所服。绶：印绶，做官人的所佩。这里写秋胡出去做官，所以脱去巾而佩上绶。王畿：帝王的京畿。

〔11〕戒徒：告诫从者。昧旦：清早天还未亮。

〔12〕威迟：进行长途跋涉的样子。

〔13〕三陟：李善《文选注》以为即《诗经·周南·卷耳》中的"陟彼高冈"、"陟彼崔嵬"、"陟彼砠矣"。这一段是作者拟秋胡在行道时怨叹

的口吻。

〔14〕隰(xí袭):低湿之地。飚(biāo彪):狂风。

〔15〕离兽:离群之兽。蹊(xī溪):小路。

〔16〕迢遥:路途遥远。宛转:展转。这里指反复循环。徂(cú粗阳平):过去。

〔17〕除:除陈布新之时叫"除",郑玄认为指夏历四月。

〔18〕僶俛(mǐn miǎn敏免):意同俯仰,亦即转瞬之间。

〔19〕芜:草。这一段是作者拟秋胡妻在秋胡外出期间的思念之情。

〔20〕"勤役"句:辛勤从役后得以实现归家的愿望。反:同"返"。

〔21〕秋未素:素是白色。古人以五行配四时,认为秋天为金,属白色。谢灵运《永初三年七月十六日之郡初发都》诗:"理棹变金素。""秋未素"指尚未入秋。载:开始。华:草木开花。

〔22〕蚕月:夏历三月。《诗经·豳风·七月》:"蚕月条桑。"

〔23〕高柯:高的树枝。

〔24〕倾城:指美貌的女子。汉李延年《歌诗》:"一顾倾人城。"

〔25〕弭(mǐ靡)节:停车。阿:大的山陵。中阿:大山陵之中。这段写秋胡在归途上见到自己妻子。

〔26〕阔:阔别。

〔27〕舍车:下车。《周易·贲·九二爻辞》:"舍车而徒。"凫藻:欢悦。《后汉书·杜诗传》:"士卒凫藻。"李贤注:"言其和睦欢悦,如凫之戏于水藻也。"这里借以比喻秋胡见美人(实即其妻)而内心喜悦。目成:用眼色相与亲近。屈原《九歌·少司命》:"忽独与予兮目成。"

〔28〕南金:南方所产黄金。《诗经·鲁颂·泮水》:"大赂南金。"这两句写秋胡不惜用黄金来求美人的欢心。

〔29〕义心:指秋胡妻拒绝赠金之辞。据李善《文选注》引《列女传》,秋胡妻说:"嘻!妾采桑奉二亲,不愿人之金。"密比:切近。这两句

言秋胡妻辞义虽悲苦,但用心严正,近于金玉之声。

〔30〕淹:淹留。这句写秋胡见到女子的高节,难于再留下搭讪。朅(qiè怯):去。朅来:偏义复词,实即离去之意。

〔31〕造:到达。这二句写秋胡碰了个没趣,慢慢行走,终于抵达家门。

〔32〕拜嘉庆:向父母拜贺衣锦还乡的喜事。"入室"句:指秋胡进入妻子房里,问她去哪里了。

〔33〕桑榆时:傍晚时太阳落到桑树、榆树的高度。

〔34〕"惭叹"句:写秋胡自感羞惭,上前拉住妻子。

〔35〕"有怀"句:心中有着愁怨谁能忍而不言。"聊用"句:聊以向你说一下我的苦难。从这二句起,为秋胡妻指责秋胡的话。

〔36〕明发:一夜到天亮。《诗经·小雅·小宛》:"明发不寐。"

〔37〕"惨凄"二句:意思是说自己心情凄切,在一年将尽,每天日落之时,更想念丈夫的容颜。

〔38〕"高张"句:用弹琴时声调太高致使琴弦断绝,比喻感情的过于激动,遂产生决绝之心。"声急"句:用乐声的急促是由曲调激昂而来,比喻言辞强烈由于怨恨极深。

〔39〕枉:委屈,谦辞,指委屈丈夫前来亲迎。光尘:容颜和音尘。

〔40〕百行:各种行为。愆(qiān谦):过失、错误。

〔41〕偕:一起。没齿:度过一生。

〔42〕《行露》诗:指《诗经·召南·行露》。此诗是写一个有妇之夫要强娶一个女子,并进行威胁,受到女子痛斥。这里借以指秋胡在路上调戏妻子之事。

〔43〕汜(sì四):水滨。这句说秋胡妻决心投水自杀,不愿再同秋胡和好。

梅花落[1]

(宋)鲍照[2]

中庭多杂树,偏为梅咨嗟。问君何独然,念其霜中能作花,露中能作实,摇荡春风媚春日。念尔零落逐风飙,徒有霜华无霜质[3]。

〔1〕《梅花落》:《汉横吹曲》之一。据《晋书·乐志》,"横吹曲"本也是一种军乐。这种音乐有"双角",是一种胡乐。汉张骞通西域,把这种乐曲传入长安,只有《摩诃兜勒》一曲,李延年因此更造二十八解新曲。魏晋以后,二十八解乐曲已散佚,只有《黄鹄》、《陇头》等十曲。其后又有《关山月》等八曲。这些乐曲的歌辞均已亡佚。现在所见的大抵为六朝至唐代人的拟作。据《乐府诗集》卷二十四说:"《梅花落》,本笛中曲也。"现存的《梅花落》曲辞,以鲍照此首为最早。此诗以梅花比喻一些人,在恶劣的环境中,虽能在一个时期中能有所抗争,而最后还是难于坚持。此诗五七言句杂用、文义流畅,为历来传诵的名作。

〔2〕鲍照(414?—466):东海(今山东南部和江苏北部一带)人。南朝宋文学家。出身寒门,曾为临川王刘义庆的王国侍郎、常侍诸职。后任始兴王刘濬侍郎。孝武帝时曾为海虞令、中书舍人及秣陵令诸职。后为临海王刘子顼前军行参军。孝武帝死后,明帝刘彧杀前废帝子业自立,晋安王刘子勋起兵于江州,反对明帝,刘子顼在荆州响应子勋。明年,刘子勋战败,江陵也扰乱,鲍照为乱兵所杀。有《鲍参军集》。

〔3〕"念尔"两句:似指梅落虽能在严寒中开放,却无长久抗寒能力。

采桑[1]

(宋)鲍照

季春梅始落,女工事蚕作。采桑淇洧间[2],还戏上宫阁[3]。早蒲时结阴,晚篁初解箨[4]。蔼蔼雾满闺,融融景盈幕。乳燕逐草虫,巢蜂拾花萼。是节最暄妍,佳服又新烁[5]。敛叹对回涂,扬歌弄场藿[6]。抽琴试仔思,荐珮果成托[7]。承君郢中美,服义久心诺[8]。卫风古愉艳,郑俗旧浮薄[9]。虚愿悲渡湘,空赋笑瀍洛[10]。盛明难重来,渊意为谁涸。君其且调弦,桂酒妾行酌。

〔1〕《采桑》:这是拟《相和歌辞·陌上桑》曲调而作。但歌辞内容与《陌上桑》不同。

〔2〕淇洧(wěi 委):水名。淇水在今河南淇县东,春秋时属卫;洧水在今河南尉氏西南,春秋时属郑。

〔3〕上宫:卫国地名,见《诗经·鄘风·桑中》。

〔4〕篁(huáng 黄):竹林。箨(tuò 拓):竹笋上的皮。

〔5〕烁(shuò 朔):闪光。

〔6〕回涂:回归的道路。场藿(huò 豁):场地上的豆叶。这句用《诗经·小雅·白驹》"皎皎白驹,食我场藿,絷之维之,以永今夕"典故,表示要留住对方。

〔7〕仔(zhù 助):长时间站立。荐珮(pèi 佩):进献衣上玉珮。

〔8〕 郢中美：用宋玉《对楚王问》"客有歌于郢中者，其始曰《下里》、《巴人》，国中属而和者数千人"典故，指赏识。这两句说蒙您赏识，我服您的高义，心中久已允诺。

〔9〕 卫风：指《诗经·卫风》。郑俗：代指《诗经·郑风》。古人因《卫风》、《郑风》多情歌，斥为"淫声"，所以这样说。

〔10〕 渡湘：指屈原渡沅湘以寻湘君，见《楚辞·九歌·湘君》王逸注。瀍（chán 缠）：水名。洛：洛水。二者皆在河南洛阳附近。曹植《洛神赋》写曹植在洛水边上见宓妃。这里用这典故。

煌煌京洛行[1]

(宋) 鲍照

凤楼十二重，四户八绮窗[2]。绣栭金莲花，桂柱玉盘龙[3]。珠帘无隔露，罗幌不胜风[4]。宝帐三千所，为尔一朝容[5]。扬芬紫烟上，垂彩绿云中[6]。春吹回白日，霜歌落塞鸿[7]。但惧秋尘起，盛爱逐衰蓬。坐视青苔满，卧对锦筵空[8]。琴瑟纵横散，舞衣不复缝[9]。古来皆歇薄[10]，君意岂独浓。唯见双黄鹄，千里一相从[11]。

〔1〕《煌煌京洛行》：《相和歌辞·瑟调曲》之一。此曲古辞已佚。《乐府诗集》卷三十九引《古今乐录》载，王僧虔《技录》说此曲当时歌唱曹丕之作一篇（"夭夭园桃"）。但曹丕之作，不过是咏几个古人的事，并不涉及"京洛"。鲍照所作则写京洛盛况及对色衰爱弛的忧虑。后来戴

昺、张正见之作,皆仿此。《乐府诗集》所载鲍照之作,有两篇,另一篇"南游偃师县"为梁简文帝萧纲作,故鲍照本集不载。至于入选这一首,本集作《代陈思王京洛篇》;《玉台新咏》则作《代京洛篇》。

〔2〕凤楼:据《艺文类聚》卷六十三引《晋宫阁名》曰:"总章观、仪风楼一所,在观上,广望观之南,又别有翔凤楼。"按:《初学记》卷二十四"仪风"作"仪凤"。绮窗:雕刻花纹的窗。

〔3〕桷(jué决):方形的椽子。"绣桷"句:在雕绘的椽子上以金色莲花为装饰。"桂柱"句:以桂木为柱,用玉装饰上面雕刻的盘龙。

〔4〕幌(huǎng恍):帐幔。这两句说珠帘可以透进露水,丝织的帐幔在风中飘荡。

〔5〕"宝帐"句:写后宫人数之多。所:处。容:打扮容貌。这两句写妃嫔们为讨好君王而打扮。

〔6〕紫烟、绿云:皆指天上的烟云。这两句是说因爱幸而高升天空,比喻受宠。

〔7〕春吹:春天里的乐声。霜歌:即秋歌。塞鸿:北方边塞飞来的鸿雁。这两句写音乐之妙,使人感到几乎打动了自然界。但诗句兼有白居易《琵琶行》"今年欢笑复明年,秋月春风等闲度"的用意,以便引出下文对色衰的忧虑。

〔8〕青苔满:写冷落之状。人迹罕至,庭院中就长青苔。锦筵:指华美的筵席。锦筵空:指君王不再来临。

〔9〕"琴瑟"句:写乐器杂乱放置,久已不用。"舞衣"句:指色衰爱弛,不再作舞。

〔10〕歇薄:衰歇而感情淡薄。

〔11〕"唯见"二句:意为还不如天上的黄鹄,即使远飞千里,还能相随同行。

东门行[1]

(宋)鲍照

伤禽恶弦惊[2],倦客恶离声。离声断客情,宾御皆涕零。涕零心断绝,将去还复诀。一息不相知[3],何况异乡别。遥遥征驾远,杳杳白日晚。居人掩闺卧,行子夜中饭[4]。野风吹草木,行子心肠断。食梅常苦酸,衣葛常苦寒[5]。丝竹徒满座,忧人不解颜[6]。长歌欲自慰,弥起长恨端。

〔1〕《东门行》:《相和歌辞·瑟调曲》之一。古辞写贫苦人民被迫铤而走险的事,鲍照此诗却写的是离愁。
〔2〕"伤禽"句:指被射伤的雁怕弓声。这里暗用《战国策·楚策四》载魏加对春申君讲更羸用弓声使受伤的雁闻声落地故事,说明鸟受过伤以后,听到弓声就怕。
〔3〕一息:呼吸之间。喻指时间极短。
〔4〕"居人"二句:写行旅辛苦和居人的愁苦,为江淹《别赋》"居人愁卧"诸句所本。
〔5〕葛:麻布衣服。
〔6〕不解颜:解不开愁容。

门有车马客行[1]

(宋)鲍照

门有车马客,问君何乡士。捷步往相讯[2],果得旧邻里。凄凄声中情,慊慊增下俚[3]。语昔有故悲,论今无新喜。清晨相访慰,日暮不能已。欢戚竞寻叙,谈调何终止[4]。辞端竟未究,忽唱分途始。前悲尚未弭[5],后戚方复起。嘶声盈我口[6],谈言在我耳。"手迹可传心,愿尔笃行李[7]。"

〔1〕《门有车马客行》:这首鲍照的拟作,内容与陆机之作相似。但陆诗重点在悼念往事,鲍诗则重点在惜别。

〔2〕捷步:快步。讯:访问。

〔3〕慊慊(qiàn歉):愁恨的样子。下俚:《下俚巴人》,代指俗曲。这两句是说听到家乡声音心中悲凄,因此讲话中也增加了不少家乡土话。

〔4〕"欢戚"句:回忆往事,把过去的欢乐和悲苦都争着叙起。"谈调"句:犹言说不完。

〔5〕弭:停止。

〔6〕嘶(sī斯):凄楚哽咽。

〔7〕"手迹"句:意谓写信可以表达心情。笃行李:行路时保重。

棹歌行[1]

(宋)鲍照

羁客离婴时,飘飖无定所[2]。昔秋寓江介,兹春客河浒[3]。往戢于役身,愿言永怀楚[4]。泠泠鲦疏潭,邕邕雁循渚[5]。飂戾长风振,摇曳高帆举[6]。惊波无留连,舟人不踌竚[7]。

〔1〕《棹歌行》:《相和歌辞·瑟调曲》之一。这种曲调本是船民拍打船桨而唱的歌。鲍照此诗则写旅人思乡之情。

〔2〕羁客:寓居他乡的人。离婴时:脱离束缚的时候。

〔3〕江介:江边。河浒:河畔。

〔4〕戢:收敛。往戢:是说收敛其眷恋之情而往他乡。于役身:去服役的人。怀楚:怀念家乡。用《史记·项羽本纪》"羽背关怀楚"典故。项羽认为富贵之后,应归故乡。

〔5〕泠泠(líng铃):水清冷的样子。鲦(tiáo条):白鲦鱼。《庄子·秋水篇》:"鲦鱼出游从容。"疏:陈列,这里指浮游。邕邕:雁鸣声。这两句写旅人还不如鱼和雁的自在。

〔6〕飂(liáo寥)戾:风声。这两句写风一到,船上举帆,准备出发。

〔7〕踌竚:同"踌躇",即犹豫。这两句写波浪虽大,船上的人还是要出发。

白头吟[1]

(宋)鲍照

直如朱丝绳,清如玉壶冰。何惭宿昔意,猜恨坐相仍[2]。人情贱恩旧,世路逐衰兴。毫发一为瑕,丘山不可胜[3]。食苗实硕鼠,点白信苍蝇[4]。凫鹄远成美,薪刍前见凌[5]。申黜褒女进,班去赵姬升。周王日沦惑,汉帝益嗟称[6]。心赏固难恃,貌恭岂易凭。古来共如此,非君独抚膺[7]。

〔1〕《白头吟》:本集作《代白头吟》;《玉台新咏》作《拟乐府白头吟》;《文选》及《乐府诗集》径作《白头吟》。这首诗写正直之士不容于世,和古辞用意有别。后来白居易作《反白头吟》,主张委运任化,不计怨憎,即针对此诗而发。

〔2〕仍:频,再发生。

〔3〕瑕:玉上的疵斑。这两句接着上文"人情贱恩旧,世路逐衰兴"而言,说人在失势之后,即使只有一丝一毫缺点,哪怕是有大如丘山之功,也不能见容。

〔4〕"食苗"句:语出《诗经·魏风·硕鼠》:"硕鼠硕鼠,无食我苗。"硕:大。"点白"句:"点",同"玷"。语出《诗经·小雅·青蝇》:"营营青蝇,止于樊。岂弟君子,无信谗言。"曹植《赠白马王彪》诗:"苍蝇间黑白,谗巧令亲疏。"

〔5〕凫鹄:野鸭和黄鹄。"凫鹄"句:《韩诗外传》载:田饶对鲁哀公

说鸡有五种美德,却仍被宰杀;黄鹄有害无益,却能一举千里,被视为珍禽。薪苫:柴草。"薪苫"句:《史记·汲黯列传》载:汲黯说汉武帝用人好像堆柴草,后来居上。

〔6〕申:指周幽王的申后。褒女:指褒姒。《史记·周本纪》载:周幽王得褒姒,宠爱她而想废掉申后。班:指汉成帝的班婕妤,有贤才。赵姬:指赵飞燕。汉成帝宠赵飞燕而疏班婕妤。沦惑:迷误。嗟称:叹赏。

〔7〕心赏:心中赞赏。"貌恭"句:外表恭敬的人未可轻信。抚膺:抚胸叹息,以示愤慨。

东武吟行[1]

(宋)鲍照

主人且勿喧,贱子歌一言。仆本寒乡士,出身蒙汉恩。始随张校尉,召募到河源[2]。后逐李轻车,追虏出塞垣[3]。密途亘万里,宁岁犹七奔[4]。肌力尽鞍甲,心思历凉温[5]。将军既下世,部曲亦罕存[6]。时事一朝异,孤绩谁复论[7]。少壮辞家去,穷老还入门。腰镰刈葵藿,倚杖牧鸡豚[8]。昔如鞲上鹰,今似槛中猿[9]。徒结千载恨,空负百年怨。弃席思君幄,疲马恋君轩[10]。愿垂晋主惠[11],不愧田子魂[12]。

〔1〕《东武吟行》:《相和歌辞·楚调曲》之一。《乐府诗集》所载,以陆机之作为最早,然恐非全篇。陆诗写求仙,以沈约拟作推测,陆机原作,当亦有悲人生短促而想求仙的意思。至于鲍照之作,写一个退伍军

人为国立功,年老被弃的苦况,具有深刻的社会意义,不失为千古名作!东武,齐地名,故址在今山东诸城。

〔2〕张校尉:指西汉张骞,曾以校尉从卫青击匈奴。河源:黄河之源,古人以为黄河出于昆仑山(见《史记·大宛列传》),这里当指张骞通西域。

〔3〕李轻车:指名将李广的堂弟李蔡,曾击匈奴有功,任轻车将军。虏:指匈奴。

〔4〕密途:近处行军路途。亘:绵亘;延续。宁岁:安定的年份。"宁岁"句用《左传·成公七年》"一岁七奔命"典。

〔5〕凉温:指人情的冷暖。这两句说自己一生精力尽于征战,心中也深感人情的冷暖。

〔6〕下世:去世。部曲:古代军队编制。这里用以代指将军的旧部下。

〔7〕孤绩:孤穷者的功绩。这两句说事势一旦变化,新掌权的人谁还考虑到孤穷之士的功劳。

〔8〕刈(yì义):割。葵:菜名。藿(huò霍):豆叶。

〔9〕韝(gōu沟):古代猎人所穿的革制的袖套。这两句说从前筋力壮健,随时可以立功;现在困苦如笼中之猿,不得自由。

〔10〕"弃席"二句:用《礼记·檀弓下》典故:"仲尼之畜狗死,使子贡埋之,曰:'吾闻之也,敝帷不弃,为埋马也。敝盖不弃,为埋狗也。丘也贫,无盖,于其封也,亦予之席,毋使其首陷焉。'路马死,埋之以帷。"这里"幄"代指"帷",因狗尚得旧席埋葬,马应得帷。所以"疲马"自知将死,而恋主人之轩,希望得"敝帷"入埋。以物自比,意极悲苦。

〔11〕"愿垂"句:用《韩非子·外储说左》典故:晋文公返国,要把流亡时用的旧物抛弃,经舅犯谏阻,仍携带回国。以示不忘旧功。

〔12〕"不愧"句:《韩诗外传》卷八载:战国初贤者田子方,见被抛弃的老马,就买下收养。此处喻指被弃之人还望权贵能收留自己。

采菱歌[1]（七首选二）

(宋)鲍照

其四

要艳双屿里[2]，望美两洲间。袅袅风出浦[3]，沉沉日向山。

其七

思今怀近忆，望古怀远识。怀古复怀今，长怀无终极。

〔1〕《采菱歌》：鲍照所作《采菱歌》凡七首，乃宋文帝元嘉二十九年(452)，从始兴王刘濬幕出任永安令时所作。诗中隐约表现了对刘濬密谋害宋文帝的不满。但这两首似只是写景和抒情。

〔2〕要艳：与美人相约。

〔3〕袅袅：风微弱的样子。

放歌行[1]

(宋)鲍照

蓼虫避葵堇,习苦不言非[2]。小人自龌龊[3],安知旷士怀[4]。鸡鸣洛城里,禁门平旦开[5]。冠盖纵横至,车骑四方来[6]。素带曳长飚,华缨结远埃[7]。日中安能止,钟鸣犹未归[8]。"夷世不可逢,贤君信爱才[9]。明虑自天断,不受外嫌猜[10]。一言分珪爵,片善辞草莱[11]。岂伊白璧赐,将起黄金台[12]。今君有何疾,临路独迟回?"[13]

〔1〕《放歌行》:这首鲍照的拟作,实际上是讽刺当时热衷于官爵的人钻营求职的种种丑象。篇末"今君有何疾,临路独迟回",乃借奔竞者口吻,加以嘲讽。《乐府诗集》引《乐府解题》说:"鲍照《放歌行》云:'蓼虫避葵堇',言朝廷方盛,君上好才,何为临歧相将去也。"这种理解是错误的。

〔2〕蓼(liǎo 潦):苦辣的野菜。葵:菜名。堇(jǐn 谨):菜名,微苦可食。汉东方朔《七谏》:"蓼虫不知徙乎葵菜。"这里说蓼菜上的虫子习惯了苦辣之味,不以为苦。

〔3〕龌龊(wò chuò 握绰):卑鄙污浊。

〔4〕安:哪里。旷士:通达的士人。

〔5〕洛城:指洛阳。南朝人诗歌常以长安、洛阳代指京城建康。禁门:宫禁的门。平旦:早晨。

373

〔6〕冠:有官爵的人所戴官帽。盖:车上的伞顶。"纵横至"、"四方来"都是极言其多。

〔7〕素带:丝织品做的带子。曳(yè夜):牵引。这里借以形容带子在风中飘荡。华缨:彩色的帽带。结远埃:聚积了远来的尘土。这两句写那些人顶着狂风、尘土奔走宫禁以求官职。

〔8〕钟鸣:汉代制度规定,夜间到昼漏已尽时,要鸣钟,禁止人们夜行。

〔9〕夷世:太平之世。这两句是称颂皇帝爱才,身逢不可多得的"盛世"。从这两句以下,皆模仿那些一心钻营官职者的口气,其实是反话。

〔10〕明虑:英明的决策。天断:皇帝的决定。不受外嫌猜:指皇帝不受外人的挑拨谗毁。

〔11〕"一言"句:因一句善言即分颁玉珪以封爵赏。"片善"句:人有一点长处,就可告别田野去朝廷做官。

〔12〕伊:唯有。黄金台:据《史记·燕召公世家》载,战国时燕昭王为了求士,曾在易水边上筑黄金台以求贤者。

〔13〕迟回:犹豫不进。这两句是"齷齪"的小人劝"旷士"出去做官的话。

代白纻曲[1](二首)

(宋)鲍照

其一

朱唇动,素腕举,洛阳少年邯郸女。古称《渌水》今《白纻》[2],催弦急管为君舞。穷秋九月荷叶黄,北风驱雁天雨霜。夜长酒多乐未央。

〔1〕《代白纻曲》:《乐府诗集》凡六首,本集把前四首作为《代白纻舞歌辞》,据《奉始兴王白纻舞曲启》,乃奉宋文帝子始兴王刘濬之命而作。后二首则称《代白纻曲》。这里选的是《代白纻曲》。《玉台新咏》所系,也是这两首。

〔2〕《渌水》:古琴曲名。

其二

春风澹荡侠思多[1],天色净渌气妍和。含桃红萼兰紫芽[2],朝日灼烁发园华[3]。卷幌结帱罗玉筵[4],齐讴秦吹卢女弦[5],千金顾笑买芳年。

〔1〕澹荡:荡飏,轻而柔和。侠思:丽思,即追求华美。

〔2〕含桃:即樱桃。

〔3〕灼烁(shuò 朔):光明温暖。华:同花。

〔4〕卷幌(huǎng 晃):帐帷。结帱:把帐帷拉开打结以透光亮。筵:坐席。

〔5〕齐讴:齐地的歌谣。用《孟子·告子下》"绵驹处于高唐,而齐右善歌"典故。秦吹:用《列仙传》载秦穆公女嫁箫史,学会吹箫以召来凤凰的典故。卢女弦:用《古今注》载三国时曹操的宫女卢氏善于弹琴,到明帝时嫁尹更始典故。

代别鹤操[1]

(宋)鲍照

双鹤俱起时,徘徊沧海间。长弄若天汉[2],轻躯似云悬。幽客时结侣,提携游三山[3]。青缴凌瑶台,丹罗笼紫烟[4]。海上疾风急,三山多云雾。散乱一相失,惊孤不得住。缅然日月驰[5],远矣绝音仪。有愿而不遂,无怨以生离。鹿鸣在深草,蝉鸣隐高枝。心自有所存,旁人那得知。

〔1〕《代别鹤操》:《乐府诗集》卷五十八引《琴谱》说是《琴曲》的四大曲之一。《古今注》说是古代商陵牧子作此曲,不可信。但这曲调产生于鲍照之前,故称《代别鹤操》。

〔2〕弄:游戏。

〔3〕三山:指传说中的蓬莱、方丈、瀛洲三仙山。

〔4〕缴(zhuó 濯):箭上所系的丝绳。瑶台:神仙的居处。罗:网。紫烟:指天空。

〔5〕缅:遥远、漫长。

出自蓟北门行[1]

(宋)鲍照

羽檄起边亭,烽火入咸阳[2]。征师屯广武,分兵救朔方[3]。严秋筋竿劲[4],虏阵精且强。天子按剑怒,使者遥相望。雁行缘石径,鱼贯度飞梁[5]。箫鼓流汉思,旌甲被胡霜[6]。疾风冲塞起,沙砾自飘扬。马毛缩如猬,角弓不可张[7]。时危见臣节,世乱识忠良。投躯报明主[8],身死为国殇[9]。

[1]《出自蓟北门行》:此曲之名据说出自曹植《艳歌行》"出自蓟北门,遥望胡地桑"。但现存各家拟作,都叙从军出征的事。蓟(jì寂):古地名,指今北京市一带(非天津蓟县)。

[2]羽檄:插有羽毛的信函,是告急的文书。咸阳:秦代都城,故址在今陕西西安的渭水以北地区。

[3]广武:地名,在今山西北部。朔方:汉代设朔方都尉,辖今内蒙、陕北及宁夏等地,以备匈奴。

[4]严秋:深秋。筋竿:指弓。

[5]雁行:排成队列。石径:指山中岩石上凿成的小路。鱼贯:一个个挨着。飞梁:高处所建桥梁。

[6]箫鼓:乐声,这里指军乐。汉思:汉地声响。"思"原指奏响。南齐虞羲《咏霍将军北伐诗》:"胡笳塞下思,羌笛陇头鸣。"此处用作名词。这两句说军乐奏的是汉军乐曲,而军旗铠甲已沾上胡地的霜。

377

〔7〕角弓:指弓。这句形容胡地严寒,士兵手冻拉不开弓。
〔8〕投躯:牺牲生命。
〔9〕国殇:为国战死的人。《楚辞·九歌》有《国殇》。

君子有所思行[1]

(宋)鲍照

西上登雀台,东下望云阙[2]。层关肃天居。驰道直如发[3]。绣甍结飞霞,璇题纳明月[4]。筑山拟蓬壶,穿池类溟渤[5]。选色遍齐代,征声匝邛越[6]。陈钟陪夕宴,笙歌待明发[7]。年貌不可留,身意会盈歇。蚁壤漏山阿,丝泪毁金骨[8]。器恶含满欹,物忌厚生没[9]。智哉众多士,服理辨昭晰[10]。

〔1〕《君子有所思行》:拟陆机之作,本集及《文选》作《代陆平原之君子有所思行》。此诗实为讽刺宋文帝刘义隆于元嘉二十三年(446)大修玄武湖而作。

〔2〕雀台:即铜雀台,在邺(今河北临漳),曹操所筑。云阙:高耸云端的城阙。

〔3〕层关:重重关塞。肃:庄严。天居:帝王所居之地。驰道:帝王专用的道路。

〔4〕绣甍(méng 蒙):雕饰的屋脊。璇题:玉的椽头,喻精美。

〔5〕蓬壶:海中仙山蓬莱和方壶。溟渤:"溟"指《庄子·逍遥游》所说"北溟",是神话中的海。"渤"即渤海。

〔6〕齐:地名,今山东北部及东部一带。代:地名,今山西北部及河北西北部一带。匝(zā咂):满。邛:指今四川临邛一带。越:指今两广等地。

〔7〕明发:天明。

〔8〕蚁壤:蚁穴。阿:一作"河"。此句言河堤由蚁穴而溃坏。丝泪:微小的泪水。此句言微如泪水也能毁坏金石。

〔9〕欹(qī欺):倾斜。厚生没:养生太厚,反而致死。《老子》:"人之生,动之于死地,亦十有三,夫何故?以其生生之厚也。"

〔10〕昭晰(zhé折):清楚。

白马篇[1]

(宋)鲍照

白马骍角弓[2],鸣鞭乘北风。要途问边急,杂虏入云中[3]。闭壁自往夏,清野径还冬[4]。侨装多阙绝,旅服少裁缝[5]。埋身守汉境,沉命对胡封[6]。薄暮塞云起,飞沙被远松。念悲望两都,楚歌登四墉[7]。丈夫设计误,怀恨逐边戎[8]。弃别中国爱,要冀胡马功[9]。去来今何道,单贱生所钟[10]。但令塞上儿,知我独为雄。

〔1〕《白马篇》:本集作《代陈思王〈白马篇〉》,乃拟曹植之作,但情调不同,有对征战之苦感到怨恨之辞。这大约和当时朝廷对北魏作战时不恤士兵有关。

〔2〕骍(xīng星):红色的牛。骍角弓:古人以为红色而角长得好的

379

牛是好牛。牛角是制弓的材料。

〔3〕云中:汉代郡名,在今山西北部和内蒙西南部。

〔4〕往夏:去年夏天。径还冬:直到今年冬天。

〔5〕侨装:出门人的衣装。阙:同"缺"。

〔6〕胡封:胡人的境界。

〔7〕两都:指长安和洛阳。楚歌:楚地之歌。暗用《史记·项羽本纪》汉军包围项羽时,四面皆作楚歌的典故。墉(yōng庸):城墙。

〔8〕边戎:边塞上的军队。

〔9〕"要冀"句:企求与胡人骑兵作战时立功。

〔10〕单贱:孤寒贫贱。钟:适逢。

升天行[1]

(宋)鲍照

家世宅关辅,胜带官王城[2]。备闻十帝事,委曲两都情[3]。倦见物兴衰,骤睹俗屯平[4]。翩翩类回掌,怳惚似朝荣[5]。穷涂悔短计,晚志爱长生[6]。从师入远岳,结友事仙灵。五图发金记,九籥隐丹经[7]。风餐委松宿,云卧恣天行[8]。冠霞登彩阁,解玉饮椒庭[9]。暂游越万里,近别数千龄[10]。凤台无还驾,箫管有遗声[11]。何时与尔曹,啄腐共吞腥[12]。

〔1〕《升天行》:本集作《代升天行》,《文选》及《乐府诗集》作《升天行》。此曲有曹植之作两篇,都是游仙诗。鲍照此诗则借游仙以写仕途

的艰险,对当世的官场表示蔑视。

〔2〕关辅:指关中三辅(西汉在今陕西中部设京兆、左冯翊和右扶风三郡,称为"三辅")。胜带:意即能穿上衣冠,指刚成人。王城:指洛阳,东周时周王建都于此,故名。

〔3〕十帝:指西汉和东汉各有十多个皇帝,"十帝"是举其成数。委曲:备知其中曲折。两都:指西汉都城长安和东汉都城洛阳。

〔4〕物:这里指世事。骤:屡次。俗:风俗,这里代指政局。屯(zhūn谆)平:艰险和太平。

〔5〕翩翻:以鸟飞翻转比喻世事的变化无常。回掌:反过手掌。恍惚:捉摸不定。朝荣:只开一个早晨的花。

〔6〕穷途:指遭遇挫折。短计:计谋不好。晚志:晚年的志趣。

〔7〕五图:即《五岳真形图》。金记:金丹之经。这都是道教的典籍。九籥(yuè月):即"九钥"。据《抱朴子·金丹篇》,金丹要"九转"方成,故称"九籥"。丹经:道教炼丹的经书。

〔8〕风餐:指吸风饮露,不食五谷。"云卧"句:指仙人卧在云中,在天上随意飘行。

〔9〕冠霞:以天上云霞为冠,这是成仙者的行为。彩阁:仙人所居之处。解玉:解下佩玉,指辞官。椒庭:以椒涂刷之庭,取其芳香。这里形容神仙所居。

〔10〕"暂游"二句:这两句写成仙后的情况。为江淹《别赋》"暂游万里,少别千年"句所本。

〔11〕"凤台"、"箫管":用《列仙传》秦穆公之女弄玉和箫史作凤凰鸣声,后骑凤上天的典故。

〔12〕"啄腐"句:用《庄子·秋水篇》中鸱鸟得到腐臭的死鼠,正吃时,鹓雏(凤鸟)飞过,鸱鸟怕抢它的,就向鹓鸰发出"吓"声的典故。

381

北风行[1]

(宋)鲍照

北风凉,雨雪雱[2],洛阳女儿多严妆[3]。遥艳帷中自悲伤[4],沉吟不语若为忘。问君何行何当归,苦使妾坐自伤悲。虑年至,虑颜衰。情易复,恨难追。

[1]《北风行》:本集作《北风凉行》。此诗取意于《诗经·邶风·北风》,写妇女思念其出门的丈夫。
[2] 雱(pāng 滂):雪很大。
[3] 严妆:盛妆。
[4] 遥艳:美好的样子。

苦热行[1]

(宋)鲍照

赤阪横西阻,火山赫南威[2]。身热头且痛,鸟堕魂未归[3]。汤泉发云潭,焦烟起石圻[4]。日月有恒昏,雨露未尝晞。丹蛇逾百尺,玄蜂盈十围[5]。含沙射流影,吹蛊病行晖[6]。瘴气昼熏体,菌露夜沾衣[7]。饥猿莫下食,晨禽不敢飞。毒泾尚多死,渡泸宁具腓〔8〕。生躯蹈死地,昌志登祸机〔9〕。戈船荣既薄,伏波赏亦微〔10〕。爵轻君尚惜,士重安可希〔11〕。

〔1〕《苦热行》:此曲始自曹植。鲍照这诗似写宋文帝元嘉二十三年(446)派檀和之征林邑国事。

〔2〕赤阪:指《汉书·西域传》所说西域有赤土之阪,经过的人身热头痛呕吐。火山:据《神异经》:南方有火山,火昼夜不灭。

〔3〕鸟堕:据《后汉书·马援传》载:马援曾说他南征时见鸟中毒气跌入水中。魂未归:用《楚辞·招魂》"魂兮归来,南方不可以止些"句意。

〔4〕汤泉:喷热水的泉。焦烟:热气。石圻(qí 祈):石质的曲岸。

〔5〕丹蛇、玄蜂:传说中南方害人的红蛇和黑蜂。十围:两手相握叫一围,"十围"是形容蜂大。

〔6〕"含沙"句:传说中南方有种怪物叫"蜮"(yù 域),能含沙射人的影子,被射中的人头痛发热,甚至死去。蛊:传说中南方人畜养来害人的毒虫。行晖:行旅之光辉。一说:南中畜蛊之家,蛊昏夜飞出,饮水之光如曳彗,所谓"行晖"也。

〔7〕茵(wǎng 网):莽草,有毒,触到了它就要使肉溃烂。

〔8〕毒泾:据《左传·襄公十四年》记载,晋国率诸侯伐秦,秦人在泾水上游下毒,军人多被毒死。渡泸:渡过泸水。腓:腿肚子。"渡泸"句:据说泸水有毒,渡过时腿都溃烂。

〔9〕昌志:壮志。

〔10〕戈船:汉武帝伐南越时,以归义越侯严为戈船将军。伏波:汉武帝以路博德为伏波将军。两人所得封赏都很微薄。

〔11〕"士重"句:意思说战士爱惜生命,哪能希望他们效命。

春日行[1]

(宋)鲍照

献岁发(春)[2],吾将行。春山茂,春日明。园中鸟,多嘉声。梅始发,柳始青。泛舟舻[3],齐棹惊。奏《采菱》,歌《鹿鸣》[4]。风微起,波微生。弦亦发,酒亦倾。入莲池,折桂枝。芳袖动,芬叶披。两相思,两不知。

〔1〕《春日行》:这首诗写春天游乐的情景。为三言诗。
〔2〕"献岁"句:见《楚辞·招魂》。意思是进了一年又开了春。本集无"春"字。
〔3〕舻(lú卢):船。
〔4〕《采菱》:即《采菱歌》。《鹿鸣》:《诗经·小雅》篇名。

结客少年场行[1]

(宋)鲍照

骢马金络头,锦带佩吴钩[2]。失意杯酒间,白刃起相仇。追兵一旦至,负剑远行游。去乡三十载,复得还旧丘。升高临四关,表里望皇州[3]。九涂平若水[4],双阙似云浮。扶宫罗将相[5],夹道列王侯。日中市朝满,车马若川流。击钟鸣鼎食,方驾自相求[6]。今我独何为?坎壈怀百忧[7]。

〔1〕《结客少年场行》:本集作《代结客少年场行》。《文选》本诗李善注引曹植佚诗《结客篇》云:"结客少年场,报怨洛北芒。"此曲或取此为名。

〔2〕骢马:青白色的马。吴钩:兵器名,形似剑而曲。后来用以泛指利剑。

〔3〕四关:指洛阳城四方的关:东曰城皋,南曰伊阙,西曰函谷,北曰孟津。皇州:帝王所居之地。

〔4〕涂:通"途"。九涂:都城四通八达的大路,有九经(纵路)九纬(横路)。

〔5〕"扶宫"句:指将相罗列排班在宫前,如同扶持。

〔6〕方驾:两车并行,形容来往的车辆之多。

〔7〕坎壈(kǎn lǎn 砍懒):困苦,不得志。

代贫贱苦愁行[1]

(宋)鲍照

湮没虽死悲,贫苦即生剧[2]。长叹至天晓,愁苦穷日夕。盛颜当少歇,鬓发先老白。亲友四面绝,朋知断三益[3]。空庭惭树萱,药饵愧过客[4]。贫年忘日时,黯颜就人惜[5]。俄顷不相酬,恶怩面已赤[6]。或以一金恨,便成百年隙[7]。

385

心为千条计,事未见一获。运圮津涂塞,遂转死沟洫[8]。以此穷百年,不如还窀穸[9]。

〔1〕《代贫贱苦愁行》:这首诗写贫士的困苦,纯用白描。鲍照一生坎坷不得志,此诗可能就是写他自己的经历。
〔2〕剧:困苦。
〔3〕三益:良友。语出《论语·季氏》:"益者三友。"
〔4〕萱:萱草,古人认为可以忘忧。药饵:当作"乐饵"。《老子》:"乐与饵,过客止。"
〔5〕黯:同"暗",指脸色不悦。
〔6〕恧怩(nù ní 女去声泥):惭愧。
〔7〕隟:仇恨。
〔8〕圮(pǐ 匹):倾塌,这里指命运不利。涂:通"途"。洫(xù 序):沟。
〔9〕窀穸(zhūn xī 谆夕):墓穴。还窀穸:即下葬。这里指死。

空城雀[1]

(宋)鲍照

雀乳四鷇,空城之阿[2]。朝拾野粟,夕饮冰河。高飞畏鸱鸢,下飞畏网罗。辛伤伊何言,怵迫良已多[3]。诚不及青鸟,远食玉山禾[4]。犹胜吴宫燕,无罪得焚窠[5]。赋命有厚薄,长叹欲如何。

〔1〕《空城雀》:《杂曲歌辞》之一。本集作《代空城雀》。

〔2〕乳:生。縠(kòu 寇):初生的小鸟。阿:屈曲的地方。

〔3〕怵(chù 处):恐惧。

〔4〕青鸟:《山海经·西山经》中记西王母有三青鸟为她使唤。玉山禾:《山海经·西山经》有"玉山","是西王母所居也"。又《海内西经》载,"昆仑之墟","上有木禾"。郭璞注:"木禾,谷类也"。

〔5〕"犹胜"二句:据《越绝书》载,秦始皇十一年,看守吴宫的人失慎,用火照燕子,把宫焚毁。

拟行路难[1]（十八首）

（宋）鲍照

其一

奉君金卮之美酒,玳瑁玉匣之雕琴。七彩芙蓉之羽帐,九华蒲萄之锦衾[2]。红颜零落岁将暮,寒光宛转时欲沉[3]。愿君裁悲且减思,听我抵节行路吟。不见柏梁铜雀上,宁闻古时清吹音[4]。

〔1〕《拟行路难》:《行路难》据《艺文类聚》卷十九引《陈武别传》,在东晋南渡前已与《泰山梁父吟》、《幽州马客吟》等一起流行于北方。东晋人袁山松特别爱好此曲。鲍照当是依旧歌辞仿作,所以称《拟行路难》。这十八首诗,当非一时之作。《玉台新咏》所录四首,次序亦与本集及《乐府诗集》不同。后人有据此考订鲍照生卒年及生平的,恐不

足据。

〔2〕"七彩"句:绣有七色荷花并以鸟羽为饰的帐子。"九华"句:绣上九色的葡萄花纹的锦制被子。

〔3〕"红颜"句:指自己年岁渐大,容颜变衰。寒光:冬天的太阳。宛转:渐渐地。

〔4〕柏梁:柏梁台,汉武帝筑。铜雀:铜雀台,曹操筑。宁闻:难道还能听到。

其二

洛阳名工铸为金博山[1],千斲复万镂[2],上刻秦女携手仙[3]。承君清夜之欢娱,列置帏里明烛前。外发龙鳞之丹彩,内含兰芬之紫烟。如今君心一朝异,对此长叹终百年。

〔1〕见前《读曲歌》第七十六首注〔4〕。
〔2〕"复"字《乐府诗集》无,依本集补。
〔3〕秦女携手仙:当即《神仙传》所载秦穆公女与箫史骑凤上天故事。

其三

璇闺玉墀上椒阁[1],文窗绣户垂绮幕。中有一人字金兰,被服纤罗蕴芳藿[2]。春燕差池风散梅,开帏对景弄禽爵[3]。含歌揽涕恒抱愁,人生几时得为乐。宁作野中之双凫,不愿云间之别鹤。

〔1〕璇闺:用玉石砌成的闺门,形容其建筑之华美。玉墀(chí迟):玉制台阶,形容其豪华。椒阁:用椒粉刷阁墙,取其香味。

〔2〕蕴:藏着。藿:藿香。蕴芳藿:形容衣服上发出藿香的香味。

〔3〕差池:羽毛不齐。此句暗用《诗经·卫风·燕燕》"燕燕于飞,差池其羽"句意。爵:同"雀"。

其四

泻水置平地,各自东西南北流。人生亦有命,安能行叹复坐愁。酌酒以自宽,举杯断绝歌路难[1]。心非木石岂无感,吞声踯躅不敢言[2]。

〔1〕歌路难:唱《行路难》。
〔2〕"吞声"句:忍气吞声不敢说出内心真情而徘徊忧伤。

其五

君不见河边草,冬时枯死春满道。君不见城上日,今暝没山去,明朝复更出。今我何时当得然,一去永灭入黄泉。人生苦多欢乐少,意气敷腴在盛年[1]。且愿得志数相就[2],床头恒有酤酒钱。功名竹帛非我事[3],存亡贵贱委皇天。

〔1〕敷腴:欢乐。这句说人只有当壮年时才有乐观奋发的意气。
〔2〕数相就:经常来往。

〔3〕竹帛(bó搏):竹和帛(丝织品)都是纸发明以前人们写书所用。"功名竹帛"指把功名记在史籍中。

其六

对案不能食,拔剑击柱长叹息。丈夫生世能几时,安能叠燮垂羽翼〔1〕。弃檄罢官去〔2〕,还家自休息。朝出与亲辞,暮还在亲侧。弄儿床前戏,看妇机中织〔3〕。自古圣贤尽贫贱,何况我辈孤且直。

〔1〕叠燮:即"蹀躞",见前《白头吟》(本辞)注〔3〕。
〔2〕檄:指任官的文书。本集"檄"作"置"。
〔3〕"弄儿"二句:这二句为江淹《恨赋》中名句"左对孺人,顾弄稚子"所本。

其七

愁思忽而至,跨马出北门。举头四顾望,但见松柏园。荆棘郁蹲蹲〔1〕,中有一鸟名杜鹃,言是古时蜀帝魂〔2〕。声音哀苦鸣不息,羽毛憔悴似人髡〔3〕。飞走树间啄虫蚁,岂忆往日天子尊。念此死生变化非常理,中心恻怆不能言。

〔1〕蹲蹲:一作"搏搏",成堆地聚在一起。
〔2〕蜀帝魂:据《华阳国志·蜀志》载:古时蜀帝杜宇任用开明为相,以除水患,后禅位于开明,到西山隐居,死后化为杜鹃鸟。

〔3〕髡(kūn昆):古人把犯罪的人剃光头发。

其八

中庭五株桃,一株先作花。阳春妖冶二三月〔1〕,从风簸扬落西家。西家思妇见悲惋,零泪沾衣抚心叹。初送我君出门时,何言淹留节回换。床席生尘明镜垢,纤腰瘦削发蓬乱。人生不得恒称意,惆怅徙倚至夜半〔2〕。

〔1〕妖冶:形容桃花的艳丽。
〔2〕徙倚:徘徊迟疑。

其九

剉檗染黄丝〔1〕,黄丝历乱不可治。我昔与君始相值,尔时自谓可君意〔2〕。结带与我言,死生好恶不相置〔3〕。今日见我颜色衰,意中索寞与先异〔4〕。还君金钗玳瑁簪,不忍见之益愁思。

〔1〕剉(cuò挫):磨削。檗:黄檗木。
〔2〕尔时:当时。
〔3〕置:放弃。
〔4〕索寞:冷淡。

其十

君不见蕣华不终朝,须臾淹冉零落销[1]。盛年妖艳浮华辈,不久亦当诣冢头。一去无还期,千秋万岁无音词。孤魂茕茕空陇间[2],独魄徘徊遶坟基。但闻风声野鸟吟,岂忆平生盛年时。为此今人多悲悒,君当纵意自熙怡[3]。

〔1〕蕣(shùn 舜)华:即木槿(jǐn 谨)花,朝开暮落。淹冉:很快地。
〔2〕茕茕(qióng 穷):孤独。陇:坟。
〔3〕熙怡:欢乐。

其十一

君不见枯籜走阶庭[1],何时复青着故茎。君不见亡灵蒙享祀,何时倾杯竭壶罂。君当见此起忧思,宁及得与时人争。生人倏忽如绝电,华年盛德几时见?但令纵意存高尚,旨酒佳肴相胥宴[2]。持此从朝竟夕暮,差得亡忧消愁怖。胡为惆怅不能已,难尽此曲令君忤。

〔1〕籜(tuò 拓):竹皮,这里指落叶。
〔2〕胥(xū 须):全都,互相。

其十二

今年阳初花满林,明年冬末雪盈岑[1]。推移代谢纷交转,我君边戍独稽沉[2]。执袂分别已三载,迩来淹寂无分音。朝悲惨惨遂成滴[3],暮思遶遶最伤心。膏沐芳馀久不御[4],蓬首乱鬓不设簪。徒飞轻埃舞空帷,粉筐黛器靡复遗[5],自生留世苦不幸,心中惕惕恒怀悲[6]。

〔1〕阳初:春初。岑:小而高的山。
〔2〕稽沉:淹留无音信。
〔3〕滴:泪珠。遶遶(rào 绕):同"绕绕",纠缠。
〔4〕御:使用。
〔5〕黛器:装画眉颜料的器皿。这两句是写无心打扫,使室内尘埃飞舞,而化妆品也都丢失。
〔6〕惕惕(tì 替):忧惧。

其十三

春禽喈喈旦暮鸣,最伤君子忧思情。我初辞家从军侨[1],荣志溢气干云霄[2]。流浪渐冉经三龄,忽有白发素髭生[3]。今暮临水拔已尽,明日对镜复已盈。但恐羁死为鬼客,客思寄灭生空精[4]。每怀旧乡野,念我旧人多悲声。忽见过客问何我[5],宁知我家在南城。答云我曾居君乡,知君游官在此城。我行离邑已万里,今方羁役去远征。来时闻君妇,闺中孀居独宿有贞名[6]。亦云朝悲泣闲房,又闻暮思泪沾裳。形容憔悴非昔悦,蓬鬓衰颜不复妆。见此令人有馀悲,当愿君怀不暂忘。

393

〔1〕侨:旅居外地。
〔2〕荣志溢气:求荣名的志气充盈饱满。
〔3〕渐冉:渐渐地。髭(zī滋):胡子。
〔4〕羁:羁旅,客居外地。"客思"句:意思是说客居愁闷,志气消亡,由灭而空,由空而生精,"荣光溢气"消磨已尽,一无所有,所以成了《老子》所说的"窈兮冥兮,其中有精"。
〔5〕问何:询问。
〔6〕孀(shuāng霜):寡妇。这里指丈夫外出时,女子独居。古人常有此用法,与现代汉语不同。

其十四

君不见少壮从军去,白首流离不得还。故乡窅窅日夜隔[1],音尘断绝阻河关。朔风萧条白云飞,胡笳哀急边气寒。听此愁人兮奈何,登山远望得留颜。将死胡马迹,宁见妻子难。男儿生世轗轲欲何道[2],绵忧摧抑起长叹[3]。

〔1〕窅窅(yǎo杳):音信远隔。
〔2〕轗轲:同"坎坷"。
〔3〕绵忧:不断的忧愁。摧抑:伤心压抑。

其十五

君不见柏梁台,今日丘墟生草莱。君不见阿房宫[1],寒云泽雉栖其中。歌妓舞女今谁在,高坟垒垒满山隅[2]。长袖纷纷徒竞世,非复昔时千金躯。随酒逐乐任意去,莫令含叹下黄垆[3]。

〔1〕阿房宫:秦始皇所筑的宫殿。
〔2〕垒垒:同"累累",形容多。隅:边上。
〔3〕黄垆(lú 卢):黄土。下黄垆:指死后葬在土中。

其十六

君不见冰上霜,表里阴且寒。虽蒙朝日照,信得几时安。民生故如此[1],谁令摧折强相看。年去年来自如削[2],白发零落不胜冠。

〔1〕民生:同"人生"。
〔2〕削:指头发脱落像削去一样。

其十七

君不见春鸟初至时,百草含青俱作花。寒风萧索一旦至,竟得几时保光华。日月流迈不相饶[1],令我愁思怨恨多。

〔1〕流迈:流失,过去。

其十八

诸君莫叹贫,富贵不由人。丈夫四十强而仕,余当二十弱冠辰[1]。莫言草木委霜雪,会应苏息遇阳春。对酒叙长篇,穷途运命委皇天。但愿樽中九酝满[2],莫惜床头百个钱。直须优游卒一岁[3],何劳辛苦事百年。

〔1〕四十强而仕:《礼记·曲礼上》:"二十曰弱,冠。……四十曰强,而仕。"弱冠:见上。辰:时间。
〔2〕九酝:见前张华《轻薄篇》注〔8〕。
〔3〕卒:尽。

自君之出矣

(宋)鲍令晖[1]

自君之出矣,临轩不解颜[2]。砧杵夜不发[3],高门昼恒关。帷中流熠燿[4],庭前华紫兰。物枯识节异,鸿归知客寒。游取暮春尽,馀思待君还。

〔1〕鲍令晖:南朝宋女诗人。鲍照之妹。东海(今苏北鲁南间)人,生卒年不详,当死于鲍照之前。存诗七首。
〔2〕轩:窗。不解颜:面色不快乐。
〔3〕砧杵:捣衣用的石和棒。
〔4〕熠燿(yì yào 肄耀):萤火虫。

怨诗行[1]

(宋)汤惠休[2]

明月照高楼,含君千里光[3]。巷中情思满,断绝孤妾肠。悲风荡帷帐,瑶翠坐自伤[4]。妾心依天末[5],思与浮云长。啸歌视秋草,幽叶岂再扬。暮兰不待岁,离华能几芳[6]。愿作张女引[7],流悲绕君堂。君堂严且秘,绝调徒飞扬。

〔1〕《怨诗行》:此诗仅见《乐府诗集》及《诗纪》,其显然模仿曹植《七哀诗》。汤诗存者不多,此诗影响较大,江淹《杂体三十首》中拟汤诗即取此首。

〔2〕汤惠休:南朝宋诗人,生卒年不详。早年为僧,孝武帝命之还俗,官至扬州从事史。诗与鲍照齐名,号"休鲍"。

〔3〕"含君"句:意为月光照到千里外的夫君。

〔4〕荡:吹动。瑶翠:以琼瑶和翡翠为饰,指妇女。

〔5〕天末:天边。

〔6〕离华:落花。

〔7〕张女引:按:潘岳《笙赋》:"辍张女之哀弹。"李善《文选注》:"闵洪《琴赋》曰:'汝南鹿鸣,张女群弹。'然盖古曲,未详所起。"

江南思[1]

(宋)汤惠休

幽客海阴路,留戍淮阳津[2]。垂情向青草,知是故乡人。

[1]《江南思》:此诗以"江南"为题,但内容与《相和歌辞》的《江南》似无联系,主要是写思乡之情。

[2]幽客:此处当指被幽囚之客。海阴:写其遥远。此句与江淹《恨赋》"迁客海上"相似。淮阳津:淮河以北的渡口。淮阳在今江苏清江市西,当时为南北朝交兵之处。

秋风

(宋)汤惠休

秋风袅袅入曲房,罗帐含月思心伤。蟋蟀夜鸣断人肠,长夜思君心飞扬。他人相思君相忘[1],锦衾瑶席为谁芳。

[1]他人:当是诗中女主人公自指。

飞来双白鹄[1]

(宋)吴迈远[2]

可怜双白鹄,双双绝尘氛[3]。连翩弄光景,交颈游青云。逢罗复逢缴[4],雌雄一旦分。哀声流海曲,孤叫去江濆[5]。岂不慕前侣,为尔不及群。步步一零泪,千里犹待君。乐哉新相知,悲来生别离。持此百年命,共逐寸阴移[6]。譬如空山草,零落心自知。

〔1〕《飞来双白鹄》:即《艳歌何尝行》,取古辞的首句为名。此诗显系模仿古辞。后来梁元帝萧绎、陈后主陈叔宝的拟作则略变其意,并改"白鹄"为"白鹤"。

〔2〕吴迈远(? —474?):南朝宋末诗人。年辈略后于汤惠休。曾被宋明帝召见,后因为桂阳王刘休范叛乱被族诛。原有集,已佚。今存诗十一首。

〔3〕绝尘氛:指高飞,上摩云霄,离开尘世。

〔4〕缴(zhuó琢):古人射猎时用来系在箭上的绳子,这里代指箭。

〔5〕濆(fén焚):水边。

〔6〕百年:一生。寸阴:时光。古人以日晷(guǐ癸)计时,用影的长短定时间早晚,故有"寸阴"的说法。这两句说以一生的时间期待相会,一点点地挨磨时光。语极悲怆。

棹歌行[1]

(宋)吴迈远

十三为汉使,孤剑出皋兰[2]。西南穷天险,东北毕地关[3]。岷山高以峻,燕水清且寒[4]。一去千里孤,边马何时还。遥望烟嶂外,障气郁云端[5]。始知身死处,平生从此残[6]。

[1]《棹歌行》:《相和歌辞·瑟调曲》之一。现存最早的歌辞乃魏曹睿之作,说的是用水师伐吴的事。后来陆机等人拟作,只说乘船行于水上的事。吴迈远此首用意与此不同,是写出征军人的痛苦。

[2] 孤剑:独自仗剑。皋兰:地名,即今甘肃兰州。

[3] 天险、地关:都指险阻之地。

[4] 岷山:在今四川西北部。燕水:指河北东北部的河流。

[5] 障气:即瘴气,山林中毒雾。郁云端:形容瘴气连天的样子。

[6]"平生"句:意思说一生从此被瘴气所残害。

长相思[1]

(宋)吴迈远

晨有行路客,依依造门端。人马风尘色,知从河塞还。时我有同栖,结宦游邯郸[2]。将不异客子,分饥复共寒[3]。烦君尺帛书,寸心从此殚[4]。遣妾长憔悴,岂复歌笑颜。檐隐千霜树,庭枯十载兰。经春不举袖,秋落宁复看。一见愿道意,君门已九关[5]。虞卿弃相印,担簦为同欢[6]。闺阴欲早霜,何事空盘桓[7]。

〔1〕《长相思》:此曲据说取意于《古诗十九首·客从远方来》中"上言长相思"句。自吴迈远之后萧统、张率以至唐代许多诗人都曾作有此曲。

〔2〕同栖:一同居住,指丈夫。这两句说因此想起丈夫在邯郸游官。

〔3〕"将不"二句:意思说丈夫在外,岂不与"行路客"一样忍受着饥寒。

〔4〕殚:尽。

〔5〕"一见"二句:语出《楚辞·九辩》"愿一见而有明……君之门以九重"等句。意思说想见你一面,你的门隔着许多重,不能见到。

〔6〕虞卿:战国时赵国的上卿。据《史记·平原君虞卿列传》载:虞卿为了朋友魏齐,弃官而去。担簦(dēng 登):载着长柄斗笠。按:据《史记》载,虞卿"蹑跻(jué 撅)担簦"是虞卿初见赵王时事。吴迈远此处用典有误。同欢:同心的朋友。

〔7〕盘桓:徘徊不前,这里指停留他方不归。

巫山高[1]

(南齐)王融[2]

想像巫山高,薄暮阳台曲[3]。烟云乍舒卷[4],猨鸟时断续。彼美如可期,寤言纷在瞩[5]。怃然如相望,秋风下庭绿[6]。

〔1〕《巫山高》:此诗是借用《汉铙歌》曲名,实际上是咏宋玉《高唐赋》、《神女赋》中关于巫山神女的故事。

〔2〕王融(467—493):字元长,琅琊临沂(今属山东)人。南齐骈文家兼诗人。他的骈文《三月三日曲水诗序》曾扬名北魏。在诗歌方面,他和谢朓、沈约同为"永明体"的创始人。他的《古意》二首及一些小诗都颇为后人所激赏。后因齐武帝病危时,他企图拥立竟陵王萧子良,被废帝郁林王萧昭业杀害。明人辑有《王宁朔集》。

〔3〕薄暮:傍晚。阳台:原出宋玉《高唐赋》:"朝朝暮暮,阳台之下。"本神女自说的台名,后世用以代指幽会之处。曲:弯折处。

〔4〕乍(zhà炸):忽然。舒卷:形容伸开和缩拢。猨:同"猿"。

〔5〕彼美:指神女。可期:可以与之相约。"寤言"句:意谓睁开眼神女好像就在眼前。言:语助词。

〔6〕怃(wǔ午)然:失意的样子。这二句写作者在失望中见秋风吹动庭中草木误认为神女的来到。

思公子[1]

(南齐)王融

春尽风飒飒[2],兰凋木修修[3]。王孙久为客[4],思君徒自忧。

〔1〕《思公子》:此曲取意于《楚辞·九歌·山鬼》:"思公子兮徒离忧。"
〔2〕飒飒(sà 萨):风声。
〔3〕修修:干枯的样子。
〔4〕王孙:指隐士。淮南小山《招隐士》:"王孙游兮不归。"

有所思[1]

(南齐)谢朓[2]

佳期期未归,望望下鸣机[3]。徘徊东陌上[4],月出行人稀。

〔1〕《有所思》:这是谢朓所作抒情短诗中的名篇。写妇女思念远出丈夫之情颇为含蓄。此诗已注意上下句平仄声字的相对,虽然还不合后来五言绝句的格律,但已向"近体诗"的形成迈出了一大步。

〔2〕谢朓(464—499):字玄晖,陈郡阳夏(今河南太康)人。南齐文学家,"永明体"诗人的杰出代表。曾任宣城太守、尚书吏部郎等职。后为始安王萧遥光所陷害,下狱死。谢朓诗以清丽流畅为特色,以写山水诗著称,与谢灵运并称"大小谢"。有《谢宣城集》。

〔3〕鸣机:古代的纺织机。

〔4〕陌:街道。

齐随王鼓吹曲[1](十首选三)

(南齐)谢朓

入朝曲[2]

江南佳丽地,金陵帝王州。逶迤带绿水[3],迢递起朱楼[4]。飞甍夹驰道[5],垂杨荫御沟。凝笳翼高盖,叠鼓送华辀[6]。献纳云台表[7],功名良可收。

〔1〕《齐随王鼓吹曲》:"齐随王"即齐武帝子随郡王萧子隆(474—494)。永明八年为荆州刺史,当时谢朓曾为随郡王文学,随他赴任,萧子隆与谢朓相处甚好,但被人在齐武帝前进谗,齐武帝将谢朓调回建康。齐武帝死后,萧子隆被明帝萧鸾杀害。《随王鼓吹曲》是谢朓奉萧子隆命令所作。

〔2〕《入朝曲》:这是《齐随王鼓吹曲》十首中的第四首。写京城建康的建筑壮丽及随王威仪之盛。《文选》中对"鼓吹曲"一类,仅取此首。

404

〔3〕逶迤(wēi yí 危移):长而弯曲的样子。

〔4〕迢递(tiáo dì 调地):远望绝高的样子。

〔5〕飞甍(méng 萌):高的屋脊。驰道:皇帝所专用的道路。

〔6〕凝:声缓而长。翼:护卫。高盖:车子的盖顶。叠鼓:连续轻敲的鼓。辀(zhōu 舟):古代车上连接车身和轭的曲木,即车辕。这里代指车。

〔7〕献纳:向皇帝进献计策并被采用。云台:汉代宫中台名。这里代指朝廷。

校猎曲〔1〕

凝霜冬十月,杀盛凉飚哀〔2〕。原泽旷千里,腾骑纷往来。平罝望烟合,烈火从风回〔3〕。殪兽华容浦〔4〕,张乐荆山台〔5〕。虞人昔有谕,明哲时戒哉〔6〕。

〔1〕《校猎曲》:这是《齐随王鼓吹曲》的第六首,描写随郡王萧子隆在荆州狩猎时的盛况。诗末归结到要有所节制,不要妨害鸟兽的生存。

〔2〕"凝霜"二句:写随王出猎的时节。古代人认为打猎应该在秋冬农闲时节,所以这里写的是初冬景色。

〔3〕罝(jū 拘):捕兽的网。平罝:平原上设的兽网。这两句写焚烧野草,用烟火驱赶兽类入网。

〔4〕殪(yì 益):杀死。华容浦:华容是古地名,在今湖北省监利县北,当时地近云梦泽,故云"浦"(水滨)。

〔5〕张乐:设置音乐演奏。荆山台:当指今湖北江陵以南的荆山上的台。

〔6〕虞人:指《左传·襄公四年》所载的《虞箴》。其主张应使禽兽

得以生存成长。明哲:指随王萧子隆。

送远曲[1]

北梁辞欢宴,南浦送佳人[2]。方衢控龙马[3],平路骋朱轮。琼筵妙舞绝[4],桂席羽觞陈。白云丘陵远,山川时未因[5]。一为清吹激,潺湲伤别巾[6]。

〔1〕《送远曲》:这是《齐随王鼓吹曲》的第八首,写的是随郡王送别友人的情景。和江淹《别赋》中写富贵者之别的情调多少有些相似。此诗虽属鼓吹曲,却已是一首纯粹写送别之作。

〔2〕北梁、南浦:皆送别之处。前者见王褒《九怀·陶壅》;后者见《九歌·河伯》。

〔3〕方衢:四通八达的大路。龙马:高大的骏马。

〔4〕琼筵:珍美的筵席。羽觞:铸成鸟形的酒杯。

〔5〕未因:"因",由也。言山川隔绝无由见面。一说:"未因",不连接。

〔6〕潺湲(chán yuán 蝉袁):水缓流的样子。这里指流泪的样子。

玉阶怨[1]

(南齐)谢朓

夕殿下珠帘,流萤飞复息。长夜缝罗衣,思君此何极。

〔1〕《玉阶怨》:这首《玉阶怨》因为属宫怨一类,所以《乐府诗集》卷四十三编入《相和歌辞·楚调曲》一类。其实此诗多少受《子夜歌》影响,写的是妇女思念丈夫的心情。在这类小诗中,谢朓此诗是很有名的。

邯郸故才人嫁为厮养卒妇[1]

(南齐)谢朓

生平宫阁里,出入侍丹墀[2]。开笥方罗縠,窥镜比蛾眉[3]。初别意未解,去久日生悲。憔悴不自识,娇羞馀故姿。梦中忽仿佛,犹言承燕私[4]。

〔1〕邯郸:本战国时赵国都城,秦汉后一直是繁华名城。这里指邯郸宫。才人:皇宫中的女子,地位低于妃嫔,高于一般宫女。厮养卒:古代的贱役。

〔2〕阁(gé 革):小的闺房。丹墀(chí 迟):红色的台阶,指宫中的阶陛。

〔3〕笥(sì 俟):盛物的竹箱。方:比较。罗縠:丝织品名。蛾眉:以蛾的细长形容眉。

〔4〕承燕私:受帝王宠幸。

王孙游[1]

(南齐)谢朓

绿草蔓如丝,杂树红英发。无论君不归,君归芳已歇。

〔1〕《王孙游》:此曲取淮南小山《招隐士》:"王孙游兮不归,春草生兮萋萋。"

估客乐[1](二首)

(南齐)释宝月[2]

其一

郎作十里行,侬作九里送。拔侬头上钗,与郎资路用。

其二

有信数寄书,无信心相忆。莫作瓶落井,一去无消息。

〔1〕《估客乐》:《西曲歌》之一。据《乐府诗集》卷四十八引《古今

乐录》说是齐武帝萧赜所作。萧赜早年曾游历樊城(今属湖北)、邓县(今属河南),即位后追忆其事,作《估客乐》,使乐府令刘瑶配曲,刘瑶配不好。这时,有人推荐宝月,经宝月配曲,十天就令萧赜满意。

〔2〕释宝月:南齐武帝时人,善诗,妙解音律。《诗品》列在下品。

行路难[1]

(南齐)释宝月

君不见孤雁关外发,酸嘶度扬越[2]。空城客子心肠断,幽闺思妇气欲绝。凝霜夜下拂罗衣,浮云中断开明月。夜夜遥遥徒相思,年年望望情不歇。寄我匣中清铜镜,倩人为君除白发[3]。行路难,行路难,夜闻南城汉使度[4],使我流泪忆长安。

〔1〕《行路难》:这首诗是写游子思妇相思之情。诗中似是游子的口吻。

〔2〕发:飞出。酸嘶:因劳累而声音发哑。扬越:指今江浙等地。亦泛指南方。

〔3〕倩(qiàn 欠):请。

〔4〕度:经过。

中山王孺子妾歌[1]（二首选一）

（南齐）陆厥[2]

其二

如姬寝卧内，班妾坐同车[3]。洪波陪饮帐，林光宴秦馀[4]。岁暮寒飙及，秋水落芙蕖。子瑕矫后驾，安陵泣前鱼[5]。贱妾终已矣，君子定焉如。

〔1〕《中山王孺子妾歌》：中山王指西汉中山靖王刘胜。"孺子妾"是王妾的有名号者。此曲有二首，《文选》和《玉台新咏》都只录此首，今从之。

〔2〕陆厥(472—499)：字韩卿，吴郡吴（今江苏苏州）人。南齐文学家，曾与沈约书信来往，辩论声律说起源问题。

〔3〕如姬：战国时魏安釐王宠妃，曾盗兵符给信陵君。班妾：指班婕妤，曾与汉成帝同车游后园。

〔4〕洪波：战国赵简子的台名。林光：指林光宫，秦代遗留的宫，汉朝皇帝曾游幸。

〔5〕子瑕：春秋时卫灵公的宠臣，弥子瑕，曾私自驾灵公的车出行。卫灵公开始时称他为孝，及弥子瑕失宠，灵公又以此为罪。"安陵"句：此句用典有误。战国时魏王与龙阳君一同钓鱼，龙阳君得鱼多，反而大哭，魏王问他，他说怕王得更多宠人而自己失宠。非安陵君事。

临江王节士歌[1]

(南齐)陆厥

木叶下,江波连。秋月照浦云歇山。秋思不可裁[2],复带秋风来。秋风来已寒,白露惊罗纨。节士慷慨发冲冠。弯弓挂若木,长剑竦云端[3]。

〔1〕《临江王节士歌》:这诗借西汉景帝子临汉王刘荣以事被召还长安接受审问,临行,车轴折断,父老流泪说他不能再回江陵的事。后来刘荣因畏罪自杀。南齐明帝曾大量杀害齐高帝、武帝子孙,此诗恐借史来讽刺时事。
〔2〕裁:截断。
〔3〕若木:神话中太阳下山地方所生的树。"长剑"句:化用宋玉《大言赋》"长剑耿耿倚天外"句意。

玉阶怨[1]

(南齐)虞羲[2]

紫藤拂花树,黄鸟度青枝[3]。思君一叹息,苦泪应言垂。

〔1〕《玉阶怨》:此诗是有意模仿谢朓之作的。《诗品》说当时人"学谢朓,劣得'黄鸟度青枝'",即指此诗而言。

〔2〕虞羲:字子阳,一字士光,会稽馀姚(今属浙江)人。南齐时为太学生,后官至晋安王侍郎,但不知指南齐晋安王或梁晋安王(即简文帝萧纲)。曾有集十卷,今佚。

〔3〕度:飞过。

出塞[1]

无名氏[2]

候骑出甘泉[3],奔命入居延[4]。旗作浮云影,阵如明月弦[5]。

〔1〕《出塞》:《汉横吹曲》名。这首是写军人作战时的辛苦和军容的齐整。

〔2〕无名氏:这首诗原见《乐府诗集》卷二十一,列于梁刘孝标之前。作者当系梁以前人。

〔3〕候骑:侦察骑兵。甘泉:山名,在今陕西淳化,秦汉时山上有甘泉宫。

〔4〕奔命:奉命急行军。居延:地名,在今甘肃额济纳旗东南。

〔5〕"旗作"二句:写行军时旗帜飘扬及军队布成半圆的阵势。

从军行[1](二首)

(梁)江淹[2]

其一

樽酒送行人,踟蹰在亲宴[3]。日暮浮云滋,握手泪如霰[4]。悠悠清水天,嘉鲂得所荐[5]。而我在万里,结友不相见。袖中有短书,愿寄双飞燕。

〔1〕《从军行》:这两首诗,据江淹本集都不是乐府诗。前一首为《杂体诗三十首》中的《李都尉·从军》,是拟相传的"李陵诗"而作;后一首为《古意报袁功曹(袁炳)》,乃属朋友赠答之作。关于前一首,明梅鼎祚《古乐苑》和清《四库全书总目》均已指出。这里姑从《乐府诗集》。

〔2〕江淹(444—505):字文通,济阳考城(今河南兰考)人。南朝宋时曾在建平王刘景素幕下任职,因谏阻刘景素谋取帝位,被贬为建安吴兴(今福建浦城)令。萧道成执政后,被召回,任尚书驾部郎,骠骑参军。

南齐时历任中书侍郎、尚书左丞、侍中、卫尉卿。入梁官至金紫光禄大夫,封醴陵伯。卒。有《江文通集》。

〔3〕踟蹰:踌躇不进,这里形容依依惜别。

〔4〕霰(xiàn 献):水蒸气遇冷凝成的冰粒,俗称"雪珠"。

〔5〕清水天:当从本集作"清川水"。鲂(fáng 房):鱼名,略似鳊鱼。荐:进。这里指作为菜肴送上。

其二

从军出陇北,长望阴山云[1]。泾渭各异流,恩情于此分[2]。故人赠宝剑,镂以瑶华文[3]。一言凤独立,再说鸾无群[4]。何得晨风起,悠哉凌翠氛[5]。黄鹄去千里,垂涕为报君。

〔1〕"从军"二句:按:"陇山"在今陕西陇县西北,距阴山(在今内蒙古自治区)尚远。这里只是借用两个地名,代指远离中原的家乡,并非实指。

〔2〕"泾渭"句:泾、渭是今甘肃、陕西二省境内的河流。泾水本是流入渭水的。但渭水浊而泾水清,所以这里取其意,比喻各自趋向目的地。

〔3〕瑶华文:指剑柄上以玉为饰所构成的文采。

〔4〕"一言"二句:这是指分别时以凤、鸾自喻,以示不同流俗。

〔5〕晨风:鸟名。翠氛:青色的气,代指天空。

怨歌行[1]

(梁)江淹

纨扇如团月,出自机中素。画作秦王女,乘鸾向烟雾[2]。彩色世所重,虽新不代故。窃悲凉风至,吹我玉阶树。君子恩未毕,零落委中路[3]。

〔1〕《怨歌行》:这是江淹《杂体诗三十首》中的一首,题为《班婕妤·咏扇》。

〔2〕"画作"二句:用《列仙传》典故。据《艺文类聚》卷九十引《列仙传》:萧史教秦穆公之女弄玉吹箫,"作凤声,凤皇来止其屋,秦穆公为作凤台,一旦皆随凤飞去"。鸾:凤凰一类鸟。

〔3〕中路:路中。

古离别[1]

(梁)江淹

远与君别者,乃至雁门关[2]。黄云蔽千里,游子何时还。送君如昨日,檐前露已团。不惜蕙草晚,所悲道里寒。君在天一涯,妾身长别离。愿一见颜色,不异琼树枝[3]。兔丝及水萍[4],所寄终不移。

〔1〕《古离别》:此诗即江淹《杂体诗三十首》的第一首。江淹这组诗都题作者,只有此首但称"《古离别》",当是拟古乐府之作。
〔2〕雁门关:在今山西北部。
〔3〕"愿一"二句:《文选》李善注以为是化用相传为李陵《赠苏武诗》的"思得琼树枝,以解长饥渴"句意。
〔4〕兔丝:即女萝,植物名。水萍:即浮萍。

明君词[1]

(梁)沈约[2]

朝发披香殿[3],夕济汾阴河[4]。于兹怀九逝,自此敛双蛾[5]。沾妆疑湛露,绕臆状流波[6]。日见奔沙起,稍觉转蓬多[7]。胡风犯肌骨,非直伤绮罗[8]。衔涕试南望,关山郁嵯峨[9]。始作《阳春》曲,终成《苦寒》歌[10]。唯有三五夜,明月暂经过[11]。

〔1〕《明君词》:明君即昭君。关于汉代王昭君远嫁匈奴的故事,历来文人发为吟咏的很多。《乐府诗集》把这一类诗均归入《相和歌辞·吟叹曲》一类。这首沈约的拟作,主要是写北地寒苦及昭君的思乡之情。
〔2〕沈约(441—513):字休文,吴兴武康(今浙江德清西)人。南朝文学家,历宋、齐、梁三代。初仕宋,为尚书度支郎,入齐,历任太子家令、

东阳太守诸职,曾入竟陵王萧子良西邸,为"竟陵八友之一"。梁武帝代齐,官至尚书仆射、尚书令,封建昌县侯,谥为"隐"。他在文学上运用"四声"说,讲究诗文的声律,为"永明体"创始人之一,并且是当时文坛领袖。著有《宋书》及集一百卷。其集已佚,明人辑有《沈隐侯集》。

〔3〕披香殿:殿名。据《三辅黄图》,汉代后宫八区有披香殿。

〔4〕汾阴河:指今山西西南部与陕西分界的黄河。

〔5〕于兹:从此。九逝:一作"九折",误。"九逝"语出《楚辞·九章·抽思》:"魂一夕而九逝。"是说梦魂中不断回到故乡。双蛾:指双眉。敛起双眉是忧愁不乐的样子。

〔6〕湛露:即露水。语出《诗经·小雅·湛露》:"湛湛露斯。"臆:胸。这两句都是写啼哭之状。"湛露"、"流波"均属形容泪水。

〔7〕奔沙:被风卷起的沙尘。转蓬:随风飘转的蓬草。这两句是形容边塞荒凉的景色。

〔8〕"胡风"二句:这是形容寒风刺骨,非身披绮罗者所能适应。

〔9〕郁:深远。嵯峨(cuó é 搓娥):高峻。

〔10〕《阳春》:古曲名。《苦寒》:即《相和歌辞》的《苦寒行》。这两句语义双关,表示从阳春和暖之乡来到苦寒之地,亦以显示人的心情。

〔11〕三五:指十五日。《古诗·孟冬寒气至》:"三五明月满。"这两句说只有十五夜间的明月,见之如同见到家乡。

有所思[1]

(梁)沈约

西征登陇首[2],东望不见家。关树抽紫叶,塞草发青牙。昆明当欲满,蒲萄应作花[3]。垂泪对汉使,因书寄狭邪[4]。

[1]《有所思》:《汉铙歌》和后来许多诗人如谢朓、萧衍等的拟作,都是写女子想念丈夫或情人之诗。沈约这一首则改成出征者对家庭的思念之情。这首诗可能是沈约早年之作,所以并不严格讲究两句中平仄声相对的要求。但全诗八句,中间二联是比较工整的对仗,已和律诗有类似处。

[2]陇首:陇山之顶。

[3]昆明:指长安的昆明池。这二句是出征者想象家乡长安的景象。

[4]狭邪:小巷,出征者家庭所在。汉《相和歌辞》有《长安有狭邪行》,即指长安城中的小巷。

怨歌行[1]

(梁)沈约

时屯宁易犯,俗险信难群[2]。坎壈元淑赋,顿挫敬通文[3]。

遽沦班姬宠,夙窆贾生坟[4]。短俗同如此[5],长叹何足云。

〔1〕《怨歌行》:这首沈约的拟作虽仿班婕妤,但写的是世途的艰险,并非弃妇之辞。这和江淹之作不同。

〔2〕屯(zhūn谆):困难。宁:岂。群:这里指与人为群,指处世。

〔3〕坎壈(kǎn lǎn 砍懒):不得志。元淑赋:当指东汉赵壹的《穷鸟赋》。据《后汉书》本传,赵壹字元叔。《诗经·曹风·鸤鸠》曰:"淑人君子,其仪一兮。""壹"同"一"。若赵壹名取此意,则"叔"当作"淑"。敬通:东汉冯衍字。冯衍作《显志赋》,以抒写其不得志。

〔4〕遽:突然。班姬:班婕妤。夙:早。窆(biǎn 匾):埋葬。贾生:即西汉贾谊。

〔5〕短俗:这里指恶薄的世态。

江蓠生幽渚[1]

(梁)沈约

泽兰被荒径,孤芳岂自通。幸逢瑶池旷,得与金芝丛[2]。朝承紫台露,夕润渌池风。既美修嫭女[3],复悦繁华童。夙昔玉霜满,旦暮翠条空。叶飘储胥右,芳歇露寒东[4]。纪化尚盈昃,俗志信颓隆[5]。财殚交易绝,华落爱难终。所惜改欢昒,岂恨逐征蓬。愿回昭阳景,时照长门宫[6]。

〔1〕《江蓠生幽渚》:一作《塘上行》。按:"江蓠生幽渚"即陆机《塘

上行》首句,沈约此诗即拟陆之作。

〔2〕旷:宽阔。丛:丛生,一起生长。

〔3〕修嫭(hù护)女:修长而美好的女子。

〔4〕储胥、露寒:汉代馆名。《三辅黄图》卷二:"武帝作迎风馆于甘泉山,后加露寒、储胥二馆,皆在云阳。"

〔5〕"纪化"句:指日月的交会、运行,尚有月圆月缺之别。颓隆:指盛衰。

〔6〕昭阳:汉代殿名。景:日光。长门宫:汉代被废弃的后妃所居之宫。汉武帝陈皇后被废,居长门宫。相传司马相如所作《长门赋》,即指此事。

梁甫吟[1]

(梁)沈约

龙驾有驰策,日御不停阴[2]。星箭亟回变,气化坐盈侵[3]。寒光稍眇眇,秋塞日沉沉[4]。高窗灰馀火,倾河驾腾参[5]。飚风折暮草,惊竿贯层林[6]。时云蔼空远[7],渊水结清深。奔枢岂易细,珠庭不可临[8]。怀仁每多意,履顺孰能禁[9]。露清一唯促,缓志且移心[10]。京歌步梁甫[11],叹绝有遗音。

〔1〕《梁甫吟》:此曲历来拟作者颇多,除相传为诸葛亮所作的"古辞"外,《乐府诗集》中收有陆机、沈约、陆琼诸人拟作。沈约之作全仿陆

机,在他的诗中,别具一格。此诗用意在感叹时光流失,人生短促。诗中用典较多,与沈约其他作品不很一样。

〔2〕龙驾:据《初学记》卷一引《淮南子》:"爰止羲和,爰息六螭,是谓悬车。"注云:"日乘车驾以六龙,羲和御之。"(原文及注与今本《淮南子·天文训》及注有出入。)驰策:驱赶马匹快跑的鞭策。日御:即日神的御者。这两句是说时间迅速流失。

〔3〕星籥(yào 药):指天上的籥星,古人认为这星主管天门的开闭。亟(qì 器):屡次。回变:回旋转化。坐:由于。这两句说天门时开时闭,不断变化,事物到满盈之时,就要变衰。

〔4〕寒光:指秋冬的日光。眇眇:微弱。沉沉:阴森的样子。

〔5〕高窗:高楼的窗,意为宫阙。据《汉书·天文志》,古人用衡器悬挂土炭,以炭的轻重,测量节气。灰:指土炭。馀火:尚能望见的大火星。大火星从七月起向西偏斜,渐渐看不见。参:星名,属白虎宿,在西边天上,属秋天。这两句说从土炭测量来看,七月的大火星只剩馀光,而深秋的参星已在倾斜的银河边上升起。

〔6〕飚(biāo 彪)风:狂风。贳:同"陨",落下。这句说草被风吹折,树林里的树枝折断下落。

〔7〕蔼:厚重的样子。

〔8〕枢:天枢星,北斗第一星。奔枢:指天象迅速运转。岂易细:不能小看。珠庭:仙境。

〔9〕"怀仁"句:言自己胸怀仁道,对世事每多留心。"履顺"句:实行和顺之道就不会犯禁忌。

〔10〕缓志:使志气和缓。

〔11〕京歌:京洛之歌,如《世说新语·雅量》载谢安作"洛生咏"。这句说自己唱着京歌在梁甫山漫步。

421

四时白纻歌[1]（五首选二）

(梁)沈约

春白纻

兰叶参差桃半红,飞芳舞縠戏春风[2]。如娇如怨状不同,含笑流眄满堂中[3]。翡翠群飞飞不息,愿在云间长比翼[4]。

〔1〕《四时白纻歌》：此曲本五首,分春、夏、秋、冬、夜。今选二首。每首末有"佩服瑶草驰颜色,舜日尧年欢无极"二句,系梁武帝所加。《玉台新咏》所录已删,今不录。

〔2〕縠(hú斛)：有皱纹的丝织品。

〔3〕眄(miàn面)：看。这两句《玉台新咏》缺,今依《乐府诗集》。

〔4〕翡翠：鸟名。这两句每首均有,疑本是原作结句如此。

秋白纻

白露欲凝草已黄,金琯玉柱响洞房[1]。双心一意俱徊翔[2],吐情寄君君莫忘。翡翠群飞飞不息,愿在云间长比翼。

〔1〕琯(guǎn管)：古代管乐器。

〔2〕双心一意:即指两人同心一意。

襄阳蹋铜蹄[1]（三首选一）

(梁)沈约

其一

分手桃林岸,望别岘山头[2]。若欲寄音信,汉水向东流。

〔1〕《襄阳蹋铜蹄》:据《乐府诗集》卷四十八引《古今乐录》说是梁武帝西下所制也。但据《隋书·音乐志》,在梁武帝起兵前已有此童谣。
〔2〕岘(xiàn现)山:山名,在今湖北襄阳。

六忆诗[1]（四首）

(梁)沈约

其一

忆来时,的的上阶墀[2]。勤勤聚离别,慊慊道相思[3]。相看常不足,相见乃忘饥。

其二

忆坐时,点点罗帐前[4]。或歌四五曲,或弄两三弦。笑时应无比,嗔时更可怜[5]。

其三

忆食时,临盘动容色。欲坐复羞坐,欲食复羞食。含哺如不饥,擎瓯似无力[6]。

其四

忆眠时,人眠强未眠。解罗不待劝,就枕更须牵。复恐旁人见,娇羞在烛前。

〔1〕《六忆诗》:此诗见《玉台新咏》卷五。吴兆宜注和萧涤非先生《汉魏六朝乐府文学史》都以为是《杂曲歌辞》。
〔2〕的的:分明的样子。
〔3〕勤勤:诚恳的样子。慊慊(qiàn 歉):怨恨的样子。
〔4〕点点:检点小心的样子。
〔5〕嗔(chēn 郴):生气。
〔6〕瓯(ōu 欧):小盆,杯子。

采菱曲(二首选一)

(梁)江洪[1]

其一

风生绿叶聚,波动紫茎开。含花复含实,正待佳人来。

〔1〕江洪:梁诗人。祖籍济阳(今河南兰考一带)人。曾任建阳令,因事处死。曾有集二卷,佚。

江南曲[1]

(梁)柳恽[2]

汀洲采白蘋[3],日落江南春。洞庭有归客,潇湘逢故人[4]。故人何不返,春华复应晚。不道新知乐,只言行路远。

〔1〕《江南曲》:这是一首写朋友间思念之情的诗。
〔2〕柳恽(465—517):字文畅,祖籍河东解(今山西运城西南)人。梁代诗人。曾任吴兴太守等职。其集今佚,存诗十八首。
〔3〕汀洲:水岸边的小岛。白蘋:浅水处所生的小草。

〔4〕洞庭:即洞庭湖。潇湘:水名。潇水出湖南宁远县南九疑山,入湘江,故名"潇湘"。

长安少年行

(梁)何逊[1]

长安美少年,羽骑暮连翩。玉羁玛瑙勒,金络珊瑚鞭[2]。阵云横塞起,赤日下城圆。追兵待都护,烽火望祁连[3]。虎落夜方寝,鱼丽晓复前[4]。平生不可定,空信苍浪天[5]。

〔1〕何逊(？—518):字仲言,东海郯(今属山东)人。梁代诗人。少时为沈约、范云所称赏。曾任建安王萧伟记室,安成王萧秀水部郎。卒于江州。有《何水部集》。

〔2〕玉羁:用玉装饰的马笼头。勒:带嚼子的马笼头。玛瑙勒:用玛瑙(一种宝石)装饰的马勒。络:缰绳。

〔3〕都护:军中官职。大抵设在附属国。祁连:即今甘肃的祁连山。

〔4〕虎落:军营四周所设栅篱,以为防护。鱼丽:阵名。

〔5〕苍浪天:青天。

战 城 南[1]

(梁)吴均[2]

蹀躞青骊马[3],往战城南畿[4]。五历鱼丽阵[5],三入九重围[6]。名慑武安将,血汙秦王衣[7]。为君意气重,无功终不归[8]。

〔1〕《战城南》:六朝文人常用汉乐府旧题写作诗歌,往往和原作的情调不同。《汉铙歌》中《战城南》主于悲,而吴均此诗则主于豪壮。

〔2〕吴均(469—520):字叔庠,吴兴故鄣(今浙江安吉)人。官至奉朝请。曾著《齐春秋》,由于如实地记载了梁武帝早年帮齐明帝篡夺政权的事触怒武帝,终身很不得志。他的诗文被称为"清拔有古气",颇为当时人模仿,号为"吴均体"。他还著有志怪小说《续齐谐记》。明人辑有《吴朝请集》。

〔3〕蹀躞(xiè dié 蟹蝶):行走的样子。骊(lí 丽):黑马。

〔4〕畿(jī 几):区域。

〔5〕鱼丽阵:古代作战时军队布置的阵势。《左传·桓公五年》载:郑国与周王作战时,布下了"鱼丽之阵"。

〔6〕九重围:形容多层的围困。

〔7〕武安将:指战国时秦国名将白起,他曾被封为武安君。这二句借用历史上秦国的强大和白起的威名来衬托战士的英勇。

〔8〕意气重:倒装句法,实指重报国立功之意气。

入关[1]

(梁)吴均

羽檄起边庭,烽火乱如萤[2]。是时张博望,夜赴交河城[3]。马头要落日,剑尾击流星[4]。君恩未得报,何论身命倾。

〔1〕《入关》:《汉横吹曲》名。这首诗假借咏史来抒发自己报国立功的壮志。

〔2〕"烽火"句:写夜间有敌情,各烽火台举火,远望杂乱如萤火飞舞。

〔3〕张博望:即西汉张骞,封博望侯。交河城:汉代西域地名,在今新疆吐鲁番西北。

〔4〕要:遮蔽。"马头"句:指征人向西行走,日落时见太阳正好落到马头的高度。"剑尾"句:指征人夜行,天空出现流星,落到齐剑端之处。这二句是写日夜赶路的辛苦。

胡无人行[1]

(梁)吴均

剑头利如芒,恒持照夜光。铁骑追骁虏,金羁讨黠羌[2]。高秋八九月,胡地早风霜。男儿不惜死,破胆与君尝。

〔1〕《胡无人行》:《相和歌辞·瑟调曲》之一。古辞今佚。这是吴均的拟作。

〔2〕羁(jī激):马笼头。黠(xiá霞):狡猾。

行路难[1]（四首）

(梁)吴均

其一

洞庭水上一株桐,经霜触浪困严风。昔时抽心耀白日[2],今旦卧死黄沙中。洛阳名工见咨嗟,一剪一刻作琵琶。白璧规心学明月,珊瑚映面作风花[3]。帝王见赏不见忘,提携把握登建章[4]。掩抑摧藏张女弹,殷勤促柱楚明光[5]。年年月月对君子,遥遥夜夜宿未央[6]。未央彩女弃鸣篪[7],争见拂拭生光仪。茱萸锦衣作玉匣,安念昔日枯树枝。不学衡山南岭桂,至今千年犹未知。

〔1〕《行路难》:此首《乐府诗集》所载凡四首。《玉台新咏》则录其四和其一两首。

〔2〕抽心耀白日:指桐树开花在日光中发出光辉。

〔3〕"白璧"句:指琵琶上嵌上白色璧玉圆如明月之状。"珊瑚"句:指琵琶又以珊瑚作饰,红色映人,似风中花朵的样子。

〔4〕建章:建章宫,汉武帝所建。

〔5〕张女弹:见前汤惠休《怨诗行》注〔7〕。楚明光:据《琴操》:楚王使大夫明光,献和氏璧于赵王。

〔6〕未央:指汉代未央宫。

〔7〕篪(chí 迟):古代一种竹制管乐器。

其二〔1〕

青琐门外安石榴〔2〕,连枝接叶夹御沟。金墉城西合欢树〔3〕,垂条照彩拂凤楼。游侠少年游上路,倾心颠倒想恋慕。摩顶至足买片言,开胸沥胆取一顾。自言家在赵邯郸,翩翩舌杪复剑端。青骊白驳的卢马,金羁绿控紫丝鞶〔4〕。蹀躞横行不肯进,夜夜汗血至长安〔5〕。长安城中诸贵臣,争贵儒者席上珍〔6〕。复闻梁王好学问〔7〕,轻弃剑客如埃尘。吾丘寿王始得意,司马相如适被申〔8〕。大才大辩尚如此,何况我辈轻薄人。

〔1〕《乐府诗集》作其二。《玉台新咏》赵均本、吴兆宜注本俱无此首,华氏活字本有。

〔2〕青琐门:长安南宫的宫门。安石榴:即石榴,因来自西域,古人都称之为"安石榴"。

〔3〕金墉城:在洛阳古城西北。

〔4〕的卢马:额头部分作白色并一直延伸到口部的马叫"的卢"马,古人以为乘这种马会对主人不利。控:马缰。鞶(pán 盘):马鞍带。

〔5〕汗血:古人以为千里马出汗呈红色如血。

〔6〕儒者席上珍:语出《礼记·儒行》:"儒有席上之珍以待聘。"

〔7〕梁王:指西汉梁武王刘武,好招宾客,枚乘邹阳、司马相如均曾为其宾客。

〔8〕吾丘寿王:汉武帝时赵人,曾任东郡都尉,后迁光禄大夫、侍中。他上书反驳过公孙弘禁百姓藏弓弩的建议,因论汾阴得宝鼎事受赏。后因事被杀。司马相如(前179—前117):字长卿,蜀人,汉代著名辞赋家。

其三

君不见西陵田[1],从横十字成陌阡。君不见东郊道[2],荒凉芜没起寒烟。尽是昔日帝王处,歌姬舞女达天曙。今日翩妍少年子,不知华盛落前去[3]。吐心吐气许他人,今旦回惑生犹豫[4]。山中桂树自有枝,心中方寸自相知。何言岁月忽若驰,君之情意与我离。还君玳瑁金雀钗,不忍见此使心危。

〔1〕西陵:曹操的陵墓,在邺城,即今河北临漳。从横:交错。
〔2〕东郊:即洛阳东郊。曹植《名都篇》:"斗鸡东郊道"。
〔3〕"不知":意为不知在盛时及早引退,而坐待衰歇。
〔4〕回惑:"回"即徘徊,引申为犹豫,"惑"即惶惑。

其四

君不见上林苑中客,冰罗雾縠象牙席[1]。尽是得意忘言者,探肠见胆无所惜。白酒甜盐甘如乳,绿觞皎镜华如碧[2]。

少年持名不肯尝,安知白驹应过隙。博山炉中百和香,郁金苏合及都梁[3]。逶迤好气佳容貌,经过青琐历紫房[4]。已入中山冯后帐,复上皇帝班姬床[5]。班姬失宠颜不开,奉帚供养长信台[6]。日暮耿耿不能寐,秋风切切四面来[7]。玉阶行路生细草,金炉香炭变成灰。得意失意须臾顷,非君方寸逆所裁[8]。

〔1〕上林苑:汉武帝的狩猎苑囿,在长安之南。冰罗雾縠:指精美而薄的丝织品。

〔2〕甜盐:纪容舒《玉台新咏考异》认为应作"甜酽"。绿觞:酒杯名。华如碧:装饰着绿色玉石做的花纹。

〔3〕郁金、苏合、都梁:都是香料名。

〔4〕青琐:宫门上镂刻的青色图纹。后借指宫门。紫房:帝王所居之处。

〔5〕中山冯后:西汉元帝后冯昭仪,生子封信都王,后来又徙封中山王,冯昭仪被尊为中山太后。班姬:即班婕妤,传为《怨诗》("新裂齐纨素",已见前)的作者。

〔6〕长信台:即长信宫,太后所居。班婕妤失宠后到长信宫伺候太后。

〔7〕切切:凄凉的样子。

〔8〕方寸:指心。逆:预料。裁:决定。

白纻歌(九首选五)

(梁)张率[1]

其一

歌儿流唱声欲清,舞女趁节体自轻[2]。歌舞并妙会人情[3],依弦度曲婉盈盈,扬蛾为态谁目成[4]。

〔1〕张率(475—527):字士简。吴郡吴(今江苏苏州)人。仕南齐,为太子洗马,入梁为建安王萧伟中记室参军,后入晋安王萧纲幕,官至黄门侍郎,卒。
〔2〕歌儿:指男性歌者。趁节:依乐声节拍起舞。
〔3〕会人情:能令观者满意。
〔4〕扬蛾:即扬眉。谁目成:与谁眉目传情。语出《楚辞·九歌·少司命》:"忽独与余兮目成。"

其二

妙声屡唱轻体飞,流津染面散芳菲[1],俱动齐息不相违[2]。令彼嘉客澹望归[3],时久玩夜明星稀。

〔1〕津:指汗。

〔2〕俱动齐息:指在场舞者动作整齐一致。
〔3〕澹(dàn 淡):通"憺"。安乐。澹忘归:语出《楚辞·九歌·山鬼》:"留灵修兮憺忘归。"

其三

日暮搴门望所思[1],风吹庭树月入帷。凉阴既满草虫悲,谁能离别长夜时。流叹不寝泪如丝,与君之别终何如。

〔1〕搴(qiān 谦):拨开门闩。

其四

秋风萧条露垂叶,空闺光尽坐愁妾,独向长夜泪承睫[1]。山高水远路难涉,望君光景何时接[2]。

〔1〕睫(jié 捷):眼边上的睫毛。
〔2〕接:见面。

其八

愁来夜迟犹叹息,抚枕思君终反仄[1]。金翠钗环稍不饰,雾縠流黄不能织[2]。但坐空闺思何极,欲以短书寄飞翼[3]。

〔1〕反仄:同"反侧",转辗翻身睡不着。

〔2〕雾縠(hú壶)、流黄:都是丝织品的名称。

〔3〕"欲以"句:想托飞鸟送信。

出 塞[1]

(梁)刘孝标[2]

蓟门秋气清,飞将出长城[3]。绝漠冲风急,交河夜月明[4]。陷敌扠金鼓,摧锋扬旆旌[5]。去去无终极,日暮动边声[6]。

〔1〕《出塞》:这首写的也是出征军人的作战情景。刘孝标早年曾被北魏所俘,掠至平城(今山西大同一带),所以写长城一带景色较为真切。

〔2〕刘孝标(462—521):名峻,字孝标。平原(今山东邹平东南)人。梁代文学家。出生后不久,由他母亲携归故乡,不久他家乡沦入北魏,被迁到平城一带。齐武帝永明年间回南。曾为梁安成王萧秀户曹参军。因恃才得罪梁武帝,不被任用,隐居而卒。后人辑有《刘峻集》。

〔3〕蓟:汉代地名,在今北京市。蓟门:即蓟的城门。飞将:汉代名将李广,曾被匈奴称为"飞将军"。

〔4〕绝漠:穿过沙漠。交河:西域地名,在今新疆吐鲁番西北。

〔5〕扠(chuāng窗):撞击。旆旌:旗帜。这两句是说打着金鼓攻破敌阵,高举旗帜摧毁敌军的兵锋。

〔6〕边声:指号角声、马嘶声等边境上的声音。

435

白马篇

(梁)徐悱[1]

妍蹄饰镂鞍,飞鞚度河干[2]。少年本上郡,遨游入露寒[3]。剑琢荆山玉,弹把隋珠丸[4]。闻有边烽急,飞候至长安[5]。然诺窃自许,捐躯谅不难。占兵出细柳,转战向楼兰[6]。雄名盛李霍,壮气勇彭韩[7]。能令石饮羽,复使发冲冠[8]。要功非汗马,报效在锋端。日设塞云起,风悲胡地寒。西征馘小月,北去脑乌丸[9]。归报明天子,燕然石复刊[10]。

〔1〕徐悱(?—524):字敬业,东海郯(今属山东)人,徐勉子。梁代诗人,曾任太子舍人、太子洗马等职,后为晋安内史,早卒。

〔2〕妍蹄:指精良的马匹。鞚(kòng 控):马笼头。河干:河边。

〔3〕上郡:汉代郡名,在今陕西北部一带。露寒:指夜间寒冷的原野。

〔4〕隋珠丸:据《搜神记》记载:春秋时隋国的君主曾救了一条蛇,后来蛇衔一颗明珠来报答他。

〔5〕候:探骑。

〔6〕细柳:地名,在今陕西西安附近,汉代周亚夫曾驻兵于此以防匈奴。楼兰:西域古国名,遗址在今新疆罗布泊西。

〔7〕李霍:指汉代名将李广、霍去病。彭韩:指汉初大将彭越、韩信。

〔8〕"能令"句:据《史记·李将军列传》载:李广曾把石误看作虎,

射箭入石中。发冲冠:据《史记·刺客·荆轲列传》载:荆轲去刺秦王时,高渐离击筑,唱送别的《易水歌》,人们都怒气冲天,发上指直顶冠帽。

〔9〕馘(guó 国):古时作战割掉敌人的左耳计数献功。小月:即小月氏(yuè zhī 月支):古代西部民族名。脑:指打得敌人脑浆迸裂。乌丸:古代东北少数民族名。

〔10〕燕然:即今蒙古国杭爱山,汉窦宪伐匈奴,在此刻石纪功。班固作《封燕然山铭》。

乌夜啼[1]

(梁)刘孝绰[2]

鹍弦且辍弄,鹤操暂停徽[3]。别有啼乌曲,东西相背飞。倡人怨独守,荡子游未归。若逢生离唱,长泣夜罗衣。

〔1〕《乌夜啼》:《杂曲歌辞》之一。此诗《玉台新咏》卷八、《艺文类聚》卷四十二题作《赋得乌夜啼》。《诗纪》卷八十七作《夜听妓赋得乌夜啼》。

〔2〕刘孝绰(481—539):本名冉,小名阿士。彭城(今江苏徐州)人。梁代诗人,早年号为神童,曾任太子仆,为昭明太子萧统所爱重。官至秘书监。诗与何逊齐名,称"何刘"。明人辑有《刘秘书集》。

〔3〕鹍弦:鹍鸡、游弦,两种琴曲名。嵇康《琴赋》:"鹍鸡游弦。""五臣"吕延济注:"并曲名。"鹤操:《琴曲歌辞》有《别鹤操》,相传为商陵牧子作。鲍照亦作有《别鹤操》。徽:通"挥",弹奏。

437

行路难[1]（二首）

(梁)费昶[2]

其一

君不见长安客舍门，倡家少女名桃根[3]。贫穷夜纺无灯烛，何言一朝奉至尊[4]。至尊离宫百馀处，千门万户不知曙。唯闻哑哑城上乌，玉栏金井牵辘轳[5]。丹梁翠柱飞流苏，香薪桂火炊雕胡[6]。当年翻覆无常定，薄命为女何必粗[7]。

〔1〕《行路难》：费昶所作《行路难》，《玉台新咏》和《乐府诗集》所录皆二首。但《艺文类聚》卷三十作吴均，疑误。
〔2〕费昶：梁代诗人，江夏（今湖北武昌）人。官至新田令。善为乐府诗，为梁武帝所赏。有集三卷，今佚。
〔3〕桃根：疑取《桃叶歌》"桃叶连桃根"意，本为拟托。
〔4〕"贫穷"句：用《战国策·秦策》载甘茂求苏代帮助时，以江上贫女夜间纺织没有灯的事作比喻的典故。至尊：帝王。
〔5〕辘轳：汲水的工具。
〔6〕雕胡：水中菰草的果实，即菰米，古人认为是珍贵的食品。
〔7〕"薄命"句：命运不好的女子未必长得丑。

其二

君不见人生百年如流电，心中坎壈君不见。我昔初入椒房时,讵减班姬与飞燕[1]。朝逾金梯上凤楼,暮下琼钩息鸾殿[2]。柏台昼夜香,锦帐自飘飏[3]。笙歌《枣下曲》,琵琶《陌上桑》[4]。过蒙恩所赐,馀光曲沾被[5]。既逢阴后不自专,复值程姬有所避[6]。黄河千年始一清,微躯再逢永无议[7]。蛾眉偃月徒自妍,傅粉施朱欲谁为[8]?不如天渊水中鸟,双去双归长比翅。

〔1〕椒房:皇后的宫室。讵:岂,哪里。班姬:即班婕妤。飞燕:赵飞燕,汉成帝皇后。

〔2〕凤楼:皇宫的楼阁,以凤凰为饰。晋代洛阳宫殿有凤凰楼。琼钩:玉制帐钩。鸾殿:宫殿名,《西京杂记》载,汉代掖庭有鸣鸾殿。

〔3〕柏台:指汉武帝柏梁台。飘飏:指在风中飘动。

〔4〕《枣下曲》:指《咄唶歌》"枣下何攒攒"。《陌上桑》:即《相和歌辞·陌上桑》,一名《罗敷行》。

〔5〕"馀光"句:指过分地沾受恩宠。

〔6〕阴后:指汉光武皇后阴氏,仁厚不妒忌。程姬:汉景帝姬妾,景帝召她侍寝,程姬因有月经,叫侍女唐姬代去。事见《汉书·景十三王传》。

〔7〕"黄河"二句:说自己遭逢难得的机遇。

〔8〕蛾眉:细长的眉毛。偃月:古代女人额上画半月型装饰。这两句写宠衰后空费梳妆,不受皇帝喜爱。

燕歌行[1]

(梁)萧子显[2]

风光迟舞出青蘋,兰条翠鸟鸣发春[3]。洛阳梨花落如雪,河边细草细如茵。桐生井底叶交枝,今看无端双燕离[4]。五重飞楼入河汉,九华阁道暗清池[5]。遥看白马津上吏,传道黄龙征戍儿[6]。明月金光徒照妾,浮云玉叶君不知[7]。思君昔去柳依依,至今八月避暑归[8]。明珠蚕茧勉登机,郁金香笏特香衣[9]。洛阳城头鸡欲曙,丞相府中乌未飞[10]。夜梦征人缝狐貉,私怜织妇裁锦绯[11]。吴刀郑绵络,寒闺夜被薄[12]。芳年海上水中凫,日暮寒吹空城雀[13]。

〔1〕《燕歌行》:《相和歌辞·平调曲》之一。现存这一曲调的歌辞,以曹丕的两首为最早,都是写思妇想念丈夫的内容。后来曹睿、陆机、谢灵运等人之作,其题材都差不多。后来萧绎和王褒、庾信之作才写到了征戍之事,以至唐代高适的名篇《燕歌行》都着重写了战争的残酷。萧子显此首,则和曹丕、陆机诸人类似,与王褒、庾信显然不同。从年辈说,他长于萧绎和王、庾,诗当作于侯景之乱以前,所以内容和后来几人在江陵相唱和的诗人迥异,这说明了文学的内容和现实生活确实是密不可分的。

〔2〕萧子显(488?—537):字景阳,南兰陵(今江苏常州)人。南齐武帝弟豫章王萧嶷子,南齐时封宁都侯。入梁降为子,历中书郎、临川内

史、黄门侍郎、吏部尚书诸官,卒于吴兴太守。著有《南齐书》,有集二十卷,佚,存诗十八首。

〔3〕迟舞:形容微弱的摆动。此句化用宋玉《风赋》"夫风生于地,起于青蘋之末"句意,形容春天的微风轻拂着青色的蘋草。"兰条"句:按:"条",当作"苕"。此句化用晋郭璞《游仙诗》"翡翠戏兰苕"句意。

〔4〕桐生井底:据《乐府诗集》卷三十一引《乐府解题》,说"双桐生空井"语,出于魏明帝曹睿《猛虎行》:"双桐生空枝,枝叶自相加。"按:《艺文类聚》卷八十八引曹睿诗作"双桐生空井"。"今看"句:象征夫妇分别。

〔5〕"五重"句:形容楼的高。九华阁:指九华台,曹丕黄初七年(226)筑,在洛阳。这句说九华阁高,遮蔽了地面的阳光。

〔6〕白马津:在今河南滑县东,黄河故道南岸。黄龙:城名,在今辽宁开远西北。

〔7〕浮云玉叶:传说黄帝与蚩尤作战时,见到五色云气如金枝玉叶,因此作华盖。这里以车盖象征外出者已显贵。

〔8〕"思君"句:用《诗经·小雅·采薇》"昔我往矣,杨柳依依"句意。"至今"句:这句说现已八月,应该避暑归来了。

〔9〕䔲(wěi 委):花。特:一作"持"较通顺。

〔10〕"丞相"句:西汉朱博任御史大夫,府中常有乌鸦栖于柏树上。朱博后曾为丞相,故云"丞相府"。

〔11〕锦绯:绯(粉红色)色锦缎。

〔12〕吴刀:古代吴地产刀有名。郑绵:古代郑地丝绵质地好。下句感叹自己的被子却很薄。

〔13〕"芳年"二句:海上的凫(野鸭)本是成双的,现在却如空城雀一样孤单。鲍照有《空城雀》诗。

采荷调[1]

(梁)江从简[2]

欲持荷作柱,荷弱不胜梁。欲持荷作镜,荷暗本无光。

〔1〕《采荷调》:此曲是讽刺当时尚书仆射何敬容而作。"荷"是"何"的谐音。
〔2〕江从简:南朝梁人,祖籍济阳考城(今河南兰考)人,曾任太尉从事中郎。侯景之乱,为任约所害。

晨风行[1]

(梁)沈满愿[2]

理楫令舟人[3],停舻息旅薄河津。念君劬劳冒风尘,临路挥袂泪沾巾。飚流劲润逝若飞,山高帆急绝音徽[4]。留子句句独言归,中心茕茕将依谁。风弥叶落永离索,神往形返情错漠[5]。循带易缓愁难却,心之忧兮叵销铄[6]。

〔1〕《晨风行》:属《杂曲歌辞》。据《乐府诗集》卷六十八引《益都耆旧传》,说后汉杨终,被徙北地,作《晨风》之诗。今另存南朝梁王循所

作同名诗一首。

〔2〕沈满愿:梁代女诗人。吴兴武康(今浙江德清)人,沈约孙女,为征西记室范静之妻。故《乐府诗集》署为范静妻沈氏。

〔3〕理楫:整治船只。

〔4〕飔流劲润:形容风急水激。音徽:音容风范。

〔5〕"神往"句:送行归来,心随丈夫而去,身体虽归,神情寂寞孤独。

〔6〕叵:不可。这句说忧愁不可消散。

有所思[1]

(梁)萧衍[2]

谁言生离久,适意与君别[3]。衣上芳犹在,握里书未灭。腰中双绮带,梦为同心结。常恐所思露,瑶华未忍折[4]。

〔1〕《有所思》:这是一首写相思之情的民歌,用的是妇女的口吻。萧衍晚年对绮艳的文辞颇有不满,但早年却曾写过不少这类诗歌。

〔2〕萧衍(464—549):即梁武帝。字叔达,南兰陵(今江苏常州)人。早年曾仕南齐,与沈约、谢朓、范云、任昉等人出入竟陵王萧子良西邸,号称"竟陵八友"之一。后为雍州刺史。乘南齐东昏侯萧宝卷暴虐,起兵夺取帝位,建立梁朝。梁初政治尚称清明,文学也在萧衍父子提倡下得以繁荣。但他晚年迷信佛教,怠于政事,致使北朝降将侯景乘机作乱,攻陷建康,梁武帝为其所逼,饿死。明人辑有《梁武帝集》。

〔3〕"适意"句:刚感到与您分别。

〔4〕瑶华:发出像玉一样光彩的花朵。此一句写妇女不愿透露自己的感情,未能折花赠与对方以寄情。

青青河畔草[1]

(梁)萧衍

幕幕绣户丝,悠悠怀昔期[2]。昔期久不归,乡国旷音辉[3]。音辉空结迟,半寝觉如至[4]。既寤了无形,与君隔平生。月以云掩光,叶似霜催老。当途竞自容,莫肯为妾道[5]。

〔1〕《青青河畔草》:这首萧衍的拟作,系取古辞《饮马长城窟行》的上半首之意。清人朱乾说:"《古诗十九首》皆乐府也。中有'青青河畔草'又有'客从远方来',本是两首;惟'孟冬寒气至'一篇下接'客从远方来',与《饮马长城窟行》章法同。盖古诗有意尽而辞不尽,或词尽而声不尽,则合此以足之;如《三妇艳》诗,如《董娇娆》'吾欲竟此曲'之类,皆曲调之馀声也。古人诗皆入乐,故有此等;后世则不然矣。"根据这首诗来看,古辞《饮马长城窟行》最早确如朱说,其后半首本是独立的,入乐时才被凑在一起。所以萧衍拟作时,仅取上半首。

〔2〕幕幕(mì密):意同"密密",指绣户所用丝颇为精细。昔期:从前约好的日期。

〔3〕旷:阔别。音辉:声音笑貌。

〔4〕结迟:等待。这两句说空等着,以至在半睡状态中梦见他来到。

〔5〕当途:当道的人。这两句全仿古辞,说当权者没人肯为自己说情让丈夫回来。

444

拟明月照高楼[1]

(梁)萧衍

圆魄当虚闼,清光流思筵[2]。筵思照孤影,凄怨还自怜。台镜早生尘,匣琴又无弦[3]。悲慕屡伤节,离忧亟华年。君如东扶景,妾似西柳烟[4]。相去既路迥,明晦亦殊悬。愿为铜铁辔,以感长乐前[5]。

〔1〕《拟明月照高楼》:梁武帝萧衍拟古之作颇多,此诗显然拟曹植《七哀诗》的本文。《乐府诗集》附见《怨歌行》之后,把它和唐人雍陶同题之作都称《明月照高楼》。

〔2〕魄:月亮的形状或轮廓。圆魄:即圆月。虚闼:空的门洞。筵:坐席。

〔3〕"台镜"句:指女子久不梳妆,未曾拂拭镜台。"匣琴"句:指久不弹琴,琴弦已绝,又藏于匣中。

〔4〕东扶:指东方日出之处"扶桑"。东扶景:即初升的太阳。西柳:指西方日落之地细柳。西柳烟:以日落时烟云,比喻人的暮年。

〔5〕辔(pèi 配):马缰绳。铜铁辔:形容其牢固。长乐:原指陵树乡北的大泽,名叫"长乐厥"(见《陈留风俗传》)。这里引申指日神的马车。这二句是幻想用坚固的缰绳制止日神的马车,以挽回时光,返回青春容颜。

江南弄[1]（七首选二）

（梁）萧衍

采莲曲

游戏五湖采莲归，发花田叶芳袭衣[2]，为君侬歌世所希。世所希，有如玉。江南弄，采莲曲。

朝云曲[3]

张乐阳台歌《上谒》[4]，如寝如兴芳晻暧[5]，容光既艳复还没[6]。复还没，望不来。巫山高，心徘徊。

〔1〕《江南弄》：《西曲歌》之一。据《乐府诗集》卷五十引《古今乐录》曰："梁天监十一年（512）冬，武帝改《西曲》，制《江南上云乐》十四曲；《江南弄》七曲：一曰《江南弄》，二曰《龙笛曲》，三曰《采莲曲》，四曰《凤笛曲》，五曰《采菱曲》，六曰《游女曲》，七曰《朝云曲》。"每曲据《古今乐录》言均有"和声"，可见本出民间，但萧衍之作，则多用古书辞藻，文人诗气息很浓。

〔2〕田叶：语出《相和歌辞·江南》："莲叶何田田。"

〔3〕《朝云曲》：此曲全取宋玉《高唐赋序》中说巫山神女"且为朝云，暮为行雨，朝朝暮暮，阳台之下"的故事。

〔4〕《上谒》:即《相和歌辞·董桃行》古辞,以首句"吾欲上谒从高山"得名。

〔5〕晻暧(àn ài 暗爱):昏暗的样子。这句形容神女出现时光景。

〔6〕"容光"句:指神女在空中消失。

襄阳蹋铜蹄[1]（三首选二）

(梁)萧衍

其一

陌头征人去,闺中女下机。含情不能言,送别沾罗衣。

其二

草树非一香,花叶百种色。寄语故情人,知我心相忆。

〔1〕《襄阳蹋铜蹄》:据《乐府诗集》卷四十八引《古今乐录》说是"梁武(帝)西下所制也"。但据《隋书·音乐志》,在梁武帝起兵前已有此童谣,说明这是民歌。此曲共三首,可能为梁武帝萧衍的拟作。

欢闻歌[1]

（梁）王金珠[2]

遥遥天无柱，流漂萍无根。单身如萤火，持底报郎恩[3]。

〔1〕《欢闻歌》：据《乐府诗集》卷四十五引《古今乐录》说："《欢闻歌》者，晋穆帝升平(357—361)初，歌毕辄呼'欢闻不'，以为送声。后因此为曲名。"

〔2〕王金珠：生平不详，《乐府诗集》以为是梁代人。《玉台新咏》以为此首是萧衍《春歌》的第三首。

〔3〕底：什么。

子夜四时歌(八首选五)

（梁）王金珠

春歌(三首选二)

其一

朱日光素水，黄华映白雪[1]。折梅待佳人，共迎阳春月。

〔1〕素水:白水。黄华:当即迎春花。

其二[1]

阶上香入怀,庭中花照眼。春心郁如此,情来不可限。

〔1〕此首《玉台新咏》以为是萧衍《春歌》的第一首。

夏歌(二首)

其一[1]

玉盘贮朱李,金杯盛白酒。本欲持自亲,复恐不甘口[2]。

〔1〕此首《玉台新咏》以为是萧衍《夏歌》的第三首。
〔2〕"本欲"句:本想持此献给你以求亲近。"本",一作"虽"。"复恐"句:只怕你认为不可口。

其二

垂帘倦烦热,卷幌乘清阴[1]。风吹合欢帐,直动相思琴。

〔1〕幌:帷幕。

秋歌(二首选一)

其一

叠素兰房中[1],劳情桂杵侧。朱颜润红粉,香汗光玉色[2]。

[1] 叠素:折叠绢素。
[2] "朱颜"二句:形容女子用力劳动,脸上出汗。

子夜变歌[1]

(梁)王金珠

七彩紫金柱,九华白玉梁。但歌绕不去,含吐有馀香。

[1]《子夜变歌》:这首诗传说是王金珠作,可能暗用《列子·汤问》中"馀音绕梁"的典故。

临高台[1]

(梁)萧纲[2]

高台半行云,望望高不极[3]。草树无参差[4],山河同一色。仿佛洛阳道,道远难别识[5]。玉阶故情人,情来共相忆[6]。

〔1〕《临高台》:这是一首写游子登高远望,思念故乡和家人的诗。此诗前半首写景,后半首由景色与自己家乡相像而引起了思乡之情。其情调对宋代王禹偁《村行》诗中"何事吟馀忽惆怅,村桥原树似吾乡"和相传李白所作的《菩萨蛮》中"玉阶空伫立"等句有一定影响。

〔2〕萧纲(503—551):即梁简文帝。字世缵,南兰陵(今江苏常州)人,梁武帝子。初封晋安王,中大通三年(531),昭明太子萧统卒,他被立为太子。太清二年(548)叛将侯景攻破建康。次年,梁武帝幽迫而死,萧纲继位,实为侯景的囚徒。后为侯景所害。萧纲是"宫体诗"的倡导者,他诗风绮艳,颇为后人所批评。其实他所提倡的新体,标志着诗歌从"永明体"向律诗的成熟进一步发展的重要阶段。

〔3〕"望望"句:形容登高而望,四面不见边际。

〔4〕参差:不整齐。

〔5〕"仿佛"二句:写所见景物与家乡洛阳相似。

〔6〕玉阶:精美的台阶,指游子家人所住的地方。这两句写游子因思念家人而想到家人也在想念他。

江南弄(三首选一)

(梁)萧纲[1]

其二

金门玉堂临水居,一嚬一笑千万馀[2],游子去还愿莫疏。愿莫疏,意何极。双鸳鸯,两相忆。

〔1〕萧纲:原作"萧统",今据中华书局版《乐府诗集》改。
〔2〕嚬(pín 频):同"颦",皱眉。

长安道[1]

(梁)萧纲

神皋开陇右,陆海实西秦[2]。金槌抵长乐,复道向宜春[3]。落花依度幔[4],垂柳拂行人。金张及许史,夜夜尚留宾[5]。

〔1〕《长安道》:《汉横吹曲》名,主要写长安景色。此诗写长安的富庶及西汉时贵戚豪门的奢华。
〔2〕神皋:京都周围的良田。开:通向。陆海:物产丰富的地方。

《汉书·地理志》载:关中一带因为富裕,号称"陆海"。

〔3〕金椎:《史记·秦始皇本纪》载:秦始皇筑驰道,用金椎捶击土地,使之坚实。这里代指驰道。长乐:长乐宫。复道:楼阁间有上下两重通道而架空者称"复道"。又叫"阁道",俗称"天桥"。宜春:宜春苑。

〔4〕幔(màn 漫):挂在屋内的帷帐。

〔5〕金张:指西汉金日磾、张安世及其后人,世世做大官。许史:指宣帝许皇后父许广汉及宣帝祖母家后人史曾、史玄。历世以外戚贵显。"夜夜"句:指天天举行夜宴后还留客住宿。

杂句从军行[1](二首选一)

(梁)萧纲

其二

云中亭障羽檄惊,甘泉烽火通夜明[2]。贰师将军新筑营[3],嫖姚校尉初出征[4]。复有山西将,绝世受雄名[5]。三门应遁甲,五垒学神兵[6]。白云随阵色,苍山答鼓声[7]。迤逦观鹅翼,参差睹雁行[8]。先平小月阵,却灭大宛城[9]。善马还长乐,黄金付水衡[10]。小妇赵人能鼓瑟,侍婢初笄解郑声[11]。庭前桃花飞已合,必应红妆起见迎[12]。

〔1〕《杂句从军行》:《从军行》本《相和歌辞·平调曲》,萧纲此首改为五七言杂句,略变旧体。此曲萧纲共作二首,现在从《玉台新咏》选

453

录其第二首。

〔2〕云中:汉代郡名,在今山西西北部。亭障:古代防御的哨所。甘泉:地名,在今陕西省淳化县西北,秦汉时建有甘泉宫。文帝时,匈奴族的侦察骑兵曾到这里。

〔3〕贰师将军:指汉武帝的将军李广利。曾出征大宛,得名马;后与匈奴作战失败,投降后被匈奴所杀。

〔4〕嫖姚校尉:指霍去病,他早年曾为嫖姚都尉,以战功被升为骠骑将军。

〔5〕山西将:指赵充国。赵是陇西上邽(今甘肃天水)人,古人以崤山之西为"山西"。与今人观念不同。《后汉书·虞诩传》:"关西出将。"关西即函谷关之西,与崤山之西同意。与今人观念不同。

〔6〕三门:指开门、休门、生门,都是古代军阵所用名辞。遁甲:古代方术之一。五垒:古兵法著作,《隋书·经籍志》有《黄石公五垒图》二卷。

〔7〕"白云"句:指布阵之后,使风云变色。"苍山"句:指鼓声震动山河,青山传来回声。

〔8〕逦迤(lǐ yǐ 里以):曲折连绵。鹅翼、雁行:都是战阵之名。

〔9〕小月:即小月支(一作氏),古代西北的一个少数民族。大宛:古代西域国名,出良马。

〔10〕长乐:汉代宫名,在长安。水衡:指水衡都尉,掌管上林苑中养马、制造及皇家财物的事务。

〔11〕"小妇"句:语出杨恽《报孙会宗书》:"妇赵女也,雅善鼓瑟。"初笄(jī 鸡):刚戴上盘发用的簪子,即刚成年。郑声:古人认为"郑声淫",指民间情歌。

〔12〕"庭前"二句:说将军立功归来,妻子一定会出来接他。

泛舟横大江[1]

(梁)萧纲

沧波白日晖,游子出王畿[2]。旁望重山转,前观远帆稀。广水浮云吹,江风引夜衣。旅雁同洲宿,寒凫夹浦飞。行客谁多病,当念早旋归。

〔1〕《泛舟横大江》:本曹丕《饮马长城窟行》中诗句,萧纲取以为诗题。这种诗在南朝梁陈间颇为流行。其实这些诗的内容与原诗并无多大关系。此诗似仅言出行,恐怕亦非为配乐而作。《乐府诗集》中所收作品,有些恐只是取其题目。这一首诗大约写萧纲于普通四年(523)乘船赴襄阳任雍州刺史时情景。

〔2〕沧波:青绿色的水波。王畿:帝王的京城一带。

艳歌行[1](二首选一)

(梁)萧纲

其一

凌晨光景丽,倡女凤楼中[2]。前瞻削成小,旁望卷旌空[3]。

455

分妆开浅靥,绕脸傅斜红[4]。张琴未调轸,歌吹不全终[5]。自知心所爱,出入仕秦宫。谁言连尹屈,更是莫敖通[6]。轻轺缀皂盖,飞辔轹云骢[7]。金鞍随系尾,衔璨映缠騣[8]。戈镂荆山玉,剑饰丹阳铜[9]。左把苏合弹,旁持大屈弓[10]。控弦因鹊血,挽强用牛螉[11]。弋猎多登陇,酣歌每入丰[12]。晖晖隐落日,冉冉还房栊[13]。灯生阳燧火,尘散鲤鱼风[14]。流苏时下帐,象簟复韬筒[15]。雾暗窗前柳,寒散井上桐[16]。女萝托松际,甘瓜蔓井东。拳拳恃君宠,岁暮望无穷。

〔1〕《艳歌行》:《相和歌辞·瑟调曲》之一。此曲萧纲所作凡二首。《玉台新咏》(赵刻本)录这首,题目称"《艳歌篇》"。

〔2〕凤楼:洛阳宫阙中有凤凰楼。

〔3〕"前瞻"句:指女子肩部瘦如削成的样子。"旁望"句:从旁边看她,但见身影摇摆如旌旗在空中飘扬。

〔4〕"分妆"句:打扮时脸上显出浅浅的酒涡。"绕脸"句:脸上涂一道斜的红色。这是古代女子的一种打扮模样。

〔5〕轸(zhěn 枕):琴上转动弦的部件。这两句说弹琴尚未调好弦,歌也没唱完。

〔6〕连尹、莫敖:都是春秋时楚国官名,这里泛指大官。屈:屈驾相访。

〔7〕轺(yáo 尧):古代一种小马车。缀(zhuì 坠):连结。皂盖:黑色的车盖。轹(lì 栗):这里指超过。云骢:青白色的骏马。

〔8〕系尾:古人用青丝系在马尾上。衔璨(zǎo 早):指马口衔似玉的石质马嚼子。缠騣(zōng 宗):指马络头。

456

〔9〕丹阳:古郡名,在今苏皖南部一带。

〔10〕大屈弓:古代著名的良弓。

〔11〕鹊血:古人以鹊血涂弓,使之坚固。牛蝄(wēng翁):一种叮咬牛马的虫。这里代指牛筋。

〔12〕丰:新丰。今陕西临潼以东的新丰镇。

〔13〕晖晖:形容落日馀晖的微弱。冉冉:渐渐地。房栊(lóng龙):窗户。

〔14〕阳燧:古人以日光取火的凹面铜镜。鲤鱼风:九月的风。

〔15〕象簟(diàn殿):象牙席子。韬筒:卷起来装入筒中收藏。

〔16〕井上桐:井边上的梧桐。此典出于曹睿《猛虎行》:"双桐生空井。"

蜀道难(二首)

(梁)萧纲

其一[1]

建平督邮道,鱼复永安宫[2]。若奏巴渝曲[3],时当君思中。

其二

巫山七百里,巴水三回曲[4]。笛声下复高,猿啼断还续。

〔1〕《蜀道难》:《乐府诗集》收入《相和歌辞·瑟调曲》。据卷四十引《古今乐录》说到,南齐王僧虔时已不再唱。但这题材梁陈以后仿作者颇多,其中最著名的是李白的那首。

〔2〕建平:郡名,在今四川东部,治所在今巫山县。督邮:官名,汉时郡太守属吏,一郡常分为几部设一督邮,督察县及各乡,又管传达命令。鱼复:古县名,在今四川奉节一带。永安宫:在白帝城(今奉节),三国时蜀先主刘备卒于此。

〔3〕巴渝曲:今川东一带音乐,汉初这里少数民族助汉高祖征战,其乐曲颇受朝廷重视。

〔4〕"巴水"句:指巴地(今川东)的水流弯曲。长江在这一带曲折颇多,"三"不过是约数。

采莲曲(二首选一)

(梁)萧纲

其一

晚日照空矶[1],采莲承晚晖[2]。风起湖难度,莲多摘未稀。棹动芙蓉落,船移白鹭飞。荷丝旁绕腕,菱角远牵衣。

〔1〕矶(jī 肌):突出江中的小石山。
〔2〕晚晖:夕阳的光辉。

乌栖曲[1]（四首选一）

(梁)萧纲

其一

芙蓉作船丝作笮[2]，北斗横天月将落[3]。采莲渡头碍黄河，郎今欲渡畏风波。

[1]《乌栖曲》：《乐府诗集》卷四十七引《乐府解题》云："亦有《乌栖曲》，不知与此(《乌夜啼》)同否。"
[2] 笮：同绲(zuó 昨)，船上的缆绳。
[3] "北斗"句：指快天亮时。

赋得横吹曲长安道[1]

(梁)庾肩吾[2]

桂宫连复道，黄山开广路[3]。远听平陵钟，遥识新丰树[4]。合殿生光彩，离宫起烟雾[5]。日落歌吹还，尘飞车马度。

[1]《赋得横吹曲长安道》："赋得某某"是梁以后文人集会出题作

诗时采取的一种样式。后来唐代的科举时出题作诗,每称"赋得"。

〔2〕庾肩吾(487—553?):字子慎,梁南阳新野(今属河南)人。初为晋安王国侍郎,随萧纲至雍州等地。及萧纲为太子,任太子中庶子等职。侯景之乱后,萧纲即位,为度支尚书,间道出奔江陵,未几死去。明人辑有《庾度支集》。

〔3〕桂宫:长安未央宫渐台西有桂宫。复道:见萧纲《长安道》注〔3〕。黄山:即黄山宫。在今陕西兴平。

〔4〕平陵:汉昭帝陵,在今陕西咸阳东。新丰:在今陕西临潼东。

〔5〕合殿:即合欢殿,在未央宫中。离宫:古代帝王于正式宫殿之外另建的宫室,以便随时游处。

行路难

(梁)王筠[1]

千门皆闭夜何央,百忧俱集断人肠。探揣箱中取刀尺,拂拭机上断流黄[2]。情人逐情虽可恨,复畏边远乏衣裳[3]。已缲一茧催衣缕,复持百和裹衣香[4]。犹忆去时腰大小,不知今日身短长。裲裆双心共一袜,袙复两边作八襊[5]。襻带虽安不忍缝[6],开孔裁穿犹未达。胸前却月两相连,本照君心不照天[7]。愿君分明得此意,勿复流荡不如先。含悲含怨判不死[8],封情忍思待明年。

〔1〕王筠(481—549):字元礼。琅邪临沂(今属山东)人。曾任太

子洗马、中舍人,为昭明太子所爱重。迁太子中庶子、司徒左长史等职。太清三年(549),简文帝立,任太子詹事,寓萧子云宅,遇盗坠井卒。明人辑有《王詹事集》。

〔2〕流黄:绢一类丝织品。

〔3〕"情人"二句:意谓情人远行虽然可恨,但我还是担心他缺少衣服,在边地受寒。

〔4〕缫(sāo 骚):把蚕茧放入开水中抽丝。裛(yì 邑):用香薰衣服。

〔5〕裲裆(liǎng dāng 两当):即背心、马甲。前当心,后当背,故称"两当"。古人作战时防护所穿。袜(mò 末):抹肚,今称"肚兜"。衵(rì 日)复:即"裲裆"。縩(cuì 萃):缝。

〔6〕襻(bàn 半)带:旧式衣服下部系的带子。

〔7〕却月:半月形。这两句是说"裲裆"上绣有半月形,这半个月亮是照你的心,不是照天的。

〔8〕判:决定。

陇头水[1]

(梁)萧绎[2]

衔悲别陇头,关路漫悠悠。故乡迷远近,征人分去留[3]。沙飞晓成幕,海气旦如楼[4]。欲识秦川处,陇水向东流。

〔1〕《陇头水》:《汉横吹曲辞》之一。又名《陇头》。天水郡有个大山坡,名叫"陇坻",又叫"陇山",就是汉代的陇关。山上有清泉,也就是"陇头水"。本诗中写到"关路漫悠悠",即指出陇关的情况。诗中写的

461

是出关者的思乡之情。

〔2〕萧绎(508—554):即梁元帝。字世诚,南兰陵(今江苏常州)人。梁武帝第七子。初封湘东王。曾任荆州刺史。侯景之乱后,他派大将王僧辩讨平侯景,在江陵称帝。后被西魏所俘并杀死。著有《金楼子》等书。明人辑有《梁元帝集》。

〔3〕"故乡"二句:说行人们到此因路途遥远已忘了家乡距此的远近。这些人有的到此留下,有的还得向前走。

〔4〕"沙飞"句:写沙漠中大风扬沙,遮蔽视线,如同帷幕。"海气"句:沙漠古称"瀚海"。在沙漠中,有时因光的折射作用,也能出现"海市蜃楼"式的幻影。

燕歌行[1]

(梁)萧绎

燕赵佳人本自多,辽东少妇学春歌[2]。黄龙戍北花如锦[3],玄菟城前月似蛾[4]。如何此时别夫婿,金羁翠眊往交河[5]。还闻入汉去燕营[6],怨妾愁心百恨生。漫漫悠悠天未晓,遥遥夜夜听寒更。自从异县同心别,偏恨同时成异节[7]。横波满脸万行啼,翠眉暂敛千重结[8]。并海连天合不开,那堪春日上春台[9]。唯见远舟如落叶,复看遥舸似行杯[10]。沙汀夜鹤啸羁雌,妾心无趣坐伤离[11]。翻嗟汉使音尘断,空伤贱妾燕南垂[12]。

〔1〕《燕歌行》:在《相和歌辞》中,《燕歌行》的文体比较特殊,通篇是七言句。《宋书·乐志》和《乐府诗集》均未载此曲"古辞",最早的作品就是曹丕的两首,内容写妇女思念行役在外的丈夫,后来六朝至唐代一些文人的拟作,也大抵都是这个内容。但萧绎这一首与其他各首略有不同。据《乐府诗集》引《乐府广题》说:"燕,地名也。言良人从役于燕而为此曲。"曹丕、萧子显、王褒、庾信和唐代高适等人之作在这点上并无不同,而萧绎此首,似是写征人家在燕地,远征交河。此诗大约是侯景之乱后在江陵所作,王褒、庾信二首,当即与此相唱和。这些六朝文人写作的《燕歌行》,和曹丕那两首文体上也有不同:曹丕之作,是每句用韵,和晋代民间的《白纻歌》等相同;这些六朝人之作,则多为隔句用韵,与唐以后"七古"相同。这是七言诗经鲍照等人努力以后正式趋于成熟的表现。

〔2〕辽东:汉代郡名,旧属燕地,辖境在今辽宁南部一带。这两句是写行人被征发以前,少妇欢乐而学唱春歌的情景。

〔3〕黄龙戍:即龙城,故地在今辽宁朝阳一带。齐梁人常用以指燕地。如萧子显《燕歌行》:"传道黄龙征戍儿。"

〔4〕玄菟:汉代郡名,在今辽宁东北部包括沈阳一带。

〔5〕金羁:用黄金装饰的马络头。翠眊(mào 冒):用翠鸟羽毛做装饰的马具。清吴兆宜《玉台新咏注》引《龙辅女红馀志》:"临川王宏妾江无畏善骑马,翠眊珠羁玉珂金镫。"按:《一切经音义》引《通俗文》谓"眊"是"毛饰也"。交河:古地名,在今新疆维吾尔自治区吐鲁番西北。

〔6〕"还闻"句:指征人被调发入汉家军队离开燕地营州。营州:古地名。据《尔雅·释地》:营州在今山东北部和辽宁一带。

〔7〕"自从"二句:意思说自从和同心的人两地分隔,从此心情发生变化,虽季节还未变化,观感却像换了季节,一片萧瑟。

〔8〕横波:指泪水。翠眉:古人以青黑色的石粉画眉,故略带青绿

色。这二句写终日啼哭,愁眉不展。

〔9〕上春台:古人以春日登台为游乐。《老子》:"众人熙熙,如登春台。"此二句写燕地沿海之区,登台遥望,但见水天一色,却因心情忧愁,不堪睹此景色。

〔10〕遥舸(gě葛上声):远处的大船。这两句写登台望海所见。

〔11〕坐:因为。这两句写海滩上夜间有雌鹤夜鸣,更因此引起思妇的离愁别恨。

〔12〕垂:同"陲",边境。这两句是说自己听到夜鹤的叫声,更叹息汉使没有带来音讯,徒然使她在燕地的南边伤心。

刘 生[1]

(梁)萧绎

任侠有刘生,然诺重西京[2]。扶风好惊坐,长安恒借名[3]。榴花聊夜饮,竹叶解朝酲[4]。结交李都尉,遨游佳丽城[5]。

〔1〕《刘生》:《汉横吹曲》之一。《乐府诗集》卷二十四引《乐府解题》说:"刘生,不知何代人,齐梁以来为《刘生》辞者,皆称其任侠豪放,周游五陵三秦之地。或云抱剑专征,为符节官,所未详也。"唐韩愈有《刘生》诗,赠友人刘师令,即用此旧题。

〔2〕然诺:指答应了人家的事一定给办到。重西京:被西京(长安)人所看重。

〔3〕扶风:汉代郡名,在今陕西中部西安以西地区。好惊坐:说话使座上的人惊诧。借名:借重他的名声。

〔4〕"榴花"二句:指在榴花开放时常夜间宴饮,以竹叶汤解醉。

〔5〕李都尉:本指汉代的李陵,曾为骑都尉。这里是泛指官员。佳丽城:指京城长安。

陇头水

(梁)车敦[1]

陇头征人别,陇水流声咽。只为识君恩,甘心从苦节。雪冻弓弦断,风鼓旗竿折。独有孤雄剑,龙泉字不灭。

〔1〕车敦(cāo 糙):梁代诗人,生平不详,存诗四首,其中有一首《玉台新咏》以为是晋傅玄作。

车遥遥[1]

(梁)车敦

车遥遥兮马洋洋[2],追思君兮不可忘。君安游兮西入秦,愿为影兮随君身。君在阴兮影不见,君依光兮妾所愿。

〔1〕《车遥遥》:《杂曲歌辞》之一。《乐府诗集》卷六十九录作者为车敦,《玉台新咏》卷九录作者为晋傅玄。

〔2〕马洋洋:形容马得走快如飞一样。

和班婕妤怨诗

(梁)刘令娴[1]

日落应门闭[2],愁思百端生。况复昭阳近[3],风传歌吹声。宠移终不恨,谗枉太无情[4]。只言争分理,非妒舞腰轻[5]。

〔1〕刘令娴:又称刘三娘。彭城(今江苏徐州)人。刘孝绰之妹,徐勉子徐悱之妻。梁代女诗人。徐悱死于普通五年(524),刘令娴作有祭文,为骈文名篇。有集三卷,今佚。存诗八首。
〔2〕应门:宫殿的大正门。《诗经·大雅·绵》:"应门将将。"
〔3〕昭阳:昭阳殿,汉成帝建,赵飞燕所居。
〔4〕"宠移"二句:说班婕妤对宠衰并不怨恨,对赵飞燕的谗毁则责其太无情。
〔5〕"只言"二句:意思说班婕妤之怨恨,只在争个是非,并不妒忌赵飞燕善于舞蹈取宠。

塘上行苦辛篇[1]

(梁)刘孝威[2]

《蒲生》伊何陈,曲中多苦辛[3]。黄金坐销铄,白玉遂淄磷[4]。裂衣工毁嫡,掩袖切谗新[5]。嫌成迹易已,爱去理难申[6]。秦云犹变色,鲁日尚回轮[7]。妾歌已肠断,君心终未亲。

〔1〕《塘上行苦辛篇》:《塘上行》是《相和歌辞·清调曲》之一,旧说魏甄后作,写弃妇的悲苦。

〔2〕刘孝威(490?—549?):彭城(今江苏徐州)人。刘孝绰弟。善诗,刘孝绰常称"三笔六诗",因为刘孝仪排行第三,刘孝威排行第六。官至太子中舍人。侯景之乱,逃出建康,病卒于安陆(今属湖北)。明人辑有《刘庶子集》。

〔3〕《蒲生》:《塘上行》古辞首句为"蒲生我池中",《宋书·乐志》即称此诗为《蒲生》。伊何陈:讲些什么。"曲中"句:指《塘上行》内容为弃妇的苦辛。

〔4〕"黄金"句:用邹阳《于狱中上书自明》中"众口铄金"典。淄:同"缁":染黑。磷:薄。这句用《论语·阳货》"不曰坚乎,磨而不磷;不曰白乎,涅而不缁"典故。比喻谗言能颠倒黑白,使坚如玉的物质也能磨薄。

〔5〕"裂衣"句:用《琴操》和曹植《令禽恶鸟论》中记尹吉甫信后妻

谗言逐孝子伯奇典故。"掩袖"句:用《战国策·楚策》载郑袖离间魏王送给楚王的美人,使之掩鼻,然后让楚王发怒割去她鼻子的典故。

〔6〕迹易已:过去的事易于淡忘。理难申:有理无法申诉。

〔7〕"秦云"句:据《艺文类聚》卷一引《兵书》说"秦云如行人",所以说秦云变色。"鲁日"句:用《淮南子·览冥训》记鲁阳公和韩国作战,日暮,挥戈,太阳为此倒退三个星度。

怨诗

(梁)刘孝威

退宠辞金屋,见谴斥甘泉[1]。枕席秋风起,房栊明月悬[2]。烛避窗中影,香回炉上烟。丹庭斜草径,素壁点苔钱[3]。歌起《蒲生》曲,乐奏下山弦[4]。新声昔广宴,馀杯今自传[5]。王嫱向绝漠,宗女入祁连[6]。雁书犹未返,角马无归年[7]。昭台省媵御,曾坂无弃捐[8]。后薪随复积,前鱼谁复怜[9]。

〔1〕金屋:用《汉武故事》记汉武帝曾说要把陈皇后阿娇"作金屋贮之"典故。"见谴"句:汉武帝妃钩弋婕妤从帝到甘泉宫,获罪被责,以忧死。

〔2〕栊(lóng 龙):窗子。

〔3〕丹庭:宫中庭院。斜草径:指路上久无人行,长了草。"素壁"句:白墙上有铜钱大的点点苔痕。

〔4〕《蒲生》曲:见前《塘上行·苦辛篇》注〔3〕。"乐奏"句:指古诗

"上山采蘼芜,下山逢故夫"。

〔5〕"新声"二句:意思说听到当年新声,想起受宠时欢宴情况,想起别人又在传杯作乐。

〔6〕王嫱(qiáng 墙):即王昭君。"宗女"句:指乌孙公主远嫁。

〔7〕"雁书"句:指苏武在匈奴,汉朝曾称在上林苑中得雁足缠书,知道他尚在,匈奴才让他回汉。"角马"句:据说燕太子丹在秦作人质,要求归国,秦王说要马生角才放他,结果马真长了角。

〔8〕昭台:指上林苑中的昭台宫,废后退居地。媵(yìng 映)御:宫中侍女。省媵御:即减少侍女。以示废后待遇降低。"曾坂"句:用《战国策·楚策》记汗明对春申君讲骏马拉盐车上太行山高坡事,比喻班婕妤有才而不得志。

〔9〕"后薪"句:用汲黯对汉武帝说武帝用人如积薪,后来居上,以喻新宠得志的典故。前鱼句:用龙阳君典故。据说龙阳君与魏王钓鱼,钓了许多鱼,龙阳君就哭了,说魏王得鱼多了,就抛弃前面所得,因此怕新人取代自己的地位。

新城安乐宫[1]

(陈)阴铿[2]

新宫实壮哉,云里望楼台。迢递翔鹍仰[3],联翩贺燕来。重榱寒露宿,丹井夏莲开[4]。砌石披新锦,梁花画早梅[5]。欲知安乐盛,歌管杂尘埃[6]。

〔1〕《新城安乐宫》:《陈书·文学传》作《新成安乐宫》,似是陈文

帝新建的宫殿。但《乐府诗集》卷三十八引《古今乐录》云:"王僧虔《技录》有《新城安乐宫行》,今不歌。"据此,《新城安乐宫行》为《相和歌辞·瑟调曲》之一。但古辞今不传,最早的只有梁简文帝萧纲之作。这里选录陈阴铿之作,是因为据《陈书·文学传》阴铿在陈代,因徐陵之荐,作此诗,受到陈文帝称赏。

〔2〕阴铿:字子坚,梁陈间诗人。祖籍武威姑臧(今甘肃武威)人。梁时曾任湘东王法曹参军。侯景之乱中曾陷入叛军之手,赖人救得胜逃。入陈,官至晋陵太守、员外散骑常侍,卒。阴铿诗被后人与何逊合称"阴何",有集三卷,今佚。明人辑有《阴常侍诗集》。

〔3〕迢递:形容宫的高。鹍:鸟名,似鹤。此句言飞鸟对此宫仰望,极言其高。

〔4〕重檐(yán盐):屋外步廊。丹井:漆有红色的井格形天花板。这两句形容建筑之壮丽。

〔5〕梁花:指梁上雕绘的花纹。

〔6〕歌管:乐声。这句是说乐声激起了梁上尘土,喻声音之盛。

关山月

(陈)张正见[1]

岩间度月华,流彩映山斜。晕逐连城璧,轮随出塞车[2]。唐蓂遥合影,秦桂远分花[3]。欲验盈虚理,方知道路赊[4]。

〔1〕张正见:梁陈间诗人,清河东武城(今山东武城)人。梁时为郡陵王国常侍。入陈,官至通直散骑侍郎,卒于陈宣帝太建(569—582)间,

明人辑有《张散骑集》。

〔2〕晕:指月晕。前句形容月形似价值连城的玉璧。后句是见月轮想起了征人的车轮正驰向塞外。

〔3〕唐蓂(míng冥):即"蓂荚(jiá夹),唐尧时瑞草,据说此草每月一日至十五日长一荚,十六日以后每日落一荚,以此志日。月有盈昃,所以说与"唐蓂"合影。秦桂:指传说所谓月中有桂树。

〔4〕赊(shē奢):远。

钓竿篇〔1〕

(陈)张正见

结宇长江侧,垂钓广川浔〔2〕。竹竿横翡翠,桂髓掷黄金〔3〕。人来水鸟没,楫度岸花沉。莲摇见鱼近,纶尽觉潭深〔4〕。渭水终须卜,沧浪徒自吟〔5〕。空嗟芳饵下,独见有贪心〔6〕。

〔1〕《钓竿篇》:本《汉铙歌》之一,后人多有仿作。

〔2〕浔:水边。

〔3〕桂髓:指钓鱼用的香饵。

〔4〕纶(lún沦):钓竿上的绳。

〔5〕"渭水"句:用太公在渭滨钓鱼典故。"沧浪"句:用《楚辞·渔父》中渔父对屈原唱《沧浪歌》典故。

〔6〕"空嗟"二句:意思说下饵的人,实际上有贪心,想捕鱼。

471

关山月[1]

(陈)徐陵[2]

关山三五月,客子忆秦川[3]。思妇高楼上,当窗应未眠。星旗映疏勒,云阵上祁连[4]。战气今如此,从军复几年。

〔1〕《关山月》:《汉横吹曲》名,主要写边塞战士的离别之情。此诗主要是描写征人在前方想念家中思妇。

〔2〕徐陵(507—583):字孝穆,东海郯(今山东郯城)人。陈代文学家。早年仕梁,为东宫学士,奉太子萧纲命,编《玉台新咏》。后出使北齐,正逢侯景之乱,被留在北方。直到江陵被西魏攻克,北齐送梁宗室萧渊明南归为梁主,才随同返南。陈武帝代梁,遂仕陈,官至中书监左光禄大夫、太子少傅。徐陵诗文与庾信齐名,合称"徐庾"。后人辑有《徐孝穆集》。

〔3〕三五月:即十五的月亮。《古诗·孟冬寒气至》:"三五明月满。"客子:指征夫。秦川:今陕西中部一带。作者在诗中假托汉代的出征军人口吻。

〔4〕星旗:画有星的军旗。汉武帝伐南越,曾用画有日月及北斗星的军旗。疏勒:西域古国名,在今新疆。云阵:军队聚集如云结成战阵。祁连:即今甘肃的祁连山。

出自蓟北门行

(陈)徐陵

蓟北聊长望,黄昏心独愁。燕山对古刹[1],代郡隐城楼。屡战桥恒断,长冰堑不流[2]。天云如地阵,汉月带胡秋。溃土泥函谷,挼绳缚凉州[3]。平生燕颔相,会自得封侯[4]。

〔1〕刹(chà 岔):佛寺。
〔2〕堑(qiàn 欠):壕沟。
〔3〕"溃土"句:用《后汉书·隗嚣传》载王元请求以一丸泥封函谷关典故。"一丸泥"指古代封信函的封泥。挼(ruó 若阳平):搓。缚凉州:未详。疑取《汉书·终军传》请缨以缚南越王典,因陈代与北国常有战事,故改南越为"凉州"。
〔4〕燕颔(hàn 翰)相:下巴颏如燕子。此二句用《后汉书·班超传》典故,说班超"生燕颔虎颈,飞而食肉,此万里侯相也。"

从军五更转[1]

(陈)伏知道[2]

一更刁斗鸣,校尉逴连城[3]。遥闻射雕骑,悬悼将军名[4]。

二更愁未央,高城寒夜长。试将弓学月[5],聊持剑比霜[6]。三更夜警新,《横吹》独吟春[7]。强听《梅花落》,误忆柳园人[8]。四更星汉低,落月与云齐。依稀北风里,胡笳杂马嘶。五更催送筹[9],晓色映山头。城乌初起堞[10],更人悄下楼。

〔1〕《从军五更转》:这是《从军行》的变调。《乐府诗集》卷三十三引《乐苑》说是"商调曲"。这种咏五更的歌,直到近代还有某些地方流行。

〔2〕伏知道:平昌安丘(今山东安丘西)人,陈代诗人,曾任镇北长史。

〔3〕刁斗:古代行军用的锅,晚上敲打它作警戒,犹如打更。逴(chuō 戳):超越。

〔4〕射雕骑:匈奴族骑兵。悬惮:顾虑和忌惮。

〔5〕弓学月:把弓拉开如月形。

〔6〕剑比霜:指剑刃白亮如霜。

〔7〕夜警新:换上值班警戒的兵士。《横吹》:指用笛吹奏《横吹曲》。

〔8〕《梅花落》:曲名。柳园人:指家中妻子。

〔9〕筹:更筹,古人用以计时。

〔10〕堞(dié 谍):城上齿形矮墙。

玉树后庭花[1]

(陈)陈叔宝[2]

丽宇芳林对高阁,新妆艳质本倾城。映户凝娇乍不进[3],出帷含态笑相迎。妖姬脸似花含露,玉树流光照后庭。

〔1〕《玉树后庭花》:《清商曲辞·吴声歌》之一。据《隋书·乐志》,此曲亦陈后主所造。

〔2〕陈叔宝(553—604):即陈后主,字元秀。陈宣帝子。太建十四年(582),陈宣帝卒,叔宝继位。隋文帝开皇九年(589)灭陈。在位时宠张丽华、孔贵嫔,日事游宴,不理政治。陈亡后被俘入长安,卒。有《陈后主集》。

〔3〕乍:开始,起初。

宛转歌[1]

(陈)江总[2]

七夕天河白露明,八月涛水秋风惊。楼中恒闻哀响曲,塘上复有苦辛行[3]。不解何意悲秋气,直置无秋悲自生[4]。不怨前阶促织鸣,偏愁别路捣衣声[5]。别燕差池自有返,

475

离蝉寂寞讵含情[6]。云聚怀情四望台,月冷相思九重观[7]。欲题芍药诗不成,来采芙蓉花已散。金樽送曲韩娥起,玉柱调弦《楚妃叹》[8]。翠眉结恨不复开,宝鬓迎秋风前乱[9]。湘妃拭泪洒贞筠[10],行乐玩花何处人。步步香飞金薄履,盈盈扇掩珊瑚唇[11]。已言采桑期陌上,复能解佩就江滨[12]。竞入华堂要花枕,争开羽帐奉华茵[13]。不惜独眠前下钩,欲许便作后来薪[14]。后来暝暝同玉床,可怜颜色无比方[15]。谁能巧笑特窥井,乍取新声学绕梁[16]。宿处留娇堕黄珥,镜前含笑弄明珰[17]。蘦蓠摘心心不尽,茱萸折叶叶更芳[18]。已闻能歌《洞箫赋》,讵是故爱邯郸倡[19]。

〔1〕《宛转歌》:这是一首《琴曲歌辞》。据《乐府诗集》卷六十说一名《神女宛转歌》。据梁吴均《续齐谐记》载,晋代有个叫王敬伯的人,善弹琴,在还乡途中夜间弹琴,有女郎来听琴,并且叫她的婢女弹箜篌,作《宛转歌》。后来才知女郎乃吴令刘惠明女,早已死去,所见者是鬼魂。这故事虽荒诞,但也足以说明此曲产生于梁代以前。

〔2〕江总(519—594):字总持,济阳考城(今河南兰考)人。梁时官至太常卿,侯景之乱,避难广州。陈文帝时还都,官中书侍郎,后主时位至尚书令,只知和陈后主饮酒作乐,不理朝政。陈亡入隋,后得南归,卒于江都。明人辑有《江令君集》。

〔3〕"楼中"句:暗用《古诗十九首·西北有高楼》中"上有弦歌声,音响一何悲"句意。"塘上"句:暗用《相和歌辞·塘上行》曲故。古辞《塘上行》为弃妇之辞。

〔4〕"不解"二句:用宋玉《九辩》:"悲哉秋之为气也"典,这里说

"直置无秋悲自生",意思更进一层。

〔5〕促织:即蟋蟀。捣衣声:古人缝制寒衣,先把衣料在石上捣软。因为蟋蟀鸣在初秋已有,"捣衣声"则意味着寒气将近。

〔6〕差池:参差不齐。语出《诗经·邶风·燕燕》:"燕燕于飞,差池其羽。""离蝉"句:指寒蝉已不再鸣叫,岂复有情。

〔7〕"云聚"句:指云很密时登上可以观望四方的高台。九重观:指九层高的楼观。

〔8〕韩娥:古代著名的歌者。见《列子·汤问篇》。玉柱:玉制的琴柱。《楚妃叹》:古代曲名。

〔9〕翠眉:古代用青黑色的颜料画眉,故称翠眉。结恨不复开:指愁眉不解。宝鬟:以珍宝装饰的鬟发。

〔10〕湘妃:湘水之滨的美女,指尧女舜妃湘君和湘夫人。传说舜南巡狩,卒于苍梧,二妃到湘水边上寻找舜不见,泪水染了竹林,遂出现有斑点的"湘妃竹"。筠(yún 匀):竹子。

〔11〕金薄履:用金箔作装饰的鞋子。盈盈:容貌美好的样子。珊瑚唇:形容嘴唇的红色如同珊瑚一样。

〔12〕"已言"句:用《相和歌辞·陌上桑》典故,说是已经约好在陌(路)上和采桑的秦罗敷相见。"复能"句:用《列仙传》记郑交甫出游于江汉之滨,见到汉水神女,下车向神女请求解下佩玉给他。神女答应了,解下佩玉相赠。但郑交甫走不几步,佩玉不见了,回头看去,神女亦已消失。后人据此以为《诗经·周南·汉广》说的"汉有游女,不可求思"即指此事。

〔13〕竞入华堂:指美女们争先进入华丽的堂室。羽帐:用鸟羽装饰的精美帐子。华茵:漂亮的席子。

〔14〕后来薪:用《汉书·汲黯传》载,汲黯批评汉武帝用人,后来居上。这里指男子喜新厌旧。

〔15〕"后来"二句:说后来的美人在夜里与男子同床,容貌无比美丽。

〔16〕巧笑:美丽的笑容。《诗经·卫风·硕人》:"巧笑倩兮。"窥井:指在井中照见自己面貌。乍(zhà 诈):突然。学绕梁:指美妙的歌声。据《列子·汤问篇》载:韩娥唱歌,馀音绕梁,三日不绝。

〔17〕堕黄珥(ěr 耳):掉下金耳环。暗用《史记·滑稽列传》载淳于髡说的"前有坠珥"语。明珰:明珠做的耳环。

〔18〕卷葹(juǎn shī 卷施):又名"卷施",草名,据说摘去其心而不死。茱萸(zhū yú 朱鱼):草名,气味芬芳。这两句暗示自己虽因有新人而受挫,但心不死,也不变其美好的品行。

〔19〕《洞箫赋》:西汉王褒作《洞箫赋》,当时元帝为太子,十分喜爱此赋。邯郸倡:邯郸是战国时赵国都城,歌舞很盛。汉代时其地出倡优有名。《相和歌辞·相逢狭路间行》:"使作邯郸倡。"

闺怨篇[1]

(陈)江总

寂寂青楼大道边[2],纷纷白雪绮窗前。池上鸳鸯不独自,帐中苏合还空然[3]。屏风有意障明月,灯火无情照独眠。辽西水冻春应少,蓟北鸿来路几千。愿君关山及早度,照妾桃李片时妍[4]。

〔1〕《闺怨篇》:此诗见《文苑英华》卷三百四十六。入"歌行类"。
〔2〕青楼:女子所住的楼房。

〔3〕"帐中"句:指帐中薰香炉中的苏合香还在烧着。
〔4〕"照妾"句:指自己不久年老色衰,望丈夫早归,还可见其美貌。

(五) 北朝乐府民歌

横吹曲辞·梁鼓角横吹曲[1]

企喻歌辞[2]（四首）

其一

男儿欲作健[3]，结伴不须多。鹞子经天飞，群雀两向波[4]。

其二

放马大泽中，草好马著膘[5]。牌子铁裲裆[6]，钜锋鹱尾条[7]。

其三

前行看后行，齐着铁裲袖珍裆。前头看后头，齐着铁钜锋。

其四

男儿可怜虫，出门怀死忧。尸丧狭谷中，白骨无人收[8]。

〔1〕《梁鼓角横吹曲》：南北朝时代的《横吹曲》。这些乐曲大抵为

十六国及北魏时代产生的乐曲,其中有不少是少数民族的民歌。后来流传到南朝,被梁代的乐官们加以翻译或润饰,成为今天的样子。这些歌辞中,虽不免有南方乐官加工甚至添加的文字,但基本上产生于北方,表现了北方少数民族质朴、粗犷的特色,与南朝民歌大异其趣。所以现在常以北朝乐府歌辞来称呼它们。

〔2〕《企喻歌辞》:这些乐曲据《乐府诗集》卷二十五引《古今乐录》说,第四首"男儿可怜虫"是苻融(前秦苻坚之弟)诗,那么应为前秦时流行的民族歌谣。清张玉谷在《古诗赏析·凡例》中曾举此诗题目为例,以为是无法对"企喻"二字索解,只能"就诗以论诗"。确实,像这样的例子,在乐府诗中还有一些。

〔3〕欲作健:要当好汉。

〔4〕鹞(yào 要)子:鹞鹰,一种猛禽。两向波:分散逃开。波,同"播"。这二句写鹞子一出现,群雀就四散逃命,比喻好汉"结伴不须多"。

〔5〕膘:肥肉。

〔6〕牌子:不详。余冠英先生认为可能指盾。裲裆(liǎng dāng 两当):背心、马甲,前当心,后当背,故称"两当"。古人作战时防护所穿。

〔7〕钴(hù 户):一本作"铉"。钴铧:头盔。鸐(dí 笛):长尾山雉。此句当指用雉尾羽毛装饰的头盔。

〔8〕"男儿"四句:意谓战争频繁,出门即可能战死。据《乐府诗集》引《古今乐录》说苻融本诗作"深山解谷口,把(当作白)骨无人收"。

琅琊王歌辞[1]（八首选五）

其一

新买五尺刀,悬着中梁柱。一日三摩娑,剧于十五女[2]。

其三

东山看西山,水流盘石间。公死姥更嫁,孤儿甚可怜。

其五

长安十二门,光门最妍雅[3]。渭水从垄来,浮游渭桥下[4]。

其七

客行依主人,愿得主人强[5]。猛虎依深山,愿得松柏长。

其八

恢马高缠鬃,遥知身是龙[6]。谁能骑此马,唯有广平公[7]。

[1]《琅琊王歌辞》:《梁鼓角横吹曲》名之一。《琅琊王》曲名起源

不详。从第五曲和第八首看,当属长安一带羌族所建后秦政权的产物。但琅琊系今山东一带地名。此处疑指南朝侨设的琅琊,在今江苏南京附近。梁代乐官在加工时因"琅琊王"之名而加入这些内容。如第六首"孟阳三四月,移铺逐阴凉",颇似南方气候。第二首的"阳春二三月,单衫绣裲裆"亦然。第七首和第八首的内容也很不一样。所以这些诗当非一时一地之作。

〔2〕摩娑:抚弄。剧:甚。这二句说刀比少女更可爱。

〔3〕光门:长安城北边西头第一门称横门,亦称"光门","光"、"横"古同音。妍雅:庄丽。

〔4〕垄:当即"陇",指陇山。渭桥:渭水上古有渭桥。

〔5〕客:十六国时代北方汉人往往在山泽间结成坞堡,以防侵扰。"客",指依附于坞堡的人,他们有些来自外地,故称"客"。主人:指坞堡的首领。

〔6〕愾马:当即"快马"。龙:比喻好马。

〔7〕广平公:指后秦主姚兴之子姚弼,封广平公,后以作乱被杀。

紫骝马歌辞[1](三首)

其一

烧火烧野田,野鸭飞上天[2]。童男娶寡妇,壮女笑杀人[3]。

其二

高高山头树,风吹叶落去。一去数千里,何当还故处[4]。

其三

十五从军征,八十始得归。道逢乡里人,家中有阿谁[5]?遥看是君家,松柏冢累累[6]。兔从狗窦入[7],雉从梁上飞。中庭生旅谷[8],井上生旅葵。舂谷持作饭,采葵持作羹。羹饭一时熟,不知贻阿谁。出门东向看,泪落沾我衣。

[1]《紫骝马歌辞》:《梁鼓角横吹曲》之一。此曲在《汉横吹曲》中也有,可能在音乐上有一定的继承关系。此曲共三首,前两首产生于北朝,反映的是北朝的现实。最后一首"十五从军征"据《乐府诗集》卷二十五引《古今乐录》说是"古诗"。余冠英先生《乐府诗选》把它另编入"汉魏乐府古辞",作为"杂曲"看待。

[2]"烧火"句:指古人打猎时放火焚烧野草,使隐藏的禽兽逃出来,以便捕杀。所以下句说"野鸭飞上天"。

[3]"童男"二句:描写北朝战乱频仍,男子死亡的多,寡妇改嫁童男,受人讥笑。

[4]"高高"四句:这首写离乡背井者的痛苦。十六国时期,由于战乱频仍,许多人离开家乡,投奔坞堡以求庇护,无法回家乡安居乐业,故有这种悲叹。

[5]"家中"句:意谓家中还有什么人。

[6]冢:坟。累累:是说数量多。这句是说出征者家人均已死去。

[7]窦:孔,洞。

[8]旅:未经播种而生,即野生。

紫骝马歌[1]

独柯不成树,独树不成林。念郎锦裲裆,恒长不忘心[2]。

〔1〕《紫骝马歌》:这是《紫骝马歌辞》的又一种歌辞,写的是女子的相思之情。《乐府诗集》卷二十五引《古今乐录》云:"与前曲不同。"
〔2〕锦裲裆:用锦做的背心。这二句写相思之情,说的是衣饰,其实是说人。

黄淡思歌辞[1](四首选二)

其二

心中不能言,复作车轮旋[2]。与郎相知时,但恐旁人闻。

其三

江外何郁拂[3],龙洲广州出[4]。象牙作帆樯,绿丝作帱绊[5]。

〔1〕《黄淡思歌辞》:《梁鼓角横吹曲》之一。曲名含义不详。《乐府

诗集》卷二十五引《古今乐录》曰:"'思'音相思之'思'。按:李延年造《横吹曲》二十八解,有《黄覃子》,不知与此同否。"又《晋书·五行志》载:东晋海西公初年,荆州民间曾流行"黄昙子"之歌中有"黄昙英,扬州大佛来上明"之句,文体与此不同。这几首诗似都属南朝民歌的风格,与北朝民歌颇不相同。

〔2〕复:疑当作"腹"。是说回想过去"与郎相知时"情景,心潮起伏。

〔3〕江外:指江以南。古人称"江"不一定是长江。江淹《待罪江南思北归赋》之"江",即指闽江一带。此处似指珠江水系。郁拂:当即"郁沸",繁盛而接连不断的样子。

〔4〕龙洲:一说当作"龙舟"。意谓龙舟来自广州。

〔5〕帏(wéi 违):船上的帐帏。绿(lù 律):大绳。

地驱歌乐辞[1](四首)

其一

青青黄黄,雀石颓唐[2]。槌杀野牛,押杀野羊[3]。

其二

驱羊入谷,白羊在前。老女不嫁,蹋地唤天[4]。

其三

侧侧力力,念君无极[5]。枕郎左臂,随郎转侧。

其四

摩挱郎须,看郎颜色。郎不念女,不可与力[6]。

〔1〕《地驱歌乐辞》:《梁鼓角横吹曲》之一。曲名含义不详。《乐府诗集》卷二十五引《古今乐录》曰:"'侧侧力力'以下八句是今歌有此曲。最后云'不可与力',或云'各自努力'。"那么前二首与后二首当产生于不同时间。又:"不可与力"和"各自努力",文义不同,未知孰是。

〔2〕"青青"句:按"青"、"仓"古时同属一个声部,又古音"庚""青"与"阳""唐"同韵,当即"仓仓惶惶",也就是说发生了突然而恐怖的事。雀石:当是山名或石名。颓唐:崩塌,坠落。按:《水经注·河水》记鸟鼠山一带的"陇坻","其山岸崩落者,声闻数百里"。此诗或即写此景象。

〔3〕槌杀:击毙。押:通"压",韩愈《游太平公主山庄》诗:"故将台榭压城闉",一本作"押"。

〔4〕"蹋地"句:即顿足呼天。"蹋"通"踏"。

〔5〕"侧侧"句:叹息的声音,和《木兰诗》的"唧唧"相近。念君无极:是说想念你没有穷尽。

〔6〕"不可"句:即不可相强。一作"各自努力",为决绝之词。

地驱乐歌[1]

月明光光星欲堕[2],欲来不来早语我。

〔1〕《地驱乐歌》:按:《乐府诗集》卷二十五将本诗与《地驱歌乐辞》分列两题,引《古今乐录》曰:"与前曲不同。"可能为另一种曲调。此诗似是女子对情人说的话。

〔2〕星欲堕:即群星将消失,指天快亮了。

雀劳利歌辞[1]

雨雪霏霏雀劳利,长嘴饱满短嘴饥[2]。

〔1〕《雀劳利歌辞》:《梁鼓角横吹曲》之一。曲名不详。余冠英先生认为"劳利"是雀的喧叫声。

〔2〕"雨雪"二句:这是用雀来比人。下了雪,食物覆盖在雪下,长嘴的鸟可以吃到,短嘴的就吃不到。比喻有权势、有手段的人可以富贵,而无权势及不会钻营的人只能受穷。

慕容垂歌辞[1](三首)

其一

慕容攀墙视,吴军无边岸[2]。我身分自当,枉杀墙外汉[3]。

其二

慕容愁愤愤,烧香作佛会。愿作墙里燕,高飞出墙外。

其三

慕容出墙望,吴军无边岸。咄我诸臣佐[4],此事可惋叹。

〔1〕《慕容垂歌辞》:《梁鼓角横吹曲》之一。慕容垂(326—396):鲜卑族人,后燕的创立者。慕容垂曾于晋孝武帝太元十年(385)进攻前秦的邺城,东晋大将刘牢之率兵救邺城,打败了慕容垂。慕容垂因此退屯新城。一般认为此诗即指这一事件。但这次战役,慕容垂只是小败,也未被围困,不久即将刘牢之打败。因此"垂"字恐为衍文。"慕容"可能指南燕的慕容超。晋安帝义熙五年(409),刘裕率兵讨伐南燕,围困慕容超于广固(今山东益都西北),南燕遂亡。此诗疑指这一史实。
〔2〕吴军:当即刘牢之或刘裕所率的军队。
〔3〕墙外汉:当指在城墙外抵抗晋军的人。
〔4〕咄(duō 多):叹气声。

陇头流水歌辞[1](三首选二)

其一

陇头流水,流离西下[2]。念吾一身飘旷野。

其二

西上陇坂,羊肠九回[3]。山高谷深,不觉脚酸。

〔1〕《陇头流水歌辞》:《梁鼓角横吹曲》之一。"陇头"指今陕西省陇县附近横亘陕西、甘肃二省间的陇山。山顶有泉水,水声幽咽,行人经过此地,常有思乡之念。

〔2〕流离西下:按:《水经注·渭水》:"渭水又东与新阳崖水合,即陇水也。东北出陇山,其水西流。"当即指此。

〔3〕羊肠九回:"羊肠"是喻其崎岖曲折。"九回"是说转折的地方多。古人说"九",不一定是实数,而是说多。(详见清汪中《释三九》。)

隔谷歌[1](二首)

其一

兄在城中弟在外,弓无弦,箭无栝[2],食粮乏尽若为活[3]。救我来,救我来。

〔1〕《隔谷歌》:《梁鼓角横吹曲》之一。似为被围困的士兵所作。

〔2〕栝(guā 瓜):箭的末梢扣弦处。这二句是说城中的人已到了矢穷弦绝的地步。

〔3〕若为活:即怎样才能生存。

其二[1]

兄为俘虏受困辱,骨露力疲食不足。弟为官吏马食粟,何惜

493

钱刀来我赎[2]。

〔1〕《隔谷歌》:此诗内容与前面的《隔谷歌》类似,或是同一时期的产物。
〔2〕钱刀:即钱。古代货币有铸成刀形的,故称"钱刀"。

淳于王歌[1]（二首选一）

其一

肃肃河中育,育熟须含黄[2]。独坐空房中,思我百媚郎[3]。

〔1〕《淳于王歌》:《梁鼓角横吹曲》之一。"淳于"本是姓,含义不详。
〔2〕肃肃:形容植物在风中发出的声音。育:不详。当是一种植物。这二句是起兴,说植物成熟时会变黄。
〔3〕百媚郎:有许多好处的郎君。

捉搦歌[1]（四首）

其一

粟谷难舂付石臼,弊衣难护付巧妇[2]。男儿千凶饱人手,老女不嫁只生口[3]。

其二

谁家女子能行步,反着袷禅后裙露[4]。天生男女共一处,愿得两个成翁姬[5]。

其三

华阴山头百丈井,下有流水彻骨冷。可怜女子能照影,不见其馀见斜领[6]。

其四

黄桑柘屐蒲子履,中央有系两头系[7]。小时怜母大怜婿,何不早嫁论家计[8]。

[1]《捉搦歌》:《梁鼓角横吹曲》之一。"捉搦(nuò 诺)"有捕捉之意。但从诗的内容看,似多为男女之情。
[2] 护:调护,这里似指缝补。这二句是说粟谷只有放进石臼才能舂;破衣服只有巧妇才能补。
[3] 千凶:遭受种种灾难。饱人手:备受别人殴打。只生口:只添了一个吃饭的人。
[4] 袷(jiá 夹):夹衣。禅(dān 丹):单衣。
[5] 成翁姬:即成夫妇。

〔6〕华阴:地名,今属陕西。可怜:可爱。这首诗是写山中女子顾影自怜,但井水太深,照影只见其衣领。

〔7〕柘(zhè浙):柘树,它的木质可以提取黄色染料。形状与桑树相似,故亦称"黄桑"。履:鞋。中央有系:指鞋或木屐都有绳贯穿连结,这里指绳或带。两头系:连结两头。

〔8〕论家计:考虑怎样过好日子。

折杨柳歌辞[1](五首选四)

其一

上马不捉鞭,反折杨柳枝[2]。蹀座吹长笛,愁杀行客儿[3]。

其二

腹中愁不乐,愿作郎马鞭。出入擐郎臂,蹀座郎膝边[4]。

其四

遥看孟津河,杨柳郁婆娑[5]。我是虏家儿[6],不解汉儿歌。

其五

健儿须快马,快马须健儿。跸跋黄尘下,然后别雄雌[7]。

〔1〕《折杨柳歌辞》:《梁鼓角横吹曲》之一。按:《汉横吹曲》已有此名。又据《庄子·天地篇》已有《折杨》的曲名。但从这首歌辞来看,可能产生于少数民族,如"我是虏家儿"即其明证。这里入选的四首,前二首似是情人送别之辞。后二首则更多地表现了少数民族生活习惯。

〔2〕"上马"二句:写行者虽上了马,却不马上出发,反身折下柳枝与送者道别。因为古人送别时,常常折下柳枝以相赠别。

〔3〕蹀(dié 蝶):即"蹀躞(xiè 蟹)",小步行走的样子。座:同"坐"。这两句说走走又坐下吹长笛,以抒别离之情,所以"愁杀行客儿"。

〔4〕摽(guān 官):原意为"穿",此处引申为"系结"。

〔5〕孟津河:孟津是地名,在今河南省黄河边上。郁:茂盛。婆娑:枝叶下垂的样子。

〔6〕虏家儿:这是汉人对少数民族的蔑称,尤多用于鲜卑。此处疑为翻译者所用的词。

〔7〕跸跋(bì bá 壁拔):马奔驰的声音。这是说以骑马驰骋决赛高下。

幽州马客吟歌辞[1](五首选四)

其一

快马常苦瘦,剿儿常苦贫[2]。黄禾起羸马,有钱始作人[3]。

其二

荧荧帐中烛,烛灭不久停[4]。盛时不作乐,春花不重生[5]。

其三

南山自言高,只与北山齐。女儿自言好,故入郎君怀。

其四

郎着紫袴褶,女着彩袂裙[6]。男女共燕游,黄花生后园。

〔1〕《幽州马客吟歌辞》:《梁鼓角横吹曲》之一。据《艺文类聚》卷十九引《陈武别传》:休屠(匈奴别支)族人陈武,曾于边境学唱《幽州马客吟》等曲。则此曲在西晋前后,当已出现。这五首歌辞,第一首写到了社会问题;第二首似只是及时行乐的意思;第三首以下(包括未入选的第五首)均为情歌。因此这些诗大约非一时一地之作。

〔2〕恷马:当即快马,与《琅琊王歌》中"恷马高缠鬃"同。剿:劳苦。

〔3〕羸:瘦弱。这两句是用马得到好料才能强壮来比喻"有钱始作人"的现象。

〔4〕荧荧:明亮的样子。这两句说烛灭后不久又点上。表示夜游之久。

〔5〕"盛时"二句:意谓春天一过,花不重生,所以要及时行乐。

〔6〕袴褶(xí习):骑马时所穿的裤子。袴:同"裤"。彩袂裙:彩色

的夹裙。

折杨柳枝歌[1]（四首）

其一

上马不捉鞭,反拗杨柳枝。下马吹长笛,愁杀行客儿。

其二

门前一株枣,岁岁不知老[2]。阿婆不嫁女[3],那得孙儿抱。

其三

敕敕何力力[4],女子临窗织,不闻机杼声,只闻女叹息。

其四

问女何所思,问女何所忆。阿婆许嫁女,今年无消息。

〔1〕《折杨柳枝歌》:《梁鼓角横吹曲》之一。这一组诗第一首与前《折杨柳歌辞》基本相同。第三、四两首,又与《木兰诗》近似。疑亦非一时之作。

〔2〕枣:余冠英先生以为与"早"谐音,取早嫁之意。这两句似指虽

说早嫁,却一年年过去,未能嫁成。
〔3〕阿婆:母亲。
〔4〕敕敕、力力:都是悲叹的声音。何:语助辞。

慕容家自鲁企由谷歌[1]

郎在十重楼,女在九重阁。郎非黄鹞子,那得云中雀[2]。

〔1〕《慕容家自鲁企由谷歌》:《梁鼓角横吹曲》之一。"慕容家"当指南燕慕容氏。(公元398年,慕容德占领今山东一带,都广固,即今益都,至410年为刘裕所灭。)"企由谷"当是地名。此曲或出鲜卑族,但歌辞是情歌,是否后来乐官配曲难于确考。
〔2〕黄鹞子:鹞鹰一类猛禽。云中雀:女子自比。这两句说各自远隔,难于成亲。

陇头歌辞[1](三首)

其一

陇头流水,流离山下。念吾一身,飘然旷野。

其二

朝发欣城,暮宿陇头[2]。寒不能语,舌卷入喉[3]。

其三

陇头流水,鸣声幽咽。遥望秦川,心肝断绝[4]。

〔1〕《陇头歌辞》:这和前面的《陇头流水歌辞》当系同一种歌曲。第一首与前者相同。余冠英先生认为这些歌辞"风格和一般北歌不大同,或是汉魏旧辞"。《乐府诗集》卷二十一引《通典》:"天水郡有大阪,名曰陇坻,亦曰陇山,即汉陇关也。"又引《三秦记》曰:"其阪九回,上者七日乃越,上有清水四注下,所谓陇头水也。"

〔2〕欣城:当是地名,不详为何处。近来有人认为是离陇地较远的内地,但据《三秦记》所载,恐非。

〔3〕"寒不能语"二句:极写苦寒的情况。沈德潜、张玉谷均极赞二句为奇语。

〔4〕秦川:指关中,即今西安一带。

高阳王乐人歌[1](二首)

其一

可怜白鼻䯄,相将入酒家[2]。无钱但共饮,画地作交赊[3]。

其二

何处磔觞来,两颊色如火[4]。自有桃花容,莫言人劝我[5]。

〔1〕《高阳王乐人歌》:《梁鼓角横吹曲》之一。高阳王元雍是北魏献文帝之子,孝文帝之弟,北魏后期曾执掌朝政。此曲是他家的乐人们所唱,歌辞可能出于民间。诗中所写的是一些市井少年在酒店中狂饮的情况。温子昇有一首《白鼻䯄》称:"少年多好事,揽辔向西都。相逢狭邪路,驻马诣当垆。"内容与此相似。

〔2〕白鼻䯄(guā 瓜):一种黄色黑嘴鼻上呈白色的马。相将:互相跟随。

〔3〕画地:未详。交赊:余冠英先生认为"交"是交现钱,"赊"是欠账,"似是偏义复辞"。这句当指少年们饮酒后向酒店暂欠酒钱。这是市井无赖常有的行为。

〔4〕䑛(tè 特):《类篇》:"歠(chuò 辍)也","歠"是喝的意思。䑛觞:即喝酒。这两句是一个酒徒向另一个说:"你在哪儿喝了酒,脸这样红?"

〔5〕"自有"二句:当是被问者回答:"我脸色本红,更不用说有人敬我酒了。"

木兰诗〔1〕

唧唧复唧唧,木兰当户织〔2〕。不闻机杼声,唯闻女叹息。问女何所思,问女何所忆。女亦无所思,女亦无所忆。昨夜见军帖〔3〕,可汗大点兵〔4〕。军书十二卷,卷卷有爷名〔5〕。阿爷无大儿,木兰无长兄。愿为市鞍马〔6〕,从此替爷征。东市买骏马,西市买鞍鞯〔7〕,南市买辔头〔8〕,北市买长鞭。旦辞爷娘去[9],暮宿黄河边,不闻爷娘唤女声,但闻黄河流水鸣溅溅。旦辞黄河去,暮至黑山头[10]。不闻爷娘唤女声,但闻燕山胡骑鸣啾啾[11]。万里赴戎机,关山度若飞[12]。朔气传金柝[13],寒光照铁衣[14]。将军百战死,壮士十年归。归来见天子[15],天子坐明堂[16]。策勋十二转[17],赏赐百千强[18]。可汗问所欲,木兰不用尚书郎[19],愿驰千里足[20],送儿还故乡。爷娘闻女来,出郭相扶将[21]。阿姊闻妹来,当户理红妆。小弟闻姊来,磨刀霍霍向猪羊[22]。开我东阁门,坐我西间床。脱我战时袍,着我旧时裳。当窗理云鬓,挂镜帖花黄[23]。出门看火伴[24],火伴皆惊慌。同行十二年,不知木兰是女郎。雄兔脚扑朔,雌兔眼迷离[25]。双兔傍地走,安能辨我是雄雌[26]。

〔1〕《木兰诗》:北朝乐府民歌,始见《乐府诗集》,归入《梁鼓角横吹曲》。近代以来关于此诗的创作时代,有北朝和隋唐二说。从诗的内容看来,曾多次提到"可汗",根据《旧唐书·乐志》的记载,北朝乐歌中有一部分本属鲜卑语,意思不可解,其中多"可汗"二字,是"燕魏之际"的鲜卑歌。这与本诗情况相似。那么本诗当也是北朝乐歌。但流传到南方后,经过乐官们翻译加工,因此有些诗句的风格及诗中提到的某些名称等则颇似隋唐以后人加工的结果。诗中的主人公"木兰",历来有种种传说,如清人张玉谷认为她是今湖北黄冈附近人,显然是错误的。"木兰"当系虚构的人物,但诗的内容当以北朝和库莫奚、契丹等族的战争为背景。

〔2〕唧唧:叹息的声音。当户织:对着门织布。

〔3〕军帖:征发士兵的公文或名册。

〔4〕可汗(kè hán 克寒):古代北方少数民族如鲜卑、柔然、突厥等族对君主或首领的称呼。点兵:征发军人。

〔5〕军书:即"军帖"。爷:父亲。

〔6〕市:购买。

〔7〕鞍鞯(jiān 煎):马鞍子和垫马鞍的用具。

〔8〕辔(pèi 配)头:驾驭牲口用的嚼子和缰绳。

〔9〕旦:天明。爷娘:父母。南北朝时已有此称呼。

〔10〕黑山:山名,一说即今呼和浩特东南的杀虎山;一说为今北京昌平的军都山,恐以后说为妥。

〔11〕燕山:一说指燕然山(今蒙古的杭爱山),恐非。当指横亘今北京及河北、辽宁间的燕山山脉。鸣啾啾:远处传来的敌骑鸣叫声。

〔12〕戎机:军事行动。度:越过。

〔13〕朔气:北方的寒气。金柝(tuò 拓):金属所制的打更梆子,即"刁斗"。

〔14〕寒光:冰雪的反光。铁衣:铠甲。

〔15〕天子:从诗中看来天子似指中原皇帝,与"可汗"非一人。

〔16〕明堂:皇帝祭祀天地、祖宗及朝见群臣、诸侯之处。

〔17〕策勋:论功。十二转:古代朝廷把功勋分为若干等级,每升一级为"一转"。"十二转"言其多。

〔18〕强:意为更多。

〔19〕"可汗"句:当是天子叫可汗去问木兰有何要求。据此,木兰当是附属于中原天子的某一少数民族的女子。尚书郎:汉代以来,尚书分领各种事务,号为"分曹",任各"曹"事务的官员叫尚书郎。北魏时,尚书郎位从五品中。

〔20〕千里足:从这句看来,当是快马。但唐段成式《酉阳杂俎》引作"愿驰明驼千里足",又似指骆驼。

〔21〕郭:外城。扶将:"将"也是扶的意思,当指木兰的父母互相扶着来迎接。

〔22〕霍霍:快速的样子。

〔23〕鬓(bìn 殡):贴近耳朵的头发。云鬓:以云来形容头发的柔美。花黄:南朝和隋唐间妇女的一种脸部装饰手段,主要用金黄色纸剪成星月花鸟等形贴于额上,或用粉黛在额上涂成黄色的半月形。

〔24〕火伴:同在军营中服务的人。

〔25〕扑朔:扑腾,乱动的样子。一说是兔走缩脚之状。迷离:朦胧,捉摸不定。

〔26〕"双兔"二句:清人张玉谷《古诗赏析》云:"言雄兔雌兔脚眼虽殊,然当其走,实是难辨也。"

李波小妹歌[1]

李波小妹字雍容,褰裳逐马如卷蓬[2]。左射右射必叠双[3]。妇女尚如此,男子安可逢。

〔1〕《李波小妹歌》:李波是北魏时广平(今属河北)人,宗族强盛,在地方上劫掠,屡败官兵,后被刺史李安世所诱杀。

〔2〕卷蓬:飞蓬,形容其敏捷。

〔3〕叠双:一箭刺中两个人或物。

咸阳王歌[1]

可怜咸阳王,奈何作事误。金床玉几不能眠,夜起踏霜露。

洛水湛湛弥岸长[2],行人那得度。

〔1〕《咸阳王歌》:"咸阳王"指北魏孝文帝弟元禧,因谋反逃亡,后被捕杀害。他宫中的人作此歌。
〔2〕湛湛:水深的样子。

敕勒歌[1]

敕勒川,阴山下[2]。天似穹庐,笼盖四野。天苍苍,野茫茫,风吹草低见牛羊。

〔1〕《敕勒歌》:敕(chì 赤)勒:北朝时住在今内蒙一带的少数民族名,一说即维吾尔族。据说北齐高欢进攻北周玉壁,被周将韦孝宽所败。高欢受了伤,为了安定军心,召集诸将宴饮,令部将斛律金(铁勒〔即敕勒〕族人)唱这首歌。此歌本鲜卑语,被人译为汉语。
〔2〕敕勒川:敕勒族居住的地方。阴山:在今内蒙古境,即阴山山脉。

隋炀帝时挽舟者歌[1]

我兄征辽东,饿死青山下[2]。今我挽龙舟,又困隋堤道[3]。方今天下饥,路粮无些小。前去三千程,此身安可保。寒骨枕荒沙,幽魂泣烟草。悲损门内妻,望断吾家老。安得义男儿,焚此无主尸。引其孤魂回,负其白骨归。

〔1〕《隋炀帝时挽舟者歌》：隋炀帝杨广屡次发动侵略高丽的战争，又开运河，造龙船出游江都（今扬州市），沿途由民夫拉纤使船前进，百姓怨苦作歌。

〔2〕青山：当在今辽宁境内。按：辽宁西部有黑山县。北周因宇文泰小字"黑獭"，讳"黑"为"青"，隋人仍之，其地正当医巫闾山脉地区（今阜新至锦州一带），疑即此地。

〔3〕隋堤道：隋炀帝在运河两岸曾筑堤种柳。

大业长白山谣[1]

长白山前知世郎[2]，纯着红罗绵背裆。长稍侵天半[3]，轮刀耀日光。上山吃獐鹿，下山吃牛羊。忽闻官军至，提刀向前荡[4]。譬如辽东死，斩头何所伤[5]。

〔1〕《大业长白山谣》：此诗见《古今风谣》，逯钦立先生收入《先秦汉魏晋南北朝诗》中。《乐府诗集》卷八十六另有一首《长白山歌》，不如此首奋发昂扬。

〔2〕长白山：隋末长白山在今山东章丘县东。知世郎：通晓世情的青壮年。

〔3〕绵背裆：丝绵背心。稍（shuò 朔）：马上用的矛。

〔4〕荡：冲击。

〔5〕"譬如"二句：这两句是说譬如被征发去讨伐辽东（侵略高丽）战死，还不如造反而被杀。

(六）北朝文人乐府诗

赠王肃诗[1]

(北魏)王肃妻谢氏[2]

本为箔上蚕,今作机上丝[3]。得络逐胜去[4],颇忆缠绵时[5]。

〔1〕《赠王肃诗》:此诗原载《洛阳伽蓝记》卷三。王肃是南齐王奂之子,因父被杀,投奔北魏,受魏孝文帝重用,并娶公主为妻。他前妻谢氏后来也到北朝,送他此诗。

〔2〕王肃妻谢氏:陈郡阳夏(今河南太康)人,南朝宋作家谢庄的女儿。

〔3〕箔:养蚕用的竹席。机:织机。

〔4〕络:织机上绕丝的部件。胜:即"甄",也是织机部件。"胜"有向上的意思,语意双关。

〔5〕缠绵:丝本缠在丝绵上,这里用双关语,喻当年情意缠绵。

答谢氏诗

(北魏)陈留长公主[1]

针是贯线物,目中恒任丝[2]。得帛缝新去,何能纳故时。

〔1〕陈留长公主:姓元氏,鲜卑族。魏孝文帝妹,初嫁刘昶,后嫁王肃。陈留长公主是她封号。

〔2〕目:指针孔。丝:指线,又是"思"的谐音。

听钟鸣[1]

(北魏)萧综[2]

历历听钟鸣,当知在帝城[3]。西树隐落月,东窗见晓星。露雾朏朏未分明,乌啼哑哑已流声[4]。惊客思,动客情,客思郁纵横。翩翩孤雁何所栖,依依别鹤夜半啼。今岁行已暮,雨雪向凄凄。飞蓬旦夕起,杨柳尚翻低。气郁结,涕滂沱。愁思无所托,强作听钟歌。

〔1〕《听钟鸣》:这是萧综逃奔北魏后在洛阳所作。《魏书》本传所载文字与《梁书》本传差别甚大,疑都有删节。今录《魏书》所载,以《梁书》文字作附录。

〔2〕萧综(502—528):字世谦,南朝东海兰陵(今江苏常州)人,梁武帝第二子。他是齐东昏侯萧宝卷宫人吴氏所生,因此自以为是东昏侯之子。普通六年(525)降魏,认萧宝夤为叔,改名赞,字德文。后为尔朱兆乱兵所杀。

〔3〕历历:分明。帝城:指洛阳。

〔4〕朏朏(fěi斐):发出亮光。哑哑:乌鸦啼声。

附:

《梁书》所载《听钟鸣》

听钟鸣,当知在帝城。参差定难数,历乱百愁生[1]。去声悬窈窕,来响急徘徊[2]。谁怜传漏子,辛苦建章台[3]。听钟鸣,听听非一所[4]。怀瑾握瑜空掷去,攀松折桂谁相许[5]。昔朋旧爱各东西[6],譬如落叶不更齐。漂漂孤雁何所极,依依别鹤夜半啼。听钟鸣,听此何穷极。二十有馀年,淹留在京城。窥明镜,罢容色,云悲海思徒掩抑[7]。

[1] 参差(cēn cī 岑刺):长短不齐。这二句说钟声长短不一,使人心中产生各种忧愁。

[2] 去声:渐渐消散之声。窈窕:悠扬悦耳。来响:刚传来的声音。徘徊:持久不散。

[3] 传漏子:打钟报时的人。建章台:即汉武帝所建建章宫。这里泛指宫阁。

[4] 非一所:不止一处。

[5] 瑾、瑜:都是美玉。怀瑾握瑜:比喻拥有才能。空掷去:指才能白白浪费。"攀松"句:等待知音又有谁呢?语出淮南小山《招隐士》:"攀援桂枝兮聊淹留。"

[6] 昔朋旧爱:指过去的友人。

[7] 掩抑(yǎn yì 奄邑):心中郁闷。

杨白花[1]

(北魏)胡太后[2]

阳春二三月,杨柳齐作花。春风一夜入闺闼,杨花飘荡落南家[3]。含情出户脚无力,拾得杨花泪沾臆[4]。秋去春还双燕子,愿衔杨花入窝里。

〔1〕《杨白花》:指杨华,武都仇池(今甘肃武都北、成县西一带)人。仕魏,有勇力,胡太后逼他私通,他就逃亡到南方降梁。胡太后思念他,作此歌。

〔2〕胡太后(? —528):安定临泾(今甘肃镇原)人,宣武帝妃,孝明帝元诩立,尊为太后,临朝执政。后被尔朱荣所杀。

〔3〕南家:喻南朝。

〔4〕臆(yì意):胸。

临终诗[1]

(北魏)元子攸[2]

权去生道促,忧来死路长。怀恨出国门,含悲入鬼乡[3]。隧门一时闭,幽庭岂复光[4]。思鸟吟青松,哀风吹白杨。昔来闻死苦,何言身自当。

〔1〕《临终诗》:这是元子攸被尔朱兆囚禁后自知免不了一死而作。后来高欢平尔朱氏,改葬元子攸时,就用此诗为挽歌。原诗见《洛阳伽蓝记》卷一。
〔2〕元子攸(505—529):即北魏孝庄帝。武泰元年(528),尔朱荣率兵入洛阳,杀胡太后,立元子攸为帝,专断朝政,元子攸用计杀了尔朱荣。但尔朱荣部将尔朱世隆、尔朱兆等反叛,元子攸被尔朱兆所擒,囚于永宁寺,后迁至晋阳三级佛寺,将他杀害。
〔3〕出国门:指离洛阳去晋阳(今太原)。入鬼乡:指死去。
〔4〕隧:即隧道,古代天子下葬,要挖掘隧道。幽庭:墓穴。

思公子

(北齐)邢邵〔1〕

绮罗日减带〔2〕,桃李无颜色。思君君未归,归来岂相识。

〔1〕邢邵(496—?):字子才。河间鄚(mào 貌)(今河北任丘)人。北魏末为奉朝请,迁著作佐郎。东魏时,任西兖州刺史、太常卿兼中书监。与温子昇齐名,称"温邢"。入北齐,位至特进,成为邺下文士的首领之一,与魏收齐名,称"邢魏",常争高下。明人辑有《邢特进集》。
〔2〕绮罗:代指衣服。日减带:指衣带逐日变宽,形容消瘦。

挟瑟歌[1]

(北齐)魏收[2]

春风宛转入曲房[3],兼送小苑百花香。白马金鞍去未返,红妆玉箸下成行[4]。

〔1〕《挟瑟歌》:此诗写思妇想念丈夫之情。与南朝诗风相近。说明北齐诗人已受南朝文风影响。
〔2〕魏收(505—572):字伯起。钜鹿下曲阳(今河北曲阳)人。北齐文学家,与温子昇、邢劭并称"三才"。魏时为太学博士、中书侍郎。入齐,官至尚书右仆射,进为特进。作文模仿梁人任昉。著有《魏书》,明人辑有《魏特进集》。
〔3〕宛转:曲折。
〔4〕玉箸(zhù 铸):玉筷子。古人以此形容泪水。

明君词[1]

(北周)王褒[2]

兰殿辞新宠,椒房馀故情[3]。鸿飞渐南陆,马首倦西征[4]。寄书参汉使,衔涕望秦城[5]。唯馀马上曲,犹作《出关》声[6]。

[1]《明君词》:这首《明君词》内容与沈约、庾信所作相似,但较之沈作,王褒这首和庾信那首似更近于律体,由此可以看出诗歌发展的过程。

[2] 王褒:字子渊,琅琊临沂(今属山东)人,北周诗人。初仕梁为秘书郎、安成太守等官。梁元帝平侯景之乱,称帝于江陵,任王褒为吏部尚书、左仆射。西魏克江陵,王褒入长安。北周时官至开府仪同三司、太子少保、小司空,又任宜州刺史。约卒于周武帝建德中后期(575—577)间,年六十四。明人辑有《王司空集》。

[3] 兰殿:当指兰林殿。据张衡《西京赋》,长安后宫中有兰林殿。椒房:宫名,后妃的居处,因以椒和泥涂墙,以取多子为义而名。这两句是说昭君离别了在兰林殿所新受的宠幸,但对椒房宫等地还留有旧情。

[4] "鸿飞"句:语出《周易·渐·九三爻辞》:"鸿渐于陆。""渐"是进的意思。这两句是说鸿雁能飞进南方的大地,而昭君却倦于离乡西去。

[5] 参:会见。秦城:指长安。

[6] "唯馀"二句:暗用石崇《王明君辞序》所说以琵琶于马上作乐典。《出关》本《汉横吹曲》名,这里兼指昭君是出关塞远行。

燕歌行[1]

(北周)王褒

初春丽日莺欲娇,桃花流水没河桥[2]。蔷薇花开百重叶,杨

517

柳拂地散千条。陇西将军号都护,楼兰校尉称嫖姚[3]。自从昔别春燕分,经年一去不相闻[4]。无复汉地关山月,唯有漠北蓟城云[5]。淮南桂中明月影,流黄机上织成文[6]。充国行军屡筑营,阳史讨虏陷平城[7]。城下风多能却阵,沙中雪浅讵停兵[8]。属国小妇犹年少,羽林轻骑数征行[9]。遥闻陌头采桑曲,犹胜边地胡笳声[10]。胡笳向暮使人泣,长望闺中空伫立[11]。桃花落地杏花舒,桐生井底寒叶疏[12]。试为来看上林雁,应有遥寄陇头书[13]。

〔1〕《燕歌行》:这是王褒拟曹丕《燕歌行》之作。《燕歌行》这曲辞,从曹丕以后,不断有人拟作,如陆机、谢灵运、萧子显等。其中陆、谢诸作,都写的是离愁别恨,与曹丕之作相似。萧子显已写到了征戍,但还没有写到征战的艰难困苦。王褒之作,似乎更强调了这一点。所以《周书·王褒传》说王褒此诗"妙尽关塞寒苦之状,元帝及诸文士并和之,而竟为凄切之词"。因此被认为是江陵陷落的预兆。这当然是迷信附会。但自从王褒和庾信的和诗出现后,《燕歌行》中就时有征战的内容,唐代诗人高适的名篇《燕歌行》,显然受了王褒和庾信的影响。

〔2〕莺欲娇:指黄莺将要婉啭娇啼,写春天已经来临。"桃花"句:指桃花盛开时,河中水涨。

〔3〕陇西将军:古代人有"关西出将,关东出相"的说法。陇西地当关西。也有人说指汉代名将李广,是陇西成纪人。李氏几世为将,所以亦可通。都护:官名,据《汉书·西域传》,始置于宣帝时,以郑吉为西域都护。楼兰:古西域国名,故址在今新疆罗布泊西。校尉:官名。汉武帝置使者校尉领护西域。嫖姚:一作"剽姚",意为劲锐刚勇。汉霍去病早年从卫青出征,曾任嫖姚校尉。

〔4〕春燕分:春天燕子本是成双的,这里用春燕分开比喻夫妇离别。不相闻:没有音信。

〔5〕"无复"二句:是写思妇想象中丈夫在外,见不到汉地月色,只见战场风云。蓟城:古代地名,在今北京西南。这里本非"漠北",当指漠北直到蓟城一带的阵云。思妇因不知征夫确讯,所以不能确切说在何处。按:前句"关山月",《乐府诗集》作"长安月",以"长安"对"蓟城",似更工整。但从全诗看,从本集较胜,故不依《乐府诗集》改。

〔6〕淮南:当指思妇所在地。"桂中"句:实指月影,因为古代传说认为月中有桂树。此诗用"桂中"为的是和下句"机上"作对仗。这是梁以后宫体诗注重典故和对仗的特点。流黄:锦一类丝织品,古代人的帷帐一类物品都用黄色丝织品制成。流黄机上,即指织绸的机上。织成文:用十六国前秦女诗人苏蕙《织锦回文诗》典故,表示妇女思念丈夫之心。江淹《别赋》:"织锦曲兮泣已尽,回文诗兮影独伤。"

〔7〕充国:指西汉名将赵充国。他和羌人作战,善于持重,严守壁垒,设立屯田。所以说他"屡筑营"。"阳史"句:此句用典不详。有人说指汉高祖被匈奴围于平城事。但汉军将领中无"阳史"其人。又南朝宋少帝时,北魏进攻虎牢,宁远司马阳瓉守滑台,城陷不屈死。北魏又进攻虎牢,司州刺史毛德祖奋力抵抗,城陷,被执至平城。疑王褒误记,将毛德祖事说成阳瓉。

〔8〕"城下"二句:写北地寒苦,大风飞扬,难于布阵;沙漠中有雪但不深,无水源,所以岂能停兵休息。

〔9〕属国:当指汉代苏武曾任"典属国",他出使时,妻子年纪还小,故称"小妇"。这里用苏武典比喻征夫出征时妻子年少。羽林:本汉朝宿卫军队。

〔10〕陌头采桑曲:当指《相和歌辞·陌上桑》。这两句写思妇听到远处有人唱《陌上桑》,想到总比行人在外只能听到胡笳声好些。

〔11〕"胡笳"二句：这是思妇想象征人在战地听到胡笳而悲伤思家的情形。

〔12〕"桃花"二句：写正是春天好风景时，自己却似生于井底的梧桐，孤独而又憔悴。

〔13〕上林雁：典出《汉书·苏武传》：汉朝为迎苏武回朝，曾对匈奴说在上林中捕得一只大雁，足上缚有苏武所寄书信。陇头书：代指征人来信。陇头本指甘肃陇山，这里代指远处。

明君词[1]

(北周)庾信[2]

敛眉光禄塞[3]，遥望夫人城[4]。片片红颜落，双双泪眼生[5]。冰河牵马渡，雪路抱鞍行。胡风入骨冷，夜月照心明。方调琴上曲，变入胡笳声[6]。

〔1〕《明君词》：这是庾信拟《相和歌辞·王明君》之作中的二首之一。本集作《昭君辞应诏》。另有《王昭君》一首，《乐府诗集》不录。这一首全诗八句，前六句都用对仗，且注意平仄相对，和王褒那首同题之作相似，疑同时应梁元帝萧绎之命而作。

〔2〕庾信(513—581)：字子山，南阳新野(今属河南)人。北周文学家。早年随父庾肩吾出入梁东宫，为太子萧纲抄撰学士，与徐陵齐名，号"徐庾"。曾出使东魏，文章为邺下所称。使还，为东宫学士、建康令。侯景之乱，逃奔江陵。梁元帝即位，为右卫将军，出使西魏。正遇西魏克江陵，杀元帝，遂留于长安。入北周为骠骑大将军、开府仪同三司，历任

洛州刺史、司宗中大夫。卒于隋文帝开皇元年。庾信早年文风华艳,近于宫体。入北后则沉郁苍凉,表现了深重的故国之思。本有集二十卷,已佚。后人辑有《庾子山集》。

〔3〕光禄塞:汉代防御匈奴的城塞。《汉书·匈奴传》载:宣帝时呼韩邪单于入朝,留月馀归国,自愿留居光禄塞下。颜师古注:"徐自为所筑者。"

〔4〕夫人城:汉代边塞的城堡。武帝时匈奴派卫律率五千骑兵袭击汉军,被李广利所派属国胡骑击败。汉军乘胜追击到范夫人城。颜师古注引应劭说:"本汉将筑此城,将亡,其妻率馀众完保之,因以为名也。"

〔5〕"片片"二句:当指啼哭时双眼落泪,使脸上所搽胭脂被泪水冲落。

〔6〕"方调"二句:这两句语义双关。琴曲本是汉地音乐,却变为"胡笳声",即由汉入匈奴。但胡笳曲确可改为琴曲。托名蔡琰的《胡笳十八拍》有"胡笳本自出胡中,缘琴翻出音律同"。《胡笳十八拍》断非蔡琰作,应该成于庾信以后,但以琴"翻出"胡笳曲,很可能是南北朝已经有之。

燕歌行[1]

(北周)庾信

代北云气昼昏昏,千里飞蓬无复根[2]。寒雁嗈嗈渡辽水,桑叶纷纷落蓟门[3]。晋阳山头无箭竹[4],疏勒城中乏水源[5]。属国征戍久离居[6],阳关音信绝能疏[7]。愿得鲁连飞一箭,持寄思归燕将书[8]。渡辽本自有将军,寒风萧萧水生纹[9]。妾惊甘泉足烽火[10],君讶渔阳少阵云[11]。自从将军出细柳,荡子空床难独守[12]。盘龙明镜饷秦嘉[13],辟恶生香寄韩寿[14]。春分燕来能几日,二月蚕眠不复久。洛阳游丝百丈连,黄河春冰千片穿[15]。桃花颜色好如马,榆荚新开巧似钱[16]。蒲桃一杯千日醉,无事九转学神仙[17]。定取金丹作几服,能令华表得千年[18]。

〔1〕《燕歌行》:此诗是庾信和王褒《燕歌行》之作。当时侯景叛军已攻破台城,庾信从建康经历艰险,逃到江陵以后,对围城中的苦斗之状有所体会,所以写得较萧绎、王褒之作,更显真切。因此这首诗显示了庾信前后期诗风转变的端倪,对理解庾信创作的发展具有重要作用。

〔2〕代北:指今山西北部、河北西北部及内蒙南部一带地方。这两句是写天色晦暗,大风吹扬飞蓬,一片肃杀气象。

〔3〕噰噰(yōng雍):雁鸣声。辽水:即今辽河,在辽宁营口附近入海。蓟门:指今北京市一带。

〔4〕"晋阳"句:据《战国策·赵策一》载:智伯进攻赵襄子,赵襄子据晋阳(今山西太原)拒守,城中没有箭,张孟谈说,当年董安于治晋阳时,公家宫室都用芦苇秆建墙,用以造箭比竹子还强劲。

〔5〕"疏勒"句:据《后汉书·耿恭传》载:耿恭在西域坚守疏勒城(在今新疆喀什市南),城中无水,掘井十五丈不见泉水,他整顿衣冠下拜,泉水涌出。

〔6〕属国:汉代在西域设属国都尉。这里写汉将出外征戍,与家人分离日久。

〔7〕阳关:汉代和西域交通的边塞,遗址在今甘肃敦煌西南,地点

与燕地无涉,这里只是借喻征地的遥远。

〔8〕"愿得"二句:据《史记·鲁仲连列传》:田单击破燕军,恢复齐国后,只有聊城燕军守将不降,鲁仲连就作书用箭射入城中,燕将见而自杀。这里借指愿得罢兵。

〔9〕"渡辽"句:据《汉书·昭帝纪》,有渡辽将军范明友。"寒风"句:语出《史记·刺客·荆轲列传》:"风萧萧兮易水寒。"

〔10〕甘泉:地名,在今陕西淳化西北有甘泉山,秦汉时有甘泉宫。汉文帝时,匈奴入侵,前锋曾到此地。故此诗云"妾惊甘泉足烽火"。

〔11〕渔阳:汉代郡名,在今北京以东包括天津等地,渔阳治所在今密云、怀柔之间。

〔12〕细柳:汉代地名,在长安附近,汉文帝时周亚夫曾屯兵于此以备匈奴。"荡子"句:语出《古诗十九首·青青河畔草》:"荡子行不归,空床难独守。"

〔13〕"盘龙"句:据《北堂书钞》卷一百三十六载汉秦嘉《与妇徐淑书》曰:"顷得此镜,既明且好,形观文藻,为世所希,意甚爱之,故以相与也。""盘龙"指镜上铸有盘龙花纹。

〔14〕"辟恶"句:据《晋书·贾充传》:"时西域有贡奇香,一着人则经月不歇,(晋武)帝甚贵之,惟以赐(贾)充及大司马陈骞。其女密盗以遗(韩)寿。"辟恶生香:指这种香料可以避去疫病。

〔15〕"春分"四句:写中原春色已临,更引起思妇对丈夫的想念。

〔16〕"桃花"句:《尔雅·释畜》:"黄白杂毛,駓。"郭璞注:"今之桃华马"。"榆荚"句:《汉书·食货志》:"汉兴,以秦钱重难用,更令民铸荚钱。"如淳注:"如榆荚也。"

〔17〕蒲桃:即"葡萄",此处指葡萄酒。一杯千日醉:据《博物志》载:刘玄石曾在中山饮酒,一醉千日。九转学神仙:《抱朴子·金丹篇》:"九转之丹,服之三日得仙。"

〔18〕"定取"句：据《抱朴子·金丹篇》载，汉末左慈（元放）曾于天柱山中得神人授以金丹仙经，曾授予葛玄。"能令"句：用《搜神后记》所载辽东丁令威得仙，千年后化鹤归来，停于华表柱上，作歌云"有鸟有鸟丁令威，去家千年今来归；城郭如故人民非，何不学仙冢累累"典故。

从军行[1]

(北周)庾信

《河图》论阵气，《金匮》辨星文[2]。地中鸣鼓角，天上下将军[3]。函犀恒七属，浴铁本千群[4]。飞梯聊度绛，合弩暂凌汾[5]。寇阵先中断，妖营即两分。连烽对岭度，嘶马隔河闻。箭飞如疾雨，城崩似坏云。英王于此战，何用武安君[6]。

〔1〕《从军行》：本集作《同卢记室从军》。"卢记室"即卢恺，为北周齐王宇文宪记室。周武帝天和六年（571），宇文宪率军进攻北齐，卢恺随从出征。此诗即歌颂齐王宇文宪战功之作。

〔2〕《河图》：疑即《艺文类聚》卷十一所引《龙鱼河图》，其中载黄帝与蚩尤作战时，上天派玄女下来教黄帝战阵之法。阵气：古人迷信，认为两军对战时，观察气象，可以预知吉凶。"金匮"：据《隋书·经籍志》有《太公金匮》二卷，属兵书类。辨星文：指观天象以定吉凶。

〔3〕"地中"句：典出《后汉书·公孙瓒传》：公孙瓒给他儿子公孙续的信中，说到袁绍讨伐他的军队"梯冲舞吾楼上，鼓角鸣于地下"。"天

上"句:用《汉书·周亚夫传》载赵涉建议周亚夫从蓝田、武关进兵洛阳,这样吴楚叛军闻讯后会"以为将军从天而下也"的典故。

〔4〕"函犀"句:《周礼·冬官·函人》:"函人为甲,犀甲七属"(指铠甲用七层犀牛皮)。浴铁:指穿铁甲的骑兵。

〔5〕"飞梯"二句:这二句写周军和齐军作战在今山西新绛及汾河一带。

〔6〕英王:指宇文宪。武安君:秦将白起,以善战闻名,封武安君。

怨歌行[1]

(北周)庾信

家住金陵县前,嫁得长安少年[2]。回头望乡泪落,不知何处天边。胡尘几日应尽,汉月何时更圆[3]。为君能歌此曲,不觉心随断弦。

〔1〕《怨歌行》:这是庾信借一个女子的口吻自叹身世之作。

〔2〕金陵:即建康,今江苏南京。庾信早年生活在建康。长安:指今西安,北周的都城。

〔3〕胡尘:代指北周。北周皇室是鲜卑宇文氏。汉月:指梁朝,时梁已亡,所以说"何时更圆"。

杨柳歌[1]

(北周)庾信

河边杨柳百丈枝,别有长条宛地垂[2]。河水冲浪根株危,倏忽河中风浪吹。可怜巢里凤凰儿,无故当年生别离[3]。流槎一去上天池,织女支机当见随[4]。谁言从来荫数国,直用东南一小枝[5]。昔日公子出南皮,何处相寻玄武陂[6]。骏马翩翩西北驰,左右弯弧仰月支[7]。连钱障泥渡水骑,白玉手板落盘螭[8]。君言丈夫无意气,试问燕山那得碑[9]。凤凰新管箫史吹,朱鸟春窗玉女窥[10]。衔云酒杯赤玛瑙,照日食螺紫琉璃[11]。百年霜露奄离披,一旦功名不可为[12]。定是怀王作计误,无事翻复用张仪[13]。不如饮酒高阳池,日暮归时倒接䍦[14]。武昌城下谁见移,官渡营前那可知[15]。独忆飞絮鹅毛下,非复青丝马尾垂[16]。欲与梅花留一曲,共将长笛管中吹[17]。

〔1〕《杨柳歌》:这首诗见《庾子山集》,属乐府类。诗中用了许多关于杨柳的曲故,看似咏柳,实则寄托着他的乡关之思和对梁亡的悲悼。

〔2〕宛地垂:指柳枝弯曲地垂到地上。

〔3〕"可怜"二句:写河水暴至,冲倒柳树,使柳上的"巢里凤凰儿"无故与家分离。这里暗喻自己流落在长安。

〔4〕流槎(chá查):船。"流槎"二句:传说汉代张骞曾坐船到达天

河,见到牛郎和织女。

〔5〕"谁言"句:古人传说太阳早晨出于扶桑,晚上落入细柳,因此把"细柳"说成覆盖几个国家。"直用"句:暗喻梁代自江陵陷落后梁代只剩东南一小块地方。

〔6〕公子出南皮:曹丕《与朝歌令吴质书》:"每念昔日南皮之游,"南皮,县名,今属河北。这里的公子当指曹植,因为当时曹丕、曹植曾一起行游。玄武陂:即玄武苑,在邺城西。曹丕《玄武陂诗》:"兄弟共行游,驱车出西城。"

〔7〕"骏马"二句:用曹植《白马篇》"白马饰金羁,连翩西北驰"和"控弦破左的,右发摧月支"句意。

〔8〕连钱:指连钱骢,青白色带斑点的骏马。障泥:挂在马鞍下挡尘土泥水的织物。"白玉"句:据说晋明帝小时,拿着白玉手板去玩弄殿前铜盘中龙头,手板落入龙口中。

〔9〕燕山:指燕然山,见前徐悱《白马篇》注〔10〕。

〔10〕"凤凰"句:用秦穆公女嫁箫史吹箫引来凤凰一同上天典故,事见《列仙传》。朱鸟:即朱雀,南方之神。玉女:仙女。

〔11〕衔云酒杯:雕刻云纹的酒杯。玛瑙:宝石名。照日食螺:指透明的食器。"螺"同"㔩"(lěi 磊),食器名,似盘中有隔。

〔12〕"百年"二句:写柳树遭霜露而凋枯,喻梁朝不可挽救,所以说"一旦功名不可为"。

〔13〕"定是"二句:典出《史记·屈原列传》:楚怀王听信张仪,改变主意,终于误国,断绝齐国邦交,引致秦兵之祸。这里暗喻梁元帝结交西魏引致灭亡。

〔14〕高阳地:襄阳园池名。倒接䍦(lí 离):倒戴头巾。这两句用《襄阳童儿歌》讽刺晋山简在襄阳每日饮酒沉醉典故。

〔15〕"武昌"句:用陶侃在武昌叫军人种柠(柳树)典故。"官渡"

527

句:指曹丕《柳赋序》称曹丕在官渡之战时,曾在阵前种一株柳树。这两句是感叹陶侃、曹丕皆已遗迹不存。

〔16〕"独忆"二句:写春天已过,柳絮纷飞,已非春初青丝初垂时景象。

〔17〕"欲与"二句:指将《折杨柳》曲与《梅花落》曲同用长笛来吹奏。

从军行[1]

(隋)卢思道[2]

朔方烽火照甘泉,长安飞将出祁连[3]。群渠玉剑良家子,白马金羁侠少年[4]。平明偃月屯右地,薄暮鱼丽逐左贤[5]。谷中石虎经御箭[6],山上金人曾祭天[7]。天涯一去无穷已,蓟门迢递三千里[8]。朝见马岭黄沙合,夕望龙城阵云起[9]。中庭奇树已堪攀,塞上征人殊未还[10]。白云初下天山外,浮云直向五原间[11]。关山万里不可越,谁能坐对芳菲月。流水本自断人肠,坚冰旧来伤马骨[12]。边庭节物与华异,冬霰秋霜春不歇。长风萧萧渡水来,归雁连连映天没。从军行,军行万里出龙庭[13]。单于渭桥今已拜[14],将军何处觅功名。

〔1〕《从军行》:这是卢思道入隋以后所作。当时北方的突厥族和隋朝屡次发生战争。开皇四年(584),突厥可汗阿史那玷来降。此诗疑

作于这一时期。

〔2〕卢思道(535—586):字子行,范阳涿(今河北涿县)人。早年师事邢劭,仕齐,因自恃才华及门第,不拘细节,曾屡遭贬责。齐末,官至黄门侍郎。入周,官至武阳太守。入隋为散骑侍郎,卒。明人辑有《卢武阳集》。近人刘师培在《南北文学不同论》中评论他说"卢思道长于歌词,发音刚劲,嗣建安之逸响"。他所举的例子就是"蓟北歌词诸作",此首可以为杰出的代表。

〔3〕"朔方"二句:"朔方"代指匈奴;"长安"代指汉朝。"朔方"句用汉文帝时匈奴入侵,"候骑至雍甘泉"事;"长安"句用汉武帝出兵攻克祁连山事。飞将:用汉李广有"飞将军"之号的典故。

〔4〕群渠:成群的甲士。渠指犀甲。羁:马笼头。

〔5〕偃月:阵名,因形如半月状,故名。右地:西部地区。鱼丽:阵名。据《左传·桓公五年》载:郑庄公抗拒周王讨伐时,布下"鱼丽之阵"。左贤:左贤王,匈奴部族长官名。

〔6〕"谷中"句:用《汉书·李广传》载李广曾误以石为虎,射之,箭被射入石中典故。

〔7〕"山上"句:据《汉书·匈奴传》载:霍去病进击匈奴,曾缴获匈奴休屠王祭天金人。

〔8〕迢递(tiáo dì调第):遥远。

〔9〕马岭:塞外地名,不详,疑指《水经注·河水二》所载马蹄谷,在今青海省境。龙城:地名,在今辽宁朝阳一带。

〔10〕"中庭"二句:化用《古诗十九首》"庭中有奇树,绿叶发华滋。攀条折其荣,将以遗所思"诗意。写征人久出未归。

〔11〕天山:在今新疆。五原:汉郡名,在今内蒙古境。

〔12〕"流水"句:化用《梁鼓角横吹曲·陇头水》"陇头流水,鸣声幽咽。遥望秦川,肝肠断绝"诗意。"坚冰"句:化用陈琳《饮马长城窟行》

529

"水寒伤马骨"句意。

〔13〕龙庭:匈奴祭天的地方。

〔14〕单于:匈奴君长名。渭桥:渭水上桥梁,在长安北。汉宣帝时匈奴单于来朝,在渭桥拜见皇帝。这里借指突厥可汗已降服隋代。

出 塞[1]

(隋)杨素[2]

漠南胡未空,汉将复临戎[3]。飞狐出塞北,碣石指辽东[4]。冠军临瀚海,长平翼大风[5]。云横虎落阵,气抱龙城虹[6]。横行万里外,胡运百年穷。兵寝星芒落,战解月轮空[7]。严镳息夜斗,驿角罢鸣弓[8]。北风嘶朔马,胡霜切塞鸿。休明大道暨,幽荒日月同[9]。方就长安邸,来谒建章宫[10]。

〔1〕《出塞》:杨素于隋文帝开皇十八年(598)和二十年(600)两次率兵出击突厥,大获全胜。此诗当是他立功归来后所作,同时和作者有薛道衡和虞世基。据《文苑英华》、《诗纪》等书,杨素此题有诗二首,这是第一首。《乐府诗集》只收了这一首,而薛、虞和诗却各为二首。

〔2〕杨素(?—606):字处道,弘农华阴(今属陕西)人。隋大臣,文学家。在隋文帝平陈和破突厥中均有大功。但为人好弄权诈,曾帮助隋炀帝夺取帝位继承权,后封楚国公。有集十卷,今佚。存诗十九首。

〔3〕临戎:出兵作战。

〔4〕飞狐:飞狐口,在代郡(今河北蔚县一带)。碣石:即碣石山,在

今河北东北部辽宁西南部沿海一带,一说即今昌黎的碣石山。

〔5〕冠军:指西汉名将霍去病,封冠军侯。瀚海:沙漠。长平:指西汉名将卫青,封长平侯。翼:助。翼大风:比喻其进军迅速。

〔6〕虎落:西北塞外地名。龙城:在今河北东北部一带,一说即今辽宁朝阳附近。

〔7〕寝:止息。星芒:指昴星,亦即髦头星。《史记·天官书》说是"胡星"。战解:战事停止。月轮空:指月晕消失。

〔8〕鐎(jiāo焦):即鐎斗,本是用来温食物的用具,其后行军时夜间敲打,谓之刁斗。这句说敌人已降伏,军中解严,不再敲击刁斗。"骍角"句:语本《诗·小雅·角弓》:"骍骍角弓,翩其反矣。"骍骍(xīng星):弓调和后呈弯曲状。朱熹《集传》:"骍骍:弓调和貌。"角弓:饰以牛角的弓。鲍照《代陈思王〈白马篇〉》:"白马骍角弓。"罢鸣弓:即停止射箭。

〔9〕暨:到达。幽荒:遥远的地方。这两句指突厥已降服,隋朝声教达到远方。

〔10〕长安邸:长安的邸宅。建章宫:汉代宫阙名。这两句说突厥可汗正准备到长安的邸宅中去,以便在建章宫朝见皇帝。

出塞[1](二首)

(隋)薛道衡[2]

其一

高秋白露团,上将出长安。尘沙塞下暗,风月陇头寒。转蓬随马足,飞霜落剑端。凝云迷代郡,流水冻桑乾[3]。烽微桔

531

楉远,桥峻辘轳难[4]。从军多恶少,召幕尽材官[5]。伏堤时卧鼓,疑兵乍解鞍。柳城擒冒顿,长坂纳呼韩[6]。受降今更筑,燕然已重刊[7]。还嗤傅介子,辛苦刺楼兰[8]。

〔1〕《出塞》:这是和杨素之作。

〔2〕薛道衡(540—609):字玄卿。河东汾阴(今山西万荣)人。仕北齐,官至中书侍郎。入周为邛州刺史,授仪同。隋文帝时任吏部侍郎,因事流放岭南。后征还,为内史侍郎。炀帝时任播州刺史,转司隶大夫,因事被杀。明人辑有《薛司隶集》。

〔3〕桑乾:河名,即今桑乾河。在今山西、河北境内。

〔4〕桔槔(jié gāo 洁高):古代汲水用具。辘轳(lù lú 鹿卢):起重或汲水的绞盘。

〔5〕材官:马上射箭的兵士。

〔6〕冒顿(mò dú 陌毒):汉初匈奴一个单于(君主)的名字。呼韩:即呼韩邪单于,汉宣帝时内乱降汉。

〔7〕受降:指受降城,汉代招降匈奴所筑的城堡。燕然:山名,即今蒙古国境内的杭爱山,东汉时窦宪破匈奴,在此山勒石纪功。班固作有《封燕然山铭》。

〔8〕嗤(chī 吃):笑。傅介子:西汉昭帝时人,曾出使西域,楼兰王暗中勾结匈奴而被他所刺杀,因功封侯。楼兰:西域国名,故址在今新疆罗布泊西边。

其二

边庭烽火惊,插羽夜征兵[1]。少昊腾金气,文昌动将星[2]。

长驱鞮汗北,直指夫人城[3]。绝漠三秋暮,穷阴万里生。寒夜哀笛曲,霜天断雁声。连旗下鹿塞,叠鼓向龙庭[4]。妖云坠房阵,晕月绕胡营[5]。左贤皆顿颡,单于已系缨[6]。绁马登玄阙,钩鲲临北溟[7]。当知霍骠骑,高第起西京[8]。

〔1〕插羽:即羽檄,指告急文书。

〔2〕少昊:五帝之一,主秋天和西方,古人以秋天和西方属金,所以用"腾金气"代指兵事。文昌:天上的星名,代指将相。参见曹植《五游》注〔7〕。

〔3〕鞮汗:即弹汗山,在今河北西北角与内蒙接界处。夫人城:又名"范夫人城",本汉将筑,将军死后,其妻率众保卫城不失。见《汉书·匈奴传》。

〔4〕鹿塞:即鸡鹿塞,在朔方窳浑县西北,今内蒙古自治区临河以西,靠近宁夏边界。龙庭:匈奴族祭天之处。

〔5〕"妖云"句:古人迷信,认为妖云所坠处,其军不利。"晕月"句:古人迷信以为月晕绕营,对军队不吉。

〔6〕左贤:左贤王,匈奴官名。顿颡(sǎng嗓):以额顿地,即叩头。系缨:用带子捆绑。汉代终军曾向皇帝求长缨以缚南越王。

〔7〕绁(xiè泄):拴住。玄阙:北方的高阙(高山)。"钩鲲"句:指钓捕北海大鱼(鲲)。《庄子·逍遥游》:"北溟有鱼,其名曰鲲。"

〔8〕霍骠骑:即西汉大将霍去病,官至骠骑大将军。霍去病击败匈奴后,汉武帝要为他建宅第。西京:指长安。

昔昔盐[1]

(隋)薛道衡

垂柳覆金堤,蘼芜叶复齐。水溢芙蓉沼,花飞桃李蹊[2]。采桑秦氏女,织锦窦家妻[3]。关山别荡子,风月守空闺。恒敛千金笑,长垂双玉啼。盘龙随镜隐,彩凤逐帷低[4]。飞魂同夜鹊,倦寝忆晨鸡[5]。暗牖悬蛛网,空梁落燕泥[6]。前年过代北,今岁往辽西。一去无消息,那能惜马蹄。

〔1〕《昔昔盐》:《近代曲辞》之一。《乐府诗集》所载《近代曲辞》,多为隋唐五代作品。这里限于体例,仅取少数隋代作品。"昔昔"据明杨慎说是"夜夜"的意思。"盐"即"艳",是一种音乐的曲名。据《乐府诗集》卷七十九引《乐苑》说是"羽调曲"。

〔2〕桃李蹊:生长着桃树李树的小路。语出《史记·李将军列传》:"桃李不言,下自成蹊。"

〔3〕"采桑"句:指《陌上桑》中的秦罗敷。"织锦"句:指十六国前秦时窦滔妻苏若兰作《织锦回文诗》以赠其夫。

〔4〕盘龙:指镜上铸有盘龙。庾信《燕歌行》:"盘龙明镜饷秦嘉。"彩凤:指绣在帐帷上的凤凰。

〔5〕"飞魂"二句:写女子夜间常想变成鸟儿飞向丈夫身边,醒来又盼天明,形容相思之深。

〔6〕暗牖(yǒu 酉):昏暗的窗户。"空梁"句:写燕子久不归来,燕巢

破损,泥土下落。象征征人不归,心情悲苦。这二句是本诗名句,相传杨广因妒忌这两句诗而杀作者,虽未为可信,也足见出此二句感人的力量。

出塞[1](二首选一)

(隋)虞世基[2]

其二

上将三略远,元戎九命尊[3]。缅怀古人节,思酬明主恩。山西多勇气,塞北有游魂[4]。扬桴度陇坂[5],勒骑上平原。誓将绝沙漠,悠然去玉门。轻赍不遑舍,惊策骛戎轩[6]。懔懔边风急,萧萧征马烦[7]。雪暗天山道,冰塞交河源。雾烽黯无色,霜旗冻不翻。耿介倚长剑[8],日落风尘昏。

[1]《出塞》:这是虞世基和杨素《出塞》的诗,共二首。这里选录的是第二首。历来选家如王士禛《古诗选》、沈德潜《古诗源》选的也是这一首。虞世基本是一个南方的文人,虽有较高的写作技能,但对边塞风光却不甚熟悉,然这首诗却写得颇为真切,且富于豪壮气势。

[2] 虞世基(?—618):字茂世,会稽馀姚(今属浙江)人。仕陈,为尚书左丞。入隋,为内史舍人。炀帝时为内史侍郎,金紫光禄大夫。宇文化及杀炀帝于广陵(今江苏扬州),并杀虞世基。

[3] 三略:指黄石公传授张良的兵书三略。元戎:元帅。九命:周代官秩以一命为一等,"九命"最高。这二句是说上将即元戎的谋略深远,

535

官位尊贵。

〔4〕山西:指崤山以西。古人认为"山东出相,山西出将"。杨素是华阴人,故云。游魂:飘忽的鬼魂,喻突厥。

〔5〕桴(fú孚):鼓槌。

〔6〕轻赍(jī稽):只带轻便的行李。不遑舍:无空休息。惊策:挥动马鞭。骛(wù悟):奔跑。戎轩:兵车。

〔7〕懔懔:同"凛凛",寒冷的样子。萧萧:马叫的声音。

〔8〕耿介:正直。倚长剑:比喻壮志凌云。宋玉《大言赋》:"长剑耿耿倚天外。"

饮马长城窟行[1]

(隋)杨广[2]

肃肃秋风起,悠悠行万里[3]。万里何所行,横漠筑长城。岂台小子智,先圣之所营[4]。树兹万世策,安此亿兆生[5]。讵敢惮焦思,高枕于上京[6]。北河秉武节,千里卷戎旌[7]。山川互出没,原野穷超忽[8]。扚金止行阵[9],鸣鼓兴士卒。千乘万骑动,饮马长城窟。秋昏塞外云,雾暗关山月。缘岩驿马上,乘空烽火发。借问长安候,单于入朝谒。浊气静天山,晨光照高阙[10]。释兵仍振旅,要荒事方举[11]。饮至告言旋,功归清庙前[12]。

〔1〕《饮马长城窟行》:据《隋书·炀帝纪》:大业三年(607)七月,

"发丁男百馀万筑长城,西距榆林,东至紫河,一旬而罢,死者十五六。"次年七月,又发动人修筑。八月,杨广曾亲自到恒山一带,此诗当即作于是年。《隋书·文学传》论炀帝诗文时,曾提到此诗,以为"并存雅体","词无浮荡",和他后期一些淫艳之作不同。

〔2〕杨广(569—618):即隋炀帝,祖籍弘农华阴(今属陕西),隋文帝杨坚次子。初封晋王,曾统率军队灭陈。后来用阴谋谗废其兄太子杨勇,被立为太子。仁寿四年(604),隋文帝病重,杨广乘机杀父自立。在位时生活荒淫,多次巡幸各地,又对高丽发动侵略战争,激起人民反抗。最后被宇文化及杀死在江都(今江苏扬州)。杨广善为诗文,有集五十五卷,今佚。明张溥辑有《隋炀帝集》。

〔3〕肃肃:风声。悠悠:漫长。

〔4〕台:古语"我"。先圣:指隋文帝杨坚。《隋书·文帝纪》载:开皇七年(587)二月,隋文帝曾发动民伕修筑长城。

〔5〕亿兆:代指百姓。

〔6〕讵:岂。惮:怕。焦思:忧虑。"高枕"句:指自己安卧在京城中无所作为。

〔7〕北河:指流经今宁夏及内蒙一带的黄河。秉:手持。武节:军队的印信。卷戎旌:扬旗出征。

〔8〕超忽:指遥远的地方。

〔9〕拟(chuāng 窗):撞击。金:指锣。古人常以鸣金收兵。

〔10〕浊气:指战乱。天山:山名,在今新疆维吾尔自治区。高关:边关。

〔11〕要荒:即遥远的少数民族地区。《国语·周语》:"夷蛮要服,戎狄荒服。"举:完成。

〔12〕饮至:古代天子出征,战胜凯旋,要饮酒庆祝于宗庙,称"饮至"。清庙:天子的祖庙,因清静肃穆,故称。

春江花月夜[1]（二首选一）

(隋)杨广

其一

暮江平不动,春花满正开。流波将月去,潮水带星来[2]。

〔1〕《春江花月夜》:《清商曲辞·吴声歌》之一。据《旧唐书·乐志》说是陈后主陈叔宝所创。
〔2〕"流波"二句:这两句都是写月和星在水中的映象。

白马篇[1]

(隋)杨广

白马金贝装,横行辽水旁[2]。问是谁家子,宿卫羽林郎。文犀六属铠,宝剑七星光[3]。山虚弓响彻,地迥角声长。宛河推勇气,陇蜀擅威强[4]。轮台受降虏,高阙翦名王[5]。射熊入飞观,校猎下长杨[6]。英名欺卫霍,智策蔑平良[7]。岛夷时失礼,卉服犯边疆[8]。征兵离蓟北,轻骑出渔阳[9]。集军随日晕,挑战逐星芒[10]。阵移龙势动,营开虎翼张[11]。冲冠入死地,攘臂越金汤[12]。尘飞战鼓急,风交征斾扬[13]。转斗平华地,追奔扫带方[14]。本持身许国,况复武功彰。会令千载后,流誉满旂常[15]。

〔1〕这首诗《乐府诗集》原作南齐孔稚珪《白马篇》其二,但《文苑英华》作杨广。陈祚明《采菽堂古诗选》、沈德潜《古诗源》、逯钦立《先秦汉魏晋南北朝诗》均作杨广。今从之。

〔2〕"白马"句:写骑兵乘白马,并以金和贝作为马具的装饰。辽水:即今辽河,在今辽宁省境。

〔3〕"文犀"句:用有花纹的犀牛皮所制六层皮厚的铠甲。按:《周礼·冬官·函人》说:"犀甲七属(层),兕(sì 寺,雌犀牛)甲六属(层)。"这甲改"七"为"六",疑因恐与下句"七"字重复。"宝剑"句:指宝剑上铸有北斗七星。

〔4〕"宛河"句:指宛(今河南南阳一带)及黄河一带的士兵发挥勇猛之气。"陇蜀"句:指今甘肃、四川的士兵战斗威力强大。

〔5〕轮台:西域地名,在今新疆维吾尔自治区米泉县。汉时曾在这里设校尉镇守。高阙:山名,在今内蒙古自治区境。翦:除掉。名王:匈奴族首领。

〔6〕射熊:汉代馆名。长杨:汉代宫名。据《三辅黄图》,射熊馆在长杨宫内,故址在今陕西周至。

〔7〕卫霍:指西汉名将卫青、霍去病。蔑:轻视。平良:陈平、张良,汉初谋士。

〔8〕岛夷:沿海的民族。卉(huì 汇)服:用草做的衣服,这里指"岛夷"。语本《尚书·禹贡》:"岛夷卉服。"

〔9〕渔阳:郡名,在今河北东北部及天津北郊一带。

〔10〕"集军"句:据《史记·天官书》,古人认为两军相当,就有日

539

晕。星芒:古人以为有芒的星象征少数民族或外国。

〔11〕龙势:指"飞龙阵",古代战阵名。虎翼:古代战阵名。

〔12〕冲冠:指战士愤怒。攘臂:伸出臂膊。此处喻指振奋。金汤:金城、汤池,比喻坚固的要塞。

〔13〕旆(pèi 沛):旌旗。

〔14〕带方:郡名,本属乐浪郡,三国时公孙渊分置,在今辽宁锦县一带。

〔15〕旂常:旗名。古代王用太常,诸侯用旂,以作纪功授勋的仪制。

江都宫乐歌[1]

(隋)杨广

扬州旧处可淹留,台榭高明复好游。风亭芳树迎早夏,长皋麦陇送馀秋[2]。渌潭桂楫浮青雀,果下金鞍驾紫骝[3]。绿觞素蚁流霞饮[4],长袖清歌乐戏州。

〔1〕《江都宫乐歌》:《近代曲辞》之一。这是杨广在扬州行乐时荒淫生活的写照。

〔2〕风亭:在扬州,刘宋时徐湛之所建。长皋:水边的土地。

〔3〕青雀:饰有青色雀头的船只。果下:指"果下马",古代一种低矮的马,专供人骑着游玩。

〔4〕素蚁:美酒上所浮的白色泡沫。流霞:本指仙酒。汉王充《论衡·道虚》:"口饥欲食,仙人辄饮我以流霞一杯,每饮一杯,数月不饥。"后泛指美酒。

从军行[1]

(隋)明馀庆[2]

三边烽乱惊,十万且横行[3]。风卷常山阵,笳喧细柳营。剑光寒不落,弓月晓逾明。会取河西地,持作朔方城[4]。

〔1〕《从军行》:这首《从军行》虽用乐府古题,但五言八句,讲究对仗,已注意使平仄声相对,虽还不合律体,但已显示出诗歌由齐梁向唐诗转化的痕迹。

〔2〕明馀庆:隋末诗人。祖籍平原鬲(今山东平原西北)人。父克让,由梁历西魏、北周入隋。明馀庆官至司门郎、国子祭酒。今存诗二首。

〔3〕三边:指东北、北和西北三方边境。"十万"句:用汉季布请求以十万众横行匈奴中典故。

〔4〕河西地:一作"淮南地",非。"河西"当即今甘肃河西一带。朔方城:指北部边界的城塞。朔方本汉代郡名,在今山西北部及内蒙一带。

十索[1]（四首）

（隋）丁六娘[2]

其一

裙裁孔雀罗[3]，红绿相参对。映以蛟龙锦，分明奇可爱。粗细君自知，从郎索衣带。

其二

为性爱风光，偏憎良夜促。曼眼腕中娇[4]，相看无厌足。欢情不耐眠，从郎索花烛。

其三

君言花胜人，人今去花近。寄语落花风，莫吹花落尽。欲作胜花妆，从郎索红粉。

其四

二八好容颜，非意得相关。逢桑欲采折，寻枝倒懒攀[5]。欲呈纤纤手,从郎索指环。

〔1〕《十索》:属《近代曲辞》,《乐府诗集》卷七十九引《乐苑》认为是"羽调曲"。

〔2〕丁六娘:隋时女子,生平不详。

〔3〕孔雀罗:织成孔雀花纹的绫罗。下文"蛟龙"也指花纹。

〔4〕曼:美丽。

〔5〕"寻枝"句:寻到桑枝反而懒于攀折。